目次

サワー・ハート

母と父へ

ウィ・ラブ・ユー・クリスピーナ

両親と私が、ブッシュウィックにあるドラッグの密売所に挟まれた建物で暮らしていた頃――その二つの密売所の違いといえば、一方の売人はドラッグの常用者でどんな行動をとるか予測がつきづらく、もう一方はドラッグをやらない利口者というだけだった――私たちはその中にある、水準をかなり下回るワンルームで暮らしていた。起きるとベッドのシーツの間でゴキブリがぺちゃんこになっていたり、三、四匹が肘にひっかかっていたり、十四匹がふくらはぎで潰れていたりした。それでもどうにかエレガントに振る舞おうと、私たちはバレリーナみたいに空中で腕を揺らしながら、そいつらを振り落としたりしたけれど、そこには何の美しさもなかった。

当時は、家族の誰かが便意をもよおしたら、すぐに出したい気持ちを抑えて、道を渡ったところにあるアモコ駅のトイレまで走っていかなければならなかった。でもそこのトイレはいつも、近所の不良たちがあちこちに尿を飛び散らかすので、つるつると滑った。そして、ふたり以上の家族が、お尻の穴の先にある世界を見たがっているすごく大きな便の意向を感じとった日には、大問題となった。その場合は、常に詰まっていてネズミの糞より大きなものは処理できない我が家のトイレを誰かが使い、古い歯ブラシや箸で、キングサイズの便をつぶして小さな塊にする羽目になった。「今すぐに買わないと人間としての尊厳を失うもののリスト」に書かれてはいたものの、トイレのラバーカップさえ買えないほど私の家族は貧乏なあげく無責任で、なぜか月末にはいつも何百ドルか足らなくなり、ガス料金を全額払えないとか、友人に二十ドル借りて、また別の友人に十ドル借りるなんてことを、もうどうにもならないほどやばい状況になるまで続けていた。でも私は、家族がどんどん下落していくのは自分のせいだと、密かに自分を責めていた。例えば父にチョコスプレーのついたアイスを買って欲しいと頼むと、父は私が一ヶ月間ずっとそれを欲しがっていたことに気づき、かわいそうに思って、チョコスプレー付きのアイスだけでなく、絶対に「すぐに買わないと人間としての尊厳を失うものリスト」には入っていない、本物のラインストーンが付いたアンクレットを買ってくれたりしたからだ。それはなんというか、私の家族が抜け出すことのできないリズムのようなもので、先々のことを考えながらうまくやることができないという不能さの合間にちらちら垣間見られる、悲惨さや憂鬱によって繰り出されるリズムだった。だからトイレのラバーカップを買えなかったし、その頃の数年間、私たちのお尻はこれでもかというほどの罰を受けていて、「ちょっとこれからうんちしてくるから、三十秒後にまた！」という具合に簡単にはいかず、「これからうんちしてくるから、コートと靴はどこだっけ、あとトイレの最中に邪魔にならない短いマフラーと、あのインド人がまたトイレットペーパーを補充し忘れていたらいけないから、予備の紙も持たなくちゃね」という感じだったのだ（実際その男はいつも補充を忘れていた）。その後、ようやく引っ越すことになって、やっとあの地獄みたいな生活からは抜け出した。それでもまだいろいろ簡単にいかないことはあったけれど、好きな時にうんちはできるようになった。そのときのことは決してすぐに忘れないし、消えもしない。

　ブッシュウィックで暮らし始める前は、イースト《East》・フラットブッシュという場所で、一年半の間、玄関前のポーチがボロボロの家ばかりの小さな通りに住んでいた（両親と私は、ピアノのEフラットの音が大好きで、自分たちが生きる世界をもっと美しくて旋律的なものへと作り変えるのが好きだったので、そこをEフラットと呼んでいた）。その通りに住む人のことは全員知っていた。単に名前を知っているとか、話しかけたことがあるというのではなくて、ちゃんと顔を知っていたし、会釈して、声に出さずに口だけで「どうもどうも」と言ったり、時には「どうも」とか、何かしらを口に出して言ったりした。

彼らはマルティニーク島やトリニダード島やトバゴ島の出身だった。ある夜、その中の数人が父の前に現れて、自分たちはドミニカ人ではなくて、西インド諸島の人間だと子供たちに伝えておけと言った。父は狐につままれたような顔をして帰宅したが、あとになって、それは通りの少し先に住んでいる、つばを立てたままキャップを被り、ズボンを膝のあたりまで下げて履き、アパートの前でたむろしながら、思いつく限りの卑しい侮辱的な言葉を叫ぶ、バカな韓国人の子供たちのことを言っていたのだとわかった。バス停から私が歩いて帰る途中、彼らに「南京のレイプが来るぞ、マジで南京のレイプが来る！」と叫ばれたことがあった。酷い戦争犯罪の名前を叫べば、私が怖がるとでも思ったのだろう。その時九歳だった私は、私を守るために生きると毎日のように誓う両親からの愛を感じていたし、確かに一九九二年当時の私は小さくて、とりわけどうということもない存在だったけれど、一度も彼らのことを怖いとは思わなかった。そうした韓国人の子供たちは、いつかはぽっくり死んでしまったり、刑務所行きになったりするどうしようもないクズで、両親と私は彼らのことが大嫌いで、近所の人たちにとっては私たちが彼らに似ているように見えるからといって、彼らに間違えられたり、一緒くたにされたりするのが嫌で仕方がなかった。

マルティニーク人やトリニダード人は、いつも母国のことを、自分たちの体の中にある、小さくて見えないけれど不可欠な骨のようなものと考えているようだった。そのせいで自分たちは母国から離れている時はずっと、ちくちくとした痛みに悩まされているとでも言うかのように振る舞っていた。私は彼らが過去に執着して、過ぎ去った時代は今ここで起きていることよりもましだとでも言うように行動するのが煩わしかった。この人たちは夏になるといつも、通りにはゴミや吸い殻や食べこぼしではなく、ココナッツがたわわに実ったヤシの木が並んでいるのかと思うくらい派手な服を着てバーベキューをしていた。でもそのうち私は、彼らのことをいいなと思うようになり、特に羨ましくなるようなお尻をした女性たちに魅了されるようになった。彼女たちは左右のお尻が合わさってできるV字に、ベルトが食い込んでいて、私はそのV字をよく目で追っていた。でもそうしていたのは男たちも同じで、私と同様に見飽きることはないようだった。

　そんなお尻は持ち合わせていなかったけれど、私の母は注目を集めていた。同じブロックに住む男たちは、いつも通りすがりに母のことを眺めては、しばらくその姿に釘付けになった。多分それは、母のまっすぐで長い髪が重厚なカーテンのように背中に垂れ下がっていたのと、肌がバニラアイスクリームくらい白かったからだと思う。私が母の腕のいたる所に小さなアイスクリームの絵を描いたりしても、母は私がハッピーになることなら何でもさせてくれたので、怒られなかった。

「あなたをハッピーにすることは、ママもハッピーにするんだよ」と母はよく言っていた。時々中国語で言うこともあった。でも、私の中国語はそこまで上手ではなく、母や父のために頑張ろうとはしたものの、どうしても無理な時は英語で返事をした。が、英語もそれほど得意ではなかった。それでも私にはまだどちらの言語もうまくなる可能性があった。一方で両親は、先の見えない道を歩いていて、目の前には壁が立ちはだかっていた。だから何かが上達するのも、何かに秀でるのも私次第だった。両親の後ろにずっといたかった私にとって、それは恐ろしいことで、私はふたりが行けない場所に行きたいとは思わなかった。

　時折、母がそうしたことを言ったあとに、なんて言うべきなのかを忘れてしまい、間違ったことを言ってしまうことがあった。例えば、「私をハッピーにすることは、アイスクリームを食べること。ランカスター先生、マジでムカつく。宿題を提出しなくたって、どうってことないじゃん。どうせ全問正解なんだしさ。あの人は頭が悪いんだよ、ママ」というように。

「ひねくれた子《サワー・ガール》ねえ」と母は言った。「先生が宿題を見せろと言ったら、見せるの。汚い言葉を使わずに喋れないの？　ママをハッピーにすることは、あなたをハッピーにしないっていうこと？　そうなの？」

「違う、違う」と私は答えた。「ごめんなさい。ママをハッピーにすることは、私もハッピーにするっていう意味で言ったの。何て言うか忘れちゃっただけだよ」。母や父の思いやりの深さと比べると、誰のことも考えない自己中心的な自分がいつも恥ずかしかった。両親が毎日、毎秒、もっと良い生活を送れるようにと自分たちを犠牲にし続けているというのに（ふたりは私にそう思わせようとしていたわけではないけれど）、私は自分のことしか考えていなかったし、どんなに一生懸命にふたりみたいにしようと頑張っても、すぐには気づけないような些細なことがたくさんあって、それを全部把握するのは難しかった。例えばふたりは、一足の外出用の靴を交代で履いていて、お互いのスケジュールがずれるように、昼は父が履いて、夜は母が履くというように調整していた。しかも母にはその靴は四サイズも大きくてしょっちゅうつまずいていたので、体にいくつもかすり傷を作っていた。

誰もいない家に帰って来る日が何日も過ぎた。常に犠牲を払い続けてきた両親と対等になるために、自分も犠牲を払えるようになりたいという泥のような願望以外に何も気を紛らわすものはなかった。でも私が床やベッドの上や、立ったままで教科書を壁に押し付けて宿題をやらなくて済むようにと、一晩かけてゴミ捨場から机を見つけ出してきたことが原因で、ドーナツを作る仕事をクビになった母と、どうしたら競い合えるようになるのかわからなかった。それに母が、誰かが「ファック・ママ」とスプレーで書かなければ完璧だったその美しい机をどうやって見つけてきたのか、またどうやってそれを二十ブロック以上離れた場所からひとりで引きずってこれたのかも、わからなかった。でもそれが原因で母は仕事をクビになり、それでなくても私の世話をしなければならなかったせいでいつもくたくたに疲れ果てていたので、一つの仕事を長く続けることができなかった。

それにどうしたらどんなものでも何一つ無駄にしないような父と、競い合えたというのだろう。私は四歳の頃、しょっちゅう食べ物を吐いていた。前の年に、自分たちの知る唯一の国を離れてこの国にやって来たこととか、アメリカで迎える私の最初の誕生日に、十二月の吹雪の中、母が私にちゃんとした上着やタイツも履かせずに、薄いレースの可愛らしい青いワンピースを着させたせいで、ひどい肺炎にかかったことと関係しているかもしれない。とにかくそう推測するくらいしかなく、誰にもその理由はわからなかった。両親は一晩の入院費すら賄《まかな》えないというのに、肺炎になったせいで、私は一ヶ月も病院で療養する羽目になり、その入院費のこともあって、ふたりはかなり長い間三つの仕事を掛け持ちしていた。それでも、抱えていた多額の借金（公式なものも非公式なものも）は返せていないようだった。肺炎にかかって以来、私は食べ物をうまく消化できなくなって、私が吐いた食べ物を父がスプーンですくってそのまま自分の口へ持っていくこともあった。一片の食べ物も無駄にしないためだ。当時、私たち家族が毎日賄える食べ物の量は決まっていたので、私が吐いた分の食べ物を補うには、父が食べるはずだった朝食や昼食や夕食を私に与えて、代わりに私が吐いた米や野菜や豚肉を父が食べるしかなかった。それほどまでして父は、私たちのために自分を犠牲にしていた。

学校から帰ると（その日登校していたらの話だが）、私は壁にもたれたりしながら、両親が午前一時にドーナツの箱を抱えて帰宅したり、夜十一時に残り物のビーフンを持って帰って来るのを待った。ある時、裁縫師をしていた母が雇い主のドナから、塗装がはがれたイヤリングを私にもらってきたことがあった。それはドナが、すごく短く切りそろえられた重みのある私の前髪を気に入っていたのと、母の職場について行くたびに、私が百万回くらい彼女にお礼を言うのが好きだったからだ。そうやってアパートでひとりで六、七時間待っている間、私は何もかもがめちゃくちゃになって、バラバラになっていこうとしている時に、自分も母や父と同じように、完全なる絶望から家族を救ってくれたこの素晴らしいからくりの一部であるということを、ふたりにどうやって伝えようかと考えていた。

母は、人がひとりの人間に期待するようなことを全部足したような人だったが、父はきょろきょろとあたりを窺いながら生まれて、眼球をぎょろぎょろと回しながら死んでいくような人で、未だに必死になっていい女がいないかと目を光らせていた——まあ少なくとも母はそう言っていた。フラットブッシュのアパートを追い出され、その後ブッシュウィックにあるAクラス級にボロいドラッグ・アパートを見つけてまもなくした頃、父は、週末と祝日に深夜シフトのウェイターとして働いていたヌードルショップで会った女と付き合い始めた。リサというその女は台湾出身だった。彼女は昼間でも月を映し出すような目をした母とは違い、また腕が細く年がら年中冬でも袖のないワンピースを着て、長い首が近づきがたい雰囲気を醸し出している母とは違って、美しくなくて、背が低いので折れた木の幹みたいで、良いところといえば胸が大きいことだけだった。きつい香水をつけていて、ハーフマラソンを走り終えてシャワーを浴びる前の腋の下に、匂い消しのために花束をこすりつけたような匂いがした。母はよくこう言ったものだ。「石鹸で洗えば、うんこがいい匂いになるなんて期待しちゃいけないんだよ」。うちのアパートに初めて彼女がやってきた時、つけている香水が強すぎて私はくしゃみが止まらなくなった。人工的な臭いや、父と一緒にいる権利などないビッチなヤク中に近づくと、アレルギーが出る体質だったからだ。父は彼女を「おまえのおばさんのリサだよ」と紹介した。

「私のおばさんじゃないから、パパ」と私は言ってリサのことをじっと見た。バカみたいに大きなおっぱいがすごく下の方まで垂れていて、それを顔に向かって蹴り返してやりたいと思った。「彼女のことは呼ばないから、大丈夫。わざわざ、ありがとうございます」。その後、彼女は時々やってくるようになったが、それはきまって母が不在の時だった。母はそのことを知っていたので、秘密に行われていたというわけではなく、誰かが他人を犠牲にしてまで欲しいものを手に入れるために取り決められたことの一つだった。もちろん、リサは私や母のことなんて気にも留めていなかったし、もしかすると父のことだって気にしてはいなかった。彼女はただどうしようもなく孤独で、誰かの世界の一部になっていないとやっていられなかったのだ。うちに来ると、彼女は私に対して感じ良く振る舞うふりをして、サンドイッチをくれたこともあった。ある時はブレンダーを持ってきて、ミルクシェイクを飲みたくない？　と訊いてきた。私が食べ物にはうるさいからと答えると、それはどういう意味？　と尋ねた。そこで私が、母が作った食べ物しか好きじゃないし、嫌いな人が作った食べ物だけは何があっても絶対に嫌いだという意味だと説明すると、「じゃあ勝手にしたら」と言われた。そこで「あんたの香水のせいでくしゃみが出るんだよ、わかってる？」と言い返すと、彼女は「そりゃごめんなさいね、でもどうしようもないでしょ」と言った。

「そんなことないね。何とかしようとしなよ、ビッチ」と私はつぶやいた。

「何か言った？」と彼女は言い、そのあとはただ沈黙が続いた。

　私は夜ごと、ブッシュウィックのアパートに来る途中に、彼女が暴漢に襲われて重傷を負いますようにと祈り続けた。でもいつも彼女は無傷で現れた。学校から帰って、彼女がもう既に家にいるのがわかると、その午後は最悪な気分になった。父が現れるのを待つ間、彼女は私たちがソファに見せかけるために床に置いたたくさんのクッションの上に座って、テレビのチャンネルをひっきりなしに替え、私にどの番組が見たいのか決めてもらいたいと思っているふりをした。でも私がお菓子を取りに行くために立ち上がるとその瞬間、すぐにチャンネルを替えて、私が戻ると、「もうあの番組は見たくないのかと思ったから、替えちゃった」と言うような人だった。

　私は父にリサを家に呼ぶのはやめて欲しいと言ったが、本当に伝えたかったのはリサが大嫌いだということだった。ただそれだけ。父のためだと思って頼むから辛抱してくれないかと父が言うので、私は「じゃあリサは私のために辛抱するべきなんじゃないの？　なんで私が彼女のために辛抱しないといけないわけ？」と言った。すると父は「彼女のためじゃない、私のためだよ。それに彼女は頑張っているじゃないか、ひねくれっ子さん《サワー・ガミー》」と言った。「おまえに自転車を持ってきてくれただろう？」

　その自転車は男の子向けで、今ではもう大きくなった彼女の子供が使っていたものだった。きっとその子は母親が自分の自転車を人にあげてしまうなんて、嫌だったはずだ。私はずっと自転車が欲しくて仕方がなかったけれど、その自転車には一度も乗らなかった。物事は然《しか》るべき理由があって起きるべきだと思っていたからだ。

母は父の愛人について文句を言ったりはしなかった。結局ふたを開けてみると、父には常に愛人がいた。私は父と母との間に起きたあれこれを全部把握していたわけではなかったので、他にも愛人がいるなんて思ってもいなかった。でも母はそれを知ったうえで、愛人の存在を受け入れていた。そして「私にはあなたがいるし、あなたには私がいるでしょう？　それにパパはこの家にまだ帰ってきているし、私たちのことを誰よりも愛しているんだし、パパのナンバーワンは私たちなんだから、そんなことに気を病むんじゃないよ」と言った。

父の愛人はこれでもかというくらい最悪のタイミングで、私たちの生活に踏み入ってきた。私は当時小学三年生を終えるところで、父は勤めていた学校が閉鎖されたために、もう二度と教鞭は執らないと決意し、母は受付の仕事を失っていた。それに加えて中国にいる母方の祖母ががんを患い、そのせいで母は三ヶ月分の給料をはたいて飛行機のチケットを買って中国に戻らなければならず、その結果三ヶ月分の家賃を滞納することになり、怒った大家に不当に扱われたせいで、イースト・フラットブッシュのアパートの保証金を失い、ブッシュウィックに引っ越さなければならなくなった。そんなわけで、私たち一家はすっからかんだったのだ。

引っ越しの日、大家は窓から私たちのことをずっと見ていた（彼はちょうど真上の三階の部屋に住んでいた）。両親がマットレス二枚を栗色のオールズモビルのルーフに固定させている間、私は彼に向かって中指を立てて、「思いやりの心を持ちなよ、この短小野郎。あんたの周りに誰か死んだ人はいないわけ？」と言ってやった。母は「あんな干からびた虫けらなんて、放っておきなさい」と言って、私の髪をなでながら、折り曲げられた私の四本指を元に戻した。

「あんなやつ、大っ嫌い」

「私たちも同じだよ、ひねくれっ子ちゃん《サワー・アップル》。でもこうなってしまったものは仕方ないの。わかるでしょ？　何事にも理由がある。何事もそうなるには然るべき理由があるし、その理由を知りたければ辛抱しなきゃならないの。わかる？」

　それはわかっていた。でもここまで頻繁に引っ越しを繰り返すことについて両親がどう思っているのかはわからなかった。数ヶ月間のうちに四、五回引っ越したことすらあった。私たちの所持品といえば、車に詰められて、ルーフにくくりつけられるものだけだったが、一つの場所を離れる時はいつもわくわくした。登校日の初日みたいだったし、まだそこまでひどい状態にならないでいられる可能性があったからだ。でもその可能性が感じられるのは、新しい席に初めて座って、先生が自己紹介をして、その年度初の宿題を出すまでの間だけだった。私たちは車に荷物を詰め込んでは、次の場所、その次の場所、そしてまた次の場所へと車を走らせたが、毎回そんな感じだった。ある意味でそれは、そこまでひどいことでもなかったのかもしれない。失敗なんてものはなくて、ただ百万回以上やり直して、更にやり直すだけだった。

　宿題を一切やらず、テスト用紙にブロッコリーみたいな木の絵を描くことだけに全力を注いだせいで、私は見事に全教科で落第して、一年生をもう一度やり直すことになった。その年、私たちはウィリアムズバーグに住んでいた。父が一月《ひとつき》二百ドルで借りられる、共用の台所と専用の洗面所がある部屋を見つけてきたので、その年は良い一年だった。私は毎晩両親に挟まれて寝ていて、起きるとよく足や腕に大きな掻き傷ができていた。それは私が強烈な痒がりとして生まれて、どこかのずる賢い天才が、このずっと痒い人生から私を救う奇跡的な薬を発明しない限り、強烈な痒がりとして死ぬことになる運命にあったからだ。

　特に最悪だったのは五歳の時で、私たちはワシントンハイツにあるアパートの一室で他の家族と一緒に住んでいた。その部屋にはマットレスが敷き詰められていて、床がまったく見えなかった。

私の肌はまるで体中をちっちゃなアリが、火のついた棒を運んだり、でんぐり返しをしたり、側転したりしているみたいに痒かった。みんなは、アメリカでの最初の年が大変なのはよくあることだと言っていたけれど、誰も二年目については教えてくれなかった。私は幼稚園に通いはじめて数週間でESL（第二言語として英語を学ぶクラス）は免除になったが、両親がほとんど違法なくらい激安で借りられるワシントンハイツの部屋のことを聞きつけてきて（何年もあとになってとあるパーティーで、父がアメリカにやってきた最初の年について話すのを熱心に聞いていた住宅専門の若い弁護士が、父の話を遮るようにして「そういう生活状況は違法ですよね」と言っていた）、一月に転校すると、新しい学校の職員が私はESLを受ける必要があると言い張った。校長は「彼女の英語の理解力はまだ安定していません」と言った。つまり、私はまたバカに戻ったのだ。でも心の中では自分はバカではないと確信していた。そして痒みが猛烈な勢いで再び襲ってきた。家族でニューヨークに移住した半年前から、ここまで痒みがひどくなったことはなかった。

夜になると、五枚のマットレスがぎゅうぎゅうに敷き詰められた狭い部屋で、私の肌は火傷したようにひりつき赤くなった。母と父と私は一枚のマットレスの上に寝ていて、母の幼馴染のシャオ・グオジェンとその妻と子供が隣のマットレスを占領していた。グオジェンは上海の同じ通りで母と一緒に育った人で、ビザの取得方法についてアドバイスをくれたりしていた。彼はアメリカに移住した最初の一人だったが、当初計画していた絵画と彫刻の勉強は放り出してしまい、自分を養うことすらままならなくなり、中国人の輸出業者から卸値で傘を買い付けて、雨が降ると路上で傘を売っていた。その事実が知れ渡るまでは、みんなから一目置かれる存在だった。

ワシントンハイツの部屋のことを教えてくれたのも彼だった。そこには以前、コロンビア大学のヴィジュアル・アーツ・プログラムに通う中国人大学院生が数人で住んでいたが、ビザの有効期限が切れて怪しい感じになり、急にこの国を出ていったのだそうだ。妻のリー・フーリンは、上海にいた頃に『帝国主義の詩学』という前衛映画を制作していたという話だったが、ものすごくテンションの高い五歳の男の子の母親になったことで、西側の帝国主義をアートで粉砕する夢を諦めた。またそれに拍車をかけるように、妊娠五ヶ月だった（「もし女の子だったら、アニーって名前にしてくれない？」）。電化量販店チェーンのウィズで、両親がディスクマンや電池といった小さな商品をつかんでは、平然とレジに持って行って返品し、もらったポイントを使ってもっと高額な商品を購入し、更にその商品を返品して現金を手に入れるという詐欺を働いている間、テレビの陳列棚の前に置きっぱなしにされたショッピングカートの上に座って『アニー』を見ていた私は、そう彼女に頼んだ）。

三枚先のマットレスには、父の友人でビジネス・マネジメントと会計の夜間クラスを受講しながらESLの教師をしていたザン・ジャンジュンと、身内は外交官や教授や詩人だらけで、カネのためなら何でもやるような男と結婚したと娘のことを言われても鼻であしらうような一族出身の妻ルー・シューがいた。ふたりはまだ二歳の娘を両親に預け、娘をアメリカに呼び戻すために貯金や準備に勤《いそ》しんでいたが、既に数年が経過したというのに、娘はまだ両親のもとにいて、そのせいで陰気な雰囲気を醸し出していた。

私たちから一番離れた四枚目のマットレスには、ワン・タオと妻のリウ・ザオホンがいて、彼女の母親は文化大革命の間、共産党の地位がかなり高い指導者で、大勢の人が亡くなったことに直接的な責任を負っていたような人だった。これは、私がじっと横になって寝たふりをしていると、まるで母と父の間に挟まれているのはふたりの声を届ける電話線であって、私という人間は存在しないみたいに囁くように話をする両親から収集した情報だ。まさにそういう時に、ふたりはありとあらゆることを話した。ふたりは気づいていなかったが、私もその話に参加していたというわけだ。

その年は一番痒かった。両親はひょっとすると、ふたりで使う部屋を十人で使って一緒に寝ているせいではないかと心配し始めていた。それに、私が掻いたり、ごねたり、「あああああ、うおおおお、かゆいかゆいかゆいかゆいかゆい」といった声を発するたびに、外交官の娘や、ESLの教師や、前衛の映画監督や、画家や、母親が何百人もの「インテリや女々しいブルジョワ野郎」を拷問して殺したと言われている女の夫は、私と両親をののしり、「いい加減、おとなしくさせろよ！　こっちは夜中に必死で寝ようとしてるのがわかんないのかよ？」と叫び、当時はそんなふうに生きるしかなかった両親や、痒くて痒くて夜中に叫ぶしかなかった私に圧力をかけたせいではないかと。

　チャイナタウンにある共用の部屋を借りて引っ越すまでの八ヶ月間、私たちはそうして何とか凌《しの》いだ。新しい部屋は、窓が割れていたのでダクトテープで塞がなければならなかった。冬になると、耐えられないほど寒くなったので、私たちは荷物をまとめて、ウッドサイドにある母の友人が住むアパートに転がり込み、大家に見つかって全員立ち退けと脅されるまで、そこで五週間を過ごした。そんなことがあったせいで、母と、そもそも私たちに来て欲しいとは思っていなかったその友人との関係はややこしくなった。

　ウッドサイドの家を出たあとは、オーシャン・ヒルにある母のいとこの友人の妹のアパートへと移った。そこでは夜寝ていると、たまに顔の上をねずみが走っていくことがあったけれど、それ以外は最高だった。でもそこに滞在するだけでひどいモーテルに宿泊する二倍の金額を請求された。父が泊めてくれている人に、私たちは歓迎されていないような気がすると話すと、その人が、こっちは泊めてあげているというのに感謝されていないようだねと言うので、私たちはそこを出て、母のいとこが紹興《シャオシン》に住んでいる親戚を訪ねている間、その家に泊めてもらうことにした。そこはサイプレス・ヒルズ墓地の真隣で、母と私は気味悪がったが、それ以外は何の問題もなかった。そしてついに、一年生が終わる頃に私が留年したことが判明するとすぐ、父はウィリアムズバーグにすごく良い賃貸の部屋を見つけてきたのだった。

　きっと女神様が私たちを見守ってくれていたのだと思う。その部屋はこれまで住んだ中で一番良い部屋だっただけでなく、大家が無料で電子レンジとクイーンサイズのベッドを提供してくれたからだ。でも、ノミがいるから気になるなら自分たちで駆除してから使うようにと言われた（もちろんそうした)。引っ越しの日、共用の台所に足を踏み入れながら母はこう言った。「うちの小さなひねくれっ子《サワー・グレープ》におもちゃを買ってあげなくちゃね。私よりも大きなクマのぬいぐるみはどう?」「それに、この冷凍庫の半分を占めるくらい大きなバニラビーンズ入りアイスクリームはどうだろう?」と父が言った。「両方!」と私は叫んだ。そして結局、バニラビーンズ入りアイスクリームを一カートンと、床に置くと私のおでこまで届くテディベアを手に入れた。

ウィリアムズバーグで過ごした一年は、それまでで一番痒くない一年だった。また苦しめられていた他の疾患——埃アレルギー、猫アレルギー、花粉、ナッツ全般、香水、強い匂いのするもの全て、雨が降ったあとの空気、長く雨が降っていない時の空気、セーターやウールのコートやタイツやミトンや靴下など冬に必要な暖かいもののアレルギー——にとっても一番良い年だった。あらゆることが落ち着きを取り戻した。初めて学校で良い成績が取れたし、宿題はほとんど提出したし、算数のテストでは九十五点を取ることもできた。そんなことは以前では考えられなかったし、留年したのはありがたかったね、とみんなで冗談を言い合った。間違えたことから逃げようとするよりも、二度目に正しくできた方がいいんだからと。それは冗談ではなくて単なる事実だったけれど、自分たちの場所と呼べる場所が持てて、どこで寝たらいいかを心配しないで済むようになったのも事実だった。

夜になって私が痒がると、母が左足を、父が右足を掻いてくれた。それ以前に私は二重に保護された状態で眠っていた——両親は寝ている間にひっかいて血だらけにならないようにと、私の両手にオーブン用のミトンをはめ、その上にスーパーの袋をかぶせて両手首を輪ゴムでくくりつけた。朝になると、傷を作るのは私だったはずなのに、両親の爪には血がこびりつき、かさぶたのように乾いて黒くなっていた。

ひっかいたせいで脚や腕や胸に、血の滲んだ赤い長い線ができて、何かの被害者みたいに見えることもあった。母に掻いてもらって乳首がぱっくりと割れてしまうと、ベッドの中で横たわって、自分の乳首を慎重に両手で抑えながら眠った。翌日、うみだらけの下着が乳首にくっついてしまいなかなか集中できず、テストで落第した。両親が十分に掻いてくれる前に寝てしまうこともあって、そういう日はものすごく痒くなって、ぎざぎざした山を転げ落ちながら、自分で自分の皮膚をはぎとろうとする夢を見た。朝になって目が覚めると、脚や腕から皮膚がめくれていて、痒みが痛みに代わった。

当時はそんな感じで、現実として考えられることと、私をたばかろうとする空想とが変なふうに混じり合っていて、私の考えは◎△$♪×¥●&%#といったように意味のわからないものになり、私の言葉もどうでもいい戯言《たわごと》みたいになっていた。だから私は留年し、とにかく両親の間で眠りたくて、想像が現実になる前に、ふたりの体に挟まれたいと思っていたのだった。

ウィリアムズバーグのアパートは、その一年後に取り壊された。私たちは退去する際に四千ドルを受け取った。当時その金額は百万ドルとなんら変わらない金額に思えたが、あとになって、それがかなりケチな金額だったことや、自分たちがどれだけ価値のない存在として扱われていたのか気づいた。私たちはそのお金を使って、イースト・フラットブッシュにあるワンベッドルームの部屋を借りた。引っ越しが終わると、父は当時やっていたバイトの大半を辞めた。三回目にしてついに試験に合格して、教員免許を取得したのだ。

私は新しい学校のことが好きになれなかった。初日に担任の教師は私をESLのクラスに戻した。既に私はESLを二回卒業していて、最初の先生には「小さな天才」と呼ばれ、二人目の先生にはもうESLは必要ないし、「素晴らしい言語能力の持ち主」とまで言われたのに。もう一度ワシントンハイツからやり直しだった。私は新しい担任に、そのバカみたいに丸っこくて汗ばんでいて、薄い唇がくっついていて、静脈が浮き出ていて、太っているだけでなくたるみきったあんたの顔なんかよりも、私はよっぽど英語のことをよくわかっていると言ってやりたかったが、同じことを何度も繰り返して言うのはやめた。だから他の子たちがアートや音楽の授業を受けている間、律儀にESLのクラスを受けたし、なんで特殊教育クラスにいる子たちがいつも反抗的になるのか理解できるくらい屈辱的な課題をやらされた。それは例えば「椅子」と書いたら、その下に椅子の絵を描くというような課題だ。私は椅子の代わりに巨乳の絵や、紙に入りきらないほど大きくて太いペニスの絵を描いた。両親が学校の初日にやって来て、事務室の人たちに、アメリカで生まれなかったにしては、私は限りなくネイティブスピーカーに近いということや、私が留年したのは概して学校が苦手だっただけで、英語が喋れなかったからではないと伝えなかったからという理由だけで、クイーンズの学校の行政官にいじめられるなんてまっぴらだと思っていた。三年生になる頃には、週に二、三回しか登校しなくなるくらい、私は本当に学校が嫌いだった。両親は好きな時に休ませてくれたし、私の言う学校を休みたい理由には全部もっともだと賛同してくれたし、成績でCやDをとっても構わないと思っていた。それは、いつも私が両親と一緒に夕飯を食べるはずの時間に一緒にいないことや、宿題を見るはずの時間に一緒にいないこと、読書が好きになるようにと夜寝る前に本を読んであげるはずの時間に一緒にいなかったことを、ふたりが自覚していたからだ。朝いつも学校に行くために起きると、もう既にふたりの姿は見えなかった。

　当時、父はイースト・ニューヨークにある衰退していく一方の学校でランゲージ・アート（言語技術）を教えていて、かなり良い給料をもらっていた。その学校は常に閉鎖の危機にさらされているひどい学校で、社会の男性教師が放課後に四人の中学一年生に襲われて、膝と鼻の骨を粉々にされたことがあったようだし、その前には、一年間で校長が連続して二人辞め、女性教師が数名の二年生に、夜更けに駐車場でレイプされたというひどい噂まであった。

　なんでこんな話を私が知っているのかと言うと、お願いすると父はよく私を学校に連れて行ってくれたからだ。あまり何度もお願いしない方が良いとはわかっていたけれど、なぜか木曜日になると、脳を持たないで生まれてきたような気分になって、自分の学校に行かなければならないのだとしたら、脳がないまま死んでしまうように思えたのだ。そういうこともあって、毎週ではないにしろ、木曜日になると、時々父は私を連れて出勤した。木曜日は「パソコンの日」（別名「なまける《ファック・オフ・》日《デイ》」）だったので、一週間の中で一番良い日だった。私たちは一日じゅうパソコン室で過ごし、父のクラスの生徒たちは、ナイフや銃を学校に持ってきたり、きつめの葉っぱが混ざったマリファナを五年生に売りつけようとしたりする生徒でさえ、寄り添い合っている子犬の写真や、信じられないくらい可愛いユニコーンの写真を、プリントアウトして持ってきてくれたりした。私のことを、同年代の子よりも幼いと思っていた彼らは、私を赤ちゃん扱いして楽しんでいたのだ。

「あんたは私たちのペットね、クリスティーナ。みんなでクリスティーナをペットみたいにして可愛がっちゃおう！」と女の子たちは言った。「わかった？　ペットって、名詞にもなるし動詞にもなる言葉。ザン先生、そうでしょう？　『君たちは何も学んでないな』なんて言わないでよね」。父の三限目の授業には、ダーリンという名前の黒人の女の子がいて、彼女の名前は『風と共に去りぬ』の登場人物みたいに「ダアリン」と発音されていた。それは私が電化量販店のウィズで、両親が詐欺を働いている間に見ていたもう一本の映画だった。詐欺を終えて私を迎えに戻ってくると、父は母にこう言った。「こういう人たちは過去を忘れたりできないんだよ、そう思わないか？」。父が、映画の中の白人のことを言っているのか、黒人のことを言っているのかわからなかったが、私たちが「こういう人たち」の中に入っていないことや、両親にとってそれは良い意味だということはわかっていた。でも本当にそうなのかどうかは、そこまで確信が持てなかった。ダーリンは毎回見かけるたびに違う髪型をしていて、コーンロウの時もあれば、大きくもじゃもじゃに結っていたり、ある時は半分コーンロウにしてもう半分を大きなもじゃもじゃにしていて、別の時はカチカチに固めたストレートヘアで、その髪は一度も洗剤で洗ったことのない鋳鉄のフライパンみたいに脂ぎっていた。「触ってもいい？」と一度聞いてみたことがあって、彼女は触らせてくれたが、「他の子にはそんなこと言わないほうがいいよ。失礼だからね」と言われた。

ダーリンは二回留年していて、私の母くらい背が高かった。初めて会った日、彼女は私の手をつかんで「私はあんたのお姉ちゃんだよ。だから何でも言ってね。もしトイレに行きたくなったら、ついていってあげるからね」と言った。パソコン室にたいてい一番にやってきて、隅っこの方で私が父と一緒に座って、空から狂ったように言葉が降ってくるのに合わせて、「ネズミ」や「哲学」や「激流」といった文字を正しいスペリングで入力して、マンハッタンが崩壊しないようにするゲームをやっているのを見ると、キャーッと歓声をあげた。

「クリスティーナがいるよ」と彼女が言うと、みんなは走ってきて私の近くに座り、女の子たちは私の髪の毛を編んだり、男の子たちは小銭をかき集めてジュースを買ってくれようとしたりした（父はそれを許可する時もあれば、しない時もあった）。父が全員に向かってパソコンの前に戻るようにと叫ぶと、ようやくダーリンは立ち上がって、口に二本の指を入れて口笛を鳴らし、「みんな、クリスティーナを放っておいてあげて。私は宿題を手伝ってあげるけど、小学三年生の算数がわかってない人は、私たちのことは放っておいてね。この中には算数がわかっている人なんていないと思うけど」と言った。

「おい、ダアリン」と父は言った。

「ごめんなさい、ザン先生。悪口を言うつもりはなかったんだけど、でもそれがマジクソの事実だから」

父は生徒に、ひとりにつき三枚までしかプリンターで印刷できないというルールを守らせようとしたが、ダーリンが紙を三十枚以上も使うポスターを印刷する方法を見つけてしまったために、そのルールは無きものになった。ある時ダーリンと他の生徒たちが、教室の一角で身を寄せ合いながら、ひそひそと何かをやっていることがあった。父がおもわず「どうした？　何かよくないことを企んでいるのか？　だからみんなこんなに静かなのか？」と聞いてしまうほど、彼らはおとなしかった。

私は授業の間じゅうずっと、みんなに無視されていて、何が起きたのかわけがわからなくて、泣きそうだった。前髪を手でぺしゃんこに押しつぶして、目が隠れるように前に垂らして、父にはもう二度とここには来ないと言うつもりだった。でも終業のベルが鳴ったとたん、クラスの全員が、教室の四方の壁を取り囲むくらい長いポスターをプレゼントしてくれて、そこには「ウィ・ラブ・ユー・クリスピーナ」と何度も書かれていた。私の名前が間違っていたのは、ダーリンとチャドスターがキーボードを取り合って喧嘩になって、私の名前を入力しようとしていたチャドスターのことを、それをやるのは自分だと言ってダーリンが押したからだった。でもみんなクリスピーナという響きが気に入ったので、そのままにしたのだ。ダーリンはみんなにポスターを壁に貼ってもらいたそうにしていたけれど、父は「何をやっているんだ、出ていきなさい。次の授業があるだろう。私の教室の紙を無駄遣いしないでくれよ」と言った。

「ごめんなさい、ザン先生」とダーリンは言った。「でもここってあなたの教室ではないですよね。納税者のものでしょ」。そして私が四枚の紙でできたポスターを折り畳むのを手伝ってくれた。「ほらできたよ、クリスピー」と彼女は私の耳元で囁いた。

「え?」

「クリスピーって言ったの。クリスピーナを短くしたんだよ」と彼女は言って、私の前髪を優しく指でなぞった。「でもそう呼ぶのは私だけね、いい?」

　私はダーリンの腰に両腕を巻きつけた。小さかった頃、いつも母にしていたみたいに。よく猿みたいに母の腰からぶら下がりながら、上海のアパートの周りを歩いたものだった。「ママは木で、私は酸《す》っぱい果物ね!」と私は中国語で叫んだ。「ママは耳で、私はイヤリング!」

「あーん、私のペットのクリスピー」とダーリンは言った。私はその日ずっと気分が高揚したままだった。畳んだポスターを、女王様への贈り物のように両手で大切に丁寧に抱えて持ち歩いた。車まで歩いて行く間にゴミ箱に捨ててしまいなさい、と父は言ったけれど、私は自分の部屋に飾りたいと言った。

「全部名前が間違ってるのに、部屋に飾るのか？」

「いいじゃん」

「あの子たちらしいよ、まったく」と父は言って首を振った。「ちゃんとやろうなんて考えてもいないんだ。水準ってものがないんだよ。みんなどこに向かっていると思う？」

「家じゃないの？」。私は適当にそう答えた。

「どこでもない。みんなどこにも行かない。どこにも向かっていないんだよ」

「ふうん」と私は言った。でもどこか酸っぱい気持ちになった（それは美味しい酸っぱさではなかった）。父がそんなふうに、まるで全てをわかっているかのような話し方をする時は、いつもそういう気持ちになった。生徒たちの人生にとって、何の役にも立たないとわかりきっているのに詩を教え続けていることについて、父は何とも思わないのだろうか？　やってみようとすることすら無駄だと誰の目にも映っているのが、気にならないのだろうか？　私たちはどうだろう？　私たちにはどんな水準があったというんだろう？　私たちの運命だって既に決まっているんじゃないの？　私は将来、一体何者になれるっていうんだろう？　私たちはどうしたら他人から哀れまれなくなる？　いくつもの仕事を掛け持ちして働いたり、ひどい場所からまた違うひどい場所へと引っ越したり、一銭も無駄にしないように節約したりすることには何の意味もないということが、どうしてわからないんだろう？　自分たちの置かれた現実にどうして向き合えないんだろう？　そんなことをしたって、今さっき自分たちがいた場所とは違う場所へは連れて行ってもらえないという現状に、どうして向き合えないんだろう？


三年生の時、担任のランカスター先生が母に宛てて、すぐに保護者面談に来ないと私がまた留年になるという「四度目で最後の通告」を送ってくると、母はその紙をびりびりに破いて、「あなたを自由に成長させてやれてないんじゃないかって心配になるわ。私たちはあなたの成長を止めているのかな？」と言った。

「私にも心配させてよ、ママ」

「あなたにも心配してもらうって？　自分のことすら心配できないのに？」

「いいじゃない、悪いことと良いことの違いくらいわかるよ」

「違うよ。だから、あなたはわかっていないって言うのよ」と母は言った。

「どんなふうに？」私は尋ねた。

「どんなふうにって、何がだい、石みたいに固い私のピーチさん？」と言いながら、休みの日だった父が、両手にスーパーの袋を二つずつ持ちながら、玄関から入ってきた。

「なんでこんなに時間がかかったの？」と言いながら、私は父の方へと走って行き、スーパーの袋を一つ取って、キッチンへ運んだ。「ママが、今日はひとりで寝なさいって言うんだよ」と私が言うと、「パパもそう思うよ」と父は袋から買ったものを出しながら言った。全部すぐには腐らないものだった。冷蔵庫の調子が悪くて、先週買ったものは全部酸っぱくなってしまったからだ。

　自分のベッドでひとりで寝るといっても、小さめのマットレスを両親のベッドの横の床に敷いただけだったので、朝になると私がまだ寝ていると思っている両親がひそひそ声で話すのが聞こえるくらいふたりに近かった。何時間にも思えるくらい長く寝たふりを続けることもあったけれど、ふたりが何を話しているのかや、父に何かを言われた母が、私の顔にかかった髪をなでるようにして取ってくれたり、後《おく》れ毛で痒くなった頬を掻いてくれたのと同じくらい優しく父を叩いたのはなぜだったのかを知るためには、この世界には時間が足りなかった。だからある時点まで来ると、私はふたりが何を囁いているのかを知ろうとするのを諦めて、がばっとベッドから飛び起きるとまっすぐに立って着替え始めた。そうすれば母はやめなさいよと言って、以前私が痒がっていた時みたいに、母と父の間に滑り込んできてもいいよと言ってくれるとわかっていたからだ。「なんで私に自立して欲しくないの?」と訊くと母は、「あなたにはホットドッグになってもらいたいな。私とパパはパンなの」と言った。そして私がふたりの間に飛び込むと、父が「可愛い娘がターキーで、愛する妻がチーズだとしたら、私はレタスかな?」と言った。

「そしたら誰がパンなの? マヨネーズとマスタードは誰?」。そうしてあれやこれやと、私たち家族は夢中で、朝日が午後の日差しに代わるまで、サンドイッチやハンバーガーやホットドッグは誰で、パンに肉が挟んであるその他の美味しいものは誰なのかと話し、その間ずっとお互いの腕を絡め合っていた。本来なら私は、親とそんなことをするのは好まず、友達の家に遊びに行って、爪を塗ったり、鬼ごっこをしたり、縄跳びをしたり、私くらいの年齢の子供がやるようなことをやりたがるはずだというのは、どことなくわかっていた。でもむしろ、私は両親に挟まれていたいとしか思えず、考えていることといえばふたりのことばかりだった。ふたりに必要とされたいとか、どうやったらもっとふたりを喜ばせられるだろうとか、ずっとふたりの娘のままでいたいし、ふたりに両親のままでいて欲しいとどれだけ私が思っているかということを、ふたりに感じ取ってもらうにはどうしたらいいのかということだけを考え続けた。

「ねえ」と母は言った。「いつかあなたも親になれば、私たちの娘であることをそこまで意識しなくなるんだよ」

「でもおまえはいつだって私たちの娘だからね」と父は言った。「それに、おまえはこれからもずっと私たちの娘だってことを忘れたりはしないんだよ」

「あなたが自分のことをこれからも私たちの娘だと思うのは当然だよ。そんなに変わらない。でもあなたは、この世に私たちの娘としてだけ存在しているわけではないと思うようになるんだよ」

「そうだね」と父は言った。「いつか母親の気持ちもわかる日がくるね。母親になるというのは、娘でいるというよりももっとすごいことのはずだよ」

「あなたは自分の娘に、『お母さんもまた誰かの娘なんだ』なんて思われることはないの。どういう意味かわかるでしょう、ひねくれっ子さん《サワー・キャンディー》？」

「多分」と私は答えた。

「だから私はあなたがずっと今のままでいられたらいいなって思うんだよ」と母は言った。「もし私がずっと三十二歳のままで、あなたは九歳で、パパは三十五歳のままだったらどうなるんだろうね？　どうなると思う、ひねくれっ子さん《サワー・ハニー・ビー》？」

「そうするよ」と私はすぐに答えた。「ずっと九歳のままでいる。誰かのママになんてなりたくないよ」

「おやおや、ひねくれっ子ちゃんはまたそんなことを言って」と父は言った。「今はそんなふうに言うけど、十歳にならないわけにはいかないし、十一歳も十二歳も十三歳もそうだよ。男の子とデートしたり、運転を覚えたり、初めてタバコを……」

「ザン・ヘピン！」と母は父の名前を呼んだ。

「ごめんごめん」と父は言い、「とにかくおまえは二十歳になって、初めて恋をして、二回目、三回目、四回目と……」

「ヘピン！」と母はまた言い、「いったいあなたは何回恋をしたわけ？　百回以上？」

するとと父は、「一回だけだよ」と言って、母と私を近くに引き寄せた。

母は呆れ顔で「こんなふうにして一生を過ごしちゃだめだからね」と言った。

「こうしてたいよ。ここにいるのが好きなの」

「ひねくれっ子ちゃんったら」

「ほんとだよ、ママ。こうしてたいの。ずっとこのままでいたい」

「神様たちに助けてもらおうか」と父は提案した。

「そうね」と母は言い、私たちはベッドから出て三人で円陣を組み、足を踏み鳴らしながらこう叫んだ。「このままでいさせてください、このままでいさせてください」。みんなの声ががらがらになるまで叫び続けたので、翌日私の声はかすれ、母の声はセクシーになり、父はその声が好きだと言い、私はふたりが手をつないだり、朝、母が父のシャツの襟を直したりするのを見て、だから大きくなんてなりたくない、このままでこんなに最高なのに、どうして前に進んでいく必要があるんだろうと思ったのだった。

＊＊＊

ブッシュウィックに引っ越すと、私の小さなマットレスを置くスペースがなかったというのもあるけれど、そもそもアパートの部屋まで持って上がる前に、同じブロックに住む不良たちにマットレスを盗まれてしまったので、私たちはまた一つのマットレスで寝るようになった。不良たちは父のカーラジオを数週間おきに盗んでは、ユダヤ系のデリ近くの路上で父に売りつけようとした。

「百ドル」

「え？　百ドル？　先週は十ドルだったよね？」

「時代は変わるんだよ、ブラザー」

ある時、三人で地下鉄から地上に出てくると、決まって私たちの持ち物を盗む不良たちがうちにあったものを売っていた。

「全部は買い戻せないわね」と、家にあった枕や、シーツ、お椀《わん》、母の冬用のコート、テレビ（ゴミの間から見つけてきた壊れものだったが、目を閉じて工程を頭に描くだけで何でも学習できてしまうサバイバルスキルを身につけていた父は、それを一週間くらいで修理してしまった）や、ものをあげる立場にいるのは誰で、もらう立場にいるのは誰なのかをはっきりさせるために時折ものをくれる、勤務先のレストランの上司から父がもらってきたビデオデッキを見て母は言った。

「交渉してみるよ」と父は言うと、少しの間目を閉じて戦略を頭に描いてから、その窃盗団の三人のうち、一番白いスニーカーと一番長いTシャツを着たリーダー格の人物のところまで歩み寄った。そいつは、かがむと短パンよりも下まで垂れ下がるくらい長いTシャツを着ていた。「全部で百ドルはどう？」

「ファックユー。五百払わないんだったら、とっとと消えろ」

「君たちのせいで我が家はすっからかんだよ。うちに金があると思うのか？」

「うちよりもあんたたちの方が金持ちでしょ！」と私は叫んで、母の後ろに隠れた。

「そいつ、喋るんだな」とその男は言った。「五百払わないんだったら、ここから失《う》せろ。これが最後だ。次はねえぞ」

「ねえ、手元に百ドルあるんだ。ここにあるものを全部売ったって百ドルにもならないだろ」

「二十ドルにしかならなくて、クソみたいなステーキが夕飯になったとしたって構わねえ。このガラクタは、五百ドルでしか売らねえよ。二度言わせるなって言っただろ」

「お願いだよ」と父は言った。

白いスニーカーを履いてパーカーを着たそのごろつきは、仲間の方に振り返ってこう叫んだ。

「今夜はステーキだ。飲み物はおまえら持ちな、腰抜け野郎ども」

「いいね、いいね」。彼らは一斉に叫んだ。


「あなたが私の娘だって人に気づかれるのにはいくつか理由があるんだよ」と母は私によく言っていた。

「たとえば？」私は尋ねた。

「たとえば、私たちはふたりとも酸っぱい食べ物が好きだよね」

「うん、他には？」

「ちょっと待ちなさいよ。ちゃんと聞いて。あなたも私も酸っぱいものが好きでしょう。酸っぱいブドウ、酸っぱいスモモ、酸っぱい桃、酸っぱいリンゴ、酸っぱいチェリー、酸っぱいブルーベリー、酸っぱいネクタリン、酸っぱいお菓子、酸っぱいスープ、酸っぱいソース、酸っぱいイチゴ、酸っぱいものならなーんでも。大抵の人は、甘いブドウや甘い桃や甘いリンゴや甘いベリーが好きなんだよ」

「そうだよね」と私は言った。

「すごいことだと思わない？　それに、ふたりともすごく硬い果物が好きだよね」

「そうだね。私もママも柔らかい桃は嫌いだよね。柔らかくて甘い桃は嫌いで、硬くて酸っぱいスモモが好きだよね」

「そうなの」と母は言った。「私たちは似たもの同士ね。昨日のことを覚えてる？　地下鉄を出たところで男の人がブドウを売ってたでしょう？　わかる？」

「うん、ブルックリンではお目にかかれない甘いブドウだよって何度も言ってたよね。『そこの可愛《スウィート》いお嬢さんたち、甘《スウィート》いブドウを食べてみない？』って」

「それで私がその人に『本当に甘い？』って訊いたんだよね」

「そしたらその人は『すごく甘いです』って言った」

「だから『本当に甘いの？　本当に本当に甘い？　嘘じゃない？』って訊いたんだった」

「そしたらその人は『ここには酸っぱいブドウはひとつもない』って」

「だから私は首を振ってこう言ったのよ。『残念ね、娘と私は酸っぱい果物しか好きじゃないの』って」

「そしたらその人は私たちに向かって『ちょっと、ちょっと、ちょっと、ちょっと、ちょっと、おふたりさん！　じゃあこれを食べてみてよ。このブドウは甘くてちょっと酸っぱいから。ほらほら酸っぱくてこんな顔になっちゃう。すごく酸っぱい』って言ってたよね」

　母と私は、ふたりの賢さが表れ、ふたりの人生は自分たちの意志で回していることを証明するような、そうしたささいな兆候に笑い合った。実際にその日がふたりにとって意味のある日になったのは、ふたりが「ちょっと、ちょっと、ちょっと」と言う男よりも一枚上手《うわて》だったからで、地元のアパレル会社の受付の仕事を母がクビになったからではないし、ましてや父の勤めていた学校がついに閉鎖になり、学校にいる間ずっと、生徒の喧嘩をやめさせたり、彼らに車を壊されたりすることに疲れ果て、そもそも慈善行為なんて好きでも何でもないのにソーシャルワーカーになったような気持ちになり、毎晩挫折感を覚えて、朝になって今日これから起きることを想像すると本当に不安になって時々嘔吐するようになった父が、その月に教師の仕事を辞めたからではなかった。それにこの日が大切な日になったのは、父が愛人とまた一緒にいて夕飯に帰ってこなかったからでもない。父は家にある現金を全部持って外出し、帰りに夕飯を買ってくることになっていたので、母と私は何も食べるものがなかった。

　その晩、おなかがすいた私たちは、初めは空腹のあまりおなかが痛くなり、そのあとに笑ったらまた痛くなり、それから再び空腹を覚えて痛くなり、寝る時にはお互いがすすり泣く声を聞いたけれど、体を動かしてもうひとりを慰めようとはどちらもしなかった。ふたりの間に広がったどんよりとした大きな空虚感は、夜じゅうずっとそこに蔓延《はびこ》っていた。父がそばに立っているのに気づいてふたりが目を覚まし、父がこう尋ねると、ほんの少しだけその空虚感は小さくなった。「私が上のパンで、ママが下のパンだとしたら、おまえはチーズ、ピクルス、ハンバーグ、ケチャップ、マスタード、玉ねぎ、それからチーズバーガーをこの世で一番驚異的な食べ物にするその他のありとあらゆるものになれるかな？」

　私たちがブッシュウィックを去ったのは、ようやく十分な貯金ができたからではなく、誰も中にいない時に、住んでいたアパートが崩壊したからだった。四つの住居に分割されていたそのアパートの住人が誰も訴えたりしなかったのは、その建物の所有者であるスラム街の悪徳大家が、私たちの上の階に住んでいた正式なビザを持っていないカンボジア人の八人家族や、下の階に住んでいて、リビングでいかがわしいマッサージ店や美容室を営んでいた広東人の女性たちのような、どん底の生活をしている人にしか部屋を貸していなかったからだ。父はその〝美容室〟に何度かひげを剃ったり、髪の毛を切ったりしに行ったが、さんざんな髪型にされて帰ってきて、それを見た母は泣いて、「あんたのせいで私たちは苦しんでるんだ。こんな生活をしているのは、全部あんたのせいだ。もううんざり！」と叫んだ。

でもアパートが崩壊したおかげで、私たちは栗色のオールズモビルに荷物を載せて、ロングアイランドにある、父が前にやっていた仕事の同僚の義兄の家に行くことになった。ロングアイランドはあらゆる物が清潔で、歩道はなく、ただ大きくて広い通りが、行き止まりや長い私道、完璧に手入れされた芝生や、呪われているようで近づきがたい巨大な家までカーブを描きながら続いていくような場所で、私たちは次の住む場所が見つかるまでいつまでも居ていいよと言われていた。車に乗り込む前、三人で道から瓦礫《がれき》を拾って、不良たちが住んでいると思われる建物の窓にめがけて投げつけてやった。彼らは近所に住んでいたリーリーさんを暴行し、そのせいで彼女は台湾に帰る羽目になった。私たちが絶対にニューヨーク州を出ようとはしなかったのは彼らがいたせいで、たとえ出ることになっても、それはそうしたいと思ったからであって、出ないといけなくなったからではなかった。

当時私たちがそこまでわかっていたかどうかは確かではないけれど、きっとわかっていたと思う。そうでなければどうしてニューヨークに残っていたんだろう？　どうしておばとおじが住む、美しい丘の上に建てられた新築の家があるノースカロライナ州――夜にふたりが長い散歩にでかけても、恐怖を感じたり誰かに見られていると不安を覚えることはなく、日中でも玄関のドアを開けっ放しにしていられて、車の中に貴重品を残しておける場所――に引っ越さなかったんだろう？　何か信念を持とうとしたり、自分たちもここに住んでいる人間であることを証明しようとしたりしないで、荷造りして車に乗って、おばとおじと一緒に豊かな生活を送らなかったのはなぜなんだろう？

　だから私たちは不良たちの住むアパートに向かって瓦礫を投げつけたのだ。私たちからものを盗み、友人をボコボコにして、車の窓を粉々に割って、ハンドルを唇みたいな形に真っ二つに折り曲げたあいつらに向かって。だから父は「ここにはもう誰も住んでないんだから、どこか別の場所でケツの穴でも拭いてこい」と叫び、母は「ちんこを朝食にしたらいい、このホモ野郎！」と言い、私は「それをどろどろのうんこで流し込め、ゴミ野郎！」と、まるで台本を読むみたいに叫んだのだ。どこでそんな言葉を覚えたのかとお互いに聞くことはしなかった。そんなのわかりきっていたし、いつかそんな言葉は忘れて、「キャビアをいただける？」とか「その二百ドルのワインをもう一本いただけるかな？　残ってしまってもいいから」なんて言うようになると、みんなわかっていた。まだ今は大ざっぱな想像しかできないけれど、いずれもっと洗練された話し方を自然にするようになると。

　私たちは車に飛び乗った。ワイルドな気持ちだったし、怖かった。父がスピードを上げて、赤に変わりそうな信号を走り抜けると、車はみんなが息もつかぬ間に幹線道路に出た。道の両側では道路工事が行われていて、そこから何も現れはしないとわかってはいたけれど、まるで古い道がみずから修復しようとしているみたいに見えた。私たちは十年後、三人でまたこの道路にやってくる。そして、オレンジ色の反射ベストや、セーフティコーンや、排水溝の奥底でお互いを呼び合う男たちや、まだ危険なくらい細い以前と変わらない古い車線を見て、科学者が一本の木の過去や現在を知るために、その幹の渦巻をたよりに長い歴史を辿っていくように、時間の経過を表す消えかけた白い安全線の跡を見ることになる。

　ブッシュウィックのアパートが崩壊してから六週間が経つと、父は自分の両親に助けを求める手紙を書いた。次に住む場所を探すのにあまりにも時間がかかり過ぎてしまい、ロングアイランドを離れなければならなくなったのだ。ロングアイランドは、これから母と父が今よりもましな仕事を見つける予定のマンハッタンやクイーンズやブルックリンに通うには遠く、家賃が高過ぎた。そこで私たちは所持品をフラッシングまで運び、父の友人のシアン・ボーとその妻が住む家のリビングに仮住まいさせてもらうことになった。ふたりには、家賃の三分の一を払って、食料品代を少し出して、掃除全般をやるのであれば居ても構わないと言われていた。その十日後に祖父母から来た手紙には、母と父が生活を立て直す間の一年間を上海で過ごしてみないか？　と私に宛てて書かれていた。

「子供はお金がかかるものだし、孫の成長を見ないで父方の祖父母が死ぬのは自然に反する。子供は良い学校に行って、良い成績を取り、温かいおやつを用意して待っている両親のいる家に帰ってきて、毎晩六時半きっかりに夕飯を食べて、毎晩九時半前には愛してくれる大人に寝かしつけてもらって、学校に行く時には家族がそろっていて、まともで健全な友達を持つべきだ」とも書かれていた。母はその手紙を中国語で読み上げ、父は私が理解できない部分を英語に訳してくれた。どの部分を父が作り話にして、どの部分を訳さないままにし、どの言葉を英語に置き換えられずにいたのかは、誰にもわからなかった。

「やだ」と私は言った。「やだ！」。拳を床に叩きつけながら私は両親に訴えた。「やだったらやだ！」。ウィリアムズバーグにいた頃に両親に買ってもらったクマのぬいぐるみを、シアン・ボーの家のリビングの窓に向かって投げつけながら言った。「やだやだやだやだやだやだやだ！」。一年、ひょっとするともっと短いかもしれないけれど、その間だけでも離れていたら、いいことがたくさん起きるんだよと母は説明してくれたが、それでも私は言い続けた。「やだやだやだやだやだやだやだやだ！」。父は思いつく限りの私が大好きな酸っぱいものの名前で私のことを呼んだが、私は言い続けた。「やだやだやだやだやだやだやだやだやだ！」。両親は、もう少しだけ落ち着いてくれたら、来週は一週間学校に行かなくていいと約束すると言ったけれど、私は言い続けた。「やだやだやだやだやだやだやだやだやだやだ！」。母に叩かないでとお願いされても、私は続けた。「やだやだやだやだやだやだやだ！」。ふたりが私を落ち着かせようと、それぞれ私の手首をつかんで、両腕を無理やり両脇に下ろそうとしても、私は言った。

「やだやだやだやだやだやだ！」

父が膝をついて私の前でひれ伏すようにして、おまえが泣くのを見るのは辛いからやめてくれと懇願しても、私は言い続けた。「やだやだやだやだ！」。ぐったりするまで泣きじゃくる私を、父が腕をつかんで立ち上がらせて、キッチンを通ってリビングまで連れて行っても、私は言い続けた。「やだやだやだやだ」。父が私を運んでいく間、母は私の手を握りながら、まだ何も決まったわけじゃないし、まだまだ考えなくちゃいけないことがたくさんある、それに家族にとって一番良いと思われることをするだけなんだよと言っても、私は叫び続けた。「やだやだやだやだ！」。父が床に毛布を広げても、言い続けた。「やだやだやだやだ！」。母が私を着替えさせる間に父がトイレに行っても、言い続けた。「やだやだやだやだ！」。母にパジャマを着させられている間に父が戻ってきて、私と母のそばで横になっても、言い続けた。

「やだやだやだやだ！」

「おやすみ」と母は言った。

「やだやだ！」

「おやすみ」と父も言った。

私は暗闇の中で呼吸を落ち着かせようとした。それから、いつもみたいに「ラブユー」と囁き合って、翌朝目が覚めると、自分は生まれながらにして悲しい人間なんだと思った。

両親は最終的にどうするかを決める時には必ず私の意見も聞くと約束し、他の方法を検討する時間もあるはずだと言った。そして、私にはお花の絵が描かれた黄色い部屋を、母には観用植物でいっぱいのリビング、父にはデスクと椅子が揃ったフローリング張りの真っ白な書斎を約束すると言った。でも依然として家にはお金がなくて、中国系のパン屋のゴミ捨て場から拾ってきたものを食べていた。干からびたマヨネーズと豚肉を食べてはおなかを下したし、父が見つけてきたきちんと包装されたフィッシュ・サンドを食べた時には蕁麻疹《じんましん》が出た。母はストレスのせいで生理が来なくなり、トイレに座り込んでおなかを抑えていることもあった。「ここに出たがっているものがあるんだけど、出てこないんだよ」

「ママ、かわいそう」

「大丈夫だよ、私の可愛い子」

母は二十、父は十二個の仕事に応募していた。ある日、父は両手をあげながら帰宅し、今日の新聞には求人が載っていなかったと言った。でも私と母は、父が台湾人のビッチと会っていたのを知っていたので、母はシアン・ボーと妻の前で父にビンタを食らわせた。シアン・ボーたちはその後、やはり私たちがいると家が狭くなるし、子供たち（自己陶酔したにきび面のエディーという男の子がいて、彼がおしっこをしている間に私がうっかり洗面所に入ってしまった時に一度だけ「薄汚ねえケツ野郎、消えろ」と叫ばれた以外一度も口をきかなかった。妹のルーシーは異常に活発な子で、「だめ」が実際に何かを意味する言葉であることを理解しておらず、午後の間じゅうずっと「私ってなんて可愛いんだろう」と言いながら跳ね回っていた）が怖がっているからと言って、一刻でも早く他に住む場所を見つけて欲しいと言いはじめた。シアン・ボーの妻は「ここはベルサイユ宮殿じゃないんだから」と言っていた。彼女の夫は家族を養うために二つの仕事を掛け持ちしていて、一つは私たちのことは大嫌いなのに、食べている物は大好きな金持ちの白人に、雨や雪が降るなか、自転車で中華料理を配達する仕事だった。とにかくそういう訳で、私たちはその家を出ていかなくてはならなくなったのだ。

母はいつももっと稼げる方法がないかと目を光らせていた。そして、やることのない大勢の中国人の年寄りが、バスに乗って、日がかりでアトランティックシティ（アメリカ東海岸で最大規模のカジノがある都市）まで行って帰ってくるのが流行していることを、どこかで聞きつけてきた。いくつかのバス会社が乗客にお金を渡してバスに乗ってもらっているようで、そのお金をギャンブルで無駄遣いさえしなければ、一往復ごとに二十ドルの利益になるということだった。それなら、ベンジャミン・フランクリン（百ドル紙幣のこと）の五分の三は稼げるだろうから、私たちもやってみようということになったのだ。

母が髪の毛をカールしてくれたので、時々両親が夜遅くにテレビで見ていた白黒映画に出てくる、ギャンブル好きな女の人みたいなハスキー・ボイスになるために、タバコを吸わせて欲しいとお願いしたが、十八歳まではダメだと言われた。そこで、母も十八歳まで待たなければいけなかったのかと尋ねると、母はそんなことはなかったけれど、それは中国でのことだからねと言った。私はそれだったら、そんな恐ろしい地獄のような場所に私を追いやるべきじゃないよねと言い、それを聞いた両親はお互いの顔を見合わせ、父は私にやめなさいと言い、母は私の手をぎゅっと強く握った。

結局、二十ドルもらえるというのは割りに合わない話だった。バスは朝晩一回しか走らなかったからだ。朝のものすごく早い時間にバスから降ろされると、私たちは毎回カジノの敷地内に座って足を休めた。警備員がやってきて、ここは「うろつき禁止」区間だからと忠告すると、父は「どうやったらこんな小さな女の子が座ってうろつけるって言うんだ？」と言い返した。それを聞いた警備員は「ここはアトランティックシティだよ。ギャンブルしないってことは、うろついてるってことだろ」と言った。十二時になると、胃を針で刺されているのかと思うくらいおなかが空き、あまりにも空きすぎて十二時半には、その針がナイフになって、一時にはナイフが爆発する爆弾になって、二時にはおなかの中で五十個の地雷が爆発したので、ついに母はあらゆるものの値段が高過ぎるフードコートへ私を連れて行き、サンドイッチとジュースを買うために十二ドルを使った。すると今度は母のおなかが空きはじめたので、新たに七ドルを使い、ふたりとも食べ終わると、母は足首が痛いと言いはじめ、父は「スニーカーを履いてこないからだよ」と言い、母は「あんたが何でもいいから仕事をして家族を養わないからでしょ」と言い返した。

帰りのバスが戻ってくる頃には、母は泣いていて、私たちは既に稼いだ四十ドルのうち二十七ドルを使っていた（バス会社は私はまだギャンブルするには幼いと言って一銭も払わなかった）。

「結局いつもこうなのよ」と、母は前の座席に頭を押し付けながら言った。「みんなよりも先を行こうとするけど、結局遅れることになる。私たちは永久にずっとこうなんだ」

「そんなことないよ」と私は言った。「みんなよりも十三ドル多く持ってるじゃない」

「娘にどれだけ自分たちが惨めに映ってるかわかってるの？」と母は父に言った。「あんた、どれだけ自分がアホなのかわかってる？　あんたのゲームやら、ジョークやら、笑顔やら、自分を良い父親に見せるためにやってること全部、クソうんざりなんだよ。あんたはみんながその上に吐きまくってるクソまみれのゲロに覆われたクソだ。反吐《へど》が出る。今すぐにでも吐いてやりたいくらいのクソ野郎なんだよ」

前の席に座っている男が振り返って、母に座席を押すのをやめろと言った。「それに、うるせえから黙れ」

それを聞いた母はキレて、バスの前方へと走っていき、運転手に今すぐバスを停めて、後ろの方に座っていて母と私に危害を加えようとしている、ラリったビョーキの変態男を降ろすようにと言った。最初父と私は、母は前の席に座っている男のことを言っているのだと思っていたが、母が「その男の名前はザン・ヘピンで、今すぐバスを停めなかったら、バスから飛び降りてやる！」と叫んでいるのを聞き、もうすぐ私たちはこのバスを降りる羽目になり、おそらく最悪な事態になるだろうと悟った。もしかすると私たちはもう修復不可能だったのかもしれない。ニュージャージー・ターンパイクの路肩に立って、猛スピードで前を通り過ぎていく車に止まってもらおうと、父がシャツのボタンを外すというジョークを披露するまで誰も口をきかなかった。母が父のそのジョークを完全に無視したので、父はズボンまで脱ぎはじめ、母が「誰もそんなもの見たくないし、何の役にも立たないでしょ」と言い捨てても、父は下着一枚になるまで服を脱ぎ続けた。セミトレーラーや、セダン、小型トラック、ドアがボロボロのポンコツ車、ぴかぴかのオープンカーや、バンパーにこれでもかというくらいの数のシールが貼られた乗用車がクラクションを鳴らしてきた。

私はどうやってマジックが世界に広まっていったのかや、私たちが取り分をもらえるようになるのはいつなのかを考えていた。最終的に残った十三ドルを使わずに、ここから七十マイルくらい先の自宅までの道のりをどうやって帰ればいいのかについてはもう心配しておらず、私はただ母が振り向いて父のことを見て、父の脚が細過ぎることや、前にみんなで世界一丸いスイカだねと笑い合った、その突き出したおなかを見て面白いと言って笑って欲しかった。そんなことが起こせるマジックがあればいいのにと思っていた。

私はきっとこうなるだろうと想像していた――私たちは借金を完済して、両親の友人はこれまで私たちが頼みごとばかりして、ずっとお金を返せなかったことを許してくれる。父は学校で再び教鞭を執るようになり、愛人には静かにいなくなるように告げる。母は私や父くらい英語力が上達するような仕事をみつける。私は週に四日か五日学校に行くようになる。そうして私たちは、自分たちを取り囲む毒を排除するのだろうと。

「もっと強く押して」。みんなで車に体重をかける時、母は私の手の上に手を重ねて言った。その夜の早い時間にハーレム・リバー・ドライブを運転している途中で、栗色のオールズモビルが壊れたのだ。いつかは壊れるとは思っていたし、この車がここまでもったことが驚きだった。もう真夜中で、真夏の最後の数時間が過ぎようとしていて、五日後には私は上海に戻らなければならなかった。どこに向かうわけでもなく、ただ他の人たちから離れて家族だけの時間を過ごしたいと思ったのだ。

私たちは車を道路の外に押し出して、そのまま川岸まで押し続けた。父はナンバープレートを外して、車を川に捨てて逃げようと言った。廃品置き場に捨てに行くお金がなかったからだ。

「もう動きもしないじゃない」と母が言った。

「まだ動いてるよ。動いてるのがわかる」と父が言った。車が動き出し、私たちから離れていくのが感じられたので、まさに手を離そうとした瞬間、突然私はガラクタや瓦礫や泡や尿やゴミや糞や腐敗物の臭いと一緒にその車がハーレム川に流されていくのが耐えられなくなった。私は水の中に飛び込むと、車の上によじ登り、川岸に私を連れ戻そうとする父に向かって嫌だと首を振った。

「だから今夜はドライブしたくないって言ったんだ」

「ああ、愛する娘よ。今週は毎晩一緒に過ごしたいって言っていたじゃないの。夜の街を見たいって」と母が言った。

「泳ぎたくないよ」。水の中に飛び込み、沈んでいく車から離れようと泳ぎはじめる時、私は言った。振り返って、後ろを泳いでいる父の顔を見た。

「私を遠くに行かせないで」

「行かせないよ、私のひねくれっ子ちゃん《サワーレスト・アップル》」と父は言った。「おまえがやりたくないことは、何一つさせないから」

「私を行かせないで」。父が私を背中に載せると、私は言った。

「いいから、しっかりつかまるんだ、ひねくれっ子《サワー・グレープ》」と父は言い、私を載せたまま母のいる所まで泳いで戻った。

「行かせないでよ」と私は母の方を見ながら言った。母は泣いていて、両腕を私の方に差し伸べていた。抱き上げるには私は大きくなり過ぎていたし、母は痩せ過ぎているとわかっていたけれど、私は母に抱き上げてもらった。こうした瞬間が、これまでもこれからも、どれだけ儚《はかな》いのかよくわかっていたからだ。そしてまだ母の腕の中にいることができるのであれば、いつだってそうしていたかったし、これからもいつだってそうしたいと思っていた。

「ちょっとの間だけだよ」と母は私の濡れた髪をなでながら言った。「ほんのちょっとの間だけ」

「ちょっとなわけない」と私は言った。「いつも一緒にいるって言ったじゃない。私のことはどこへもやらないって」

「そんなことしないよ、私のひねくれっ子ちゃん」と父は言った。

「おまえはいつだって私たちの大事な宝物だよ。私たちのクリスティーナだよ」

「そんなんじゃだめ」と私は言った。「ここにいたいの。そんなんじゃだめなの。どこにもやらないで」

「どこにもやらないよ」と母は言った。「ほんのちょっとの間だけだよ。できるだけ短くするから。ものすごく短い間だけだよ」

母が震えているのがわかった。私は自分が次第に消えていくように感じた。こうして一緒に過ごした数多くの夜の中で今夜、母と父と私が体を寄せ合いながら、叶わないことをお互いに約束し合うことを素晴らしいと思った。

「私たちのことを助けて」。私は飛行機が飛んでいる空に向かって拳を振りかざして言った。そして飛行機の乗客に向かって「私たちを見守って」と言った。一瞬すべてが真っ白になったので、乗客からは私のことが見えたはずだ。ふたたび世界に色が戻ると、私はまた父の背中に載っていて、数フィート後ろにいた母が私たちに追いつくと、私は父に、背中から降りてちょっとの間立っていたいと言った。私たちはそこで立ちつくしたまま、動かなかった。両親があの時、何を考えていたのかを知ることができるのなら、私はなんだって差し出す。車がまた浮かび上がってきて、私たちが生み出した化け物《モンスター》みたいにハーレム川を流れていくと、三人で噛み締めたその厳粛な思いは突然しみったれたものになった。三人ともわかっていた。車をまた川底に沈めるには並々ならぬ努力が必要になることを。

空っぽ、空っぽ、空っぽ

ジェイソンは私が知る中で二番目に背が低い男の子で、シュリンピー・ボーイ（男《エビ》）とかシュリンプソンなんていうあだ名で呼ばれていた。それでも私は彼にボーイフレンドになって欲しいと思っていて、そうするのは世界で一番簡単なことで、私の方でやらないといけないことは特になかった。というのも、私は生きていて息をしているだけで、信じられないくらい、頭がくらくらするくらい、首がのびてしまうくらい、心臓がどきどきするくらい魅力的な美というものを醸し出していたからだ。私は四年生の中で一番可愛い女の子だった。まっすぐで長い黒髪は、絡まることを知らなかった。毎朝、担任のシルバー先生が自分の席に座りなさいと怒鳴りはじめるまで、私よりも背が高くて、ぽっちゃりしていて、既におっぱいやお尻が大きくなってきている女の子たちは、私のことを褒めたり、私の容姿に感心したりしていて、私の髪に指をすべらせながら、私みたいになれたらいいのにとか、私みたいな髪の毛や細い腕や脚になりたいと話していた。たまに私は彼女たちがかわいそうになって、髪の毛が絡まってボサボサだったり、腕や脚が太いっていうのはどんな感じか知るのも悪くないかもねと言ってみたりした。

　私が着ていた服は、引っかき回しながらお目当ての商品を見つけ出して買うような大人の女性用のクリアランスセールのコーナーで一ドルか五ドルで買ったものだった。優しくて機転の利く母は、そこで買ったワンピースやスカートを何時間もかけて縫い直したり、丈を詰めたりして私のサイズに合うようにしてくれた。それもあって、私はただ生まれながらにして最も美しい体型に恵まれた女の子というだけでなく、歴史上最もおしゃれな四年生だった。スカートがめくれ上がって、男の子たちが私のお尻に釘付けにならないのなら、私は鬼ごっこなんてやらなかった。走るたびにスカートがめくれ上がっていたのは、クラスメイトによると、私は「発狂したノイローゼ患者」みたいにお尻を上に突き出して、両手をバタバタさせながら走っていたからだ。

私はいつも走っていて、特に「男子が女子を追いかけるゲーム」をしてみんなが遊ぶ休憩時間には、男の子たちに「お願いだから私のことを追いかけないでね」と言って回らなければならなかった。そのゲームのルールは簡単で、男子は好きな女子のことを追いかけて侮辱しなければならず、侮辱された女子はその男子のことを侮辱し返して、その男子が本当にその女子のことが好きで、その気持ちを恐れずに示せる場合は、女子が座るはずの場所に唾を吐いて「ここに絶対座れよ」と言うような、本当にひどいことをするというものだ。そして女子がそのとおりにすると、男子は大笑いして「本当に座ったぞ、こいつ」と言い、そうすると、基本的に女子の勝ちになる。それは、その男子がその女子のお尻が欲しくて、女子は男子にお尻をあげるという最も明白なしるしだからだ。

四年生の二月には、ジェイソンは私のボーイフレンドになっていた。彼は「男子が女子を追いかけるゲーム」の最中に、私のことを押した。

「押さないでよ」と私は言った。

すると彼は「え、今、押しちゃった」と言った。

そこで私は「ねえ、何かシャツについてるよ?」と言った。

そう言われたらジェイソンは下を向くはずで、そうしたら彼の顎から鼻にむけてひっぱたいてやろうと思っていた。でも彼は引っかからなかったので、私は「えーと、シャツに何か変なものがついてるって言ったんだけど、見ないの?」と言わないといけなかった。すると彼は唐突にこう口走った。「一緒にダンスパーティーに行かない?」

私たちは冬に行われる「雪がいっぱい」というダンスパーティーに一緒に行き、私は、翌朝には脚を切り取られてしまうので今夜がみんなに自分の脚を見せつけられる最後のチャンスだと考えている女の人みたいに踊った。チーシャンという男の子がやってきて「すごいね、どうやったらそんなに脚を速く動かせるの？」と訊いてきたので、私は「遺伝だよ！」と答えた。噂好きのクラスメイトのミンヒ・キムはチーシャンが私にメロメロになっているのを見て、ジェイソンに告げ口した。「ねえ、チーシャンがあんたの彼女と浮気してるよ」

それを聞いたジェイソンは私のもとへやってくると「君は僕のガールフレンドなんじゃないの？みんな僕がチーシャンと喧嘩を始めるって思ってるみたいなんだけど」と言った。

私は「あんたはシルバー先生が『平和主義者だと思う人は手を上げて』って言った時に、手を上げてなかったじゃない」と言った。

ということで、四年生のバレンタインデーの数週間前、ジェイソンが私のボーイフレンドになって一週間経った頃、彼は既に私のために喧嘩をするつもりだった。正直に言うと、彼が相手を殺すつもりだったり、私の心を勝ち取るために、宇宙に行って燃えている星を取ってこようとしても私は驚かなかったと思う。あれだけ男の子に好かれていたら、何が起きてもおかしくない。プロ野球選手みたいなカーブボールを投げられる親友のフランシーンは、ユンヒ・ソンとラタ・パーガルがクラスのみんなにジェイソンはもう夢精したことがあると話して回っているよと教えてくれた。「何のことだかわかるでしょ」。彼女は頭のおかしい変態犬（ある意味でもう既に彼女はそうなっていた）みたいにまつげをパチパチさせながら私を見た。

「知らない、何なの？」

「あんたに生理が来たら、彼はあんたを妊娠させられるってこと！」

上等だ、と私は思った。昼間に放送しているテレビのトーク番組が頭をよぎった。四年生になる前の夏、私は兄のエディーといとこのフランジーと過ごさなければならなかった。フランジーはフランシーンに名前は似ているけれど、中身は違って、本当のいとこですらなかった。でも彼女はいとこだということにしないといけなかった。それは、この一年の間に、すごくけちな実の父親が実の母親を殺したという九歳の女の子に対する唯一の礼儀だと母が言っていたからだ。本当にひどい話よ。その話を毎日聞かされても聞き飽きない誰かに向かって母は電話で話していた。その父親は、適切に対応すれば手遅れにならないのに、妻の子宮にみつかったがんを取り除くための手術代を払うのを拒んだのだ。そのうえ妻とフランジーを去年一年間ずっと監禁し続けた。誰も彼らの家を訪れず、誰も連絡できないような閉鎖されたひどい空間で、どれだけ彼女が苦しんだのかは神様にしかわからない。母はその話を何度も何度も繰り返して、電話の相手から見られているみたいに、またどれほどこの話に自分が震え上がっていて、罪悪感を覚えているのか、他人に対する思いやりの心がここまで母を感情的にさせるんだということを見せつけるかのように、受話器を握りしめながら身震いしたり首を振ったりしていた。

実際それはそのとおりで、母はいつも宿を必要としている人たちを家に連れてきた。この家が単に私たち家族だけの家であることはなく、常に困っている人たちが通り過ぎていった。私たちは世界初の一泊ゼロドルのホテルを運営していて、どこの馬の骨ともしれない人たちを受け入れていた。湖南省の小さな村から移住してきたばかりの若い家族がやって来た時は、全員からきつい匂いがして、私は失神しないように、自分の家にいるのに鼻に脱脂綿を詰めていないといけなかった。彼らが一ヶ月ぶりにお風呂に入ったあとは、バスタブの内側に垢の輪がついていた。他にも母は、スーパーで会ったという若い台湾人の女性を連れ帰って来たこともあった。彼女は顔にありとあらゆる奇妙なチックが出る人で、私たちはそれに反応することすら許されなかった。「彼女はあなたの想像をはるかに超える衝撃的な人生を生きてきたんだよ」と母は言った。でも私は「私に想像できないものはないよ」と答えた。すると母が「でもこの人の人生は想像できないよ。誰にもね」と言うので、私は「誰にも想像できないんだったら、それが本当かどうかどうしてわかるわけ？」と言った。すると母は、「もうこの話は終わり。そんな顔をするもんじゃないよ」と言った。

フランジーを受け入れる前にもっとひどかったのは、父の上海時代の古い級友が妻と娘のクリスティーナを連れてやってきた時だった。十歳というのは人生で最も悲しい年なんだと思うほど、クリスティーナはすごく暗くて悲しそうな顔をしていた。母がついに、影響を受けやすい小さな子供たちがいるんだから、うちに女性を連れてくるのは良くないと言い出すまで、彼らは約半年間うちに滞在した。それを聞いたエディーは笑いながら私にこう言った。「ママはあそこで俺らが毎日何を見てると思ってるんだろうね？」。私が「どこのこと？」と聞くと、彼は「そこだよ」と言って、外を指差した。ちょうど近所に住むサリーがペットのガラガラヘビをボーイフレンドに見せびらかしているのが見えた。彼は一週間前、サリーの顔を彼女が後ろによろめいて道の真ん中で尻もちをつくくらい強く叩いていた。彼が車に乗り込んで走り去る間、サリーは放心状態でそこに座っていた。私はその一部始終をリビングの窓から見ていて、頭の中で五十数えてから出て行って彼女が立ち上がるのを助けた。サリーが笑って、手を貸してくれてありがとうと言った時、歯と歯の隙間から血が出ているのに気づいたけれど、できるだけ見ないようにした。

だけど最後に母はこう言った。私たちみたいな、お互いこんなにも愛し合っているラッキーな家族が示すことのできる唯一の礼儀は、フランジーを家族の一員として受け入れることだと。だから私は彼女のことを自分のいとこだと呼ばなければならず、時には姉だと人に話さなければならなかった。彼女は私たちと一緒に夕飯を食べ、しょっちゅううちに泊まった。そして「温かくて幸せな家庭生活」を彼女が送るために、私はベッドから追い出され、床に寝させられたのだ。私は母の首をつねって、「もしもし、本当の娘のことはどうでもいいんですか？　何でもない顔をして、超変な名前の赤の他人に〝温かくて幸せな家庭生活〟を提供しているけど、本当の娘の生活はどうでもいいんですか？」と言いたかった。私はフランジーをかわいそうだと思わなければいけなかった。それは単に彼女の母親が死んで（だから何？）、父親が精神病院に三ヶ月いたからだった（そんなこと知ったこっちゃない）。その父親はきっと、三年生の時に行われた「モンスター・パーティー」

用に思いついて、ドラッグストアで買ってきたガーゼで母とエディーにぐるぐる巻きにしてもらって完成したコスチュームみたいな恰好をしているんだろうと思った。

そのパーティーで私はいつものように、ターボチャージャーの上に乗って踊っていた。途中でガーゼが全部剥がれてしまったと思ったら、突然パンツ一枚になり、小さなコブみたいな胸が顕《あらわ》になった姿で立っていた。周りにいたみんなはあんぐりと口を開けて私のことを見ていた。

なーんて、冗談。そんなことはダンスの前日に見た夢の中でしか起きていない。実際は、ガーゼが両腕と両脚の周りで素敵な感じではためいて、私が行く先々を体育館の照明がどこへでも追ってきた。そのダンスパーティーで私は間違いなく、輝きながら燃える小惑星で、彗星で、太陽で、銀河系で、宇宙で、土星の輪で、世界の九番目の不思議で、決して燃え尽きることのない星だった。

翌日学校では、ミンヒとユンヒがパーティーで誰が誰と踊っていたとか、誰のあれに向かって誰がお尻を突き出していたかということについて話していた。ふたりの横を通る時、私が大きく咳払いをしながら「あーあ、お尻が超疲れちゃってる!」と言うと、ミンヒは、これまでの人生で私は一度も面白かったことがなかったんじゃないかと思い直してしまうくらいつまらなそうな顔で私を見て、ユンヒはこう尋ねた。「なんで? あんたはダンスに行ってもいないでしょ」。その時私は、自分ではどれだけ照明で照らされていたり、ダンスをしたり、生まれた時からみんなの目をくらませるくらい輝いていると思っていたとしても、人に気づいてもらうためにはもっと努力しないといけないと気づいた。だからふたりに「それはね、私がクレイジー・リッチないとこの家で、海から採ったパールをためしに着けたりしてたからだよ。あんたたちはクルクルパーだね」と言ってやった。するとミンヒは「はあ? なんなの、この子?」と言うので、私も「はあ? なんなの、この子?」と言い返した。でも、誰かの言った言葉を繰り返すことしかできないのは、負けを示す最初のしるしだ。

それはともかく、私には血のつながったいとこはアメリカにいなかったし、首に本物のパールを着けてみたこともなかった。母はジュエリー・ボックスの中に偽物をたくさん持っていて、いつかは全部私のものになると言っていたけれど、どうせいずれよく知りもしない、フランジーみたいな、自分の子供よりもかわいそうだと思う人たちにあげてしまうことになるのは目に見えていた。だからきっと、いつも私にフランジーをいとこだと呼ばせようとしていたのだと思う。でも私はそれよりももっと寛大な方法を思いついた。それは父のお金から千ドルをフランジーにあげるというもので、そうすればフランジーはうちの家族の邪魔をしなくなると思ったのだ。母はお金について心配するような素振りはちっとも見せず、私も同じで、父にそのお金がないわけでもなかった。いつか母は「うちはすごく豊かなの」と言っていた。厳密に言うとそのあとに、「お互いへの愛で溢れてるからね」と付け加えていたが、それでもお金に困っていたわけではなかった。

母が物質主義的に考えるのをやめた方がいいと言うので、それに対して私が「何を言っているのかわからない」と言うと、「母親に口答えするのはやめなさい」と言われ、それに対して「娘に口答えをするのはやめなさい」と言うと、母は「私はあんたの母親なの、わかった?」と、たんぽぽの綿毛を吹き飛ばすように一息で言い放った。母は大した力をかけなくてもたんぽぽを潰せることを十分心得ていた。それから「私はあんたの母親なの、わかる? 私はあんたの母親なの、わかる?」と言い続け、私に一言も口を挟ませず、両手で耳を覆って、どれだけ私が素早く考えをまとめられたとしても、その声は聞こえないという仕草をした。私は頭が爆発しそうになって、これでもかというくらいの大声で叫んだ。

「やあああああああああああああめえええええええええてえええええええええええええ!!」

すると母はうんざりした顔で私を見て、「あんた、頭がおかしいの? おかしくなっちゃったの? なんでそんなに叫ぶのよ。いい、ルーシー? 私はあんたの母親で、あんたは私の娘。だからあんたは私の言うとおりにするの。いとこのフランジーと仲良くしなさいって言ったら、仲良くする。もしまたあの千ドルの話をしたら、お兄ちゃんみたいに髪の毛を短く切って、首の後ろの長い毛をバリカンで刈って、元の長さに戻るには五年かかるくらい短くするからね。もし抵抗なんてしたら、手を縛って頭を丸刈りにしてやるから」

四年生がはじまる前の長い夏の間、フランジーは私の「いとこ」になり、兄は昼食用にと両親が冷凍庫に入れておいてくれた冷凍餃子を茹でたり、冷凍ピザを電子レンジで温めたりした。気分が良い時には、オムレツを作ったり、ラーメンを作って熱々のスープの上に卵を割ったりすることもあった。フランジーと私は「おまえは小さなピーピーピーピー、これからおまえのケツをピーピー、おまえのピーピーピーろくでもない脳みそをピーピーピーぶん殴るのをピーピー止めようとピーピーするんじゃないよ。そもそもおまえのピーピーはピーピーするはずだったんだから、おまえをピーピーしてやる、ピーピークソ野郎、おまえはピーピー野郎で、ピーピーやりチン」以外何も言わないテレビ番組を見ていた。

私たちはその番組をソファの上で一日じゅう見ていて、床に体を半分落としたり、完全に体を落とした姿勢で見たり、Tや、Lや、Vや、真ん中の棒がないAや、Oの字を描くようにお互いの上に寝そべったりしていた。ただ、フランジーは木の幹みたいに体が硬かった。一方で私の椎骨《ついこつ》は魚みたいで、その気になれば正弦波みたいに体を曲げることができた。

学校がはじまると、私はまず世界一の親友フランシーンに「ヤッホー、ピーピーピーピーピーしてる、ピーピーピーな人」と声をかけた。

「何それ?」と彼女は言った。

「罵り言葉だよ!」。私は、ようやくフランシーンが知らないことを彼女よりも先に知ったことに得意になってそう言った。

「ピーっていうのは罵り言葉じゃないよ」

「そんなことない、罵り言葉だよ」

「ファッキン・クレイジー！」とフランシーンは言った。「わかる？　これが罵り言葉」

　どうしてもうフランシーンが罵り言葉の使い方を知っていたのかは、わからなかった。私は罵り言葉の音を真似しているだけだったのだ。うちのケーブルテレビには映らないどんなテレビ番組を彼女が見ているのか知りたかった。機嫌が悪くなった私は、フランジーと家まで歩いて帰る途中で、今日はうちに来ないほうがいいんじゃない？　と言ってやった。彼女が見ていない間にすり潰した毒をジュースの中に入れてしまいそうな気分だったからだ。でもそんな運試しみたいなことはするものじゃない。私のたった一つの家なのに、あんたのせいで自分の家だと思えなくなったし、自分の家にいるのに邪魔者になったみたいに思えちゃうんだから、そんな弱っちい居候なんかしてないで、本当の自分の家に帰ったらどう？

　フランジーは瞬きしないアライグマみたいに深くくぼんだ目で私をじっと見た。傷つけられたような顔をしていたが、私だって同じだった。彼女が傷ついたのだったら、私も傷ついたのだ。それ以上に傷つけられたように見える資格を持つ人は誰もいなかった。傷つけられたように見える傷つけられた人が集める同情は、傷ついたようには見えない傷ついた人に集まる同情よりもずっと大きいからだ。でもそんなの完全に不公平だ。私は通りの真ん中で立ち止まり、腕を組みながらフランジーに言った。「言っとくけど、全員があんたのことをかわいそうだと思ってるわけじゃないんだからね」。フランジーは少し微笑んだが、その笑顔はひどく痛々しかった。それから自分の父親の家がある方角に向かって走っていってしまった。父親があまりにも無責任で異常だったせいで、ほとんど暮らしたことがない家に。以前フランジーは、父親にビールを飲まされて、体がだるくなって床で寝てしまったことがあると話していた。私は彼女のオーバーオールと紫色のリュックが見えなくなるまで待ってから、歩いて家に帰った。

　家に着いて、理科の授業のために実際に試すことのできる仮説を考えなければならず、兄のお尻の絵を兄の部屋の壁に描いたら、兄のお尻が消えてしまうという仮説を試してみたいと兄に言ったら喧嘩になった。エディーは私がマーカーペンを手に彼の部屋を突撃しようとするたびにすごく怒って、一時なんかは脱臼するかと思うくらい強く肩を押された。もちろん、兄は自分が私よりも六歳年上であることなんて気にすらしていなかった。苦労しつつ十五年もかけて喧嘩の訓練を重ねてきた兄は、実践経験がたった九年しかない妹に、一歩も譲ったりなんてしないタイプの人間だったからだ。兄は私をカーペットに押し倒して、両耳を強くつかむと、「バカなことを言ってごめんなさい。二度としません」と言うまで放さないからなと言った。私は頭にきて、大きなつばの塊を兄の顔にめがけて飛ばしてやった。そしてちょうど目と目の真ん中にくっついたつばを兄が拭おうとしている間に、体をくねらせてその手から逃れると、自分の部屋まで全速力で走っていって鍵をかけた。

仕事から戻ってきた母に、学校の初日はどうだったのか聞かれたので、エディーに泣かされたから腫れた目で学校に行かなくちゃならなくなったので、着ていこうと思っていたピンクのコットンのシャツと、秋になったら外で履こうと思って夏の間ずっと家の中でしか履いていなかった、くるぶしにレースの付いた靴下とエナメルのストラップシューズが似合わなくなっちゃったけれど、それ以外は普通だったと答えた。

「お兄ちゃんと喧嘩しちゃだめでしょ。エディーは最近すごくストレスを感じてるみたいなの。高校生は宿題が多いからね。静かに宿題をやらせてあげてよ。あなたは自分の宿題をやりなさい。そしてそれが終わったら、フランジーの宿題をみてあげて」

「エディーが邪魔してくるのに、宿題なんてできないよ。それにフランジーはいつもうちにいて全然いなくならないし、プライバシーが侵害されて嫌なんだけど」

「ここはフランジーの家でもあるんだよ。お父さんが良くなるまでこの家にいないといけないんだから、嫌な気持ちにさせちゃだめだよ。お父さんがフランジーを迎えに来たことがあった?」

「ない。フランジーは自分で家出したんでしょ」

「ルーシー！」

「何？　もしママの車をくれたら、私がフランジーを家まで送っていけるのに」と私は子猫みたいに母の腕にじゃれるふりをして、歯がない口で笑いながら言った。ひとりの時に、何千億回も鏡の前で練習した仕草だ。

「ルーシー」

「ママ、なんでパパはもっと良いケーブルテレビを入れてくれないの？　フランシーンはうちよりも百個くらいたくさん番組を見れるんだよ。不公平だよ」

「あんたにとっては公平なことなんか一つもないんだね。文句ばっかり言って」

「うん、そうだね」

「ルーシー、パパは今すごく忙しいってわかるでしょ。もっといい仕事をするために、試験に向けて勉強してるの。そうしたらもっと大きな家に引っ越せるって話したでしょ？　パパが寝てるところを見たことがある？　ないよね。だってパパは私たちがこの家に住めて、ちゃんとしたものが食べられるように、夜じゅうデリバリーの仕事をしてるんだから」

「だから何？」

「『だから何』とは何ですか？」と母は言った。私はすぐにそう言ったのを後悔した。母は、あなたの娘でごめんなさいと言わなければいけないと私に思わせるような、また、どれだけやっかいなアホでも娘を愛さなくてはいけないのは不公平だし、私が誰にでもわかること以上のことを理解できないことにどれだけイライラさせられているかわかるのか、とでも言うような目つきで私を見ていた。私は頭の中で、ごめんなさいと繰り返した。でも一度も口に出しては言わなかった。母と同じだ。母も私にごめんなさいと言ったことは一度もない。頭の中では母も謝っていたのかはわからないし、私を傷つける力、私が母をがっかりさせるのと同じくらい私をがっかりさせる力、時々鏡の中や写真の中の自分に気がつかないくらい、私にひとりぼっちだと思わせる力を持っているということを、母が自覚しているのかどうかはわからなかった。

「一晩じゅう街の中を自転車で走り回りたい？　学校から帰ってきたらまた違う学校に行って、その学校から戻ったらもう一つまた別の学校に行きたい？」。私は左右に首を振るはずなのにそのことを忘れて、頷いていた。その間じゅう頭の中で必死に謝り続けた。ごめんなさい、ママ、ごめんなさい、ごめんなさい、ごめんなさい、ごめんなさい、ごめんなさい、ごめんなさい、ごめんなさい、ごめんなさい、ごめんなさい、ごめんなさい、ごめんごめんごめん、もう一度ごめんなさい、もう一度ごめんなさい、ごめんなさい、本当にごめんなさい、またごめんなさい、またやっちゃった、ごめんなさい、ごめんなさい、本当にごめん、ごめんなさい、本当にごめんなさい、ごめんなさい、悪いと思ってるんだよ、ごめんなさい、ママ、ごめんね、ごめんね、ママ、ごめんなさい、ごめんなさい、ごめんなさいって思い続けるよ、ずっと謝る、いつだってごめんなさい、全部ごめんなさい。

「でしょうね。あんただったら『やる』って言うと思ったよ。面白いと思ってるのかもしれないけど、パパは私たちのために身を粉にして働いているのに、あんたは文句ばっかり。ルーシー、あんたはもう！　聞いてるの？」。頭の中で私は「最初に言ったごめんなさいに加えてごめんなさい、今のこのことについてごめんなさい、それからこの前のことについてもごめんなさい」と言った。

「もういい。あんたと付き合ってる暇はないよ」

そんなふうにして四年生の日々は過ぎていった。空中をワシのように上昇して、無限の可能性や無限の思いやりの心と同情心という領域を目指して、広大な空を横断しようとしてみたけれど、無理だった。いろいろな物に衝突し続けて、何度も頭に傷を負った。自分のことを上品だと思っていても、母にみっともないと思わされたし、自分の欠点は救いようがないと思わされた。突然発作みたいに母の堪忍袋の緒が切れると、自分のことが小さくてのろまな亀みたいに感じられた。巨人になった私が摩天楼の窓を指で突き破ると、ルーニー・テューンズのエルマー・ファッド（気の強いハンターに見えるが実は気が弱いアニメのキャラクター）が突然現れて、私の膝をめがけて撃ってくる。すると私は指ぬきくらいの大きさになるまで縮みはじめて、小石サイズの亀になり、ピリオドマークくらいの亀になった。そこで目が覚めた。するとあたりは亀だらけで、兄の上唇にある小さな茶色いほくろの中にも、持っている他のピアスと同じようにプラスチック製だけど一番本物らしく見える大切なパールのピアスを通す母の耳たぶに開いたピアスの穴の中にも、クラスメイトと一緒に恐竜の骨を見るために遠足でアメリカ自然史博物館に行けるようにと、プリントに署名するために父が使ったボールペンの先端にも……私の一日は亀だらけだった。

　でもありがたいことに、私は亀ではなかったし、亀とは程遠い存在だった。だからと言ってワシでもなかったけれど、まだ両腕を伸ばしながら空を見上げていた。安心できる場所、自分が描いている自分の像と他人からの扱われ方が一致していると思える場所、決して枯渇することがないほど許しの心で溢れかえっている場所は、必ずどこかにあるはずだ。私が知る限り、そこにたどり着くための最初の一歩は、自分を、自分のことだけを愛してくれる男の子を見つけることだった。最初の二週間、ジェイソンは完璧なボーイフレンドだった。担任のシルバー先生に異性の好きなところについて訊かれると、彼は手を上げて「可愛いんだったら好きです」と答えた。するとみんなは、〝可愛い〟私の方を振り返った。そうだよ、私はラッキーなの。選ばれたんだから。でも、一つだけ問題があった。あの夢精の話を聞いて以来、私はずっと、バスの運転の仕方さえわかれば、ジェイソンに突っ込んでいけるのにと思っていた。理想的には、彼は生きたままにしておいて、ペニスだけを不能にしたかった。もし私のボーイフレンドが死んだら、きっと母はそれを理由に仕事を休んで家にいてくれるだろうし、数日間一緒にいてくれるかもしれなかった。なんでフランシーンがジェイソンの夢精のことを知っていたんだろう？　夢精すると男の子は女の子を妊娠させられるようになるって、どこで知ったんだろう？　その年度の後半からはじまったおざなりな性教育を受ける前の性教育で学んだということはありえなかった。そういう授業を受けるのは罰ゲームになってもよかったはずなのに、みんなは名誉なこととして受け入れていた。何しろ、他の世代の四年生が、性教育を受ける前の性教育の授業を受けたという話は聞いたことがなかったし、大半の親はそうした授業のことを知ると、自分たちの時代には学校でセックスについてなんて一度も学ばなかったと漏らしたからだ。

その日が来ると、これから毎週一時間は男子と女子は分かれて〝セックス〟について学習すると発表された。私たちはパニックになった。ミンヒは休憩時間に女子を集めて、全員を指さしながら「もうやったことある人？」と訊いた。フランシーンがふざけてくねと手を上げたので、私はその手を叩いて下ろさせた。

「嘘つかないで」と私は言った。するとフランシーンは学校の初日に私が間違った罵り言葉を使った時に見せたのと同じような顔で微笑んだので、イラッとした。

私は何か新しいことを学べるかもしれないと、その日が来るのを楽しみにしていた。でも結局初日にやったことといえば、みんなで円になって座って、おっぱいが全然ないところから、小さなコブみたいなものになり、大きくて重たい丸い乳房になるまでの、さまざまな発達段階の女の子の体の絵を見て、なぜその流れになったのかはわからないけれど、どんなふうに触るのが適切か不適切かについての長い話し合いをしただけだった。そこで聞いたことは全部、フランジーのいない我が家みたいに異様だった。どんな触り方でも良いと思ったし、私がこれまでの人生で培った少しの経験はあまりにも貴重で、「求められている」か「求められていない」かのどちらかになんて分類できないと思った。もっと触りたかったり、触られたかったりしたらどうするの？と、訊いてみたい気持ちになったが訊かなかった。

通常、四年生は性教育前の性教育すらまだ早いとされている。でも学校にやってきた、ツンツンしたブロンドの髪をして、ジャケットのあらゆる所に大きなピンバッジを着けているその女性は全校集会で、私たちの学校はリスクが高いとみなされていて、今後のための対策が必要だと話した。彼女はまるで私たちが手に負えない最低最悪な子供であるかのように悪意に満ちた話し方をして、詳細を言わないまま「危険性がある」という言葉を何度も使った。私たちにどんな危険性があるというんだろう?

その話をすると、母は私の学校には白人の子供があまりにも少ないと心配しはじめた。私は危険性があるの? と母に尋ねた。兆候があるってことだよ、と母は言って声を弱めると、私よりも自分の考えをまとめなくてはならない誰かに電話をかけはじめた。私の学校の生徒の半分以上は黒人かスパニッシュで、家で彼らの話をするたびにエディーに訂正された。

「スパニッシュじゃなくて、ヒスパニックだろ。それだって適切な言葉じゃないからな。いろいろな国があるし、それぞれの文化があるんだからさ」

「ふうん、じゃあお兄ちゃんはバカパニックだね」

「もういいよ」とエディーは言った。「おまえに何かを説明しようとしても無駄だ」。でもそのあと、私は兄の部屋に行き、ドアをすごく優しくノックしてから少しだけ開けて、ドアの隙間に頭を突っ込んでこう聞いた。「パパがヒスパニックでママが黒人のフランシーンはなんなの?」

「そういうのをミックスっていうんだよ」

「そうなんだ、それって危険性があること?」

「消えろ」と兄は言った。鍵をかけられて追い出されても、今回だけはドアをどんどんと叩いて大騒ぎしたりしなかった。まだ私は危険性が何なのかよくわかっていなかった。肥満とかジャンクフードのこと? 私の学年では、私の他に、いることをいつも忘れてしまうくらい本当に内気で静かなマンディーという女の子を除いたほぼ全員が、私の母よりも大きな胸やお尻をしていた。父はホルモンのせいだよと言った。ポテトチップスやチートスの中にホルモンが注入されているのだと。

それを聞いた母は、オーマイゴッド、チートスに入ってるの? と大声をあげた。

放課後、学校の外で私たちがグループで固まっていると、すれ違いざまに男が野次を飛ばしてくることがあった。工事現場の男が、背を向けていたフランシーンに「いいケツしてんな！」と声をかけたこともある。その男を指差して私が「私のこと？」と訊くと、彼は「ちげえよ、いいケツしてる友達の方だよ」と言うので、私はフランシーンに「どんだけ失礼な奴なんだろうね？」と言った。でもフランシーンはただ肩をすくめて「男なんてみんな似たようなもんだよ」と言った。「そうだよね」。私はわかったふりをした。

毎週行われる性教育前の性教育の授業の間、私たちがシルバー先生と教室に残っている間に、コセッキ先生は男子を体育館に連れていき、なんだかよくわからないものを見せていた。シルバー先生は毎回授業の初めに、私たちに手をつながせ、声をそろえて「この教室でのことは、ここだけのこと」と言わせた。

それからラメや金色の星で飾り付けした手作りの質問箱を取り出して、一時間の授業をはじめた。私たちはセックスや、女性や女の子であることに関する質問を匿名で書いてその箱の中に入れておくことになっていた。初めは誰もやろうとしなかったけれど、三回目の授業から質問が入れられるようになった。どうして片方のおっぱいの方が大きいのか知りたいという質問が読み上げられると、私たちは全員すぐに振り向いて、ファンピン・シェイの方を見た。他には、一年生が自分の鼻くそに夢中になるみたいに、自分のヴァギナの匂いのとりこになることはあるのか知りたいという質問もあった。また、両親が置きっぱなしにした『チャタレイ夫人の恋人』のビデオを見たあと、どうしてソファに自分の性器をこすりつけてしまったのか知りたいという質問も。翌週になると、他の人が自分も両親の『チャタレイ夫人の恋人』のビデオを見て、ソファに性器をこすりつけたと書き、でも「こすりつける」とはどういう意味なのかを知りたがった。その翌週は、クラスの他の四名の女子が『チャタレイ夫人の恋人』を見て、服を着たままソファに性器をこすりつけたと書いた。それを読んだシルバー先生は、質問箱をつかんで窓から放り投げるような仕草をして、でも結局机の上に戻してこう言った。「真剣に取り組まないなら、代わりに単語の書き取りをしてもいいんですよ」

フランシーンと私は、デラックス版のポリー・ポケット（二つに折り畳めるコンパクト型の家と女の子の人形のセット）を横にして開いたみたいに見えるヴァギナの絵を初めて見て以来、その授業を「調教」と呼ぶことにした。ヴァギナが見たいんだったら、単に自分のを見ればいいんじゃないの？　いつもフランシーンは私のを見ていたし、私は彼女のを見ていた。彼女のにはもう毛が生えはじめていて、短くてちりちりした黒い毛が中心を囲むように並んでいた。

フランシーンは週に一、二回、両親には何も言わずにうちにやって来た。どっちみち彼女の両親はそんなことを気にすらしていなかった。彼らはフランシーンに何でも好きなことをやらせていたし、家に帰ってきても放ったらかしで、彼女が目隠しして帰ってきても、左右の靴紐が結ばれていたとしても気にしなかった。娘を迎えに行く手間さえかけさせられなければ、何でもよかったのだ。私はそんなフランシーンのことを羨ましく思っていて、彼女はそれをわかっていた。フランシーンがうちに来るたびに、ふたりで私の部屋に閉じこもって、ドアに「毛むくじゃらの猿みたいな人や、らぶじにぐさふいうさはぐにあすふあんじーという名前の人は、入っちゃダメ」と書いた紙を貼った。猿はフランシーンのアイデアで、らぶじにぐさふいうさはぐにあすふあんじーは私のアイデアだった。

私はフランシーンのヴァギナを、縦にひっくり返った髭の生えた人の唇みたいに、開いたり閉じたりするのが好きだった。

「おはようございます、みなさん」。私は、唇が話をしているみたいに彼女のヴァギナを操りながら、腹話術っぽくヴァギナの声色で言った。「今日は、生理について話します」

フランシーンは私のジョークが大好きで、私も彼女のが好きだった。私のヴァギナには一本も毛が生えていなかったけれど、四年生の間には、一日に一、二回分泌液が出るようになった。

「またお漏らししちゃったかも」と私はフランシーンに言った。

「うええ。我慢できないの？」

「でも見て。おしっこじゃないんだよ」。そう言って私は、固くなった黄色い分泌物がついた下着をフランシーンに見せた。それからふたりでその匂いを嗅ぐと、失神するふりをした。フランシーンは人差し指を私のヴァギナに突っ込んで、指を入れている間ずっと叫んでいることもあった。「オーマイゴッド」と彼女は叫んだ。「オーマイゴッド、オーマイゴッド、オーマイゴッド、オーマイゴッド、オーマイファッキンゴッド」

「叫ばないでよ、フランシーン」

「ここがなんか沼みたいになってる」と彼女は言った。

「だから何？　あんたのは凍ったツンドラみたいだよ」

フランシーンが私のヴァギナに指を突っ込んだのはなぜかと言えば、少ししてから私がこうして午後の間ずっと、ふたりでお互いのヴァギナを突っつき回していたのを忘れてしまった時に、私のことをなじって、不意をついたように突然私の鼻に指を近づけるためだった。

「嗅いでみて」と彼女は言った。「嗅いでみてよ、ほらほらほら」

私はいつも無理だと言った。「あんたが自分の匂いを嗅ぐまでは無理」。私が彼女のヴァギナに指を入れて、彼女が私のヴァギナに指を入れて、ねばねばする指の匂いを慎重に嗅いでから、お互いの腕をからめ合って、相手にじっくりとその匂いを嗅がせた。私は自分のヴァギナは、夏にサンダルを履いた時の自分の足に少し匂いが似ていると思った。でも同時に、両親が朝食のお粥の上に載せて食べる炒めたアンチョビみたいだった。

「ジェイソンのために、しっかり洗ったほうがいいよ」とフランシーンは言った。「そうじゃないと、振られちゃうかもよ」

「どうでもいいよ。こっちから振ってやるから」

フランシーンや他の誰かがジェイソンのことを口にすると、私はすごく恐ろしい気持ちになった。私にはまだ知らないことがたくさんある、ということはうすうす感づいていたし、新しいことに遭遇するたびに、みんなに追いつくにはまだまだほど遠いことを再確認させられた。特別な存在でいたかったけれど、時々、自分が「特別」なのか、それとも「特別」なのか、わからなくなった。その二つはまったく同じ言葉だけど、一つ目の方は称賛されたり羨ましがられたりするような「特別」で、もう一方は絶望的で哀れみを受けるしか価値がないと決定づけるような「特別」だ。私は変態過ぎて寝ている間に抑えきれずに下着を汚してしまうようなボーイフレンドができた最初の四年生で、とーっても特別な女の子なの？

考えれば考えるほど、よくわからなくなった。まだ一ヶ月も経っていないのに、もう既にさっさとジェイソンを振ってしまいたかった。四年生で夢精する人なんている？　私は「お皿の中のフウセンガム、フウセンガム」という歌を口ずさみながら、うっかり眠ってしまって〝普通の夢〟を見ないようにしていた。

無意識の世界では夢を見ないでいたかったけれど、意識がある時は夢にまみれていたかった。悪夢を見るのは大嫌いだった。生きている間はずっと、一度もひどいことが起きないほどラッキーで、欲しい物が何でも手に入って、他の女の子たち全員の憧れの的になって、男の子たち全員が私のことを好きになって、あらゆる大人に、可愛らしくて愛嬌があって可能性に溢れた子だと思われるような世界一ラッキーな女の子で、全てが本当にうまくいって、道を外れることなんて絶対になかったとしても、それでも私は悪夢と戦わなければならなかった。目覚めるのが待ち遠しくなるほど素晴らしい人生に戻るために、これからの八時間をただすっ飛ばしたいがために寝ていると、悪夢が割り込んでくる。体が自分から離れて宙に浮かび、自分自身や、密かに自分のことをかわいそうだと思ったり、あざ笑ったり、可愛くするためにではなく、私にひどいアレルギーがあると知ったうえで、一日じゅうくしゃみで苦しい思いをさせてやろうと、髪の毛に花を挿そうとしてくる人たち全員を見下ろしているみたいな気持ちになるひどい悪夢が。

そして何よりも夢を見て、他の人の目に映るように自分のことを見ることを強いられる時に思い浮かべる自分の姿こそが、本当の自分だと思わせられるのが嫌だった。誰かに注目してもらいたくて、人間になるにはどうしたらいいのかを教えてもらいたいと思っている混乱した女の子。現実としてしっかりと、本当に本当に目をそらさずにしっかりと見たら、自分は誰かに相手にしてもらいたくて仕方がないただの混乱した小さな女の子であるだけでなく、誰からも知り合いになりたいと思われないような人になる危険性のある女の子なのだ。そして更に深刻なことに、誰の助けも必要としていないように見えるあまり、助けを求める声が誰にも届かなくなるという、これまでずっと来ると思っていた日がついにやって来ることを一番恐れている女の子なのだ。母にはいつも世界にはもっと助けを必要としている人や、もっと助けるに値する人々がいると言い聞かせられていたし、父と一日に数分しか会えないのも、究極的には私や兄のためなのだから感謝しないといけないと何度も言われていた。でも実際のところは、父親が不在という環境で成長したというだけでしかない。それは恐ろしいことだった。そのすべてが恐ろしかった。でも、どれだけ長く大声で泣き叫んでも、誰にも声が届かず、誰も来てくれない夢の中で、目の前をあらゆるものが通り過ぎていくのが特に怖かった。

そうなると、どうしようもない気持ちになった。何度母が夢は現実とは違うと話してくれても、見たことや感じたことを忘れられなかったからだ。気持ちが休まらなかったし、逃げ場もなかった。わがままが過ぎる自分がいたり、わがままになりきれない自分がいたりして、自分についての夢からまた違う自分についての夢へと、途絶えることなく夢を見続けるので、自分のことを見下ろしているのか見上げているのか、どちらが本物の自分でどちらが夢なのかがわからなくなってしまう。どっちがどっちなのか、わからなくなった。ごめんなさい、と私は何度も頭の中で繰り返した。ごめん、ごめん、ごめん、ごめん、ごめん、ごめん、ごめん、ごめん。家じゅうをよろよろと歩きまわりながら「ごめん」と言い続けて、しまいには兄の部屋のドアに頭をぶつけた。

助けて、と声に出さずに口だけで言うと、兄は手を振りかざすだけで壊すことのできる蜘蛛の巣を見るような目で私を見た。「はあ？　なんでそこにいるんだよ？　またバカになったのか？」

それを聞いて私ははっと我に返り、お決まりの反撃に出た。「それは自分のことでしょ、バーカ」。

「ママとパパが、おまえには特殊教育は必要ないって学校とやり合ってたのは、やっぱり間違いだったな」

フランシーンがいない時にエディーに言い負かされると、私はフランジーが座ってジュースを飲んだりテレビを見たりしている（彼女は変わっているので、何も見ていない時もある）リビングに重い足を引きずって行って、兄に仕返しする計画を一緒に立てて欲しいと頼んだ。両親が特殊教育を受けないで済むようにしてくれたという嘘を聞かされたあとも、「フランジー、エディーをひどい目に遭わせるのを手伝って」とお願いした。

「いい考えがあるよ」と彼女は言った。「オオカミを買って、エディーをランチに食べるように訓練したら？」

「どこにそんなお金があるのよ、バカなんじゃない？」と私は言い、「バカなんじゃない？」という部分をもう一度繰り返した。「あんたがバカじゃなかったらいいのにって思うわ。でも何にしたって、オオカミがエディーを食べるなんて、オオカミの前に誰かが吐いたものを置くようなもんだよ。オオカミはそんなもの食べないから」

「クラゲになれたらいいのにな」とコーデュロイのオーバーオールの留め金をいじりながら、フランジーは言った。

「なんでよ？」

「そしたら簡単に人を刺せるでしょ」

「なんなのよ」。私はそう言って、フランジーに向かって首を振った。でもそのあとで少し考え直して「そうだね、うん、私もクラゲになりたい」と言った。そして早く帰宅できた日に私をベッドに入れる時に父がしてくれるみたいに、フランジーの頭を軽くなでた。「棒を見つけて、お菓子を買ってくれるって言うまでエディーのお尻をつついてやろうよ。どう？」

ジェイソンの夢精が発覚した数日後、学校に行くとフランシーンがいなかった。彼女がいなくて寂しかったし、ふらふらして吐きそうだったので、学校が終わるとジェイソンに家まで送って欲しいと頼んだ。

家の前まで来ると、「コイン・コレクションを見せてあげる」と私は言った。でも集めていたのは、母にお願いしてスーパーで買ってもらったチョコレートのコインだった。家に入ると、私は家じゅうにわざと聞こえるように叫んだ。「ボーイフレンドとふたりきりにしておいてね」。そしてジェイソンの腕をつかんで自分の部屋に連れて行った。

「あれを私の中に入れてみて」と私は言った。ちょっと試してみようと思ったのだ。

「え？」

「なんでもない」と私は言った。「本当はフランジー以外は誰もうちに連れてきちゃいけないんだよね。あんた、家にいなくちゃいけないんじゃないの？」

「そうだよ、でも君が家に来てって言ったんだろ」

私たちは部屋にあるお互い以外のものを一通り見回した。「私のどこが一番好きなのかもう一度言ってみてよ」

「え？」

「私のどこが好きなのよ」

「僕のガールフレンドってことかな」

「違う、もっと他にあるでしょ」

「他って？」

「私が言ったら意味ないじゃん」

「意味がないといけないの？」

「何言ってんの」

私たちは座ったまま再び沈黙した。「おんなじかもね」と私は言った。「何が？」

「ボーイフレンドがいるのと、いないの。もしかすると今の方が良くないかも」

「失礼だな」

「まあいいわ。とにかく出ていってくれない？　とっとと出ていってよ。さっさといなくなってくれないかな。放っておいて欲しいんだけど。どっか行ってよ。シー・ユー・レーター、アリゲーター。はい、さよなら、さよなら、さよなら」

「何を言ってるのかわからないし、偉そうだよね」とジェイソンは言った。

「あんたは間抜けだし、バカだよね」

彼が帰ってしまうと、私は玄関のドアを閉めてため息をついた。急に、母に家に帰ってきて欲しくなった。そうすれば男の子を家に呼んだと話せるからだ。でも私は、母はもう既にあまりにも多くのことを背負っていたし、母の壮大な計画にある懸念事項と比べたら、私の話を聞くことなんて優先順位はだいぶ下の方だろうし、こんな懸念事項とも呼べない話をすれば、母は何にも増してうんざりするだろうとわかっていた。何にせよ、母は私にこうしなさい、ああしなさいといろいろ言おうとしたけれど、実際のところは、母が夜七時前に帰宅することはほとんどなく、家にいない間に私が何をしているのかを知る時間は十分になかった。特に母は不恰好な服を見栄え良く直して欲しいという依頼を受けてはお金をもらっていたので、家に帰ってきてからの方が忙しかったというのもある。母は中古品店で買った古いミシンを持っていて、それは大概よく動いたけれどたまに針で指を刺すこともあって、すると母は何日も何日も腫れて痣《あざ》になった指をつかんでは、こんな人生は寿命が短くなると言って泣いた。私はそんな母のあとをついて回って、母の指に優しく息を吹きかけたりしたけれど、母は私の息は熱すぎて何もかもを悪化させると言って嫌がった。そういう時には母のことを放っておくのが一番だった。でもそれは私がひとりでいなければならず、母に知られることなく（知れば母はイライラするので）母のことを恋しいと思い続けなければならないということだった。私や兄やうちに泊めてあげた人たち全員がまだ死なずに済んでいるのは、私たちが背負うあらゆる重荷を母が、母だけが背負ってきたからだということを私たちはわかっていなかったっていうこと？　えーと、ありがとう？　私は時々母にそう言うことで、なんとなく自分はそのことを理解していると伝えようとしていたけれど、そうすると母はますます怒る一方だった。母にとって私は何の役にも立たない存在なのだということを思い知らされたし、あらゆることを悪化させ、面倒を見てくれる人たちの人生やエネルギーを吸い取ってしまう程どうしようもないフランジーと、本当に血がつながっているのかもしれないと考えると、怖かった。私が「フランジー」になるなんて考えられなかったし、自分の家で自分の家族の寄生虫になるなんてありえなかった。フランジーなんて生まれてこなければよかったと私が思うように、私なんて生まれてこなければよかったと母が思うなんてありえなかった。私は自分の家族に施してもらうようになんて絶対にならないと誓った。

両親は父が学校を終えてビジネスの学位を取得したら全ては変わると言っていたし、そうなるのにそれほど時間はかからないはずだった。父はビジネスを最速で学び、同時に二十四時間営業の中華料理店で週に四十時間以上デリバリーの仕事をするという、誰も記録をつけなかった世界記録を達成した超人的な人間だったからだ。「ツァオ将軍」という名前のその店が父を雇ったのは、父が自転車をバイクみたいに乗りこなして、アッパー・イースト・サイドに住む、ツァオ将軍が中国に実在した人物だったかどうかなんて知りもしない人たちに、記録破りの速さで「ツァオ将軍のチキン」を運ぶ〝機械《マシーン》〟だったからだ。

「あはは」。父からこの話を聞いた時、私は笑ったが、私もツァオ将軍のことは知らなかった。テレビで見た映画では、中華料理店のデリバリーの男は、ものが置けるくらい大きな棚のような胸をした美女たちにとり囲まれて、一日じゅうバスローブを着ている男たちにチャーハンや春巻きや揚ワンタンを何個も何個も届けていた。きまって出っ歯で、何を言うにもまずはじめに「ワタシ《ミー・》、それ好き《ライキー》」か「ワタシ《ミー・》、それ《ノー・》好きじゃない《ライキー》」と言い、甲高い声で話しながら、腕を上下に振り回していた。私は何でも面白いと思う方だったけれど、それについては一度も笑わなかった。

　ともかく、物事は変わっていく予定だったのだ。でも私はフランジーやバカな兄と一緒に辛抱しないといけなかった。家にいる時、時々フランジーはリビングで独り言を言っていた。ある時、彼女が母のプッシュアップブラと服を着て、母のメイク道具で化粧をしたことがあった。そしてポルノスターのお尻みたいに見えるようにパンツの中に靴下をつめて欲しいと頼んできた（「ポルノスターって何？」と私が尋ねると、フランジーは知ったような顔をして笑ったので、「そんな顔をするもんじゃないよ」と言って口元めがけて平手打ちをしてやった）。それから彼女は家を出ると、顔は十歳の少女だけどお尻と胸は二十歳という姿でダウンタウンを気取った様子で練り歩いた。その姿は、世界で一番なんとも言えない、見る人が目を疑うような尻軽女みたいだった。

　兄はフランジーよりも更にクズだった。私がジェイソンと付き合いはじめてすぐにガールフレンドができたが、その人は既に大人の女性みたいな体型をしていて、子供がいてもおかしくないくらいだった。ふたりは午後はたいてい一緒に兄の部屋で過ごしていた。兄は彼女が来るとドアに旗を立てた。

「これが見えたら、邪魔するな。わかったか？」と旗を指差しながら兄は言った。

「この家はいつになったら私たちだけのものになるんだろうね」と私はブツブツ言ったが兄はそれを無視して、「俺が今なんて言ったかわかるよな？　これが見えたら、絶対に入ってくるな。わかったな？」と念を押した。

私は頷いた。

「マジだからな、ルーシー。入ってきたら、マジでぶっ殺す」

私は「もし私の部屋に入ってきたら、ぶっ殺してやるから」と言い返した。

すると兄は「そんなことやろうとも思わねえよ」と言ってドアを閉め、カンザス、いや、中西部全体、いや、北米全体、いや、アジア全土、いや、アジアと南極を足したくらいの、いや、天の川くらい大きなおっぱいをした付き合いはじめたばかりのガールフレンドと、何時間も何時間も閉じこもった。彼女のおっぱいはこの世界からはみ出すくらい大きかった。それくらい本当に大きかったのだ。私が知っている人はみんな、私とはちがう惑星に住んでいて、私は唯一地球に残った人間。無言で歩き回ったまま、ずっとここにいないといけなくなる可能性もあった。他の人は他の人になれるのに、生きている間じゅう、私はずっと私でいなければならないなんて不公平だと思った。

私は自分のヴァギナに指を何本か入れて、痛みを感じるくらい深い所までぐりぐりと動かしてから、兄の部屋のドアでその指を拭き取った。

「心配しないで、エディー」。私は口をドアに押し付けて言った。「私の部屋に来なくたって、ぶっ殺してやるから」。それから自分の部屋まで歩いて戻り鍵をかけ、カーペットの上に倒れ込むと、再びヴァギナの中に指を入れて、母が帰宅するのを待った。


翌日、フランシーンが学校にメイクをして来たので、彼女が席に座るよりも先に「かなりバカっぽく見えるよ」と言ってやった。

美術の授業の間、もし胸が大きかったら、ボーイフレンドが入れた瞬間にいっちゃうんだよとフランシーンが話しかけてきた。

「そんなのどうでもいいよ」と私は言った。

「そんなのって？」と彼女は尋ねた。

「いくこと」

「うえっ」と彼女は言った。私たちは会話するだけで吐きそうになることもあった。

「じゃあ、まだなの？」とフランシーンは私の耳元で囁いた。

「そうだよ、全然」

「ええ!?」彼女は叫んだ。

美術教師のフェドゥッチ先生が私たちの机までやってきた。

「フランシーン、校長先生の部屋に行くのは今日で二回目になるけど、行きたい？」

「いいえ」と彼女は言って、頭を垂れた。

「そうとは思えないわね」とフェドゥッチ先生は言って、踵を返して折り紙で鶴を折るスザンナ・ロペスを手伝った。

フランシーンがフェドゥッチ先生の後ろ姿に向かって舌を出したので、私はシャツの袖で口を抑えながらクックッと笑った。私たちは手紙を回し始めた。

フランシーン　なんであんたたちまだやってないの？
私　なんていうか、バタバタで
フランシーン　あっそう
私　そうだよ、そうなんだよ！　あっそうなんだよ
フランシーン　ぜーったいにやってないでしょ
私　違うよ、あっそうなんだよ
フランシーン　つまり、やってないんだ
私　もういいよ
フランシーン　ほら、やっぱり！

私　でもあいつには、やってみてって言ったんだよ
フランシーン　そしたら？
私　やり方がわかんないって
フランシーン　どうやって教えたらいいか私が教えてあげる
私　了解
フランシーン　了解
私　でもフランジーがいるからな
フランシーン　うわ
私　ママはあの子はいなくちゃだめだって言ってた
フランシーン　いつもいないといけないの？
私　いつもだよ、絶対いないといけないって
フランシーン　そんなの不公平だね
私　知らないよ

放課後になると空が暗くなって、昼が夜になったのか、夜が昼になったのかわからなかったので、昼のない世界で生きていると信じさせようとする悪夢みたいに、昼が夜になってしまったことにした。激しい雷雨の中をフランシーンとフランジーと私は手をつないで家まで走って帰った。フランジーは真ん中で挟まれて、私たちの子供みたいだった。私はジェイソンに、秘密にやらないといけないことがあるので、ストップウォッチを十分に設定して、ビーッと鳴ってからうちまで歩いて来るように言った。フランジーは男子の近くにいるとぎこちなくなるので、私たちはまず彼女を家に連れて帰らないといけなかったのだ。唯一私がフランジーが話しているのを見た男の子はエディーだった。

玄関のチャイムが鳴ると、エディーがドアを開けた。

「なんだ、おまえ？」とエディーは言って、葉っぱの模様がついた大きな緑色のセーターを着て、かばんと黒いダウンジャケットを背中にひっかけたまま玄関先の階段に立っているジェイソンを見下ろした。

「とっとと消えてよ」と私は階段を降りながら言った。「学校の友だちだよ」

「そうじゃなくて、ボーイフレンドでしょ」フランシーンが数フィート後ろから叫んだ。

兄は私を見てからジェイソンを見て、大声で笑った。

「何かおかしい？」。私は兄にそう尋ねてから、ジェイソンの方を向いた。「ジェイソン、こんなやつ無視して行こう。頭がイカれてるんだよ」

「彼氏がいるって？」。兄は私に尋ねた。

「そうだけど、何？」

「そもそも彼氏っていうのが何なのかわかってんのかよ？　わかってるわけないよな」と兄は言って首を振った。そして「いいか、俺はおまえやおまえのヘンテコでちびな仲間になんて興味ねえから」と言うと台所へ行き、ガールフレンドと一緒に食べる冷凍ピザを温めはじめた。フランシーンと私は、フランジーが待っている二階の私の部屋にジェイソンを連れていった。

その十分前に家に到着した私たちは、フランジーにベッドの上で服を脱ぐように命じた。フランシーンが母のスカーフを使ってフランジーをベッドに縛り付けている間、私はフランジーが脱いだ服をクローゼットの中に隠した。

「ついに一緒に遊んであげるからね」とフランシーンは言った。「嬉しいでしょ？　もうドアの外で待ってなくていいんだよ」。フランジーは何も言わなかった。もしかすると彼女はクラゲになる自分の姿を想像していたのかもしれない。フランシーンがかなりきつくフランジーの手首にスカーフを縛り付けるのを見て、私はほどほどにしておきなよと言った。

「何も感じない」とフランジーは言った。

「ほんと?」。フランシーンが作った結び目を点検し、その一つを少しだけ緩めながら私は言った。

「こうやっていつもここで遊んでるの?」とフランジーは聞いた。

「そうだよ」とフランシーンは答えた。「毎日ね。今日はあんたもここで遊ぶの」

ジェイソンを私の部屋に連れてくると、彼はすぐに背を向けてドアノブに手を伸ばしかけた。でもフランシーンと私は既に手を打っていて、体を使って出口を塞いだ。私はドアの前で翼を広げるように両手を伸ばして立って、フランシーンは私の前に同じポーズで立った。

「シュリンプソン」とフランシーンは笑いながら言った。「あんた、怖いんでしょ」

「ちがう」とジェイソンは言った。「そんなわけない」

「じゃあなんで顔が赤いんだよ?」と私は言った。

「シュリンピー、やりたいんでしょ。やりたいと思ってないんだったら、どうして夢精なんてするのよ」

「そうだよ。なんでよ?」と私は言った。

ジェイソンは肩をすくめて「ただの噂だろ」と言った。

「性教育前の性教育の時間に、別に恥ずかしいことじゃないって教わらなかった?」とフランシーンは言った。

「そうだよ」とフランシーンのこだまみたいに私は言った。「教わらなかった?」

「そうかもね」

フランシーンが両手を祈るように組み合わせたので、私はその腰に腕を回して同じ仕草をした。

「ジェイソン、お願い」。フランシーンは言った。「逃げようとしないって約束して。そうじゃないと、あんたは怖がってやらなかったってみんなに言いふらすよ」

「何を?」彼は訊いた。

「いいから、約束しなよ」フランシーンは言った。「ジェイソン、お願い。約束して」と私は言った。「わかったよ」と彼は言った。

「約束するって言って」。フランシーンは言った。

「わかったって」。ジェイソンは言った。

「約束するって言いなさいよ」。フランシーンは言い続けた。

「わかったって言ってるじゃない」とフランジーが言った。その声のトーンに私はぎくっとした。

「バカみたい」と私は言った。

「何にでもバカみたいって言うんだね」とフランジーはベッドの上から言った。私はフランシーンの肩越しにフランジーを盗み見た。彼女は私が緩めてあげたスカーフから抜き出した手を、おなかの上に載せていた。私はもし自分の父親がフランジーの父親みたいに不適合者で、自分の母親がフランジーの母親みたいに死んでしまったら？　もしエディーが家を出てガールフレンドと同棲するようになったら？　と考えていた。放課後、私はどこへ行ったらいいんだろう？　誰が私の面倒を見るの？　私は自分にがっかりした。ベッドの上にいるフランジーを見ても、自分のことしか考えられなかった。一瞬吐きそうになったけれど、フランシーンがまた仕切りはじめたので、物事は早く進み出した。

「座って」とフランシーンはジェイソンを椅子に座らせた。それから「あんたはね、こいつの前にひざまずくの」と私に言った。

私はその通りにして、ジェイソンのズボンのジッパーを下げた。「出しなよ。ボーイフレンドなんだから」

はじめ私はそれを見つけることができなかった。何を探したらいいのかもわかっていなかった。「まったくもう」とフランシーンは言って、私の横にひざまずいた。「全部私がやらないといけないわけ？」

「ちょっと」とジェイソンは、彼女の手を払い除《の》けてズボンのジッパーを上げながら言った。「誰が触っていいって言ったんだよ」

　私は立ち上がると、自分にとって新しいことは全部、フランシーンにとっては昨日食べたミートローフのようなものだということを悟った。一瞬ジェイソンのペニスが見えたけれど、平凡で取り立てて言うほどのものではなかった。性教育前の性教育の時間に話したようなことができるなんて、想像もできないくらい小さかったし、ぶよぶよしていた。「ジェイソンのガールフレンドは私だよ、フランシーン」

「だったら、ちゃんとして」。彼女は立ちあがり、面と向かって私にそう言い放った。

「もう帰るよ」とジェイソンは椅子から立ち上がろうとしたが、フランシーンは大した力も入れずに彼を抑えつけた。毎週末ソフトボールをやっているせいで、彼女の腕は異様なくらいムキムキだった。そして以前も効果を発したあの目つきをしながら首を振った。まるで「次に何が起きるかを知っているのは私だけ」というような目つきだった。

「まだだよ」と彼女は言って、私に「硬くさせなくちゃ。簡単だよ。口にいれて、こんな感じでこするだけだから」。フランシーンはまたひざまずいて、ジェイソンのズボンのジッパーに指を走らせた。外はもう真っ暗だった。雷は鳴っていなかったが、すぐに鳴りはじめるのは明らかだった。

「そんなことやらないよ」

「なんなのよ？　初めはやりたいって言って、ジェイソンもやりたいって言ってるって言ってて、でもすぐに彼はやりたくないって言ってるってなって、しまいにはあんたまでやりたくないって言うなんてさ。何なのよ、あんたたち？」。彼女は呆れた顔をして、私たちが反応する前に、ジェイソンのズボンのジッパーを下げてペニスをつかむと、柔らかくてぐにゃぐにゃした小さなものをすっぽりと口に入れた。

「うう」と彼女は唸った。

「フランシーン」。吐きそうになりながら私は彼女を呼んだ。

「うう、ううう、ううう」

「フランシーン、だめだよ、やめて！」と私は叫んで、彼女の肩をつかんで引き離そうとした。でも彼女はありえないくらい強かった。フランシーンがジェイソンのペニスを口から離すと、それはこれまでに無いほど小さくなっていた。でももう私はそれを見て笑うことはできず、むしろ悪夢を見ているような気持ちになった。稲妻が走って、雨が降りはじめた。フランシーンは立ち上がると、私の手首を片手でつかんで、もう一方の手で私の口を押さえた。

「シー！」と彼女は言った。「お兄ちゃんに聞かれてもいいの？」

兄が階段をあがってくる音が聞こえた。その足音は私の心臓に振動を送っていた。「おまえら、大声を出すんじゃねえよ。すげえいらつくんだよ。もう限界だ。俺は勉強しようとしてるんだぞ？本物のガールフレンドと一緒にね。おまえら以外の人間だって生きてんだよ！　また騒いだらどうなるかわかってんだろうな。いいか、今からおまえたちは存在しない。俺も邪魔しないから邪魔すんじゃねえ。そしたらみんなにとっていいだろ」

でも私はここにいるよ、と頭の中で私は兄に言った。私はここにいるよ、お兄ちゃん。「もし私がここにいることをお兄ちゃんに知らせたかったらどうすればいいの？」と私はできる限り小さい声で言った。

「時間だよ」とフランシーンが言った。「ジェイソン、ベッドに乗って」。彼女は少し前に、私たちはこれをやらなくちゃいけないし、これをやるにはたった一つしか方法はないと話していた。そして私とジェイソンが初めてやる時に完璧にいくように、ジェイソンは正しいやり方を学ばないといけないし、そうするうえでフランジーに勝る実験台はないのだと説明した。私が気持ちよく感じるようになるには、ジェイソンがもっと経験を積むまで心の準備をして待っていないといけない。人はみんな生まれた時からセックスがうまくなる方法を知っているわけではなく（明らかに彼女は知っていなそうだったし、私も多分そうだった）、算数とか、私たちが毎回間違える代数の方程式みたいに、人によっては習得するまで常に努力し続けていかないといけないこともあって、だから今こうなってるんだから、しっかり見ているようにとフランシーンに言われた。

ジェイソンはベッドによじ登ったものの、こらえきれずに片足が震えていた。フランシーンは彼のズボンを膝あたりまでずりおろした。「なんでこんなピチピチのズボンを履いてるの、シュリンプソン？　ゲイかなんかなわけ？」。フランジーの膝をまたごうとしているジェイソンに、フランシーンはヴァギナに近づくためにもっと上の方まで行くように指示した。フランジーのアライグマのような目は天井を見上げている。私は彼女がまばたきしたり、音を立てたり、家に帰りたいと言ったりするのをずっと待っていたけれど、フランジーは片方の手首をベッドの柱に結び付けられて横たわったままだった。

「フランジー」と私は言った。「フランジー、ママが夕飯を一緒にどう？　って言ってるよ」

「ジェイソン、もっと近くまで行きなよ。このバカ」とフランシーンが言った。

「フランジー」と私は言った。「今でも私はあんたと一緒にクラゲになりたいと思ってるよ」

「もっと近づくんだよ、まだ全然離れてるでしょ」

「フランジー」と私は言った。「オレンジジュースを取っておいてあげるね。間違って飲んじゃわないように、お兄ちゃんにあんたの名前を書いてもらうよ」

「そうそう、いい感じ」。フランシーンはベッドに身を乗り出して、彼女の唾液でテカテカしているけれど、まだ小さくて柔らかいジェイソンのペニスをつかんだ。そして「今度は、あんたがフランジーを開かせるんだよ」と私に言った。「私たちがいつもやってるみたいにやりなよ」

「フランジー」と私は言いながら、彼女のヴァギナのひだの中に指を入れて、親指と人差し指で開いた。「フランジー、ママが週末は買い物に連れて行ってくれるって言ってるよ」

「ファック、なんでうまくいかないの」。フランシーンは今日ようやく初めて本当に困ったような顔をして言うと、指関節を噛んだ。「あんたの彼氏は本当にゲイなのかもね」

「フランジー」。私は言った。「何か欲しいものはある？　オレンジジュース？　それともスナック？」

「ルーシー、ジェイソンの顔を見てよ。見てみなってば。うんこしたいって顔してるよ」

「フランジー、目を閉じて」。私はそう言って、指で彼女のまぶたを閉じようとしたけれど、アンチョビの缶の蓋みたいに硬く開かれたままだった。「フランジー、お願い。お願いだから目を閉じて」。下の階では、兄がラジオに合わせて歌っていて、電子レンジの中でピザが回転している間、指にこしょうを振りかけては舐めていた。外では母が誰かに、フランジーのことは実の子供のように受け入れているのよ、いや、そうじゃないわね、血のつながった子供とちっとも変わらないように接してるのと話していて、それよりも更に遠くでは、首にビニール袋をくくりつけた父が、マンハッタンじゅうを自転車で走り回り、光線みたいに信号を勢いよく走り抜けて、二十五セント硬貨を何枚かチップでもらい、毎回配達するごとに無理やり笑顔を作っていて、私はといえば、最初の雷が鳴る瞬間を待っていた。再び自分自身から離れられて、本当の自分が見えることもある、現実の更に上にある空間を漂える瞬間を。今回はあらがわずに身を任せよう。そして自分の下で起きているありのままを自分自身に見させるんだ。

母以前の母たち

一九六六年七月

雨が降りはじめて、上海の子供たちが遊ぶために群れをなして外に出てきた時には、無期限に学校が閉鎖されてから一ヶ月が経過していた。学校からも責任からも解放された最初の一ヶ月は、野性的なエネルギーが通りを取り巻いていた。違う種類の詩に変換されていない限り、詩について話す人はもうほとんどいなかった。かつての巨匠たちがやみくもに称賛していたように、湖や夏の柳を尊ぶのは危険視された。そんなことをすると今では、革命に従事しているとか妨害行為だと言われる。美しさは娯楽や道楽で、美しいとされるものは全部、その入れ物まで全部燃やされるのだ。「燃・や・せ！　燃・や・せ！」。雨が降らず、暑くて乾いた六月に、子供たちはありとあらゆるものにマッチを擦りながら叫んだ。

突然権力が反転して、今では向こう見ずな若者が人々を罰し、誰が善人で誰が悪人かを決める執行者となったことで、子供たちの中には独裁者みたいになったり、有頂天になったり、あるいは最終的にはみんな出てこなければならなくなるのに、恐ろしがって隠れてしまう子もいた。なんでも壊すのが好きな子供や、いつも体のどこかを骨折したりしている子供は、髪の毛をまだ長く垂らしている女や（不潔なブルジョワのデカダンスだ！）、インテリの気がある、本をたくさん読み過ぎたせいでものを見る時に目を細めている者や、きつい肉体労働から逃れられたと言って、あまりにものんびりした目をしたような者に向かって投げつけてやるために、腋の下にガラス瓶を抱えて集団になって通りを行進して回った。

誰もがいつ反革命主義者だと言われたり、膝と手のひらが擦りむけて軟骨がむき出しになるまで通りを犬のように四つん這いで歩かせられたりしてもおかしくなかった。もっと早く歩け、もっと早く歩け、もっと早く歩け、と子供たちは叫び、もう十分、十分だからやめてくれと大人たちはせがんだ。また別の月には、何人かの子供たちが、言葉の使い方のような取るに足らないことで自分の親を告発した。誰かの母親が、毛沢東が階段でつまずいたという話を聞いて笑いそうになったとか、誰かの父親がある晩にふざけて「満腹で寝られたらどんなにいいだろう」と言ったりしたと言うのだ。あらゆることは告発の種となり、あらゆる噂話は、誰かれは闘争に賛同していないという ような重大な疑惑につながる可能性があった。自分の親を密告した子供は報酬をもらい、すぐに昇級した。最速で一番上の階級まで行くには、誰にも逆らわれないような人物にならないといけないということはみんなわかっていた。子供の中には、両親の古びた緑色の軍服を着る者も出てきたが、笑ってしまうほどぶかぶかで、虫食いだらけで、かび臭かった。真面目な子供たちは、『毛沢東語録』の格言を丸暗記して、「革命は、客をよんで宴会をひらくことではない。文章をつくることではない。絵をかいたり、刺繡《ししゅう》をしたりすることではない。そんなふうに風流で、そんなふうにおおらかにかまえた、文質彬彬《ぶんしつひんぴん》で、そんなふうに温、良、恭、倹、譲ではありえない。革命は暴動である。ひとつの階級がひとつの階級をくつがえす激烈な行動である」という言葉を引用して回った。塩をまぶした熱々の豆をビニール袋に詰めて二束三文で売っている屋台を通り過ぎる時に、誰かが舌なめずりをしたというようなほんの些細な罪に対してもそうだった。三時のおやつを食べたいと思うのはご馳走を食べたいという欲求であり、ご馳走を求めることは浪費で身勝手で、ブルジョワの強欲や資本主義の堕落に抵抗することとは逆の行為だと考えられていた。真面目な子供は、「紅衛兵」という文字が刻まれた赤いシルクの断片をどこかから探し出してきて、腕章にして身に着けた。あまり真面目ではない子供たちは、小さなペニスから巨大な睾丸がぶら下がっている絵を描いたり、母乳を自分の口に向けて噴出させている、大きくていやらしいおっぱいをした女の絵を描いたりした。彼らは住んでいる通りごとに徒党を組んでいて、中でも南昌《ナンチャン》通りの集団は最も冷酷で独創的だと言われていた。ここの子供たちにとっては、どんな小さな怪我や些細な恨みも復讐に値した。他の世界や時代であれば、誕生日会にピエロを呼んだり、ポニーに乗ったりするためにコツコツと貯金するのと同じような根気と活力を持って復讐に挑んだ。

雨が降りはじめた日の前日、南昌通りの子供たちは、何年も前に人々が寄ってたかって樹皮を剝がして食べてしまったせいで、未だにまだら模様のポプラの木にリュー先生を吊し上げた。リュー先生が一番よく叩いていた子供のひとりは、算数の問題を間違えるたびに口もとをものさしで叩かれていたので、唇がけいれんしていた。そこで彼女はその男の子に「ピクピク」というあだ名をつけた(でも仲の良い友だちは、彼がリュー先生よりももっとひどく父親に叩かれていたのを知っていたし、彼の唇がけいれんしているのは、父親に椅子に縛り付けられて、前歯が折れるまで何時間も顔に石を投げられたからに違いないと思っていた)。リュー先生にとって、正しくない計算式の焼印を押されること以上の侮辱はないと考えたその子は、彼女の腕にガラスの破片で2+2=5と刻みつけることを思いついた。リュー先生は、中学校教師の中でも最も難しい試験を作り、何ヶ月もあとに教わる内容の問題をよく出していた。そしてできの良い生徒にものさしを渡して、できの悪い生徒のことを叩かせ、ものさしが血まみれになったり、半分に折れたりするまで止めなかった。クラスの中で一番優しい話し方をする女の子にものさしを十本渡して、それがいわゆる〝ばらばら〟になるまで、ピクピクを叩くように指示したこともあった。

六月初頭に、全部の学校が閉鎖になることが発表されるとすぐ、生徒たちは革命に身を入れるようになり、ピクピクはリュー先生に不利な証拠を集めはじめた。そしてリュー先生は扇動的なあばずれだと学校の友達に言いふらした。先生は新聞から切り抜いた毛沢東主席の写真でまんこを拭いてるんだ。先生の父親は土地を所有してたって知ってるか？　その土地を引き渡すのを嫌がったっていうんだから、追放されて当然だよ。先生に家族がいないのは、みんな右翼で資本主義を支持していたからだよ。

ある日の明け方、ピクピクは同級生の中で一番のでぶと鼻持ちならないやつを呼び出して、リュー先生の家に押し入ると、ありとあらゆる物を破壊した。金箔が貼られた本があるぞ！　先生の書棚を見てピクピクは叫んだ。一瞬なぜかその美しさに惹きつけられたが、他にどう反応したらいいかわからなかったので、金の繊維に向かって舌を出した。でもすぐに我に返って、クラスで一番体格の良い二人の男子に先生をベッドから引きずり下ろすように命じた。彼らが首尾よく先生をポプラの木に縛り付け終わる頃には、まわりに人の群れができていた。

2＋2は何だっけ？　と言いながら彼らはリュー先生をあざ笑い、ほどいてちょうだいと懇願する彼女を無視した。

4よ、4！

もう一度4って言ったら……とピクピクは言うと、彼女の小指をつかんで、それを切り落とす仕草をした。そんなに4が好きなら、指は4本でいいはずだ。そうだろ？　群れになった子供たちは、ポケットに石を入れていて、そのうえリュー先生の腕にできたばかりの傷の上にぶちまけてやろうと、膀胱をパンパンにさせていた。

すっげえでぶだよな、とひとりの子供が言った。こいつ、俺たちが自分のケツから出た糞を食わされている時に、卵や肉を買いだめしてたに違いない。

ブルジョワのくずめ。言えよ！　他の子供が叫んだ。私はブルジョワのくずですって。私はこれまでずっと反革命的な修正論者の間抜けでした。だからぼこぼこにされて当然ですって言え。

先生は泣きじゃくりながら言われた通りにしたが、ピクピクはその目の中に見えるある種の自己満足を表すような光にまだ怒りを覚えていた。そこで数人の子供に先生の口をこじ開けさせ、他の数人に交代でその中に何度も放尿させた。特に創意に富んだ子供たちは、他のみんながフンコロガシと同レベルの生活をしている時に、ブルジョワ育ちの彼女が食べないようにしていた糞を食わせるためには、どの枝によじ登れば尻の割れ目を最適な角度に合わせられるのかを話し合った。

リュー先生はこれまで贅沢な暮らしをしてきた。それは彼女の身長から見ても明らかだった。裕福な家で育った世代の人しか彼女くらいの背丈にはなれなかった。それに彼女の白い肌は、日の出から日の入りまで、太陽の下で働かなければならないという経験を一度もしたことのない、甘やかされた世代の証だった。先生の骨で煮込みを作ろうと話していた子供もいた。そんなに味付けしなくてもいいね！　と彼らは叫んだ。人民のためにカルシウムを！　夕方、小便と糞を全部出しきってしまった子供たちは、退屈して腹をすかしはじめた。何度も使った油をほんの少し使って、小麦粉を揚げただけの夕飯を食べるためにみんながバラバラと家に帰っていく前、これは単なるはじまりに過ぎないとピクピクは言った。より恵まれた子供たちは揚げた小麦粉の上に塩を振りかけることができて、それよりも更に恵まれた子供たちは、醤油を数滴垂らせた。

翌朝は雨が降ったので数週間ぶりに涼しくなり、通り一面に散らばっていた埃やガラスの破片は洗い流された。子供たちは有頂天になって、握っていた瓶を地面に置いて、路上で丸裸になった。これが好きなんだろ？　とお互いの体の部位を指差しながら小さいと言い合ったり、ありもしない筋肉を動かす真似をしたりした。

おじは路上ではなく、ずっと家の中にいた。彼は南昌通りにある質素なアパートで、私の母と祖父母と一緒に住んでいた。集団で駆け回ったり、気が済むまで外にいる子供たちとは違って、おじの家族は年に一回以上卵を買うことができた（おじと私の母は元旦と誕生日に何個も卵を食べていたが、そのことは知られておらず、秘密にしておかないといけなかった）。おじは人生で一度しかマッチを使ったことがなく、しかもその時ですらうまくいかずにうなじの巻毛を燃やしてしまったくらいだ。外に行く時は人と一緒ではなくて、たいていひとりだった。もしおじの外見が笑ってしまうほど不釣り合いでなかったら――スイカみたいな頭が細長い体の上でバランスをとっているような見た目だった――南昌通りの不良たちは、おじとその家族を選びぬいて暴行を加えていただろう。でもその代わりに彼らはおじに対しては寛容で、気晴らしに楽しむもののように扱った。そして、デカ頭、デカ頭、おまえは俺らの傘になるためにやってきたのか？　とおじに向かって叫んだ。ただ散歩をしているだけだよ。おじはそう答えて、真摯に手を振った。

子供たちを成長させないために鉄の箱に入れた村人たちの話を引き合いにだして、「もしそうする手段があれば私もそうしたはずだ、だからおまえももっと家にいるべきなんだよ」と祖母が言うと、おじは驚愕して、村の子供たち全員を箱の中から解放すると宣言した。

ただのお話だよ、と祖母は言った。本当の話じゃない。作り話、笑い話さ。本当に存在しない子供たちのためにヒーローになる必要はないんだよ。

どうして人はそんなことを思いつくんだろう？　とおじは尋ねた。どうしてそんなことをしようって思うんだろう？

どうしてどうしてって、まったくおまえといると時間の無駄だよ、と祖母は答えた。いいから何かしてきたらどうだい、そしたら誰かがおまえにどうしてそんなことをしたのかって聞いてくるだろうよ。

おじは自分に向かって、絶対に僕は君を箱の中に入れたりしないからねと約束をした。彼は自由だった。いつでも自由で、細心の注意を払いながら長い手足を気持ちよさそうに伸ばし、もっと空に近づこうと姿勢をまっすぐにして立ち上がると、自分の体がほんの僅かに成長しているのを感じた。

雨が降りはじめた六月のある日、日課の散歩のために外に出たおじは、リュー先生がまだ縛り付けられたままのポプラの木の前を通り過ぎた。雨が降っているのに、血と尿の臭いが漂っていた。彼はまるで美術館の展示品に近づくように、意識のない彼女の方へそろそろと一歩ずつ近づいていった。

ここにいちゃだめだよ、とおじは囁いた。紐をほどこうとすると、ピクピクを先頭にした裸の男の子たちが集団で駆け寄ってきて、おじとポプラの木とリュー先生を取り囲み、祈りを捧げるように指を絡ませながらこう歌った。

雨よ、雨よ、
ああ、傘があればいいのに
傘があれば
濡れないで済むのに！

雨よ、雨よ、
ああ、良い娘はみんな
おまえみたいに濡れればいいのに
でも見なよ！

デカ頭の
チャンガンがいる
傘なんて不要さ
デカ頭のおかげで濡れずに済むんだから！

でもおまえの母ちゃんは
まだ濡れているし
ずっと濡れっぱなし
だからわかるんだ

いやらしいってね！

一九九六年二～三月

「いやらしい？」と私は中国語で言った。「何それ？」

「違うよ」と母は言った。「聞き間違いだよ。『いいらしい』って言ったの」

「ふうん」

しばらく我が家に滞在するおじを迎える準備をしていた数ヶ月の間、母はそのデカ頭の歌をしきりに歌っていた。おじはノックスビルにあるテネシー大学に通うことになっていて、その前の数ヶ月間、うちに泊まる予定だったのだ。

「おじさんはテネシーで何をするの？」と私は母に尋ねた。

「歯磨き粉の味をスプライトみたいにするんだってさ」と兄のサミーが会話に割りこんできた。

「へえ、そうなんだ」

「来たらおじさんに直接聞いてみなさいよ」

当時私は八歳で、おじについてまた興味を抱きはじめていた。夕食の席でみんなが魚を食べていると、父が椅子を後ろに傾けてむせだした。

「チャンガンがいる～」と母は歌い、その目は天井を見つめている。

「パパを助けたほうがいいよね？」と私はサミーを見て言った。でも動こうとはしなかった。何かをやりたいと思っていても、なぜかその反対のことをやってしまうことがあったからだ。一方で兄は一般的に人が上達したいと思うことは何でもうまくやれたし、私たちが種としてまだやりたいと思いもつかないことですらうまくやれた。兄は父に駆け寄って、背中を強く叩いた。

骨を取るためではなかった。

学校で習った）、それは肉の塊のようなもっと大きな物が詰まった時に行うもので、とがった魚の
母は何事も起きていないみたいに歌い続けた。兄はハイムリック法をやろうとしたけれど（私も
「パパの頭が爆発しちゃう」と私は言った。

「ママ、おねがいだから、パパを助けてあげてよ！」。兄が言った。

「デカ頭の〜」

父は兄のことを押しやると、戸棚から黒酢を取り出してごくごくと四口飲み、口を拭って、「大丈夫だ。酢が流してくれる。今夜はもう魚は食べちゃだめだ。来年に幸運を取っておこう」と言った。そして私の方を見て微笑んだが、私は顔を覆って泣くふりをした。父はもっと良い人生を送っても良いはずだと思ったからだ。でも本当には泣かずにふりだけをしたのは、私を泣かせられる人間は唯一母だけで、しかもそのことを母はわかっていて、そうした機会があれば決して見逃さなかったからだ。

その夜遅く、兄は私の部屋にやってきて「ママはパパのことがそこまで好きじゃなくて、俺たちとだけ一緒に住みたいんだってさ。だからパパが喉を詰まらせても、何もしなかったんだ。ずっと喧嘩しないようにしているのは、おじさんがやってくるからだよ。だからおまえはいい子にしてないといけないし、俺がパパの面倒をみるのを手伝うんだ」

「どうしてママがパパを嫌いだってわかるの？」と私は言った。

「嫌いだなんて言ってないだろ、アニー」

「ママがパパを嫌いじゃないってことはわかってるし、なんで私がお兄ちゃんを手伝わなくちゃいけないわけ？」

「話としてしてるだけだろ」

私はもう兄にうんざりだった。どうして十三歳なのに、そこまでしっかりしないといけないのかわからなかった。ふつうは無愛想だったり、失礼な態度を取ったりするものなんじゃないの？　顔のにきびを恥ずかしがったりしないの？　ホルモンのせいで抑制がきかなくなって、目に入る女の子全員をものにしたいと思うけど無残にも振られて、それが原因で今度は自信が打ち砕かれて自尊心が崩壊して、私に八つ当たりしたりストレスをぶつけてきたりするんじゃないの？　その代わりに私を座らせて、赤ん坊扱いはしないからねと言って、ひるまない成熟した態度で私の言うことを真剣に受け止めたり心配したりして、私にいたたまれない思いをさせるのはなぜ？　どうして兄は世界とこんなにもうまくやれるんだろう。私はこんなにもまだ未熟で、今後数年間が急ぎ足で過ぎ去っていくのをただ待っているというのに。その頃には私も落ち着いた人間になって、ものすごくうまく社会に順応していて、議論の題材にされたり、公の場所で熟考されるような驚くべき人物になっていたりするのかもしれない。あるいは、どこかの美術館で、金縁のガラスケースに入れられて、人々がわざわざ遠方から見に来るような人になっているのかもしれない。みんなは法外な入場料を払っても、「私」という特別展示品を見に来てくれるようになるのかもしれない。

「私はお兄ちゃんの味方にはならないから」と私は言った。

「どっちの味方とかそういうのはないよ」

「みんな何かの味方でしょ」

兄はそばに来てベッドの隣に座り、私の髪の毛を編みはじめた。

「やめて。そんなことしないでよ」

でも兄は髪を編むのが上手だったし、私が髪の毛を触られるのが好きなことや、そうされると大好きなクレヨンの色のムーンストーン・ブルーのような気持ちになること、また、そんな気持ちになると、これから見るとわかっている悪夢に対して恐れ知らずになることを知っているので編み続けた。母は気持ちが落ち込んでいたり、ストレスを感じていたり、取り乱していたり、急いでいたり、指を動かすのさえ億劫なくらい疲れていたり、単にひとりになりたいような時に、自分がやらなくても済むようにと私の髪の編み方を兄に教えたのだ。私たちはそうしたことを当然のこととして受け入れなければならず、できなければ母のことを愛していない証だとみなされた。私たちはあらゆることを受け入れないといけなかった。母が突然立ち上がって上着をつかみ、玄関を出て行きざまに振り向いて「私にはもう会えなくなるからね。パパの作るひどい料理に慣れなさいよ」と叫んだ時も、私たちに選択肢はなかった。

私は出て行く母の姿を見ないようにしようと目を覆っていたこともあったが、最後まで覆ってはいられなかった。再び目を開けると、物事は何も変わっておらず、仕事に向かう電車の中で勉強するためのプログラミングの本を抱えたネクタイ姿の父がいて、目の前にふやけてしまったシリアルのボールを置いたまま、その目が濡れているのか乾いているのかわからないくらい頭を垂れた兄がいた。そして、私たちがそもそも最初に母を怒らせた場所、母が自分の髪を引っ張りながら、この毛をむしり取ってやると脅した場所、家の中に忍び込んでくる暗闇とは全然違う暗闇が家を取り囲む夜更けにようやく母が戻ってくるまで、ガラスの破片が落ちているみたいにつま先歩きをしながら、私と父と兄が一日じゅう避けて通っていた場所があった。

学校の休み時間、私はその歌を友達のサラとアレクシに歌った。精力的なおじがいることや、そのおじが一緒に住むことになってどれだけ自分がラッキーなのかを二人に伝えたかったからだ。けんけん遊びのマスの傍で、二人の横に立って英語で歌った。

雨、雨、あっちいけ
おじさんの頭は今日もでかい
ママは今日もすごく濡れている

私たちも濡れている、びっしょびしょ
乾くにはデカ頭が必要だ！

「それくらいおじさんの頭はでかいってわけ」と私は二人に話した。「はは、笑っちゃいたくなるよね」

「笑いたいなら笑えばいいよ」とサラが言った。

「みんなで笑おうよ」と私は提案した。

「いや、やめよう」とサラは言った。

「笑えないよ」とアレクシが言った。

私たちは理由もなく靴の底についた泥を払いながら、ぼんやりと立っていた。

「なんで頭があれば乾くの？」サラが尋ねた。

アレクシもよくわかっていなかった。「そうだよね、なんで？　私にも頭があるけど、濡れるよ」

「でもお母さんは濡れていて、頭は大きいんでしょ。傘よりも大きいんだよね」

「うえっ」。アレクシは言った。

「そんなのやだよね」。サラが言った。

「二人とも、これはすごく面白い歌なんだよ。前に聞いた時は涙が出るくらいめちゃくちゃ笑ったもん」

「私には面白くない」、サラが言った。「少しも笑いたいと思わないよ」

「私も同じ。いい？　ほらね」。そう言うとアレクシは口角を引き上げて笑顔を作ってみせたが、手を両脇に下ろすとその笑みは一瞬で消えた。「私の口はその歌を聞いても笑わないってことだよ」

その後、おじについてそこまでこまごまとした話は聞きたくないと母に言おうとしたけれど、母は「あんたは心の奥深くでは聞きたいと思っているはずだ」と言い張り、それに対して私は「おじさんが来ればわかる話だから、本当に聞きたくない」と言い続けたが、母は「いや、心の中ではおじさんに関することなら何でも知りたいと思っているはずだ」と言い、私がまた「本当に聞きたくない」と言っても、「いや、あんたは本当は聞きたいと思ってる」と言うので、私はいつものように諦めた。母はいつも私に対しては自分の思い通りにしていて、うまくいかないと泣いた。母が泣いているのが好きな人はいなかったし、私にとっては耐え難かった。母の口を手で覆おうとしても、更に激しく泣くだけなので、自分の目を覆ってみたが、そんなことをしても耳がもっと敏感になるだけだった。

結局私は母に「あんたは真夜中にカップヌードルを食べるよりも、おじさんのことの方がずっと好きだったんだよ」というような話を延々と語らせた。私は真夜中にカップヌードルを食べるのが大好きだった。食べていたのは大抵私たち三人だったけれど、父がやかんに水を入れてプラスチックの包装紙を破る音を聞きつけたサミーが、台所に顔を出すこともあった。それは兄の顔を覆っていた影が見えなくなるかなりまれな時間で、そうすると「良い時も悪い時もあるんだから、放っておいてくれよ」と言ったり、必要とされることが必要な私や母とは違って、夜に何時間もひとりでいたいと言って、部屋に私が鉛筆を削りに行くだけで、二十五セントを払わせるようなサミーではなくなるのだった。私は兄の要望を尊重した——でもそれは、私の歯が抜けた夜、歯の妖精のことを知らない両親に代わって、私の部屋へやってきて、枕の下に二ドルを忍ばせてくれたからだ。

兄はわかりにくい人だった。救世主になったかと思えば、次の瞬間には危険人物になった。でも深夜にカップヌードルを一緒に食べた時は、私の救世主でしかなかった。自分は麺を食べられればいいからと言って、発泡スチロールの容器からスープをすすらせてくれた。それから「おまえはこれが嫌いだろ」と言って私の容器から小さな乾燥にんじんや豆を一つ残らずすくい取ってくれたりもした（美味しいものが好きで、まずいものが嫌いな人はみんなそうするよね？）。そこには許可された時間よりも遅くまで起きていたり、一緒に時間を過ごすのを楽しめる家族であるということから生じるつかの間の至福があった。寝る前に塩分で顔をパンパンにさせながら、家族みんなでインスタントヌードルを食べた夜ほど、自分は守られていると感じたり、穏やかな気持ちになったりすることはなかった。

でも明らかに、深夜にヌードルを食べるという油ぎった悦《よろこ》びは、おじが一緒にいるという申し分のないこととは比べ物にならないようだった。母は私に、優しい気持ちになっておじの顔や性格について正確に思い出すようけしかけた。中国でおじや親戚と過ごした一年半の間、私はまだ赤ちゃんだったし、そんな幼い時のことを覚えている人なんて聞いたこともないのに、母は私に心があって、大事にしてくれた人たちのことを忘れていない証拠として、私におじのことを思い出すよう求めた。私は生後七ヶ月の時に両親に上海へ連れていかれ、二歳になるまでそこで暮らした。パパは通りで傘を売り歩いていたんだよ、と母は何度も繰り返し言った。繰り返せば繰り返すほど、母の声は大きくなっていく。あそこにある通りだよ！　と母は叫んだ。あのいまいましい通り！　他にどんな人がお金欲しさにうろついていたと思う？　トイレで子供を死産するようなホームレスのヤク中だよ！

シザンって、赤ちゃんは生きてるの？　死んでるの？　私は母にいやというほど何度も何度も繰り返し尋ねたが、聞いてもらえないのでしまいには諦めた。

私が生まれる前、母と父と兄はワシントンハイツにある一ヶ月の家賃が四十ドルの狭い部屋で、他の四家族と一緒に暮らしていた。父と同様に、その部屋に住んでいた男たちは勉強するためにアメリカに移住してきた人たちで、中国で彼らのことを信じて支援してくれていた人たちには「選ばれし者」とか「苦労した末に奇跡を起こした者」と言われていた。

彼らはアメリカにやって来ると、妻や子供たちをひとりずつ、一年後、二年後、三年後、四年後に呼び寄せるのに十分なお金を貯めた。でもその人たちはひとり残らず、自分たちよりも前にアメリカにやって来た私の父のように中退した。

父は人が集まるたびに顔が赤くなるまで酔っぱらい、ひっきりなしに話し続けた。「あの頃は苦しかったよ。教育は……教育は人間が得られる最良のものだと信じてたんだ！　しかもアメリカで受ける教育だろ？　それ以上のものがあるか？　無知だったね。学生だと信じてもらえなくて、自分のアトリエに入れなかったこともあった。中華料理店から来たデリバリーの男だと思われてたんだ。自分の所有物と所持金を全部足しても、来場者が耳から垂らしているイヤリング一個分の価値にもならないようなオープニングパーティーを開いているギャラリーの前を、何軒通り過ぎたことか。私が殴られたり、投獄されたり、重労働の刑を受けたような反体制派でない限り、誰も興味を持たないんだよ。仮に反体制派だったとしても、生計を立てていくのは不可能だったろうね。私には妻も子供もいた。妻のリー・フーリンがどんなだかわかってるだろ？　手のかかる妻がふたりいるようなもんさ」。父の顔がどれくらい赤くなるかによってその数字は変わり、赤くなればなるほど大きくなった。父はため息をついて「ほんの数時間の間に、全然違う十人を相手にするようなものだったよ。アメリカに来た最初の年、彼女は毎晩泣いて、男だったら聞いちゃならないようなことを口にしたんだ。死なせてくれ、いいから死なせてって言うんだよ。私の遺灰を母親のもとに送ってちょうだいって。私たちはお金がなかった。サミーが一歳半で高熱を出した時は……助からないんじゃないかと思ったね。当時の所持金は十ドル。緊急治療室に行ったら、保険に入っているのかって聞かれて、入っていないと答えると、請求書を送るから住所を書くように言われたから、指導教官の住所を書いたよ。彼はいい人でね。請求書を受け取ると、何も言わずに払ってくれた。私はあまりにも恥ずかしくて、いくらだったかなんて訊けなかったよ。画材も買えなかったね。ゴミの日になると高級住宅地のあるあたりまで行って、まだ食べられるものや着られるものはないかゴミ箱をあさったもんさ」。父は言葉に詰まるまで話し続けた。そして同じように赤ら顔をした数人の男が、父の腕を自分たちの肩に載せてかつぐようにしてベッドかソファに連れて行った。父はすぐに寝てしまい、時々激しく咳き込んだり吐いたりして、目を覚ますこともあった。こういう時に、父の横にゴミ箱を置くのを忘れずに覚えていたのはいつもサミーだった。翌日、父は誰よりも早く起きて朝食を作り、苦悩の痕跡《きずあと》を表に出すこともなく、また寡黙になった。

母は昔のことを語るのに酒を必要としなかったし、集まりに参加している人たちにわけのわからないことを言ったり、もたれかかったりする必要もなかった。母には私がいた。私は母をいつでも受け入れ、ひたすら話を聞いた。「考えられる？　私たちが一緒に暮らしていたのは、一番優秀な人たちだったんだよ。学業においては全国で一番や二番を取るような人たち。その人たちがみんないい、ひとり残らず中退したんだから」。こういう話し方をする時、母はいつも私の顔を見て反応を窺うようにしきりに間をとった。もし心配や同情や哀れみや恐怖といった感情を私が十分に表しきれていないと、もう一度その話を繰り返した。そして続けて三回正しい反応が見られないと、不満をつのらせて、あんたとは二度と口を利かないからねと脅した。私がなんとか奇跡的に正しい表情を見せられたとしても、母はこう続けた。「よく考えてみると、あんたのパパや私みたいにポテンシャルを持っていた人はあの中にはいなかったね。パパがパニックになりながら、一晩のうちに作品を全部ハンマーで壊してしまうのを見たよ。私は自分の頭をかち割ろうと思った時に使おうとしたレンガを取っておいたんだ。心配しなくていいよ、そんな考えは一時間以上続いた試しはないから。とにかく、私はそのレンガを使ってパパの彫刻を粉々にしたんだよ。それからふたりでその破片を黄浦江に投げ捨てたのさ。勉強するためにアメリカにやって来た男たちの中で、壊さなきゃならないほど素晴らしいものを作った人がいた？　いないよ。あの人たちはみんな俗物的だったからね。金のためなら何でもやるんだよ。あんたは自分の母親がどれだけすごいかを聞いたら、信じられないはずだよ。頤和園《イホウイワン》の外で会ったドイツ人観光客に『あなたには先見の明がある』って言われたんだ。それにジェーン・オースティンの小説の登場人物みたいな英語を話しますねって。その人は私に、自分の目を通して世界を捉えられるようにってカメラをくれた。きっと私に恋をしてたんだね。その人の奥さんはカメラをあげてしまうことをよく思っていなかった。まあでも、もらっといたよ。私はまだ二十二歳だったんだから！　実際そんな人に会ったことなんて一度もないけど、私はサヴァン症候群の人みたいだったんだよ。ピアノの前に初めて座ったのに、ベートーベンを弾きはじめる人がいるのを知ってるだろ？　あれはまさに私のこと。短編映画を作ったおかげで、身を隠すことになったんだ。一時的に違う国に避難する計画もあったくらいだよ。それくらいになるには、どれほど優秀でないといけないかわかる？　天才じゃないといけないんだよ！　だからあんたのママは天才だった。でもだから何なの？　何かのためになった？　パパと私がアメリカに来られたのはパパが奨学金をもらえたから？　その結果、奨学金なんてまったく意味がないことがわかったのかって？　何の意味もない。アメリカには中国人の芸術家はいないって知ってた、アニー？　鷹と一緒に空を飛びたいって人間が言うようなもんだよ。無理なの！　生まれた時点で種が違うの。だからあんたのパパは失敗した。チャンスなんかなかったし、失敗したの。だからあんな一つの部屋に五枚のマットレスを敷いてぎゅうぎゅう詰めになって、動物みたいな暮らしをしなくちゃいけなくなったわけ。小さな女の子が脚が痒いから焼き切って欲しいって呻く声で夜中に起こされたよ。私は妊娠八ヶ月で、その子はただただ泣いて泣いて泣きまくってた。もうこれ以上我慢できなくなって、こう言ってやったことがあったよ。『その子をどっかに連れて行って脚を切断してもらいなよ！』ってね。誰も他に解決法を提案しないんだから！　だから提案してやったんだ。あんたの名前をつけてくれたのはその子なんだよ。知ってた、アニー？　かわいそうなあんたのママが病院からあんたを連れて、あの人たちがいるあの部屋に戻らなくちゃならなかったところを想像できる？　でき損ないだらけの部屋に戻るのを！」

　私は頷いた。この話はもう何度も何度も聞いていた。

「その子の名前はクリスティーナっていってね。あんたの名前はアニーがいいよって言ってくれたんだ。脚はかさぶただらけだった。親は何にもしてあげてなかったね。その子が私に小さな孤児アニーは偉大なるアメリカのヒーローなんだって話をしてくれたから、アメリカの映画史において最も偉大な女性登場人物にちなんであんたを名付けたんだよ」

「ママは、その子の脚を切り取ってしまえばいいって言ったんじゃなかったっけ？」

「話をちゃんと聞いてないね」と母は言った。「私は本当は映画を作り続けるはずだったのに、間違った時代に生まれたんだ。私が一緒に育った素晴らしい人たちがどうなったか知ってる？　みんな刑務所行きだよ。拷問されたんだ。重労働の刑を課せられて、死ぬまで働かされた。本当に死ぬまでね。あまりにも疲れ果ててぽっくり死んじゃった人を見たことある？　死ぬほど泣いている人を見たことある？　本当に、死ぬほど泣いている人をさ！　苦しむ時間を短くしようと自ら命を絶った人もいた。消えた人もいる。人が消えるってどういう意味かわかる？」

「死んだってことでしょ」

母は首を振ったが、それは私の答えをよしとしないのか、中国で当時起きたことをよしとしないのかどっちなのかはわからなかった。「そうしたことは全部、いったい何のために？　良い人生を求めてここに移住しにやって来るため？　風通しの悪い部屋で四家族と一緒に極貧生活を送るのが良い人生なの？　私は便秘だったんだ」と母は続けた。「あんたがおなかにいる間ずっとね。買えるものといえば白米だけ、何の味もついてない白米、肉も野菜もない、ただの白米。そこで私たちはちょっとした盗みをはじめるようになった。スーパーに行って、カップヌードルの蓋を破って、粉末スープだけ盗むんだよ。それを一週間もたせるために、白米の上に少しずつ振りかけてね。そんなこと想像できる？　ねえ、できる？」

できなかった。私はその場にいなかったし、私になる前の私の一部はいたのだろうが、覚えていなかった。

「あんたにはあるだけの金を使ったよ。あんたがいたせいで、前よりも食べられなくなった。あんたにはさんざん搾り取られたよ」

「ごめんなさい」と私は言った。私が生まれてから三ヶ月後、両親はその「宙ぶらりんなろくでなしどもがいる地下牢」から離れるのに十分なお金を貯めた。それは私を世に生み出して生かしておくために、どれだけのことを母が耐えてきたのかという話を、私が十分に理解していないと感じた母が、更にもう一度丁寧に説明しようとする時に使う言い回しだった。新しい家に移ると、両親はしょっちゅう生卵を食べるようになった。大家が生来の詐欺師で、コンロが壊れていたせいだ。母いわく、父はあまりに無頓着で、自らすすんで苦しみに向かっていくような人で、十分に文句を言わなかったのだ。「アメリカ式のやり方はそれでしょ！　文句を言ってやんなさいよ！　昨日の新聞を見たでしょ？　マクドナルドで熱いコーヒーを飲んで舌を火傷した人が、ずうずうしくマクドナルドを訴えたんだよ。何でかって？　マクドナルドの従業員がコーヒーが熱いと注意しなかったからだってさ。コーヒーは熱いものでしょうよ。いつだって熱いんだよ。それでもその悪徳弁護士は百万ドルを手に入れた。あんたのパパだったら何を手に入れただろうね？　何もだよ。何も手に入れないね」。確かに、父は人が集まって酔っ払った時以外はほとんど文句を言わなかった。文句を言う時ですら、出世したいとか金儲けしたいとか何か目的を持って言うのではなくて、ただだらだらと垂れ流しにしていただけだった。だから大家がコンロを直すと言って直さないことについても大騒ぎにはしなかったし、正直で勤勉なアメリカ人はその時間は働いている時間だからと言って、平日の午前八時から午後六時までヒーターを消されても言い返さなかったのだ。でも別に大家は、アジア人と黒人の家族に占領されたその建物に何の期待もしていなかったわけではないし、ベルト通しの上から覗いている銃みたいにペニスが見えてしまうまで、ズボンを股間よりもずっと下げて履く不良たちのことを例外視はしなかった。そう、ズボンの上から銃みたいにペニスを見せているガキどもが、たまたまみんな黒人だったというだけで、でもだからといって、彼は黒人に対して差別的だったというわけではなくて、単に自分の所有する建物に立ち寄る時に、あそこまで多くのペニスが自分の方に向いていなくてもいいのではないかと思っていただけ、それだけだった。

母によると、その黒人のガキどもはドラッグの売買をしていて、儲けで他のものと一緒にヒーターを買ったようで、一日じゅうヒーターを消されても問題なかったようだ。でも、路上で傘を売っていた父には、一体何が買えたというのか？　「追加の傘でしょ」。母は私が答える前に、厭味ったらしくそう言った。

　生きたいのか死にたいのかわからないほど辛かったあの一年半の間、あんたは中国にいてラッキーだったと母は言った。それを聞いて私は、もし私が本当にラッキーなら、死にたいなんて思ったりしない母親がいたはずだし、もし死にたいと思っても、自分の心に留めておくような母親がいたはずではないかと思った。悲しみは自分の中に留めておければ自然と消えていくだろうし、少なくとも静まっていくはずだ。母にどうかしたの？　と気づいてもらい、抱きしめてもらい、愛していると言ってもらい、あんたを傷つけてしまったのだとしたら胸が痛いよと言ってもらうのを待っている間、私はいつも自分の中に怒りを留めていた。でもいつも結局、母に気づいてもらえることはなく、数時間後には怒っていたことすら忘れてしまい、母のイヤリングを自分の髪に着けて喜んだり、サラとアレクシと一緒に考えた踊りを母に見せたりした。かなり激しく踊ったので、髪に着けたイヤリングは全部床に落ちてしまい、母と私はかがみ込んで、どちらが多く集められるかを競い合った。母は私に勝たせてくれる時もあったが、意地悪な時もあって、私の指の間からイヤリングをひっかき取ろうとしたりしたこともあった。まあ、なんにしろ、要は、私が怒りを忘れられるのであれば、母だって悲しみを忘れられるはずなのだ。

　私の中国の思い出——一緒に住んでいたおじや祖父母の思い出——は、全部母から聞いたものだった。私が知りたかろうと知りたくなかろうと、母はありとあらゆることを教えてくれた。「みんなあんたのことが一番好きで、私の性格を受け継いだって言ってた。あそこであんたは男の子たちと競い合っていたってことを忘れるんじゃないよ！　中国人がどんなだかはわかってるでしょ。あんな男の子もいればこんな男の子もいてさ。でもうちの家族は違うよ。私たちはよそとは違うように両親に育てられたんだから。私はあんたのおじさんよりも劣ってるなんて、一度も思ったことはなかった。おじさんと同じくらい母や父に愛されてるっていつも思ってたよ。だからあんたは二番目の子で男の子でもないけれど、それでもちゃんと向こうで愛してもらえるってわかってたんだ。それが他の中国人家族とは違う所だね。だからあんたとサミーに対する私の態度は他の中国人のママとは違うの。他のママたちはみんな日曜日になると、子供を中国語学校に通わせてるでしょ？　今年ママはあんたを中国語学校に行かせましたか？　どうですか？　ママがあんたに中国語学校に行った方がいいんじゃない？　って言ったのは、中国語を学びたくないなんていう中国人はいないと思ったからだよ。本来カタツムリは這いずり回るものなのに、そうしないで空の飛び方を覚えたいって思うのと同じで自然じゃないし、ママは自分の子供には自然だと思うことをしてもらいたいと思ってる。だから、ペンおばさんみたいにあんたやサミーを無理に行かせたりはしないんだよ。あの人は子供たちに朝にバイオリンのレッスンを受けさせて、中国語学校に行かせて、それから算数の家庭教師、英語の家庭教師、そのうえにPSAT（SATの模擬テスト）やSAT（大学進学適性テスト）の家庭教師、中学校一年生なのに高校一年生の生物学を教える家庭教師をつけて、それからバドミントンにピアノを習わせてるんだから！　あの人たちはそういう人なの。私はそんなことをやらせようなんて思ってないよ。彼女たちはママのことを「ああ、この人は子供を大学に行かせようとも思ってないし、たとえ失明して一日に五回うっかり漏らしてしまうようになっても、面倒を見てもらえるくらい稼げるいい仕事についてもらいたいとも思ってないんだ」って目で見るけどね。あの人たちほど間違った人はいないよ。ママだって本当はそうしたことをあんたたちに全部やってあげたいよ、でもあんなふうに全てをコントロールしないと気が済まないような女にはなりたくない。私はならないからね！　だからママはパパにひとりでアメリカに行かせて、パパがママに与えるはずだったものを与えないまま、パパがママの大好きなあんたとサミーに与えるはずだったものを与えないまま死んじゃうかもしれないほど危険な地域に二年間も住まわせたんだよ。あんたはまだ生まれてなかったけどね。でもママは、自分が一生をかけて愛する運命の人はサミーとパパだけじゃないって気がしてた。そう、本当にそう。パパはママをディナーにすら連れていけないくらいお金がなかったのに、私にあんたを産んで欲しいって思ってたんだから。信じられる？

ちょっとしたディナーに連れていくことすらできなかったんだよ！　ママがサミーを連れてアメリカに行こうと決めたのは、パパがとてつもない嘘つきだったからだって知ってる？　嘘その一、パパは素敵な場所に住めると言った。嘘その二、パパはママにダイヤモンドの指輪が買えるくらいたくさん稼ぐと言った。嘘その三、パパはこの国の人は欲しいものは何でも自由に求めることができると言った。中国とは違ってアメリカでは、何をしても生活していけるって。嘘その四、パパは私たちはアメリカが好きになると言った。いくらでも並べられるけど、パパがママについた嘘を全部言ったら人生が終わってしまう。パパは妄想してるんだよ。パパはママにとって我慢しないといけない人だけど、あんたとサミーは愛する人。そう言えば考えてたんだけど、ママとパパ、どっちが好き？　今答えなくてもいいけど、チェンおじさんがみんなの前でこの質問をする時、みんなはあんたが答えるのを待っているっていうのに、あんたが黙ったままでいるとすごく恥ずかしいの。それに悲しくて泣きたくなる。だからこの前の集まりでは、あんたに氷を入れたジュースをあげなかったんだよ。単に忘れたわけじゃないんだからね。あんたがチェンおじさんに答えを言わないから、私はものすごく傷ついてトイレで泣きはらしていたんだよ。だからママは今すぐにあんたにこの質問について考えてもらいたいと思っているし、次の金曜日までには答えを出しておいて欲しいと思ってる。チェンおじさんがディナーにやって来たら、また同じ質問をすると思うよ。その時にあんたが答えなかったら、ママはものすごく悲しくなって、何も食べられなくなる。ママがすごく弱って挙句の果てに死ぬことになったら、あんたにはパパとサミー以外誰もいなくなるんだからね。私が死んだらパパはものすごく精神的ショックを受けるはずだから、あんたやサミーに夕飯を作るのを忘れちゃうだろうね。初めに言っておくけど、ママとパパとどっちが好き？　っていう質問に答えるのにそんなに時間がかかってしまったことを、あんたはきっと後悔すると思うよ」

　母は私が十分に休息が取れている時に寝なさいと言ったり、私がもうこれ以上母の若い時の話——どれだけ母が苦しんだのかや、母を苦しめ続けるだけの男と結婚したことや、兄のこれまでの人生における主な功績は母を苦しませることだということ、経済的に安定するまでの少しの間、私を中国に連れ戻して祖父母やおじと一緒に住まわせると父に説き伏せられた時に、どれほど母が苦しんだのかということ、私が中国にいる間どれほど母が辛かったのかということ、上海からの帰りに私をアメリカに連れ帰ることに同意してくれた遠縁のおばのチェン・ファンに会うために、サウスカロライナのチャールストン空港までひとりで運転して行った日に母がどれほど苦しい気持ちだったか、そして空港の到着ラウンジに私を迎えに来ていた母に対して、まず最初に私がやったことと言えば、母のすねを繰り返し蹴って頭突きを食らわせたということについて——は聞きたくないと思っている時に、私が泣き出すまで延々と話を聞かせた。私には本当に覚えがないのだけれど、母は「あんたは怪物《モンスター》みたいだったんだからね」と何度も言い、母が一年半もの間待ちわびていたその日に、どれだけ私に傷つけられたのかということを、二度と忘れられないくらい私の心に焼き付け、それからまたいつか私は母に反抗するようになると言い続けた。私は母の予想に困惑した。起きるとすぐに母にしがみついていた私が、ひとりで寝なくてはいけないのに夜になると母のベッドにもぐり込んでいた私が、美術の授業で作る作品は決まって母のためで、父やサミーや友達のためには一度も作らなかった私が、サラとアレクシと一緒にレモネードを売って、自分の分の儲けを母の名前が書かれた米粒がたった一つ入ったガラス瓶を買うために使った私が、哀れになるほど母のことが大好きで仕方がなかった私みたいな人間が、どうしたら無情にも母を捨てるような人間になれるというのだろう？

　母にとって良い人生というものはもう長い間期限切れしていて、残っているのは耐えなくてはいけない苦悩と辛さだけだった。だからついにおじがビザを取得したという知らせを聞くと、母はあっけにとられるほど興奮して喜んだのだ。

「やっとこれで私たちの人生がはじまる」。おじからの手紙を読んで母はそう言った。そこにはおじが一ヶ月以内に我が家へやってくることが書かれていた。

「ママ」と私は母の手を引っ張りながら言った。「ママ、いいから私のことをくすぐってよ」

母は私を無視した。「これまでに見たことのないママを見ることになるよ」。その夜、母がおじと自分の古い写真をすごく集中しながら真剣な顔つきでリビングのカーペットの上に並べているのを見た。その姿はどの道を行くべきかを決めようとしている、恐れ知らずの冒険家みたいだった。母のことを私がそこまでじっくりと観察していたのは、自分が入ることのできない秘密の場所に母がどうやってたどり着いたのかを知りたかったというのもある。どうやってそこにたどり着いたの？どうして私は母のあとに続くことができないの？　でもそんなことをしても無駄だった。母は予告なしにしょっちゅう姿を消したし、母がいなくなることに自分が関係していないのであれば、自分には関係のない話なんだと私は自分自身に言い聞かし、また、それを楽しむことを学ばなければならなかった。

一九六六年八月

ピクピクにはみんなにグーバーと呼ばれているいとこがいて、彼は赤ちゃんの時にひどい栄養失調だったせいで一生足を引きずることになり、その上同じ言葉を一週間繰り返し言い続ける癖があった。他の子供たちからは、糞が出終わる前に便座から立ち上がったせいで、出きらなかった糞が一日じゅう尻から突き出たままでいるくらいのバカだと言われていた。毛沢東が天安門広場で百万人の沸き返る紅衛兵の前で行った演説をありとあらゆる新聞が再掲載した翌日、グーバーは南昌通りの周りを歩きまわりながら、外で遊んでいる子供たち全員に、父親が「解放日報」の第一面でお尻を拭くのを見たことを言ってしまうという大きな間違いを犯した。次の日、彼の父親は子供たちに取り囲まれ、公の場で何時間も激しく暴行された。殴るだけでは満足しなかった子供たちは、二度と毛沢東主席の顔の上に糞をしないようにと、父親の尻に束ねた枝を突っ込むことにした。ピクピクは集まった人たちの熱気が冷めても、更に枝を集め続けた子供の中のひとりで、その後数日間、南昌通りの子供たちはグーバーの母親が夜更けまで大声で泣くのを聞いたが、ある日彼女もいなくなった。

「お、お、お、お前が、か、か、か、かあさんと、と、と、とうさんを、つ、つ、つ、つ、通報したんだ」。私の祖父母のアパートの入口の前で倒れるまで、何ブロックにもわたってピクピクをつけ回してきたグーバーは、どもりながら彼に向かって言った。

「やめな」と祖母はおじと母に言った。「外に出ていこうなんて考えるのはやめときな」。それは特に、ずっと窓の外を見ていて、グーバーが太くて短い方の足をひねって、悪くない方の足の上に倒れるのに気づいたおじに向けられた言葉だった。「死にたいならいいよ、でも家族に迷惑をかけるのは許さないからね」

八月の残りの間ずっと、おじのチャンガンの姿はどこにも見当たらず、最近すごくきれいになって、高校生になった最初の年は、自分よりもずっと見劣りする女の子たちに取り囲まれながら町を歩きまわり、通り過ぎると記念碑がより威厳を持つように見え、木に寄りかかるとその葉が緑を取り戻し、踏みつけると雪は溶けて金になり、その頭上を飛ぶと鳥たちは酔っ払ったように街灯に突っ込んで地に落ちて死ぬと断言され、恋煩《わずら》いの男の子たちがあとをついて回っていたような私の母の姿もなかった（種の衰退の責任は母にある、と言われたという話をする時、母は一番喜んだ）。

「あんたはそこそこの顔をしてるからあいつらには追われないだろう、なんて思うんじゃないよ」。紅衛兵がリュー先生にしたことを聞きつけた祖母は母に言った。「ああいう不良たちはおまえの大切な顔を切ったりしない、なんて思わないことだね。美人コンテストで優勝する前に死体になっちまうよ」

「別に何も言ってないじゃない」。母は長い髪の毛を先回りするように守りながらそう言った。今ではもう同じ通りに住む女の子で髪を伸ばしたいという者は誰もいなかった。その夜、祖母は母が寝ている間に包丁でその髪を切り落とした。「そうするだろうってことはわかってたよ」と、私がもう少し大きくなって、そうした話により関心を持ちはじめると母は言った。「朝起きておばあちゃんが髪の毛をちょん切ったとわかっても、私は驚くほど冷静だった。残った髪を後ろで無駄に結ぼうとしたりしてね。私のためにやってくれたことだから。おばあちゃんは正しかった。可愛いからって見過ごしてもらえるわけじゃなかったからね」

おじは祖母が言う危険性についてそこまで納得しているわけではなかった。「なんでちょっと出ていってすぐに戻ってくるのもだめなの？」

「なんで、なんで、なんで」と祖母は言った。「おまえのなんでなんでを聞いてたら、時間の無駄だよ。誰にも気づかれないように、お父さんの本の残りをどうやって燃やしてしまえるかってことを考え過ぎて、私の頭は白髪で真っ白になってるっていうのに、あんたはそこに座って、なんでって聞くのかい？」

グーバーの母親がいなくなってから数日後、ピクピクと腕章を付けたその他の子供たちは祖父母の家の戸を叩いた。

傘を探してるんだけど。あいつはどこに行きました？　と彼らは祖母に訊いた。猛烈に雨が降ってるのに、俺たちが濡れないのはあいつのおかげだから、お礼が言いたくて。

祖母は子供たちに「あの子は父親と一緒に宝山《バオシャン》にいるよ」と言った。「秋にたくさん農作物を持って帰ってくるために働いてるんだ」

ピクピクは祖父母のアパートの中をじっと見て、本や芸術作品が一切ないとわかるやいなや、興味を失った。竹の板が敷かれた床に、きれいに縫われたシーツが敷かれたベッドが二つ置いてあるだけで、台所のテーブルにはひびが入っていて、椅子の脚は壊れている。行こうぜ、と彼は他の子供たちに言った。どこかで別の変なやつを見つけて傘にしてやろう。

通りで好き勝手やっている子供たちの遥か上方では、アパートの玄関先で見つけて、階段を引きずりながら四階まで上がって屋根の上まで持ってきた椅子におじが座っていた。まっ裸で「指図されたくない、指図されたくない、指図されたくない、指図されたくない」とぶつぶつ言い続けていた。その間ずっと、容赦なく照りつける太陽のせいで赤くなってしまうんじゃないかと恐れて、自覚のないままむき出しのペニスを握っていた。

一九九六年四〜五月

おじがニューヨークに到着する日、私たち家族は父の一九八八年もののシルバーの日産セントラに、ぎゅうぎゅう詰めになって乗りこんだ。車の中で私は、エンジンから何か変な音が聞こえてきたり、ボンネットから煙が少し上がっていると思うたびにサミーの手をつかんだ。父と週末に見たアクション映画みたいに、車が炎上して爆発するところを想像していた。「もしあんなことになったら、生き延びられると思う?」。三台のトラックを横転させてから図書館に突っ込んで、漏れ出したガソリンに火がついて炎上してめちゃめちゃになった車から、ジャン＝クロード・ヴァン・ダムが現れるのを見ていた時、私は父に尋ねた。

「とっくに死んでるだろうね」と父は答えた。

ジョン・F・ケネディ国際空港で駐車チケットを機械から取る時、母は両手に顔を沈めた。

「もう泣いてるの?」と兄は尋ねた。

「自分だってもし妹と六年ぶりに会うことになったら、泣くでしょう」と母は嗚咽をあげながら言った。

「それはどうかな」と兄は私の手を振りほどきながら言った。「今やることじゃないだろ」

「ごめん」と私は言った。

「ちょっかい出してくるなよ」

車を停めると、兄はさっきの発言を悔いて、イライラしてしまったお詫びに私と母にスプライトとオレンジジュースを買いに行った。

「金は返さなくていいよ」。冷たすぎる飲み物が飲めない母のために、兄はオレンジジュースの缶を足と足の間に挟んでいた。喉が氷山に閉じ込められたライオンみたいになる、と母はよく言っていた。

「まだ冷たくて飲めない」。サミーがジュースを渡すと母は言った。

「かしてみて」。そう言うと私はサミーから缶を取り上げて、ズボンの中に入れた。「ここはいつも温かいでしょ」。そうして、ただゆっくりまばたきしてるだけだとサミーに言われた、お馴染みの「両目を閉じたウィンク」をしてみせた。

「汚いな」と母は言った。「そんなの誰が飲むのよ」

結局私は両方のジュースを飲むことになって、トイレに連れて行って欲しいとサミーに三回も頼む羽目になった。三回目のトイレから戻ってくると、上海発の飛行機に乗っていた人たちが到着ゲートに一斉に出てくるところだった。私はすぐにおじを見つけた。それは優れた精神力による偉業でもなんでもなくて、ただ自分よりも無力な人を攻撃したいと思うようになるくらいまで、毎日母に何時間もおじの写真を見せられていたからだった。おじはボリュームのある縮れ髪をしていて(あとになってパーマをかけていると知った)、ターミナルにいた大半の中国人よりも頭数個分背が高かった。私はおじの口から目が離せなかった。自分が見ていると思ったものを本当に自分は見ているのかどうか確信が持てなかったのだ。おじの歯は全部曲がっていて、歯茎が黒かった。あとになって、子供の時に私の面倒を見てくれた人たちの間で、誰が将来自分たちの面倒をみてくれるんだろうという話が上がった際に、母は夜中に私に電話をよこして、チャンガンおじさんが最後の歯を五十歳の誕生日に失ったと話した。それを聞いた私はまるでおじが両腕と両脚を失ったかのように嘆き、寮の部屋でひとりで声を上げて泣き、息が切れるまで両方の拳を胸に叩きつけてベッドに倒れ込み、仰向けになって浅い呼吸をしながら、私がこうなってしまったのは母のせいだと思った。母のヒステリーは母が亡くなっても終わらない。もう既に私に受け継がれているんだから。

おじはまず私のところに来て、私を抱き上げると腕を伸ばして持ち上げた。あれだけ多くの人のことを一度に見下ろしたのはそれが初めてだった。巨大なリビングに知らない人たちが一斉に集まっているみたいだった。私を下ろすと、おじは私の背丈あたりまで身を屈めてこう尋ねた。「私のことを覚えてるかい?」

私は恥ずかしそうに頷き、これまで母にしかついたことのない小さな嘘をついておじを喜ばせた。「そうだよね」とおじは言った。「チェン・ファンおばさんと一緒にアメリカに戻る飛行機に乗る前、おまえは私の体におしっこを引っ掛けたんだよ」。それを聞いた私以外の全員が笑った。おじは兄の背中をぽんぽんと叩いてから、引き寄せて抱擁した。「中国でお酒を飲んでいい年齢っていうのは、非公式には自分が飲みたいと思った時っていうのは知ってるよな?」。兄は笑い、私は父の方をちらっと見た。そして、父がその年に参加した集まりで赤くなったくらいサミーの顔が赤くなるところを想像した。おじは肩車をしようかと手振りで私に尋ねた。「いいかい?」

私は頷いた。

「グオジェン、ニーハオ、ニーハオ、ニーハオ、ニーハオ、ニーハオ、ニーハオ、ニーハオ」とおじは言って、父の両手を取って力いっぱい振った。「遅れちゃったけど、十八歳の誕生日おめでとう!」

「子供みたいに元気な大人だな」と父は言った。一週間前に私たちは父の四十五歳の誕生日をチェンおじさんやいつもの人たちと一緒にお祝いした。パーティーの最後の一時間、トイレに隠れて父と母のどっちが好きかという質問から逃れることが、私から父へのプレゼントだった。

おじは私を肩の上に載せたまま母を抱きしめた。スニーカーが母の肩甲骨に擦れるのを感じた。母は少しの間静かに泣いていて、自分のことをさらしものにしたり、どれだけ引き裂かれそうな思いだったかと主張したり、自分のことを引き止めた責任や苦しみから回復させる責任を私たちになすりつけたりもしなかった。今さら恥ずかしいが、母が喋るいつもの音量と強度に値するものに対して母は泣いているのだと、この時初めて心から信じられたように思う。

「母さんがスーツケースに入れて私に持ってこさせたものが何なのかを聞いたら驚くよ」

母はまだ話すことができず、サミーの肩につかまっていた。

「サトウキビだよ」

涙がまた母の顔に溢れ出した。

「サトウキビでこんなに感動する人を見たことあるかい?」とおじはサミーに聞いた。

サミーは首を振った。「準備はいい?」

「ずっと準備してきたからね」

こうしたことが起きている間じゅうずっと上の方にいるのは最高の気分で、父がそろそろ行くよと手振りで示したあと、届くはずないと思っていた出入り口が迫ってくると、私は喜びと恐怖に見舞われた。何か素晴らしいことが起きようとしているのは確かだった。そこまで行って、素晴らしいことと握手をしながら「準備はオッケー、準備はオッケー、準備はオッケー、準備はオッケー」と言いたかった。

最初は何も変わっていかないように思えた。私はおじに気後れしていたけれど、サミーは役に立とうとしていた。おじに公共バスの乗り方を教え、お釣りのないように小銭を用意する代わりにトークンを使うことや、一番近いマクドナルドまでの行き方、普通のセットよりもたった四十九セント多く払うだけでチーズバーガーが二個もらえる秘密の方法を教えた。そしておじを図書館へ連れていき、中国の本やカセットやビデオが置いてある棚を案内した。セブンイレブンにあるようなセルフ形式のドリンクバーでは、カップに氷は入れずにジュースだけを入れた方がいい、そうすれば二倍の量が飲めるし、ジュースは家に着く頃にはぬるくなってしまうけれど、家の冷凍庫から氷を出して入れればいいと教えた。一つの値段で二倍楽しめるんだよ！　と兄は言った。

父は通りで傘を売っていた頃の古い友人を通じて、おじに中華料理店のデリバリーの仕事を紹介した。今その友人はバヤード通りで広東料理店を経営しているが、本当は済南《チーナン》の出身だ。

「ここの人たちには違いがわからないってこと？」とおじは尋ねた。

父は鼻で笑った。「ここの人たちは日本と中国の違いすらわからないよ。すぐにわかるさ。ここらにある中華料理店はみんな、〈湖南《フーナン》ガーデン〉か〈万里の長城〉って名前だけど、湖南や万里の長城とは何の関係もないからね。ガイジンたちがわかっているのは、三種類の食べ物の注文の仕方だけ。鶏の甘酢あんかけに、牛肉とブロッコリーの炒めものに、ローメン。でもあの人たちはロミンって発音するんだよね」

その話を聞いておじは面白がった。「甘酢？　だとすると、ここのガイジンたちは上海スタイルが好きだってことだね」

「まあ、そんなものがあればの話だけどね」

「覚えてる？」と母が会話に入ってきた。「母さんがあの農園から盗んだサトウキビを小麦の配給券と交換したのを」

「そうだった。交換した相手は本当に変なやつだったよな。うちの中学校に一ヶ月英語を教えにきて、すぐにいなくなった長い髪をしたカナダ人と一緒にいたよね。そのサトウキビを空洞になった木の幹の中に隠してたんじゃなかったっけ」

「それは作り話だったんじゃない？」

「まあでもさ、家に帰った時に揚げた小麦粉があったら本当に喜んだものだよね。どろっとした賞味期限の過ぎた醬油につけて食べてさ。ひどいシロモノだったよ、あれは」

「ええー、それは大げさよ」

「まあ、そこまでかどうかは置いといて」と父は言った。「でもそうだったかもしれないね。揚げ物の衣の中に肉の破片でも入ってたらラッキーだったよな」

初めてスーパーに連れて行くと、おじはこのスーパーは食べものを売らないのかと言って笑い出した。

そして「食べ物はどこだい？」と繰り返し訊いた。「このスーパーのどこに食べ物があるっていうんだ？」

「ここだよ」と私は言って、シリアルが並んだ棚を指差した。

「ここもね」とサミーは言って、ポテトチップスが並んだコーナーを指した。

「これは箱だろう」とおじは言い、「それにこれは袋だ」と言った。

「食べ物があるところまで連れて行くよ」と父が言った。そして私たちは、しおれた葉物や、あらゆる種類のレタスに氷水が噴射されている、かなり残念な見た目の野菜コーナーへおじを連れていった。

私たちが普段アメリカのスーパーに行くことはなかった。いつも行くのはフラッシングやエルムハーストにある中国系のスーパーだったが、ごくたまに父は仕事から戻る途中に、カレッジ・ポイント大通り沿いの〈キー・フーズ〉に立ち寄っては、パクチーが三束で一ドルで売られていないかをチェックしていた。それを思い出すとすぐに私は、心配しなくて大丈夫だよ、私たちは中国人が買い物するところでしか買わないからとおじに言った。おじはすぐに、まだ英語の名前がついていない葉物が並んだ長い棚があって、一ドルで魚の頭が何個も買えて、二ドル出せば三ポンド分の豚骨が買えるスーパーが他にあることを知ることになる。

「つまりアメリカ人は食べ物を食べないんだね」とおじは、未だにさっき受けたショックから立ち直れない様子で言った。

父は頷いた。「あいつらはただ箱を食べてるんだよ」

母はおじのためにすぐウェルカム・パーティーを開きたがったが、時間がなかった。おじは新しい仕事に慣れるのには数週間かかった。よくチョーメン（焼きそば）とローメン（汁なしそば）を聞き間違えて、その埋め合わせのために何時間も余分に働かなければならなかったからだ。「誰かあのガイジンたちをどうにかしてくれないもんかね？」と働きはじめて一週間が経った頃、おじはぼやいた。

「サラはチキン・ローメンが好きで、アレクシは春巻きが好きだよ」と私は言った。

「ほらね？」とサミーは言った。「アメリカ人の好みを理解しなくちゃ」

「あれは春巻きなんかじゃない」とおじは言った。「コーンスターチと化学調味料が入った小麦粉を揚げた硬いものだよ」

仕事に慣れてきた頃、学生ビザに関する問題が浮上したため、それを解決するためにおじはバスでワシントンDCまで行くことになった。そしてそこでよくわからない病気にかかって戻ってきて、十日間寝込んだ。「わかったんだよ」とおじは言った。「ここは清潔過ぎる。どこにもバイ菌がいないんだから！　もし上海に戻ることになったら、私はすぐに死んじゃうね」

「どういう意味？」と私は言った。

「中国は汚いんだよ」とサミーが説明した。「おまえがあそこにいたのは赤ちゃんの時だったから、予防接種を受けてたんじゃないかな」

「どういうこと？」

「誰にもわからないんだから、ただ受け入れて前に進めよ」

「チン・ジウジウが全部説明してあげるよ、アニー」とおじは、私が理解できない言葉を使って約束した。私は言葉が理解できないと、その言葉が着地するはずだった穴を想像した。サミーは私が無表情になるのを見逃さなかったけれど、だからといってそれについていつも何かをしてくれるわけではなかった。一方でおじは、母のように何時間でも話すことができたし、サミーのようにひとりになる時間を必要としなかった。だけど母とは違って、おじがすごく長く話しても私は息苦しさを覚えたりはしなかった。「いいかい、おまえは上海にものすごくたくさんのおじさんがいたんだよ」

「誰のことも覚えてないな」

「パパも覚えてない」と父は冗談を言った。「実のきょうだいなのにね！」

「そうだな、私はただのおじさんの中のひとりじゃ嫌だった。おまえの一番のおじさんになりたかったんだ。誰よりも好きなおじさんにね。だから『私はジウジウ（母方のおじ）のひとりかな？　それともおまえのチン・ジウジウかな？』と尋ねたら、おまえはチン・ジウジウだって答えたんだよ。それからおまえは私のことをそう呼ぶようになった。チンというのは、何かとても大切なものを意味するんだ。数多くいるおじさんの中でも私が一番大切なおじさんだっておまえが同意したから、私はチン・ジウジウになったんだよ」

　前にはなかったことだが、母は私が上海にいた頃のこの話を聞くと大喜びした。母は関係していない話だし、更に信じられないことに、この話は私が母よりも違う人のことを好きだという話なのに。

「だからこそパーティーをしなくちゃ。あんたのチン・ジウジウのために」と母は言った。

「もうすぐ私の大好きな姪っ子の誕生日じゃなかったっけ？」

「五月十日」と兄が言った。

「そうか、そうしたらアニーのためにパーティーをしよう」とおじは言った。

　母はいつになく私の誕生日を祝うことに興奮していて、話題を自分の方に向けようともしなかった。「八個の誕生日ケーキ！　八個のプレゼント！　八着の誕生日用のドレス！」

「アニーのための八日間だね」とおじは言った。

「その八日間は俺の好きなように過ごしてもいい？　それがおまえへのプレゼントでいいだろ」とサミーは既に私たちにうんざりしながら言った。「それか少なくとも八時間」

「私のベビーがベビーでなくなるまでの八日間か」と父が言った。「本当にもうすぐだ」

「こいつのことだから、もっと時間がかかるかもよ」とサミーは言った。

「小さいままでいることは悪いことじゃないよ」とおじは言った。「ただし、アニーがそうしたいならだけどね」

「選べるの？」と私は尋ねた。私に選択肢が与えられたのはそれが初めてだった。

「おまえの人生だからね、リトル・レディ」とおじは言った。

「大きくなるとこうなるのよ」と母は、おじの頭を指差しながら言った。

「はあ？」。サミーが言った。

「そのとおりだ」とおじは言った。「子宮にいた時にこんな大きな頭になったんだ」

「この話を知ってるでしょ？」。私は知らなかったが、母はそう言った。「おばあちゃんは出産する時におじさんのことを最後の最後に押し出すことができなかったの。冗談じゃなくて本当の話」

「おまえのママは、村の病院で床についた血をモップで拭いていた男を呼びに行かなくちゃならなかった。ママはその人をおばあちゃんの所に連れて行ったら助けてくれるんじゃないかって思ったんだ」

「母さんは叫んでたよね。本当に文字通り叫んでた。無事にやり通せますようにって神様にお願いしながら」

「それに父さんのことを罵ってたよ」とおじは付け加えた。「ひどく責めてた」

「母さんは『私に近づいてもうひとり子供を作ろうなんてしたら、ちょん切ってやる』って言ってたよね」

「だからおまえのママは飛び出していって、本来は管理人であるはずの男の人を連れてきて、『みんな！　助けてくれる人を連れてきたよ』って言ったんだ。これは昔の話だってことを忘れちゃいけないよ。田舎に特別な訓練を受けた医者なんていなくて、いたのは、一ヶ月間分娩の研修を受けた十代の若者だけだった。それが普通だったんだよ……」

「……子供や母親が……」

「……出産を乗り切れないことは……」

「その時点でおじさんは半分まで出かかってたんだけど、逆向きだったの。おじさんの頭はおばあちゃんのおなかの中で突っかかったままだったのよ。あと三十秒くらい遅かったら、窒息して死産になるところだったんだよ」

死ぬんだ、と私は悟った。シザンとは死ぬことだ。

「その男の人は平然としていたよね。おじいちゃんに、おばあちゃんの肩をつかむように指示してたよ。『しっかりつかまえてろよ?』ってね」

「それから彼はおじさんの小さな脚をつかんですぐに引き出したんだ。要は、おじさんは田舎の管理人さんに取り上げてもらったって話よ」と母は笑いながら言った。

「おまえのママなくしては、私はここにいないんだ。命の恩人なんだよ」とおじは言った。

母は咳払いをしてから、「出産は……」と言いかけてやめた。みんなは母が話しはじめるのを待っていたが、母は特に言い残したことはないようだった。


パーティーの朝、私以外の人にはみんなやることがあった。幼い私が役に立つようなことは何もなくて、しかも私はパーティーの主役だったので、ただ座って大切にされることが役目だった。むしろみんなは忙しすぎて私に気を留める暇なんてなかった。父は肉をタレに漬け込んで、カップヌードルを何パック分も使って大量のラーメンを作っていた。

母は先週末に私がドアに引っ掛けてしまって、胴からスカートにかけて大きな穴が開いてしまった私のパーティー用のワンピースを直していた。破れてしまったと母に見せると、母は何日も怒り狂い、私の誕生日のお祝いのはずなのに、パーティーには裸で行きなさいと言って威嚇《いかく》した。

サミーはカップケーキを焼いたり、九種類のアイシングを混ぜたり、おじにオーブンの使い方を教えたりするのに忙しかった。「中国にはこういうのはないの？」

「ないね」とおじは言った。「そうだな、本来は鉄を製造するための、使い物にならない間に合わせのかまどをオーブンと呼ぶんだったら別だけどね」

父はため息をついた。今年の初め、父はパーティーでこの裏庭のかまどの話をして笑っていたのだ。「台所の道具を全部投げこむように言われたのを覚えてる？　あれはイギリスと肩を並べようとしていたからだよね。誰に媚を売っていたんだ？　自分たちだよ」

私はパーティーがはじまるのを待ちくたびれてしまった。私に気を留めてくれる人が現れるまでまだ何時間もあった。プレゼントの箱を指で触って、その中の一つのリボンをほどけるまでいじっていた。それからプレゼントを一つ持って台所へ行くと、お客さんが来る前に開けてもいいかと両親に聞いた。でも母は、そんなことをしたら感謝知らずの子だと思われるよと言った。プレゼントはお客さん全員が見ている前で一つ一つ開けて行く予定なのだと。

「今日はおまえの日なの？　それともアニーの日？」と父がビールを開けながら母に尋ねた。

「なんなのよ、その質問は？」。母はリビングにあるコーヒーテーブルよりも倍くらい大きいダイニングテーブルの上に私のパーティー用のワンピースを叩きつけた。うちのダイニングルームはリビングでもあり、一時的におじの部屋としても使用されていた。「もちろん、娘の日に決まってるでしょう。今日はあの子の誕生日なのに、なんで忘れられないくらい豪華な誕生日にしてやろうとしないわけ？　他の誰のために私がこうしてワンピースを直したり、針で指を刺したりしてるっていうのよ。見てよこれ！」。そして母は手を挙げて見せた。「どれだけ指に穴が開いたかわかる？　老眼鏡が必要だよ。なぜかって？　あんたに会ってから、ずーっと目を細めて生きてるからよ。縫い目を見る時ですら目を細めてる。浮浪者みたいにロウソクの光で本を読んでたから、目が悪くなって、ちゃんとした処方箋をもらうお金もない」

「ママ、落ち着いてよ」とサミーがぼそぼそと呟いた。「プレゼントを開けるのなんて誰も別に好きじゃないよ」

「誰も好きじゃない？」もう母は怒り心頭だった。「みんな大好きに決まってるでしょ！　プレゼントを開けないんだったら、途中でパーティーから帰るくらいだよ。誕生日パーティーだよ。みんなにはプレゼントを持ってくるようにはっきり伝えてあるの。できたらプレゼントを一個以上持ってきてねって。それも結構直前に伝えた。それなのに、みんなが来る一時間前に、突然プレゼントを開けるのはやめようって？　先週このパーティーをやろうってことになった時にその話はしたよね？　私がアニーのためにプレゼントを買いに出かけて、ベッドの下に隠して、驚かせるためにみんなが起きてくる前に起きて、一つずつ包装していた時、あんたたちは何をしてたっていうのよ！　だめだめ！　理不尽なことを言っているのはおまえだ、みたいな顔なんてさせないよ。私が何をするか心配するような目で見ないでよ。あんたたちが何をやりかねないか心配してるのは、この私なんだから」。母は真ん中で引き裂こうとでもするみたいに私のワンピースを握りしめていた。

「ちょっと待って」。テレビの中で、ただ居合わせただけの何の罪もない人の頭に銃を突きつけている危険な犯罪者に近づく警官みたいに母に近寄りながら、おじは言った。私たちはみんな、居合わせただけの人だ。私たちはみんな、爆発して感情を溢れ返している母の人質だった。「この一件で、母さんからおまえ宛にもらったプレゼントをまだ渡してないのを思い出したよ。スーツケースの中で一番重たくて、母さんは壊れずに届けられるようにって、何日もかけてうまく靴下を詰めたりシャツでぐるぐる巻きにしたりしていたんだよ」

ふたりは、カーテンで仕切られただけの小さなおじの部屋（それでもリビングには変わりないのだが）に行った。もともと、父はその場しのぎの壁を作るための材料や道具を買っていたが、なんて恐ろしいことをしようとするのか、ワイン貯蔵庫の物語みたいに、おじを生き埋めにしたいのかと母が父を責め続けたので、父はうんざりしながら、おじのプライバシーを心配していたのはおまえじゃないかと答えた。そもそもその話に出てくるのはレンガだったし、その話自体寓話だった。母が人を見下すような態度を取るなと父を責め立てたので、父は折れて、代わりにカーテンをかけた。でも母はカーテンなんてなんのプライバシー保護にもならない！　と言って怒った。そこでまた壁を作ることになったのだが、母はそれでもなおその壁を怖がり、そのうえ夜中にそこに激突して鼻を骨折しかけたので、またカーテンをつけることになった。でも母は父が買ってきたカーテンの色が気に食わず、私を妊娠している時に吐いていたことを思い出すと言った。それでまた壁を作ることになって、カーテンになって、また壁になって、カーテンになって、ついに父は母に激怒し、こんなことを続けるつもりならば、心を鬼にしておまえとは別れると言った。母はそれまで何かに動じたことは一度もなく、父にそんなことを言われるなんて思ったこともなかったので、自分の荷物をまとめるために寝室に走って行った。その間ずっと「臆病者のあんたが、私と別れられるわけがない」と叫び続け、「学校を追い出されそうになった時に、誰が食べさせてやったと思ってるんだ。ちゃんとした服を着られたのは誰のおかげ？　まともに立つことすらできなかった時に支えたのは誰？　まだ赤ん坊だった息子の面倒を見なくちゃいけないのに、二年目の奨学金が取れなかった時にそばで支えたのは誰？　誰?!」と叫んだ。「誰？　言いなさいよ。誰って？　言わなかったらあんたとは金輪際さよならだね」

あっという間にジョニー・ウォーカー・レッドラベルのボトルを半分飲み干した父は、「誰」と言った。

その時、母は三日間姿を消した。母が不在の間、私たちはカップヌードルを食べなかった。サミーは仕返しとして母をもっと傷つけるために食べてやろうと言ったが、私は待たなくちゃだめだと言った。母が私たちのことを尊重することはないにしても、私たちは母を尊重しなければならなかった。ついに母が戻ってくると、私は父とサミーが私に、「よくやった、アニー。ママが戻ってきたのはおまえのおかげだよ。おまえがいなかったらママを失っていたところだった」と言って祝杯をあげるのではないかと待ち構えていた。でもそんなことにはならなかった。ふたりは母が戻ると、私がどれだけヌードルを食べない方がいいと真剣に言っていたのかを、すっかり忘れてしまっていた。母は自分が気に入ったカーテンと一緒に戻ってきた。「オフホワイト。カーテンの色はこれじゃなくちゃね」。父と兄は母がどれだけ些細なことを気にする人で、それは私も同じだということを忘れてしまっていた。そして数日後には、みんなそんなことは忘れてしまった。そんなことは次から次へと生じる些細なエピソードの一つに過ぎず、そうしたエピソードはどれも似たり寄ったりで、傷が消えかけた頃にまた違う傷を負うようなものだったからだ。

　おじは部屋を区切っているオフホワイトのカーテンの後ろに母を連れて行き、ふたりはしばらくそこにいた。出てきた時、母の手にはマイクが握られていた。

「ママがおまえのために歌を歌うよ、アニー。ママには歌の才能があるんだって、知ってる?」

「まさか……」と父が何かを言いかけた。

「おじさんが、カラオケマシーンを買ってくれたよ!」と母はコードをほどきながら、まるで次に何かを言うのは私の番だとでもいうように、屈んで私にマイクを近づけた。

「ありがとう、ジウジウ」

「チン・ジウジウだろう」とおじは訂正した。

「ありがとう、チン・ジウジウ。ママにマイクを買ってくれて」

「しかも二本あるんだよ!」。そう言っておじは背中に隠していたもう一本のマイクを取り出した。

「デュエット用にね。おまえのママとパパは結婚式の夜にすごく美しいデュエットを歌ったって知ってたかい？　ママには並の才能があったわけじゃなくて、上海で一番の歌の才能があったんだよ。プロデューサーが契約したいってうちにやってきたんだから。ママを中国版シャーリー・テンプルにしたいって。『この子は全てを兼ね備えている、美しさも才能も』ってね」

「でも、おばあちゃんが許してくれなかったんだよ。汚い商売だって言ってね。あいつらは嘘つきやペテン師だ、あんなサメ共におまえを食い物にさせないよって。おばあちゃんはずーっと私のことを醜いって言い続けたんだよ。顔を見るのもおぞましいって。あのプロデューサーたちについて行ったら破滅するってね。あいつらはおまえをみんなの前でさらしものにしようとしてるんだって言われた。私はその時たったの十歳だったんだよ！　みんなの前で恥はかきたくなかったし、自分が可愛いということをわかってもいなかった。一番信頼していた人に、通りすがりの人を怖がらせないために顔を隠して歩きなさいって、毎日言われてたんだから」

「おまえのママは驚くほど美しかった。今もそうだけど、若い頃はみんなが振り向いたものさ。ツグミのような声をしていたしね。でもおばあちゃんがプロデューサーを近寄らせないようにしてくれて良かったよ。そうじゃなかったらグオジェンには出会えなかったし、私が世界で一番大好きなサミーやアニーにも会えなかったんだから」

母は立ち上がると、唇にマイクを持っていき、息遣いの音をさせながらゆっくりとマイクに向かってこう言った。「そう、よかった、の。けっきょくはね」

一九六六年八月

祖母が数日間お客さんがうちに泊まることになったからと言ったことで、口論ははじまった。ありとあらゆることが秘密に包まれていた。祖父までもが宝山《バオシャン》から一日だけ戻ってきて、慌ただしく書類を作ったり、母とおじが一度も会ったことのない人たちに会ってひそひそと心配そうな声で話したりして、「彼女を北に送る」調整をしていた。そうして夕暮れ前に祖父はまた帰っていった。一番硬いからという理由で、お客さんにはおじのベッドで寝てもらうことになったので、おじは床で寝ることになった。祖母はシーツを洗って天日で干し、包んだ乾燥プラムをおもてなしのしるしにお客さん用の枕の上に置いた。

なんで僕たちにはおもてなしがないの？　とおじが聞いた。

おまえは生きてるだろう？　それに勝る何が欲しいっていうんだい？

僕が知ってる人はみんな生きてるよ、とおじは言い返した。

それでもあんたはもっとご褒美が欲しいんだね、と祖母は言った。

そうしてついに、真夜中にノックの音も聞かずに祖母はベッドを出てドアを開け、玄関に立っている女性を手早く中に引き入れた。彼女の頭は丸坊主で、穴だらけでボロボロのセーターの上にみすぼらしい長袖のカーディガンを着ていた。その日の気温は三十七度以上あり、夜になってもそれほど涼しくなっていなかったのに。彼女はすぐに祖母の腕の中で泣き出した。

泣くことはないよ、と祖母は言った。もう大丈夫だから。もっとひどいことが起きた時のために涙はとっておきなさい。

リュー先生だ、とおじは母に囁いた。絶対にそうだよ。

そんなわけないでしょ。先生は自殺したんだよ。

それなら先生か、先生の双子のきょうだいか、幽霊だね。

みんなが寝静まった夜更けまで、祖母は叫び声を聞くたびにベッドを飛び出して急いでリュー先生のところへ向かった。

大丈夫だよ、大丈夫、と祖母は言った。誰も追っては来ないよ。ここは安全だから。でも話は全然違う方向へと進んでいった。おじはそれまでの半年間をかけて、夜寝る時に顔を向ける方の壁に鼻くその家を作っていた。不安な夢から目覚めたリュー先生は、おじが細心の注意を払いながら乾いた鼻くそを組み立てて作った、二階建てのスペイン風の別荘が煌々とした街灯の光の中できらめくのを見たのだった。

翌朝、祖母はおじの前に立ちふさがって、作ったものをすぐに壊すように言った。あとかたもなくなるまでひとつひとつ鼻くそを取り除くようにと。

そんなに大ごとにしなくてもいいじゃないか、とおじは言って、毛布にくるまりながらお粥を食べている先生に向かってしかめ面をした。それにさ、先生を助けたのは僕なのに、一度もありがとうって言われてないよ。

やめなさい、と祖母は言った。

だって本当だもん。僕がほどいてあげたんだよ。

やめなさい、と祖母は繰り返すと、おじの頬をおもいきり平手打ちした。あんたは先生のことは知らないんだよ。

先生は今うちにいるじゃないか。今、僕の目の前にいるよ。どうして僕が先生のことを知らないなんて言うんだよ。

私たちは先生のことを知らないんだ。先生は今夜にはいなくなる。わかるね？　おまえは先生のことは知らない。先生はうちには来なかったし、それについて今後一切話さないこと。

おじは祖母が叩いた方の頬に両手を当てた。母さんなんて大っきらいだ！

はいはい、そうですか、と祖母は言って、壁にまだうっすらと油染みのように残っている跡を消すために雑巾を取りに台所へ行った。それは鼻くその家が確かにそこにあり、それを作った人はこれ以上ないほど誇らしく思っていたという唯一の証拠だった。

一九九六年五月

誕生日会の最初の二時間、私はおじのそばにいた。テネシー州から仕事で帰ってきたばかりという人を紹介しようと、母がおじを連れて行ってしまうとすぐにチェンおじさんがまっしぐらにやってきた。私はその晩ずっと彼の質問には答えたくないと言い続けていたのに、彼は諦めていなかった。「僕のことが好きかどうかくらいは教えてくれない？」

　私は答えなかった。

「きっと好きだよね？　ねえ、アニー。昔から知ってる仲じゃないか！　僕とおじさんだったらどっちが好き？」

「チン・ジウジウ」と私は言った。

「そうか。そうしたら……と。じゃあお母さんとお父さんならどう？　どっちの方が好き？」

「どっちも同じくらい好き」

「選ばなくちゃだめだよ」

「ママもパパも同じくらい好き」と私は言った。ママを先に言ってその次にパパと言うように気をつけた。母はたとえ部屋の向こう側にいたとしても、誰が自分の話をしているのかわかってしまうような人だったからだ。母がニューヨークにいて、私が上海にいた時も、きっと自分の名前が呼ばれるのを聞き逃すことはなかったはずだ。おそらく世界のどこにいても察したはずで、私が上海に行ってから一ヶ月後に、母のことを口にするのをやめたことを母はきっと一生許してくれないだろう。

「自分の母親のことを忘れちゃったの？」。ニューヨークの家族から離れてから一年半後、私が再び母に対して好意的な感情を持ちはじめた頃、母はよくそう尋ねた。「私の顔は思い出した？　頭の中で私の声を聞いたりした？　ニューヨークに母親がいるってことをあの人たちには伝えたの？　それともみんなして私はいないものとしてたわけ？」

「えーと……えーと……えーと……」。私はそれ以上何も言えなかった。でもそれは大失敗だった。「そんなことないよ」と私が言うと母は期待していたからだ。母は頭の中で勝手に作り上げた台詞《せりふ》を中和させるようなことを私が言うと思っていたので、母がその一年半のことを話す時はいつでも「そんなことないよ、忘れてなんてなかったよ、ママ」と言うだけでは不十分だったのだ。母は私に「あんなに強い絆で結ばれていた娘の私と引き離され、はっきりともそれとなくとも交わした約束を、どれもこれも全部果たすことのできなかったパパについていくために家族と離れてアメリカにやってきた、というトラウマを既に経験させられていたママの心の痛みを想像することなんてできないよ。それに、ママがあまりに悲しくて気が狂いそうになるくらい会いたくてしかたない家族と、ママのたったひとりの娘が上海で一緒にいるっていうことがどんなことなのか、考えることもできない。そのうえ、私が安全な暮らしができて愛されるようにと、どれだけママが犠牲を払ってくれたのか私は気づいてすらいなかった。それに、過ぎた日のことを思えば、私はママのことを母であり私の人生で一番大切な人として考えなくなってた。だからアメリカにいるママのところに戻ってきた時、まず最初に私がやったことといえば、ママの顔めがけて頭突きを食らわすことだったんだけど、そのせいでママはずっと傷を負ったし精神的な傷にもなったよね。ママがこの世の誰よりも不公平でひどい人生を送ることになった人の一人であることは絶対に間違いなくて、そんなことになって本当に申し訳ないです」と言って欲しかったのだ。

母は自分が傷つけられる可能性のあるものを全て記録していた。だから私は、まだ私の答えに満足せずに質問攻めを続けるチェンおじさんに、「ママとパパ」と母が先に来るように順番を考えて言ったのだ。

他の人と会話をしていたおじが口を挟んだ。「アニーはみんなが好きなんだよ！　リトル・アニーほど優しい子はどこにもいない！」

シャオ・ミンおばさんがやってきて、チェンおじさんのコップを取り上げて「一時間に一杯でしよ」と念を押した。でもその目は、「飲まなきゃなお良いんだけどね」と言っていた。

「すごく可愛いワンピースを着てるね」とチェンおじさんは私のワンピースのスカートのメッシュになっている水玉模様をいじりながら言った。「プリンセスみたいにくるくる回って見せてよ」

「いいかい」と言いながら、助け舟を出すために再びおじがやってきた。「私もドレスを着たことがあるんだよ。しかも人前でね」

「ええっ、本当かよ?!」。チェンおじさんは膝を叩いて笑った。「そっちに振り切ってるとは、知らなかったなあ」

「私はどんなことにも振り切るんだ」とおじは言って私にウィンクしてみせた。それが、おじが本当にドレスを着たことがあるのかないのか、どちらを意味するのかはわからなかったけど、私にはなんでそれがそこまで面白いのかわからなかった。

「おい、リー・フーリン」とチェンおじさんは叫んだ。「あんたの弟には女装癖があるって知ってたかい?」

「そうなのよ」と彼女は笑って言った。「一日だけね。今からその話をするの?」。「さあ、お話の時間だ」とチェンおじさんは言って、シーッと言って話している人たちを静かにさせると、周りに集まるように促した。

「姉さんが羨ましかったんだよ、小さい時は。姉さんはドレスもスカートもズボンも着られるのに、私はズボンだけなんて不公平だと思ってた」

「チャンガンはいつもやってはいけないって言われることに気を揉んでいたよね。よく、僕もワンピースを着たいって言って母さんと派手な喧嘩をしてたっけ」

「うわ、血は争えないな」とサミーは言った。父はジョニー・ウォーカーの入ったグラスを持ち上げ、それに対してサミーはコーラの缶で乾杯した。

「当然、母さんは私がふざけてるんだと思ったんだ。私の言うことは無視されたし、私は怒ったまま何日も放っておかれたよ。昔は泣き虫だったんだ、私は。目の前で私が立って泣いている間に母さんはセーターを編み終わっていた、なんてこともあったよ。外の雑音みたいにまったく私に耳を貸してくれなかったんだ」。母は熱心に頷いていた。「とにかく、ある日の午後、私は学校から走って帰ってくるやいなや、姉さんの洋服で遊ぼうと思って、姉さんが気に入っていたドレスを引っ張り出してきて着替えたんだ。もちろん、一番可愛いやつにしたよ。アニーのワンピースほどは可愛くはなかったけどね。まあでも、素敵なドレスだった。その服についていた留め具は全部母さんが取ってしまっていた。袖はシルク生地になっていて、首の周りにはねじれた留め具がついていたよ」。わかる、わかる、当時の女の子にとっては最高のドレスだったんだよね、とでも言うように、その場にいた女性たちは頷きながらお互いの顔を見合った。

「それからどうしたんだい？　チャンガン」とチェンおじさんはおじの肩に腕を回しながら言った。

「あんたが目をかけた男たちの話をしてくれよ」

「私はすごく鼻が高くてね。わかるだろう？　だから外でみんなが遊んでいるところに行って、『見てよ、見てよ！　誰がドレスは女の子のものだって言った？』って言ったんだ」

母は自分だけが知っていて、私たちが聞くのを待っているその話の結末を思い出して、もう笑っていた。

「私の周りにたくさん人が集まってきた。ドレスを着て飛び跳ねている私を見にみんな家から出てきたんだ。ある子が『デカ頭のチャンガンは女だ！』って言ったのを聞いて、私は何か大きな間違いをしてしまったのかもしれないって、沈んでいくような気持ちになった。どんどん周りに人が増えていって、子供たちは『あいつは女だ！　デカ頭は女になりたいんだ！』って叫んでいてね。そもそも事の発端となった子なんだけど、覚えてる？　ピクピクって子がいただろう？　この中には彼のことを知っている人もいるんじゃないのかな」

「父親にひどく殴られていた子だよね」と父が言った。

「あの先生にもね」。リンおじさんはケーキを頬張りながら言った。「彼女はとくに理由がなくてもピクピクを殴ってた」

「ピクピクには、中学校の時、人民解放軍の軍人と素手で喧嘩したことがあるって噂があったんじゃなかった?」。ペンおばさんが、エシャロットと生のにんにくと鷹の爪をふんだんに入れた、お手製の冷麺を運ぶのに使った容器を台所で洗いながら尋ねた。その絶品冷麺を食べると、その後一時間は頭の中の雲が散らばって一点の曇りもない空になったみたいに感じられた。

「ああ、いろいろ噂はあったよね」。おじは、まるで他の人たちが聞き耳を立てている中で、私とふたりきりで話をしているみたいに私の方を向いた。「アニー、このピクピクっていう人に会えばわかるよ。彼は問題児だったんだ。子供なのに、どうしたら人を怖がらせられるのかを良くわかっていた。だから人をかき分けながらやってきて、これ以上にないほどひん曲がった悪い笑顔で私のことをじっと見ると、『こいつが男か女か見てみよう、方法は一つだ』って言ったんだ。

当時私はまだ六歳だったから、『方法は一つだ』という意味がわからなかったけど、直感的に知りたくないって思った。もう終わったなと思ったし、頭の中ではおまえのおばあちゃんが『何にでも興味を持たずにはいられないのはなんでだい? おまえには踏み込んではいけない領域っていうものがないのかい』という声がずっと響いていたよ。そうしたら突然おまえのママが現れたんだ。本当にどこからともなくね! アニー、大げさに言っているんじゃないんだよ。チン・ジウジウの話を聞かなくちゃだめだ。おまえのママは冷徹極まりない心をも溶かしてしまう笑顔の持ち主だった。だから私の前にやってきて、人の群れに向かって一瞬笑顔を見せながら、『もう冗談がわかる人はいなくなっちゃったの?』って言ったんだよ。そうしたら、すごく不思議なことが起きたんだ。人々が徐々にいなくなっていったのさ。みんな叫ぶのをやめて、石をつかんでいた子供たちは足元に石を置いてどこかへ蹴散らしてしまった。ピクピクですら頭をぽりぽりと掻きながら、配給センターに新鮮な卵が来るっていう噂があって、母さんに明日の朝四時までに並ぶようにって言われたから明日は早起きしなくちゃいけないんだった、とかなんとかブツブツ言い出したんだよ」

「それって本当の話?」と私は母の方をちらっと見ながら聞いた。「ママ? 本当にチン・ジウジウを助けたの?」

「だって、私の可愛い弟だもの」

パーティーの参加者たちはコップを掲げて乾杯した。「女の子になりたい男の子たちに乾杯!」

チェンおじさんは叫んだ。

「成功をもたらして美しい女性になる、美しい女の子たちに乾杯!」。いつの間にかハイネケンからジョニー・ウォーカーに切り替えていて、盛り上がってくるといつも母の隣に座ろうとするワンおじさんが言った。彼は全員のお客さんに向かって、父のことを一生安泰だと言い出すこともあった。それにろれつの回らない舌で、この男はここにいるあんたたちみたいなアホにはまだわからないようなことをやっているに違いないと言ったりもした。

母が最後の乾杯は自分に向けられることを期待しているのはわかっていたが、ワンおじさんの乾杯の音頭は長くあまりに複雑で、一字一句間違わずに繰り返せる人は誰もいなかった。「成功をもたらして……」まで言うと、みんなの声は次第に小さくなっていった。

「それからアニーに乾杯!」とおじは付け加えて、誰よりも高くグラスを掲げた。「私たちのプリンセス、お誕生日おめでとう!」。誰かに乾杯されたのはそれが初めてだった。でも、母だけはグラスを掲げていなかった。これは間違いなく厄介なことになる。あとになって、これとは全然関係のないことについて口論になった時に、きっとこの時のことを言われる。私のせいで大切な機会が奪われたと言って、母がキレるのは間違いなかった。

「はいはい、わかった、わかった」と母は言って、拍手やお誕生日おめでとうというみんなの言葉を制した。「いいから、カラオケマシーンを試してみようよ」

兄は何枚かのレーザーディスクを引っぱり出して、おじがマシーンをセットするのを手伝った。

「一番先に歌いたい人は?」

「まずは夫婦のデュエットを聞こうじゃないの」とペンおばさんが提案した。

「いいね」とチェンおじさんは同意した。「アニー、よく見てるんだよ。終わったら誰が一番歌がうまかったか聞くからね」。この人は本当にしつこい。どうやら私を早死にさせたいようだ。

両親はふたりして背中を丸めながら曲目リストを見ていた。しばらくすると、父が「恋人たちのことを歌ったラブソングにしよう!」と言った。

「ありえない」と母は言ったが、喜んでいた。母はよく、父には恋愛の発達障害があると小言を言っていた。「十六年も連れ添った妻に花の一本も買えないの? 夕飯の前に音楽でもかけてみたら? キャンドルなんて聞いたことすらないんじゃないの? 私がお店に入って、『わあ、このワンピース、すごく素敵。私の夢のワンピースだわ』って言ったら、そのことを胸に刻みつけて、次の週末にそのワンピースを買いにまた店に戻って、私を驚かせようなんて考えてもみないわけ? そんなこと思いつきもしないんでしょうね、そうに決まってる」。母は父に何も言わせないかのごとく、そうまくし立てた。「ひたすら働いて、もっと働くために夜も週末も勉強して、食卓に食べ物を並べるために何でもやるんだよ。それって、男がやるべき必要最低限のことでしょ。御託を並べるんじゃないよ。あんたはこの人生は然《しか》るべきものだと思ってるのかもしれないけど、努力しなくちゃ手に入らないんだよ」

父は母を喜ばせることに関してはまったく能がなかった。でも大金を儲けた時と、人が集まる場所で四杯目と五杯目の酒を飲む間のひとときだけは別だった。その時だけは母も威嚇されたわけでもないのに父のことを尊敬した。その時だけだった、父が母の椅子を引くのを忘れず、ダンスホールのダンサーみたいに母の体をくるくると回してあげたのは。ある時父は、延々と続く宴会が終わる頃、家に帰りたがらずにいつまでも残っている客の前でジーン・ケリーのもの真似をした。最後まで残っていた数人のあとを追って通りに出ると、車で夜の中へ消えていく彼らに向かって、傘の下から手を振った。そして傘を閉じると、それをクルッと回して半円を描いて、「I'm singing in the rain」と大声で歌いながら傘を振り、脚を叩いて、それまで見たこともなかったような体の動きを見せた。「おまえは私のデビー・レイノルズだよ。おまえのほうが美しいけどね」と言うと、父は母にセレナーデを歌い、なかなか家の中に戻ろうとしなかった。「ハリウッドを連れて帰るよ、ハニー」

サミーは父を家の中へ引きずり戻し、濡れた洋服を引き剝がすようにして脱がせた。「タオルを取ってきて」と兄は言った。「パパを肺炎で死なせたくなかったらドライヤーも」

私はこの時のことを思い出すといつも、父がバカをやって死んでしまったかもしれないという可能性こそが、その夜一番母を喜ばせたのではないかと思ってしまう。

父は今では母にとってだいぶ魅力が薄れた存在になってしまった。だからこそ酒を飲むのが重要なのだ。酒を飲めば、ふたりの間に積み重ねられ、増え続けていく負債の山を拭い去り、一時的な解放感を楽しむことができた。「この曲をアニーに贈ります」と父がマイクに向かって言うと、音楽がはじまった。「誕生日おめでとう、私の大切な娘よ。結婚式でいつかこの歌を歌って、パパとママを喜ばせておくれ」

「木の上では鳥たちがつがいになって～」と母は歌い、そっと人差し指と親指を京劇の歌手のように押しあわせた。

「緑の川～」と父は歌い、母の方へと歩み寄って、母の頰を両手で包んでから、どこか遠い場所を手ぶりで示しながら「澄んだ山が運ぶよ、小さな《　　》～」と続けた。

ふたりは交互に歌い、最後のパートになると私たちの方にマイクを向けて歌わせた。私が理解できて両親と話す時に使っていた中国語と、中央電視台という放送局で旧正月に一日じゅう放送される、有名なポップシンガーや映画俳優や昔の歌手が集まる派手な催しで聞く中国語とのちょうど中間にあるような中国語だった。「これは中国版アカデミー賞なの」とその時母は説明した。「アカデミー賞よりも大きいし、あらゆる面において面白いけどね」。今年母は、その番組を朝から晩まで見るために仕事を休んだ。お気に入りの人物が登場すると指をさして、「大好きな歌手が出てきた。彼女も好き、彼も。この二十年でこの人ほど才能のある映画スターはいないよ。彼女より面白い人もいない。彼ほど優れたクイズ番組の司会者はいないね。ほら、またこのふたりもすごい歌手だよ。左にいるのは、私の一番好きな芸能人」と言った。

「一体、何人好きなんだよ？」とサミーが尋ねた。

「全員。私たちの国が生み出した素晴らしい芸能人は全員好き」

「ええ？」とサミーは言った。「そこまでなの？」

「誇りだよ」と母は答えた。

「これからは、《　　　》を苦しませたりはしない〜」と母は目を閉じて歌った。テロップの歌詞を見る必要すらなかった。

　一方父は、ふらふらとテレビに近づいていった。「夫と妻は一緒に家に帰る〜」

「あなたは畑で働き、私は布を織る〜」

「私が水を運んで、あなたが土を耕す〜」

「《　　　》は壊れているかもしれない。風と《　　　》雨は《　　　》〜」。「夫と妻が愛し合ってさえいれば、苦しみだって優しい〜」

「あなたと私はまるで《　　　》の鳥みたい〜」

母は最後の歌詞を歌いはじめた。「《　　　》〜！」。その途中で父が声を合わせた。ふたりの歌声が、衝突することもなくとても優しく混じり合うのにうっとりしていたからなのか、それともその歌の歌詞が初めて聞く言葉だったからなのかはわからないが、私はその曲の最後の部分が理解できなかった。

「ハオ・ティング！」と客たちは歓声をあげ、「ザイ・ライ・イー・ゲー」、「チャン・ダー・シアン・グロジン！」と懇願した。

「どっちが歌がうまかった？」。チェンおじさんは私に尋ねた。「アニー、おまえのママには生まれながらの才能があると思わないかい？」

ワンおじさんは激しく同意して、あからさまに顔全体で喜びを示しながら、母を褒め称える機会を利用して母に触れた。「ここに本物のスターがいるぞ！」

「全然そんなんじゃないわよ」と母は言った。でもその顔はふくらみ、喜びで輝いていた。「音程が外れてるでしょ、それにグオジェンのタイミングっていったら……」

「いいかい、アニー」とおじは言った。「プロデューサーたちはうちの玄関を壊して、無理やり押し入ろうとまでしたんだ。でもおばあちゃんがだめだって言ったんだよ」

「まるで囚人みたいに私を家の中に閉じ込めてね」と母は付け加えた。

「残念だね」とチェンおじさんは言った。「映画に出ればよかったのに」

「その時姉さんは一歳だったと思うけど、まあ、そうだね」とおじは言った。

「サミー」と私は兄の耳元で囁いた。「どんな歌詞なのかわかった？」

「ほとんどわからなかった。人間と恋に落ちる女神についての古い歌だってことはわかったけど」

父はサミーがそういうのを聞いていた。「ただの人間じゃないぞ！　あのあたりでは最も正直で働き者の男だ。家族の借金を返すために年季奉公しようと身売りしたんだ。ある日彼は偉大なる神の末娘だとは知らずに、その女性に出会う。息子よ、それからどうなったかわかるかい。彼女は上には戻りたくなくなるんだ。そう、天国のことだよ。レン・ジャン、つまり人間界に降りてきたいって思うようになる。私たちがみんな余儀なく暮らしているこの人間の世界にね。でも彼女はそんなふうには考えていなかった。彼女にとっては、ここは楽園みたいな場所だったんだ。恋人がいるんだからね！　彼と一緒にいたかったんだよ」。そして父は女性パートを歌いはじめた。「ニー・ウォー・ハオ・ビー・ユアン・ヤン・ニョ〜」

「なんてなんて？」

『あなたと私はまるでオシドリみたい』って歌ったんだよ」

「はあ？　オシドリ？」とサミーは言った。

「息子よ、オシドリだよ！　オシドリはいつも二羽で一緒にいるんだ。一羽がいるところにはかならずもう一羽がいる。一羽だけでいるオシドリなんていないんだよ、探してみるかい？」

「いいよ別に」とサミーは言ったが、父はもう聞いていなかった。

「いるわけない！　絶対にね！　必ず二羽でいるんだ。オシドリっていうのはつがいでいるもんなんだ！　一羽が死んだら、すぐにもう一羽もぽっくり死ぬんだよ！」

「すごく嫌な話ね」と母は言った。

「女神は恋人と一緒にいるって決めたんだ。そのとおり。恋人は彼女にとって、この悲惨で侮辱だらけの世界にいるために、不死身の体や神々との生活を諦めるほど大切な存在だったんだよ。私たちの仲間になるためにね」父は一気にまくし立てた。そこにいた大人はみんなそうだった。

母はすごく遠くにいるように見えた。「こういう古いフォークソングは愛を美化してるね」

「美化しないでどうやったら愛が描けるんだっていうんだよ」とチェンおじさんが異議を唱えると、シャオ・ミンおばさんは彼の手から酒を取り上げて、「もうおしまい」と言った。でもチェンおじさんは彼女のことなんて気に留めていないようだった。

母はチェンおじさんの声が聞こえなかったかのように続けた。「彼女は楽園を手放した……生まれながらにして手にした楽園にいられる権利を……ひとりの男のために」

「それから、人間界のためにもね」と、母が泣きそうになっているのを感じ取ったおじが付け加えた。「人間界よりも良い世界はないよ、みんなそう思うだろう？」。彼はグラスを掲げて叫んだ。「人間界に乾杯！」。そして私たちはみんな続いて叫んだ。「人間界に乾杯！　人間界！　人間界！」

一九六六年八月

自分が作った鼻くその家を私の祖母に無理やり壊させられたおじは、かんかんに怒っていた。彼は祖母に、祖母の持っている鉢を全部壊して、お気に入りのシャツをびりびりに破くように命令してもなんとも思わないのかと尋ねた。

そんなの、嫌に決まってるでしょ。あんたは子供なんだから、母親に向かってそんなことを言うべきじゃないよと祖母は言った。

じゃあ、僕は何も言えないってこと？　でも母さんは何でも僕に言いたいことを言えるの？

私の足元に土下座して靴についた泥を舐めなさいって言ったら、あんたは従わなくちゃいけないの。ジャングルに行って金の卵を生むヘビを素手でつかまえてこいって言ったら、金の卵を持って帰ってくるまで、あんたには会わないよ。私の体を温めるためにあんたの皮膚をはぎとって、手袋を作りなさいと言ったら、すぐにナイフを研ぎはじめて、自分の体で一番温かいのはどこかを探さないといけない。私の息子なら、いつでもどんな日でも、これを夕飯に作ってとか私に指図するんじゃない。わかるね？

ただ息子として生まれただけで、そんな奴隷みたいな立場に置かされるということや、これから一生そうして生きていくことを想像しておじは気分が悪くなった。祖母が悪びれることなくあまりにも無神経におじに命令をすることや、祖母がおじに与えられた唯一の仕事は、彼女に従うことだと考えていること、更には、おじの人間性や意思をすぐに拒絶することに対しておじは激怒していた。

リュー先生がいなくなったらすぐにもとに戻すからね、とおじは言った。今夜かならず。鼻の中が空っぽになってカラカラになるまで鼻をほじって、もと通りにつくり直すから。もし止めたら、母さん先生がここにいたことをみんなに言うよ。みんなが母さんの大切にしている物を壊したら、母さんはどうなるだろうね。

そうしたら、壁の鼻くそを一つ残らず取って、あんたの鼻の中に詰め戻してやる。それに、もしあんたが先生がここにいたことを他の人に話したら、この手であんたを絞め殺して、首に私の指紋がついたまま息のないあんたの体を外に放置して、この家に誰も近づけないようにしてやるから。

脅したって無駄だよ、とおじは言った。僕は母さんの所有物じゃないんだ。僕は逃げるよ。ある朝起きたら、僕はいなくなっていて、どこに行ったかわからなくなってるはずさ。

ああ、そうかい。チャンガン、本気でそう言ってるんだね？　自分が言ったことを曲げる気はないね？　あんたは私の所有物じゃないって言い続けるんだね？

曲げないよ。おじは鼻を大きく鳴らしながら答えた。僕は母さんの所有物じゃないし、母さんのことが大嫌いだし、やれって命令されても絶対にやらない。僕のことをいじめてもいいと思ってるのかもしれないけど、違うね。僕は自由だ。僕は僕という人間なんだ。

もう一度聞くよ。言っていることを曲げないんだね？　私から自由になりたいんだね？　私に縛られていたくないんだね？

そうだよ、とおじは言った。そうだって言ったろ？　そうだってもう言ったよ。

そしたら、その靴下をよこしなさい、とおじの足元を指差しながら祖母は言った。私があんたのために編んでやったその靴下は必要ないだろ。

いいよ、とおじは言って靴下を脱いだ。

それからシャツとズボンと……考えてみれば、おまえの洋服全部だね。

そこでおじはシャツとズボンと下着を脱いで、パンツ一枚になった。

母親の前で尻込みするんじゃないよ。自由になるんだったら、中途半端はいけない。これまで私がおまえに与えたものは全部返しなさい。そうしたら自由だよ。そういうもんさ。おまえはもう私の息子じゃないし、私はおまえの母親でもない。おまえは私の所有物でもなんでもない。いいかい。

それも脱ぎなさい。

いいよ、とおじは言った。持っていったらいいさ。こんな服どうせ全部ゴミみたいなもんなんだから。

まだ自分の家にいるみたいな顔して立ってるんじゃないよ。おまえはもう私の子供じゃなくて、私はおまえの母親じゃないんだから、ここにはもういられないよ。わかるね？　母親の言うことが聞けないのに、私が材料を買って料理したご飯は食べるし、私が稼いだ金で買ったベッドで寝るし、私があんたのために縫ってやった毛布で寝るなんて言うんじゃないよ。本当に自由になりたいんだったら、本当に自由におなり。寝ている間に鳩に突かれて死んでしまうかもしれないけど、外でお暮らし。死ななかったとしても、鳩はあんたのちんちんとお尻と口と指とつま先をかじり取って行くだろうよ。そんなことになったら、ここには戻ってこれないよ。あんたは母親を必要としない他の子供を探すことになるんだ。そういう子供たちがやることを一緒になってやって、自分があと何年生きられるのかを知るんだよ。両手の指は必要ないくらいの年数だろうね。でも自分の目で確かめればいい。あんたは自由で、私もあんたから自由になったんだ。もうあんたの責任を負う必要はないし、あんたももう私の言うことを聞かなくていい。こうしたかったんだろう。もうあんたのためにこの家のドアを開けたりはしないよ。さっさと出ていきな。すぐに出ていけ。この家にはお呼びじゃないよ。あんたは私と関係がないし、私はあんたと関係がない。この家はもうあんたの家じゃない。ぼやぼやしないでとっとと出ていけ。はい、さようなら。

一九九六年六月

私の誕生日会でカラオケを歌ったことは、母のスターになるという野望に再び火をつけた。すると母は私だけではなく、世界中からの注目を求めるようになった。

「どうしてあの映画を作ったと思う?」。ある夜、夕飯の席で母が言った。「話題になればいいと思って作ったんじゃないんだよ。人に見て欲しかったんだ。感情を刺激するのが目的だった。ガラスを割って、古いイデオロギーを粉々にして、新しい《　》を開きたかったんだよ」。母は私が理解できない言葉をどんどん使って話した。「皮肉な話だろ? ブルジョワ階級で育って教育を受けなければ、人々を蝕んでいるがんのことがわからないっていうのは」

「どこにあるの?」と兄が聞いた。

「映画のこと?」母が答えた。

「今でも見ることができるのかって聞いてるんだよ」

「どこにコピーがあるかわからないな」と父が言った。「残っているのかすらわからない。ビデオテープを壊さないといけなかったんだ。リンにコピーを渡したんだけど、最後に聞いた時は、彼はクアラルンプールにいるって言っていたな。あと天安門事件以来、音沙汰がないけれど、ノルウェーの学生の映像作家が何本か持っていったよね」

「すべて水の泡だよ。あそこでは物事は《　》」とおじが言った。「君たちは大半をここで過ごしてるからわからないかもしれないけど……」とおじは声を潜めると、立ち上がった。「さあ、仕事に行く時間だ」。彼はまだ父の友人が経営する中華料理店の夜のシフトで働いていた。そのために、週末はとりわけ早くみんなで夕飯を食べることになっていたのだ。

「もう?」と母は尋ねた。「歌を聞いていかない? 一曲だけでも」。今では母は、一日を歌うことではじめ、歌うことで終えていた。電源が入っていてもいなくても、マイクをやさしく手で包み込むように持って、七〇年代後半に少しの間だけジャッキー・チェンの恋人だったお気に入りの歌手――天使のように美しい台湾の人気歌手テレサ・テン――のラブソングを歌った。「昔は、違法で彼女のテープのコピーを作ったものよ」と母は言った。「みんなはよく、私のことを彼女の妹みたいって言ってた」

サミーは呆れたように「彼女よりも美しい妹、だろ?」と言った。

でも「違うよ」と母が言ったので、私たちは驚いた。「デン・リージュン（テレサ・テンの中国名）より美しい人はいないもの」。一年前に中央電視台で放送している夕方の番組で彼女の死が報じられると、母は悲鳴を上げて、持っていたカップヌードルを床に落とした。母の隣にいた私は、スープが少し脚にかかってやけどを負った。

「わあああああああ、熱いよ、ママ!」

「だめだめだめ。そんなわけない、そんなわけない、そんなわけないって!!」と母は泣いた。拳を胸に叩きつけて、スリッパを履いた足で容器やヌードルやまだ部分的に乾燥したままのグリーンピースや人参やねぎやコーンをこっぱ微塵にした。「あいつらが殺したんだ。あいつらが素手でテレサを……。テレサの首にその跡が見える」

「おまえ、彼女は喘息の発作で亡くなったんだよ」と父が言った。「長い間病気を患っていたんだ」。

「嘘よ」と母は叫んだ。「殺されたんだ!」。そのあと何週間も、家ではテレサ・テンの曲が流れ続けた。

「月を見てごらん」と母はテレサが亡くなった夜に言った。「デンほど愛情を込めて月の歌を優雅に歌った人はいないよ。彼女の英語名はテレサだから、おまえにはテレサという名前を付けたかった。でもおまえの父親がアメリカの人気者の名前にするべきだって言ってね。戯言《たわごと》だよ。最初に思ったとおりにすればよかった。今からおまえはテレサだよ。テレサ、私の大切なテレサ、明日の朝ご飯はマクドナルドにしない?」

私は答えなかった。母が私のことを呼んでいるのか、お気に入りの歌手のことを呼んでいるのかわからなかったからだ。

「もしもし? 寝てるんですか? テレサ、どこにいるの?」

「私に話しかけてるの?」と私は尋ねた。

「私はテレサに話しかけてるんだよ」と言って母はキレた。頬からは涙が滴り落ちていた。

　あれから一年経った今、母はもっと頻繁に歌うようになったが、そこまで泣かなくなった。学校が夏休みになる頃には、大切なおじさん《チン・ジュウジュウ》は本当に大切《チン》になった。おじは私にとってとても大切な人だった。母が事前に私に信じ込ませようとしたのと同じくらい素晴らしい人だった。「永遠の月」をもう一度歌ったあと、私たちから満足するほど拍手がもらえないと、母はマイクを投げつけた。

「パパが『恋のマカレナ』を歌った時は拍手喝采だったのに、あんたたちは母親にはそれっぽっちの拍手しかしないの⁉『いいね』とか、『すごく良かったよ、ママ』とかないわけ？」

　おじはマイクを拾いに行くときれいにコードを巻き付けて、カラオケマシーンがしまってあるスライド式のガラスケースの中に戻した。そして「ふたりとも拍手をしていたよ」と言った。「子供たちは姉さんの歌が好きだよ。私たちはみんな好きだ。自分の思い通りにいかないからって、怒っちゃだめだよ。姉さんが感情的になると、ふたりに良くないから」。おじは私とサミーのことを言っていたのだ。当時は私たちについてよく話されていたし、尊重されてもいた。そうされると、私は王族にでもなったような気持ちになった。今では、いかに自分が不当な扱いを受けてきたかや、いかに自分だけが特にひどい仕打ちを受けてきたかについて母がまくし立てはじめると、おじはデリバリーの仕事をしたり、公立図書館で開かれている英語学習者のための集まりに参加したりしないで家にいる場合は母の話を途中でやめさせて、母さんが聞いたらこんな自己憐憫には賛同しないはずだと言って聞かせるようになっていた。「もし母さんが聞いたら、ニューヨークにやって来て、姉さんのその文句ばっかり言っている唇を引っ叩くだろうね」とおじは言った。

「母さんはここにいないじゃない」

「母さんがここにいないのは、家で夫である父さんの面倒を見ているからだろう。世話をしてやってるのさ。同じことが言えるようになりたいとは思わない？」

　母はおじに言わせたままにしていた。三月におじが引っ越してきて一緒に住むようになってから、母は出ていくと言って脅したり、自分の髪の毛をむしり取ろうとしたり、爪を一枚ずつ剝がして、私たちの顔の前でちらつかせて、自分の痛みの一部を感じさせようとしたりすることはなかった。そうする代わりにすすり泣き、戦う準備をしているかのように姿勢を正しては数分間トイレに籠もった。しばらくして出てくると、涙は乾いていた。母は謝らなかったが、それ以上自己主張を続けることもなかった。そんなふうにして、不安になるほど落ち着いた日々が続くと、サミーと私はこれからどれくらいの間、母は自制し続けていけるんだろうと考えた。母がこれまで私たちに対してガミガミ叱ったり、理不尽なことを口にしたり行なったり、激昂したりしたのと同じくらい、ようやく母に対して気遣いと思いやりの心を持って優しく接することができたのだ。私たちは母の前を早く通り過ぎてしまった時はいつでも謝るようにしていたし、家族には冷たいジュースを飲みたいという人の方が多かったので、いつもジュースは冷やしていたけれど、母も私たちと一緒に飲めるようにと、オレンジジュースの缶をキッチンカウンターの上にぬるくなるまで出しておくことを忘れないようにしていた。母は私たちが罪滅ぼしをしたり、なるべく注意しながら行動したりしているのを見て明らかに楽しんでいたが、母を悩ませる可能性のあるありとあらゆることに対して、私たちが母よりも先に父のことを責めた時に母が見せる熱狂的な喜びとは比べものにならなかった。

ある時「心配いらないよ、ママ」とサミーは言った。「大人になっても芸術をやりたいなんて絶対に言わないから。サディスト、しかも自己中心的なサディストだけが自分の家族をそんな目にあわせるんだよ」

「そうだよ」と私も相づちを打った。「そんな人と結婚しなくちゃいけなくなったら本当に不公平」

「絶対に、絶対に芸術なんてやらないよ。そんなの死刑宣告と一緒だ」とサミーは続けた。

「死刑宣告二回分だよ！」と私は言った。

「まあでも」とサミーは躊躇しながら「本当に才能があったら別だけどね」と言った。

「スターだったらね！」と私は叫んだ。「ママみたいに！」

「そうだよ。ママは人魚の女王様みたいな声をしているよね。カメラの後ろでどんなことをママが思い描いていたのか、想像するしかないけどさ」

「昔のことよ」と母は言った。「ふたりとも、こんなことまだ誰にも話してないんだけど、あなたちのママは小説家になることにしました。すごくやりがいのあることだと思う。歌うことみたいに軽薄じゃないし、映画を撮るみたいに退廃的でもない」

おじは片方の眉をあげた。「何について書くつもり?」

「私の人生のまだ語られていない物語よ」と母は答えた。「誰も勇気がなくて語れなかった、あんたの人生と母さんの人生と家族の話」

「かわいそうな弟を攻撃するような話にしないでくれよ」とおじは言って私にウインクした。

私は「私のこともね」と言って、まばたきみたいに見えるウインクをしてみせた。可愛いし、私の個性が出ているから大切に育んだほうがいいとおじが言ってくれたので、こっそりと磨きをかけていた技だった。

でも母はそれに魅せられたりはせずに、どんな約束もしないと言った。「芸術は題材にする人たちの些細な感情に忠誠を誓ったりはしないものだよ! 真実にはいかなる規制もかけられないからね!」

父はプログラミング言語C++の本から目を上げてこう言った。「私が大学院にいた時は、そんなこと言ってなかったじゃないか」

「あんたの作品が、誰かの家やギャラリーに置かれたことがあった? 記憶にないわね」と母は言い返した。

「じゃあおまえが書く本は……」

「どこの図書館にも本屋さんにも置かれるでしょうね!」

私は母の味方をした。「それに、どの学校でも教材として使われることになるよね、そうでしょ、ママ？」

「そうよ、良い子ね」

「中国語で書いているの？　それとも英語？」と兄が尋ねた。

「どう思う？」

「わからないよ」。私には兄がこう言いたがっているのがわかった。「中国語でしょ、だってママの英語はたどたどしい《ブロークン》からさ」。でも兄はそんなことを言えば母が絶対に憤慨するとわかっていた。この世における歴史上のどんな壊れた《ブロークン》人も、そんなふうには言われたくないはずだ。母はそこのところは大目に見てもらいたいと思っていたので、兄はそのとおりにしたのだ。

「子供たちのなかのひとりでもいいから」と母は言いはじめた。「中国語の読み書きができたらいいのに」

「それはまた大きな話だね」とおじが言った。「私は少ししかできない。あんなのを全部記憶できるのは、ガリ勉だけだよ」

「おじさんは謙虚に言っているだけだからね」と母は言った。「おじさんの言うことは聞かなくていいよ。数年後には、みんなでおじさんのことをリー博士って呼ぶことになるよ」

「いいかい、姉さん。ただの修士号だよ」

「そうしたら、おまえはまた大学院は良い所だって思うようになったってことなのか？」。父は私たちの会話に入ろうとしたが、誰も聞いていなかった。

サミーは母のリサーチ・アシスタント、歴史研究家、アーキビストになると言った。詳細を記録する才能があるし、生まれながらの良い聞き手だからだ。「家族に関する書類を当たってみるよ。まだ生きている人たち全員の口述史を記録するんだ」

「なんの書類？　どの人たちのこと？」と父は聞いた。

「この夏は、中国語の学校に行きたいな」と私は言った。「そうしたら、ママの本を全部翻訳できるから」

「なんて優しい子なんでしょう」。目に涙を溢れさせながら、母は言った。「あなたがそんなことを言い出すなんて思いもしなかった」

「去年ママが日曜に通いはじめたらって言った時には、すごく怒ってたじゃないか」と父は言って私の記憶を呼び起こさせた。

「子供たちを見てみなよ」とおじは父に言った。いつも付添が必要な人に付き添い、母が私たちに忠実に守らせたいと思っているヒエラルキーを守らずにいるために全力を尽くそうとする父に。「ふたりがいなくなっちゃったら、姉さんはどうなる？　あんたはどうなんだよ？」

父はまるでオレンジになろうとしているじゃがいもを見るみたいに私たちのことを見た。母が私たちを扇動して何かをさせようとしたり、今すぐにも将来的にも家族がばらばらになるのは避けるようにすると、はっきりとそれとなくとも私たちに約束させようとしたりすることを、父は苛立たしく思っていたに違いない。

「私の本はデカ頭の話からはじまるの！」と母は言った。

「私のことを良い感じに書いてって言ったじゃないか」

「良い感じなんてもんじゃなくて、もっと良く書くわよ！　芸術なんだから」。母は上機嫌で、そんな母を見ていたら私は感染したような気分になった。あまりにも母の話ばかり聞いていたので、その一部を自分の中に吸収しなければやっていけなかったのだ。

「ママがチン・ジウジウの話をするって！」

母は私の手をつかみ、私たちはデカ頭の歌を歌いはじめた。

「やめてくれよ」と、そんなことをされても嬉しくないというふりをしながらおじは言った。サミーですら一緒にハミングをしていた。母と私は輪になって、まるで夏に他に何もすることがない子供たちがそうするみたいに、おじの周りで踊った。前を通る時に父と目が合ったけれど、私は視線をそらした。父はきっと、どんな経緯と理由から自分はこの子をつくることに協力したんだろうと考えているに違いない。そして、父のどんな部分が私に引き継がれたのか、また何があっても、決して何ごとも放っておくことができない母から継承した部分を私が育んでいるのと同じように、父から継承した部分を私が辛抱強く細心の注意を払いながら育んでいくのか否かについても、考えているに違いなかった。

一九六六年八月

数時間が過ぎたあと、屋根の上に登っていったのは母だった。疲れ果て、空腹で、無秩序な状態を取り締まる役を負わされたことに困惑し、秋に送りこまれることになる場所や、どのくらいそこに滞在するのかという噂を聞いては悩まされていた南昌通りの子供たちは、今夜は夕飯に少しだけでも豚の脂が食べられますようにと願いながら、それぞれの家に向かって歩いていた。おじを見つけたのも母だった。少年だったおじの小さな体は、おぼろげな光の下で裸で震えていて、顔は膨れ上がり、彼の鼻孔からひざまで鼻水が伸びていた。おじをシーツでくるみ、ハンカチで鼻を拭いて、下の部屋に戻ってくるようにとなだめたのも母だった。そして私の祖母のところまで連れていき、ごめんなさいって言っているから許してあげてと言ったのも。醬油を数滴垂らしたお椀《わん》一杯分のごはんをあげ、それでもおじが空腹を訴えると台所へ行って、祖母にこれ以上ないほどの優しい声で、大根の漬物を私のお椀に入れてくれない？　あの子には盗んできたって言うね。もし私が母さんに頼んだって知ったら食べないと思うから。大丈夫、母さん。あの子も思い知ったはずだし、おなかが空いているだけだよ。みんなでなんて言っていたか覚えてる？　この家の誰も空腹にはしないって言っていたよね、と言った。

おじをベッドに寝かせて毛布をかけ、誰も口にしなければ消えることのない愛というものがこの世にはあるのだと言い聞かせたのも母だった。祖母は子供を抱き寄せて、なんてお利口で可愛らしくて才能があるんでしょうと言ってくれるような母親では決してないけれど、心配する必要はないのだと。祖母はそうする代わりに母とおじを叱りつけ、自分たちはちっぽけな存在に過ぎず、祖母のお眼鏡にかなうくらい良い子になることは決してないと信じ込ませ、この世界は自分たちにとって決して優しくないということを知らしめた。祖母は自分の子供に痛みを感じさせたり、恐怖を感じさせたりすることに誰よりも長《た》けていた。それは、祖母にとってはある意味で子供を守ることでもあったのだ。

私たちもそういうふうに子供と接するようになるんだよと、母はそれに気づいたことが誇りだとでも言うようにおじに話した。私たちは自分の母親から学び、母親もまたその母親から学び、その母親もまたその母親から学ぶのだから、結局は母以前の母たち全員から学ぶことになる。そういうふうになるんだよ。母はおじの口が少し開いてヨダレが垂れるのを見ながらそう言った。それは毎晩おじが眠りにつく前の習慣だった。

一九九六年八月

修士課程で化学工学を学ぶために、おじがテネシーへ行ってしまう前にさよならパーティーをするんだと母は言い張った。おじは乗り気ではなかったけれど、ちゃんとしたお別れをしようということでみんなが賛同した。

おじが去るまでの数週間、母はまた前のように一日に二回ノイローゼになった。「最初の一ヶ月は行かなくてもいいんじゃないの?」

でもおじはそれを聞き入れず、なんとか交渉しようとする母を遮断した。「どうしろっていうんだよ。デリバリーの仕事を続けろって？　計画が台無しになってもいいの？　感情の一番上の層のことは気にせずに前に進まないといけないんだ。単なる反応なんだから。あらゆる痛みや苦しみを回避しようっていう反応。心の奥では、姉さんも私に行って欲しいって思ってるはずだよ。私にはわかるよ」

　私もおじが出ていくのをすぐには受け入れられなかった。「すぐに戻ってくる？」

「おじさんはクリスマスには戻ってくるよ」と父が言った。「もう飛行機のチケットは買ってあるんだから」

「なんでなんでなんでなんで？」と私は父の体によじ登って、その骨ばった体を叩いた。

「そもそもそういう計画だったんだよ、お猿さん」。私は当時八歳になっていたけれど、まだ猿のようにひょろっとした体型だったので、どうすることもできないモノのように父の腕から揺らされていた。

「そうなんだよ」とおじは言った。「チン・ジウジウのために小さくて可愛いままでいておくれ。なーんてね。骨が伸びたいって言うんだったら、伸びて成長したらいいさ。覚えておいてくれよ、おまえは自分がなりたいと思うような人になれるってことを。わかるね？　それに……」と次におじはサミーに向かって言った。「おまえはこの家の大黒柱になるんだ。それはこの人が……」と父を指さして、「もう少しで定年を迎えるからだよ。サミー、いいね？　もう良い若者に成長しているんだから。私がおまえの年だった頃よりも五倍は男らしいよ」

　チェンおじさんとシャオ・ミンおばさんがまず最初に到着し、すぐに彼と父は互いにけしかけ合うようにおじに三杯の酒を飲ませた。チェンおじさんは私に膝の上に乗るように言うと、もしシャオ・ミンおばさんが正気に返って彼のもとを去り、私が十八歳になった時にまだ彼が独身のままだったら、私と結婚すると酔っ払ってみんなに宣告した。両親はおなかを抱えて笑っていたけれど、私は「十年以内にこの変態と結婚することになるんだ。最高だね」なんてことを考えていた。みんなは早いペースで酒を飲んだ。少し前にサミーが私の部屋に来て、覚悟しとけよと警告したとおりだった。「大人っていうのは悲しいことがあると、酒に感情を飲み込ませるんだ」

「お酒の何があんなにいいんだろうね」と私は言った。

「俺たちはこれからも飲まないでいられるように願おう」

客の中には飲み過ぎて、昔話をしはじめる人もいた――誰が誰を密告して、誰がぼこぼこに殴られて、誰の頭がおかしくなってしまったのかという話だ。

「今日はお祝いのはずだろ？」と父がソファにまたがりながら、陰鬱な話に割り入るようにして言った。「私たちはみんなまともだよ。そうだろう？」

客の幾人かは頷いて、酔っ払っている客はお互いをからかい、頭がおかしくなってしまった人たちのことを冗談交じりに責めた。

「私たちはまだここにいる。そうだろう？」と父は言った。「私たちはみんなポケットに一セントも持たないでこの国にやってきたんだよな？」

「パパ、ヘリウムガスを入れるのを手伝ってくれない？　ちゃんと膨らまないんだよ」とサミーは尋ねながら、父が威厳を失わずにソファから降りられるように手を貸した。

「壊れてしまったやつもいた。でも私の義理の弟は違う。彼は……彼は……」

「わかったから、もう」と母が割って入った。「もういいから」

「アニー」。ソファーの上にどさっと腰を落とすと、父はそばにあったクッションを叩きながら言った。「パパと一緒に座ろう」

「いいよ」

「パパは酔っ払っちゃったよ」

「そうだね。コーヒーでも飲む？」

「コーヒーの淹れ方を知っているのかい？」

「チン・ジウジウが教えてくれた」

「おまえは奇跡のような娘だよ。本当に。おまえとサミーがいて私はラッキーだ。私が逃した人生をお前たちに与えるためなら何だってするよ。パパは年を取っているけど、アニー、おまえはまだ若いんだ」

「そんなに私が若いんだったら」と私は言った。「パパもそんなに年を取ってないってことでしょ。私が小さいままだったら、パパは年を取れないよね」

父が私を引き寄せて、あまりにも強く抱きしめたので息ができなかった。なんとか逃れようとしたけれど、父は私を放そうとしなかった。

「あと一秒だけ、パパに抱っこさせてよ」

私の顔に涙がこぼれた。それから父のために流すことになる、たくさんの涙の最初の一粒だった。チェンおじさんがやってきて私と父を離すと、あの恐れていた質問をしてきた。「おまえの誕生日会でこう尋ねたのを覚えてるかい？　おまえがちょっと考えるって言うから、いいよって言ったけど、おじさんが行っちゃう前に答えを聞かないとね」

私は純粋な敵意を感じながら彼を見て「嫌だ」と言った。

「いいじゃないか、ほら」と彼は言った。「もう十分質問をかわしてきただろ。みんな答えを知りたがってるよ。ずっと答えを待ってたんだ。考えるのに十分な時間はあったはずだよ。どっちの方が好きなの？　ママ？　パパ？」

私は首を振った。

「ほらほら、リトル・アニー！　簡単なことだよ。ママかパパか言えばいいだけなんだから。さあ」。彼は両手を拳にして私の前に突き出した。「右か左かどっちかを選んだら、おまえが好きなのはママなのかパパなのか教えてあげるよ」

私はまた首を振った。

「わかった、わかった」とおじが言った。「もういいじゃないか。今は答えたくないんだよ」

「どっちなの！　もう答えはわかってるんだろう。チェンおじさんに教えておくれよ。耳元でこっそりさ」

楽しそうな笑い声が起きたが、母が外へ出ていくと沈黙に代わった。この時点において私の人生では、母が玄関のドアをばたんと閉める大きな音は、車の鍵をまわしてエンジンをかける音や、毎朝父がブラインドを上げる時のキーキーという音や、テストで不安になるたびに、兄がオレンジジュースの入ったコップを台所のテーブルの上で前後に傾ける音と同じくらいにしかショックではないはずだった。でもそこには母がドアを閉める大きな音を馴染みのある音にさせないということをあきらめきれない一筋の希望があったはずだ。だからその音はいつものように私を震え上がらせたし、これからもずっとそうなのだ。母が一度爆発してから次に爆発するまでどれほど時間が開こうとも、一息つける静かな時間が終わってしまうのはショックだった。

私は母を追って走っていった。母は両手で顔を覆いながら、日産セントラに寄りかかっていた。

「ママ、大丈夫？」と私は聞いた。

母は首を振って私を抱き上げ、ボンネットの上に載せた。「あの人は最低な男だよ」と母は言った。

「パパのこと？」

「違う。チェンおじさんのこと。毎回集まるたびに、みんなの前であんな馬鹿げた質問をするなんて。答える必要なんてないよ。子供はそんなことをする必要はないの。本当にひどい、最低の男だよ。アニー、あの人は酔っ払いなんだ。私の娘をいじめるなんて、ただじゃおかないよ」

そこにおじが現れて、星々の下にいる私たちに合流した。「大丈夫かい？」

母は頷いた。「あの人のことが我慢ならないだけ」

「中に戻って、あいつのケツを蹴り飛ばして湖南省に送り返してやろうか？」。それを聞いた母は笑って、泣きだした。「あんなことを子供に尋ねるなんてひどいよ」

「あいつはバカなんだよ」とおじは言った。「何杯か飲むと自分の名前すら忘れちゃうんだから」。

「お願いだから、もう泣かないで」と私は言った。「ママが泣いていると私まで泣きたくなるよ」。

「本当？」。母は、自分がいない時に夜眠れない私のことをなだめる方法としてサミーに教えたように、私の髪の毛を三つに分けてゆるく編みながら言った。

それに対して答える必要はなかった。私は既に泣いていたからだ。

玄関のドアがまた開いて、次に出てきたのはサミーだった。

「何やってんだよ、みんな。マジかよ。パパがレオナルド・ダ・ヴィンチの話をはじめたよ。みんながトマトを投げる所まで話した」

「サミー！」と母は言った。その声には活気が戻っていた。「私の自慢の長男！　私の最高に素晴らしい息子！　戻って、パパの話からみんなを救いに行こうか」

「わかった、わかった。中はなんだか恐ろしいことになってるよ」と兄は言った。

母は私をボンネットから降ろすために抱き上げた。

「重たい？」と私は母に尋ねた。

「ちょっとね」。母はそう言ったが、玄関に着くまで私を降ろさなかった。

「派手に登場したくないな」とサミーが言った。

「そしたらおまえは私と一緒に裏口から入ろう」とおじが言った。

「アニーはママと一緒に玄関から入るのでいい？　いいよね、アニー？」

「うん！」

私たち四人は二手に分かれて同じ場所へと戻っていった。「パーティーはまだお開きじゃないよ！」と母はみんなのもとに戻っていく時にそう言った。「サミー、マイクの電源は入ってる？」

兄は確認してから親指を立てて母に合図した。「『何日君再来《ヘーリージュンツァイライ》』（テレサ・テンの曲）をかけてくれる？」

「ライ・ライ・ライ」とチェンおじさんは自分が仕出かしたことをすっかり忘れて歓声をあげた。

母は歌いはじめた。「花のいのちは短くて～」

父はおざなりに頷いているシャオ・ミンおばさんに、叫ぶような口調でダ・ヴィンチのノートについて語り聞かせていた。

私が母の声に合わせて歌おうとして途中でわからなくなるのを見ていたおじは、「今夜あなたが去ったら」と英語で教えてくれた。「いつ戻ってくるの？」

「一緒に歌ってちょうだい」と母は言った。「私の弟に捧げます！」

「レン・シェン・ナンデ・ジー・フイ・ズァイ

ブー・ファン・ジェン・ヒー・ダイ～」

私は兄がコーラスを歌っているのに気づいた。彼はずっと聞いていたので、私がわからなくて飛ばした言葉がわかるようになったのだ。

おじはまだ私のために通訳してくれていた。「この世には幸せになるチャンスはほとんどないって言ってるんだ。だからアニー、チャンスが来たら手にしないといけない。チャンスがやって来たら、奪うんだよ」

「そして飲み干すんだ！」とチェンおじさんが割り込んできた。「この子のために検閲する必要なんてないじゃないか。おまえのママはこう歌ってるんだよ。不幸になるまで酒を飲むのを待つなってね！　ヘー・ワン・レー・ツァイ・シュオ・バ！」

「ライ・ライ・ライ」と母はマイク越しに私とおじを招き寄せた。母の声は少女のように優しかった。音楽が続いているのに、歌詞を歌わずに「みんなこっちに来て、集まって。私と、私の天才の息子のサミーと、素晴らしい弟と、それに優しくて美しい娘に乾杯してちょうだい。この人たちは空の上の方にいて、私たちは硬い地上にいる運命なの。彼らに乾杯しましょう！　天国にいることを選んだ人たちに！　乾杯！」

「乾杯！」。みんなは賛同して、ビールやウィスキーが入ったグラスを掲げた。母は時に詩人だった。

「私は？」と音楽が鳴り止むとすぐに父が聞いた。みんな笑った。

「グオジェンにも乾杯！」とおじが言った。

「グオジェンに乾杯！」とみんなが続いた。

この時、母はオレンジジュースの入ったグラスを誰よりも高く掲げて、乾杯が終わるとグラスを置き、ヘアピンを抜き取って髪を垂らした。ほんの少しの間、長い髪の毛で顔が覆われて母のことがよく見えなくなった。それでも私は確信していた。母はすぐにまた自分をさらけ出すようになると。

「それから、私のチン・ジウジウに乾杯！」と私は叫んだ。

「チン・ジウジウに乾杯！」。みんな私のあとに続いて、グラスを掲げた。三度目の乾杯だった。

サミーが誰の力も借りずにひとりでヘリウムを入れて膨らませた風船を一斉に手放すと、おじは私を持ち上げた。天井まで持ち上げられた私は、脚をしっかりと固定させて、飛行機になったみたいに腕を伸ばした。押しやった赤や青や紫や緑や銀の風船は、空という未知の領域へと上昇していく私のために分かれていく雲だった。

弟の進化

一

たいていの午後、私たちはふたりきりだった。ある日の午後、私の部屋でふたりでキャンドルを探していると、私が好きな感じのものを見つけた。底の方にコロンビア産のコーヒー豆がたくさん埋められている白いキャンドルだ。

「食べてみてよ」と私は言った。

「やだよ」と眉間にしわを寄せながら弟は言って、背を向けた。

「食べろ、食べろ、食べろ、食べろ」。私はそう言って、キャンドルのコーヒー豆が見える方を弟の口元に当てながら、部屋の角に追い込んだ。

「やめてよ、ジェーニィー」と弟は言って後ずさりした。「やめないなら、僕のパワーを使ってお姉ちゃんの骨を泥にしてやる」

「わかった、じゃあいいよ」と私は言った。「これに火をつけて、吹き消そう。それを二十回くらい続けてやるの。誕生日みたいな感じで」

「なんで二十回なの？　やり過ぎじゃない？」

「わかった、じゃあ二十八回ね」

「えー、二十回よりも多くなってるよ」

「はいはい、わかった。そんなに言うなら、五十五回にしよう」

私たちはキャンドルをリビングのコーヒーテーブルの上に置いた。私はマッチを点けている間は近づかないようにと弟に命じて、キャンドルの芯の部分に触れた。「あんたが先ね」

弟は屈んで膝をつくと目を閉じて、キャンドルの方に体を傾けた。弟のマッシュルームカットの前髪に火がついたとたん、すぐに毛が丸まって変色してブリーチしたちりちりヘアみたいになるなんてふたりとも思ってもいなかった。もし弟が大きかったら、私は笑って「陰毛みたい」と言ったと思う。でもその代わりに私は、両手で彼の顔を挟んで、焼けた毛先をちぎり取った。指をこすり合わせると、指の隙間から焼けた毛がぽろぽろと消えていき、ポップコーンみたいな匂いがした。

「ママには言わないでおこうね」

「わかったよ、ジェニー」

それからふたりでソファに座って、器のように丸めた私の両手から、私がちぎり取った焼けた毛先の残りをつまんで食べた。私の腕は弟の肩に回され、弟の脚は沸騰したお湯の中の麺みたいにくねくねと動いていて、ふたりともまるでこれから映画がはじまるみたいにまっすぐ前を見ていた。


翌年の夏、私は弟を自分の部屋に引き入れるとドアに鍵をかけた。本当は足し算を教えることになっていたけれど、私は床に問題集を投げ捨てると弟の頭にヘッドホンをつけた。

「こういう時、頭がでかいといいよね」

私はそう言って音量を上げげた。弟は五歳で、三週間したら幼稚園に通いはじめ、私は高校に入学する予定だった。

「カスバっていうのは、大きなお城みたいなの」と私は言った。気が散ったような表情を弟が見せると、私はもう数段階分音量を上げて、集中するように命じた。「大切なことなんだからね」と私は言った。「バスで一緒になった子たちが何を聞いているのかって訊いてきたら、パンクロックだよ、マザーファッカー！　って言ってやるんだよ」。私は弟の指を人差し指と小指を残して手のひらの中にしまった。「それで、目をひんむくんだよ。違う、違う、そうじゃない。それだとオタクみたいになっちゃう」

「何？」と弟は叫んだ。私はヘッドホンの片側を弟の耳から離して、肩を抱いた。

「こっちを見て」。私たちはお互いを見つめ合った。「あんたは今、パンクロックを聞いてるの。このマジでイケてない世界で作られた音楽の中で一番イケてる音楽をね。だからバスに乗っている間にこれを聞いて、他の子たちにイケてるってのはこういうことだって教えてやるんだよ」

「なんで？」

「あんたはパンクロッカーだから」

「ねえ、シリアルに牛乳を入れてくれない？」。ヘッドホンを私に返しながら弟はそう言った。


弟はくっついた二切れのハムを持ったまま部屋に入ってきた。ミッキーマウスのついたトレーナーをお下がりのタートルネックの上に着ていたが、そのタートルネックはかなり古くて首周りが伸び切っていて、近所の人が飼っているダルメシアンが去勢手術を受けたあとに付けさせられていた大きなプラスチックを彷彿とさせた。前回弟がそれを着ていた時には、実際に口に出してそう言ってやった（私たちは家の外にいて、隣の家の人が棒切れを投げて飼い犬のダルメシアンに拾ってくるように命じていた。弟が去勢って何？　と訊いてきたので、「ちょっと待ってて。ハサミを持ってきて見せてあげるから」と言うと、隣人は愕然とした顔をしていた。それを見て私は、彼に邪悪で残酷な子だと思われてしまったのではないかと急に恥ずかしくなったのだった）。

私のボロボロになったタートルネックを着ていたり、母から与えられた食べ物を食べたりしている弟を見るたびに気分が悪くなった。母は食べ物を硬いみかんみたいな形にする癖があった。そして弟の口にあまりにもたくさん食べ物を詰め込むので、弟はよくソファに放心状態で座ったまま、口を閉じることも飲み込むこともできないでいた。私が抱き上げてトイレまで連れていくと、弟は口の中のものを全部吐き出した。弟がかわいそうだった。今も大きくなってからも、弟は食べ物とは仲睦まじい関係にはならないとわかっていたからだ。

「お願いだから、食べさせるのをやめてよ」と一度母に言ったことがある。

「何言ってるのよ」と言う母に私は黙るしかなかった。「アフリカの子供たちに食べ物を与えるために毎月五ドルちょうだいって言ったのはあなたでしょ」

弟が部屋に入ってきた時、私はちょうど雑誌を読んでいるところだった。弟の口は嚙みかけのハムでいっぱいだった。その二切れのハムを取り上げて、ちゃんとした食べ方を教えてやったり、そこまでかわいそうな子供に見えないように、よれよれのタートルネックを折り返してやる代わりに、私は弟を無視して、今年の秋に着るセーターとスカートの組み合わせはどれがいいのかということにしか興味がないふりをした。それでも弟がいなくならないので、私は「どっかに行ってよ」と言った。

「嫌だ」と彼は言って、一切れのハムを折り曲げて口の中に押し込んだ。「嫌だ、行かない」

私は弟の肩を軽く押して「行くんだよ」と言い、もう一切れのハムをその手からもぎ取った。

「なんだよ」と弟は言うと、私のおなかに頭突きを食らわした。それから私たちは指関節や爪やクッションや雑誌を使いはじめ、弟は私の脚に蹴りを入れ、私は弟のハムが入っている方の頰を平手打ちした。弟の口が開いて大きな涙が頰を伝い落ちていくと、ハムでいっぱいの口の中へ入っていった。

「吐き出しなよ」。弟の涙が口の中のねばついたハムの中に滑り落ちていくのを見て、化け物《モンスター》みたいだと思った。「お願いだから、吐き出して」


のちのち、弟がハムとチーズのサンドイッチを学校に持っていきたがらなくなったら、それはきっと私のせいだろう。そしてそれよりも更にあとになって、弟の学校の先生が母に電話をして、中学二年生の年間行事であるボストンへの合宿旅行の間、弟がカフェテリアで出されたハムサンドを食べるのを拒んでいて心配になったと告げることになったら、それも私のせいだ。いつだって私のせいだし、これからも私のせいにされるんだろう。終わりはない。「お願い」と私は囁いた。弟の口からは、嚙んだハムの断片が更に出てくる。弟は息切れしながらどうにかそれを吸い上げて口の中に戻そうとしていたので、私は両手をお椀《わん》のように丸くして弟の方に差し出した。「この中に吐いちゃえばいいから」。弟の口の中の丸いハムの塊は、涙が加わったことで膨張したように見えた。「見てらんないよ」

その日の夜、寝る準備をしている間、私は唇をめくって自分の歯茎を見る方法を弟に教えてやった。同じようにやってみせた弟の切歯の隙間にハムの食べかすが挟まっているのが見えた。「それ、もらってもいい?」と私は尋ねた。「なんで?」。弟が歯をむき出しにしてにんまりと満面の笑みを見せたので、私はそのハムの破片をつまみ取って、自分の口の中に放り込んだ。ものすごく塩辛かった。

一時弟には、ある言葉を言う時に最初に「マ」を付けてしまうどもり癖があった。時々、私のことを呼ぶ時も「マ・マ・マ・マ・ジェニー」と言っていて、「マイ・マイ・マイ・マイ・ジェニー!!」と言っているみたいに聞こえた。弟のものになった気がして好きだった。「よくあることですよ。チックですね。話す前に衝動的に咳払いしてしまうような感じです」と医療言語聴覚士は説明した。「私の名前を呼ぶ時に弟はよくそうなるんですが、それには何か理由があるんですか?」と私は期待を込めて聞いた。「特にないですね」と彼女は言った。「ヤブ医者だよ」。家に着くと私は両親に言った。「あんな人の言うことなんて信じられない」。テレビのある部屋に行くと、弟が一定の速度を完璧にキープしながら、円を描くように歩き回っていた。「もう一度言ってみて」

「何を？」。弟は私が目の前に立ちはだかるまで、円を描き続けながら言った。

「『マイ・ジェニーーーーーーーー』って言ってみて」

「マイ・ジェニーーーーーーーー」と弟は言うと、私を押しのけて円を描き続けた。

「違うよ、前みたいに言ってよ。マ・マ・マ・マイ・ジェニーーーーーって」

「マ・マ・マイ・ジェニーーーーー」。弟はもう一周完璧な円を描きながら、私の言ったことを繰り返した。

それは前に聞いたのと同じではなかった。弟は成長していて、発話障害を卒業しようとしていた。その日以降、お願いしなければ彼のものにはなれなかった。


私は十五歳の時、カリフォルニアのスタンフォード大学で同じ種族だと思える人たちと一緒に哲学を学びながら三週間を過ごした。とはいってもそれは彼らの種族で私のではなかった。でも、種族であることには変わりなかった。ずっと思い続けてきたのだ、自分の家族以外の家族の一員になりたいと。自分の家族よりも好きなものを持つための言い訳、いつも家族で一緒にいることから逃げ出すための言い訳が欲しかった。スタンフォード大学から戻ると、私は両親に泣き言を漏らした。

「なんで何でも一緒にやらないといけないの？　なんでパパとママは私たちとは別の所に行ったりしないの？」。弟は私に触れられそうで触れられないぎりぎりの場所に立っていた。それは私が、弟の体のどこかが私の体に触れでもしたら、その部分を切り落としてやると警告していたからだ。

「なんで私たちはいつも四人なの？　私がここにずっと住み続けるって本当に思ってるの？　もしかしたらこの子はそうかもしれないけどさ」と私は言って、弟を指さした。「でも私は違う」

「だったら、カリフォルニアにずっといればよかったじゃない」と母は言った。

「私たちが〈ホーム・デポ〉に行っている間、家にいたいんだったら、それでもいいよ」と父が言った。「それでいいわよ。この子は一緒に連れて行くから」

「ジェニーは来ないの?」と弟は尋ねた。

「あと一インチでも私に近づいたら、どうなるかわかってるね」と私は言った。

私がスタンフォード大学へ出発する前の数週間、みんなものすごく緊張していた。私は初めて自立する気分を味わおうとしていてお祝いしたい気分だったけれど、その高揚した気持ちは母の落ち込んだ姿や弟の流す涙や父の不在によってしぼんでいった。父はいつも以上に夜遅くまで仕事をしているようだった。

何もかもが口喧嘩へと発展した。預ける手荷物は一つにするのか二つなのか、プリペイド式の携帯電話のカードは今購入したほうがいいのか、それともカリフォルニアに到着するまで待った方がいいのか、課題図書は古本を見つけるべきなのか、それともスタンフォード大学の書店で新品を購入した方がいいのか。唯一私たちが話題に出さなかったのはお金についてで、カリフォルニアに行くために両親に約六ヶ月分の給料をはたかせて、学費や住む部屋の家賃や飛行機代を払ってもらうように説得したこと、ふたりにそうしたものは全部必要経費なんだと納得させたことについては話さなかった。ふたりが初めてまともな旅をしたのが、上海からアメリカに移住してきた時だったということを私は考えていなかった。ポケットの中のゆで卵八個と、入国時に税関で没収された五十ドルと、鍋やフライパン、それにアメリカでは見つけられないかもしれないし、見つけられても買うことができないかもしれないと不安になって持ってくることにした折れたほうきでパンパンになったスーツケース以外、ふたりは何も持っていなかった。何にしても、その旅は彼らを旅行者にはしなかった(少なくとも私がスタンフォード大学で会った人たちが話す旅行みたいな旅ではなかった)。その旅を経てふたりは移民となり、情けをかけられる人になった。彼らは救ってあげなければならない人、団体や個人に助けてもらわないといけない人になったのだ。私は誰かに救ってもらうなんて嫌だった。慈善事業を行う側の人間になりたかったし、優しさをしたたらせるような慈善家になりたいと思っていた。

ニューヨークで暮らしはじめた頃、ふたりはもう一組の中国人夫婦と友達になった。彼らはゴミ捨て場からまだ食べられそうな食べものを漁る方法を教えてくれた。この夫婦は上海にいる小さな娘を連れ戻すためにお金を貯めているところだった。長いこと資金繰りに苦戦した末、上海にいる両親のもとに娘を送り出したのだ。

「実際、あの人たちは一文無しだった」と母は私に言った。「責任感が欠けてたしね。ふたりはいつも小さい娘について話してたよ。その子の名前はクリスティーナだったはず。みかんの箱なんかを見かけるたびに、その子の母親は『クリスティーナは酸《す》っぱい果物しか食べないの』って言ってた。おかしな人たちだったわ。関わらない方がいい人たちなんだっていうことを、当時はわからなかったのよ。そのふたりと私たちを比べてみてよ。パパは私たち家族が一緒にいられるようにって、あなたにアメリカ行きの片道チケットを買うために大学からもらう奨学金を節約したんだよ。奨学金をだよ！　それだけじゃなくて、パパは本当によく節約したから、ママに本物の金のペンダントをプレゼントしてくれたし、あなたにはキーボードを買うことができた。小さい頃上海で、ピアノを弾きたいって言ってたことを覚えてるでしょう？」

母はまるでおとぎ話をするみたいにその話をしていたので、私が上海に預けられて両親がニューヨークで家族がまた一緒に暮らせるように節約している間、一年以上も離れ離れだったということを、私はあえて言わないようにした。

「まあでも、だから」と母はまるで私の心を読みとったように続けた。「あの家族とは違うのよ、わかるでしょ。あの人たちはでたらめだった。いろいろと問題を抱えていたしね。アメリカに六年もいるのに、アパートの家賃も賄えないなんて。子供をアメリカに連れてきたのに、すぐに送り返して一年もの間ずっとそのままにするなんて、どんな神経をしてるんだろう？　自分たちの置かれた状況を変えるためにあの人たちは何をした？　ゴミ置き場から食べ物を拾って食べたり、よくわかっていないお年寄りたちにアトランティックシティのポテトチップスをありえない値段で売りつけたりする以外に何をした？」

「どれくらいの間その人たちと仲良くしてたの？」私は母に尋ねた。

「わかるでしょ、こういう時の流れって。たまに会うくらいだったんだけど、そうこうしているうちにいなくなっちゃったのよ。どうやら、ノースカロライナ州で奥さんのお兄さんと一緒に暮らすことになったみたいね。それでありえないような金儲けの話があるって言って戻ってきたんだけど、またその何週間後にいなくなって、また戻ってきた時には、その家庭教師かなんかのビジネスをはじめるって言っていた話が結局どうなったかについては何にも話さなかった。そういう人たちよ。どこからともなく現れたかと思ったら、何週間もいなくなってまた現れる。だから疎遠になったの。偶然じゃなくてね。結局、旦那さんは事務の仕事に就いたはずだけど、そうしたら奥さんがふたり目の子供を妊娠してね。数年前に共通の友達に出くわした時、今あの人たちはロングアイランドに住んでいるって言ってた。ニューハイド・パークにいるっていうことは、落ち着いた生活ができているってことなんじゃないのかな。まあとにかく、そんなことはどうでもいいの。重要なのは、私たち家族がどうなるかってこと。私たちはすごくラッキーなの。私にはあなたやあなたの弟やお父さんがいて、こんな豪華な家まである。毎朝起きるたびに、本当にラッキーだって思うんだよ」

「少し落ち着いてよ、ママ」と私は呆れ顔で言った。曖昧ではあるけれど、私は理解していた。両親も苦しみ、奮闘していたということ、そして、もっと安く大量に手に入れられるものに一、二ドル余分に多く支払うことがトラウマを呼び起こすからといって、レストランで飲み物を注文するのをふたりが拒むことは、私がアメリカに連れてこられる一年前に両親に起きたこととどうやら関連しているらしいということを。実際、その通りだった。でも驚くことに、両親は私や弟が飲み物を注文するのを一度も止めなかった。私はほとんど注文したことはなかったけれど……それはなんでかと言うと……なんでだろう？　私が生まれたのが、両親が苦しんで夢を見る気力もないような状態で生きていた時期により近いから？　あるいは普通のジュースの健康に悪そうな甘さが好きではなくて、酸っぱいフレッシュレモネードみたいな珍しい飲み物や、飲んだあとにバブルガムみたいな味がする炭酸の入っていないフルーツパンチの方が好きだったから？　弟が生まれる前は何も考えずに、そういう飲み物を〈シズラー〉でよく注文したものだった。

「ふたりも頼んでよ」と私はお願いした。「みんなでフルーツパンチを飲もうよ」。でも両親は絶対にいつものやり方を曲げようとはしなかった。父が頼んだステーキを三人で分け、母はサラダバーを注文して、私はフルーツパンチを注文する。そして三人で、母が持ってくるマカロニチーズ、バッファローウィング、フライドチキン、ミートソース・スパゲッティ、茹でたさやいんげんやブロッコリー、ピラフ、ロティサリー・チキン、時々、早い時間に店に来たり、遅くまで長く居座っているとと出てくるキングクラブ、シュリンプスキャンピーや、バターが固まったソースがたっぷりかかったぐるぐる巻きにされたゴムみたいに嚙み切れない魚を食べ続けるのだ。私たちは七、八皿分を食べ終わると、少し休憩することもあれば、飛んだり跳ねたりして二ラウンド目に突入できるように準備することもあった。二周目も同じくらい時間をかけて食べるのだけど、既に五、六皿分の食べ物をおなかに入れているので、少し勢いが弱まっている。三周目までくると、みんなうなだれて動きが鈍くなり、ベルトを外し出したりして、それからデザートに取り掛かる。私はバニラソフトクリームに七色のチョコスプレーをかけて食べ、次に何もトッピングをかけないで食べ、それからM＆Msを乗せたチョコレート味のソフトクリームを食べ、それから大量のチョコレートチップクッキーを食べ、チョコレートケーキ、バタークリームケーキ、キャロットケーキ、レッドベルベットケーキ、クッキー＆クリームケーキ、パウンドケーキ、メレンゲケーキなどを一種類ずつ食べた。全部たいらげてしまうと、そのあとは何時間もその夜の思い出を吐き出すみたいにゲップが止まらなくなった。時々、満腹でまだ丸く膨らんだおなかの皮膚が太鼓のように張って目が覚めてしまうこともあった。でも弟が生まれると、〈シズラー〉には行かなくなった。連れて行くには弟は小さ過ぎたし、私たちは夜の外出をするにはあまりにも食い意地が張っていてお金がなかった。何より、自分たちのことよりもまず弟の面倒を見なければならなかった。それでも、他人に一群とか一団と呼ばれるのが好きだったのだ。

でも今や私は自由になりたかった。自由になって、両親が必死で私を入学させようとした高校にいる白人の女の子たちみたいに、自分勝手で自己破壊的でぬるい人間になりたかった。両親がやってとの思いでその高校に私を入学させたので、通りに入り浸っているような人間は一人も見当たらない街に引っ越した。そこではみんなが同じように、消耗したシミだらけのしまりのない青白い顔をしていた。私は何がなんでも自分の家族から離れたいと思うようになり、白人の女の子たちのことが羨ましかった。彼女たちは両親と底なしの関係を築いていて、がっかりさせることもない。白人の両親が欲しかった。私がどこに行こうが、何をしようが気にしないし、罪悪感を抱かせて子供のままでずっといさせようとなんてせずに、早く家から出ていくように後押ししてくれるような両親が。

私がカリフォルニアへ旅立つ朝、母は自分が三十歳になるまで家を出なかったこと、そして遂に出たのは父がアメリカに移住する時だったという話をし続けた。「ずっと、アメリカには行かないでおこうって思ってたの」

「私は三十歳になるまで家を出るのを待ったりしないよ。私はママとは違う人生を送ってるってことを、いい加減わかってよ」

空港で私は母の方を見ないようにしていた。自分の悲しみをそこまで知らしめて、本来なら私の興奮する気持ちが埋めるべき場所を悲しみで埋めようとするなんて、めちゃくちゃだった。私の家族は最後の最後まで私と一緒にゲートで待っていた。搭乗者が並ぶ列に向かう私を見送る時、母はよろめいて、まるで誰かに刺されたみたいにその場で立ち止まり、死んでしまうみたいに弱々しく父にしなだれかかった。「本当に行くの？　やめるなら、今でも遅くないよ」

「そんなことを言うのはやめなさい」と父が制した。「そんなことはできないだろう？　みんなが賛成した通りに物事は進んでいくんだ。頑張ってきなさい。おまえは自慢の娘なんだから。わかるね？　また三週間後に会おう」。母の涙が引き金となって弟も泣きはじめ、父は私のあとを追って走って行こうとする弟を引き止めなくてはならなかった。三人の横を通り過ぎて、その視線を感じながら搭乗者の列の後ろで待っているのは不思議な気分だった。私の前に立っているのが一人になるまで、後ろを振り返らないように我慢した。そしてついに振り向くと、身を寄せ合っている三人の姿が見えた。父だけが手を振っていて、弟と母は父にしがみついていた。ようやく私がいない家族の形になったのだ。私は自由！！！　係の人がチケットをスキャンする時にそう思ったが、すぐに家族に別れを告げるタイミングを逃したことに気づいて慌てた。弟の叫ぶ声が聞こえた。「いつ戻ってくるの？　ジェニー！」。でも後ろのドアが閉まってしまうと、それから三週間はほとんど三人のことを考えなかった。私が自由になるために両親が大金を使ってくれたことを理解して受け入れることができたのは、あとになってから、それももっともっとあとになってからだった。その時に初めて、そうしたお金は全部誰かに払ってもらわなければいけなかったということに気づいたのだ。

「大きくなったら、お姉ちゃんはベンツ、僕はポルシェを運転するんだよ」とアイスクリームを売るトラックが来るのを縁石に座って待つ間、弟はそう言った。「あんたはまだ自転車だって乗れないのに？」。私は地面を見つめながら、何かが近づいてくる気配を窺っていた。

私の九歳の誕生日に、母は病院に運ばれて、その二時間後に弟が生まれた。私と弟が大きくなると、母は朝の十時二十二分に弟は生まれたと話した。
「ジェニーはいつ生まれたの？」と弟が尋ねた。

「夜の九時二十八分。でも中国だったからね」と母は答えた。「時差が二十四時間あるし、夏時間の数時間分を足さないと」

「だから?」。私は言った。

「いや違うか。あなたたちは双子だったはずなんだけど、なぜかおまえは……」と母は言って弟を指さして、「九年間も余分に私のおなかの中にいたの。あなたたちは、本当にラッキーだよ」

私たちは呆れた顔をしてこう言った。「はいはい」

＊＊＊

カリフォルニアから戻ってくると、三週間ずっと寝ていなかったせいで私はかなり疲れていて、飛行機が着陸して滑走しはじめてもまだ寝ている私のことを、ふたりの乗客添乗員が順番に起こしにやってくるくらいだった。自宅に向かう車の中でもずっと寝ていたが、車が私道に寄せられると、弟が腕を引っ張りながら一緒に遊ぼうと言ってきた。

「今から?　これから寝ようと思ってるんだけど」

「でもまだ夜になってないよ」と彼は下唇を震わせて言った。

「この子は一緒に遊ぶのを三週間も待ってたのよ」と母が言った。

「わかった」と私は言った。「モノポリーをやろう。あんたが車をやっていいから」

でも次に気がついた時には翌日の午後四時になっていて、私はベッドの中にいた。叫んで家族を呼ぶと、すぐにドアが開いて、弟がそこで待っているのが見えた。

「何があったの?」と私は聞いた。

「モノポリーをやっていたら、一分だけ横になりたいっておお姉ちゃんが言って、それで寝ちゃったんだよ」

「どうして起こしてくれなかったの？」

「起こそうとしたよ。水もかけた。一分タイマーをかけて、お姉ちゃんの耳のそばに置いた。鼻に息も吹きかけたし、無理やり目を開かせようとしたけど、閉じたままだったんだ」

「それで？」

「お姉ちゃんは寝たままだった」。弟の声が震えだした。「五分しか一緒に遊ばなかった……」

「あぁ」。私は目をこすりながら言った。「今夜友達にメールを書き終わったら、一緒に遊ぼう。いいね？」

「今じゃなくて？」

「やらなくちゃいけないことがあるって言ったでしょ」

「わかったよ、ジェニー」

結局メールを書くのに何時間もかかってしまい、終わった頃にはモノポリーで遊ぶには遅い時間になっていた。私は寝る前に一緒に過ごそうと弟を自分の部屋に呼んだ。

「そんなに私に会いたかったの？」

「毎日泣いてたよ。ある時なんかは三時間二十二分も泣いたんだから」といつもどおり正確に彼は答えた。「遊ぶ時間すらなかったよ」

「たくさん泣いてたから？　そんなわけないでしょう」

「そんなわけあるよ」

「私に電話してきた時には、周りに友達がいてみんなで野球をしてたよね？　その時は泣いてなかったじゃない」

「うぅん」

「うぅんって、泣いてたってこと？」

「そうだよ」

私はルームメイトがアイスクリームを買いに出かけている間に、私を部屋に呼び込んで写真を撮ったピンクのボタンダウンシャツを着た男の子にまたメールを書きたかった。カリフォルニアが恋しかった。男の子に（それがどんな人でも）、頰はピンク色に染まるもので、そのために私はこの世に生まれてきたんだよと言ってもらうような優しさや新しさが懐かしかった。でも今、私はこうして元の生活に戻っている。家の裏庭で友達が走り回っている間、弟がひとりで泣いている姿を想像しないでは空想にふけることもできなかった。どうして？　どうして弟は私のあらゆる記憶に入り込んでくるの？　私の一番個人的な記憶、誰にも話したことのない記憶の中にも遅かれ早かれ弟は登場する。ひっきりなしにやってくる侵入者だ。自分が怖いビデオゲームで遊ぶ間、私に見ていて欲しいとか、幽霊が突然現れたらテレビの前に立って見えないようにして欲しいと頼む弟の小さい顔が現れる。

学校の友達が遊びに来て、六時間かけて三本の映画を見ることになっていたある日の午後、弟が私のテレビにプレイステーションをつないで欲しいと言うので、私は見ようと思っていたビデオカセットの一本をつかんで投げつけた。

「あんたはいっつもそうだよね。私はあんたと毎日一緒にいないといけない。毎日、毎時間、毎分、毎秒ね！　もううんざり」

「だから？」。弟は言った。「だから何？　それでもママに言われたから、僕はここで遊ぶよ」

「ママはわかってないだけ。追い出されたくなかったら、とっとと出ていきな」。そう言って私は床に座っている弟の足首をつかんだ。引きずられて廊下に出される時、弟は私の部屋のカーペットの白い毛をむしり取った。

「もう絶対に入ってくんな！」。私はそう叫びながら、目いっぱい広げられた弟の両手のひらめがけて勢いよくドアを閉めた。すぐに弟は鍵をかけたドアの下の隙間から、小さな手を無理やり入れようとした。私は履いていたスリッパを手にとって、虫を退治するみたいにその指をバンバンと叩いた。ドアの向こうで弟が泣く声が聞こえた。弟の指が私の部屋のカーペットにまた触れた。私は机から氷水の入ったグラスを持ってきて、中身を弟の指にぶちまけた。地下の部屋から階段を上がってくる母の足音が聞こえた。

私は弟を脅した。「あんたがやめるまでやめないからね」

「僕はやめない、やめないから！」と弟は繰り返した。私はドアに背を向けてドスンと音を立てて座って弟の濡れた小さな指を撫でようと手を伸ばしたが、もう見あたらなかった。足音が止まり、母が弟を抱き上げてドアをノックするのが聞こえた。

「ごめんなさいは？」

私はスリッパを手にとって自分の指をこれでもかというほど強く叩きはじめた。

「ごめんなさいって言いなさい」と母は声を強めて言った。「自殺したいならすればいい。でも弟に謝ってからにしなさい」

私は棚から辞書を取り出して、床に投げた。

「いい加減にしなさい」と母はドアを肘で叩いた。

「そ、そうだよ、マ・ママが、お・お仕置きするんだ、マ・マ・マ・マイ・ジェニー」

「いつかは」と言って私はため息をついた。「私がいなくても平気にならなくちゃ」。私は自分のあごを弟の頭の髪の毛が渦巻いているところに押し付けながら言った。「いいね？」

「なんで？」

「なんでもいいから、慣れなくちゃいけないんだよ」。一週間前、父はクリーブランドに出張にでかけた。「どうしてパパのことは恋しくならないの？」

「だって金曜日に帰ってくるから」

「だから？　私だって戻ってくるよ。なんで私がいないとだめで、パパはいいの？」。私は弟から答えを引き出そうとした。「なんで私ばかりなの？　ちゃんと説明しなかったら、ずっと質問し続けるからね」

「わからないよ、そうなんだもん」

「そしたら、聞き続けるよ。なんで私ばかりでパパのことは恋しくならないの？　なんで私ばかりでママのことは恋しくならないの？　なんで私ばかりで他の人のことは恋しくないの？」

「わからないよ、ジェニー」弟は泣いていた。私は首を振った。

「私はいい人じゃないよね？　いつか代償を払わせなくちゃいけないよ」

「わかった」。涙が弟の頬を伝った。「じゃあ持っているお金を全部ちょうだい」

「いいよ」

「そのお金でお姉ちゃんにベンツを買ってあげるね」

＊＊＊

夕食の前、私は母の口紅を自分の唇につけた。真っ赤なビルベリー色。

「ほっぺにキスさせてよ」と私は唇を尖らせながら弟に近づいて行った。

「口紅をつけてるの？」。弟は私から顔を遠ざけながら訊いた。その週にそうやってふざけるのは四度目だった。

「違うよ」と私は言って、自分の手の甲に唇を軽く押し付けた。「ね？　何もつかないでしょ」。私は弟の横にひざまずき、頬がへこむほど強くキスをした。

そのあとふたりで洗面所に手を洗いに行った時、私はそこに鏡がいくつかあるのを思い出して、中に入る前に弟の目を両手で塞いだ。「あんたは私のロボットね。操縦するのは私！」

「オーケー、ジェニー!」と弟は叫び返した。

弟が小学二年生を終えた夏のある土曜日の午後、一緒にいなければならなかった私たちは、腕を組んだまま家のありとあらゆる部屋を行ったり来たりしていた。弟はすごく小さくて背丈が私の腰あたりまでしかなかったので、腕を組みながら歩くのは難しかった。私は背中が痛くなるほど腰を落として歩かないといけなかったけれど、別にそれでよかった。私たちは円を描くように歩きながら、「わたし! たち! は! なか! よし! わたし! たち! は! なか! よし!」と地下で洗濯物を干していた父が姿を見せて、空っぽの洗濯かごを腰もとで抱えたままじっとこちらを見てくるまで唱え続けた。父は首を振って笑った。

「ふたりともおかしいよ。こっちに来てごらん。お調子者のふたりに見せたいものがあるんだ」

私たちは腕を組んだまま階段を上がり、廊下を歩く父のあとを追って私の部屋まで行った。

「あの穴が見えるかい?」と父はドアを指さしながら尋ねた。

「うん」と私たちは答えた。

父は洗濯かごを手に持ち直すと、ドアの穴にめがけて力いっぱい投げつけた。かごが通り抜けてしまうほど大きな穴だった。

「おまえが」と父は弟を指さして言った。「蹴って穴をあけたんだ。それはおまえが」と今度は私を指さして「この子を中に入れてやらなかったからだ」。父は腕を組んでいる私たちを見た。「その二分後に、走ってくるくる回りながらふたりは仲良しだって言うんだろ? おまえたちはお城の道化師にでもなったらいいよ」

私たちは少しの間何も言わなかった。それからふたりで「それで結局、パパは何が言いたいの?」と言った。そしてそのあとはずっと、腕を組んだままこう唱え続けた。「わたし! たち! は! なか! よし! パパ! は! まーぬーけー!」

弟と私が一緒に寝ることになった日、母が私の部屋にやってきた。床の上に弟がいて、私がコンピューターの前にいるのを見ると、母はすさまじい勢いで叫んだ。「寝なさい！　そうじゃなかったら、二度とお姉ちゃんの部屋で寝かせないからね」。私はそれに関して少し責任を感じた。私が「こげこげボート」を弟のために最初から最後までおならで演奏して、違う部屋にいる母が壁越しに聞こえるくらい大きな声で弟が笑わなければ、彼は怒鳴られることはなかったからだ。私は床にひざまずいて、大丈夫かと弟に訊いた。

「喉が渇いた？　おなかは？」。彼はうなずいた。「すぐに戻るね」と私は言った。「寝ないでね」。私はターキーサンドイッチとたっぷり水の入ったコップを持って戻ってきた。弟が食べている間、学校で嫌なことがあった日に家に戻るとすぐに自分の部屋に閉じこもって、録画しておいた「レイト・ナイト・ウィズ・コナン・オブライエン」の再放送を三時間見ていた時のことを思い出した。その後、何時間も弟の方から音がしないことに気づいて下の階に降りて行くと、弟がテレビから一フィートもないところで、「ベルエアのフレッシュ・プリンス」を見ながらプラスチックのアイスクリームスクーパーを使ってピーナッツバターを食べていた。その瓶の中を見た時、私は思わず「うわ」とつぶやいた。ちょうど真ん中に穴が空いていたのだ。

今でも、口からこぼれてきたものを拾うために弟の顎の下に両手を差し出したのが、弟にとって良かったのかどうか考えている。

お互いに対する不満や、どっちがどっちを傷つけたのかということを言いはじめると決まって、弟は私に殺されそうになった時のことを話した。

「僕を殺そうとしたのを覚えてる？」

「はあ？　あんたのことを殺そうとしたことなんて一度もないよ。バカげてる」。でも弟は私が殺そうとしたと断言した。下の階からピザが載ったお皿を持ってくるように弟に頼んだのに言うとおりにしなかったので、私は弟を部屋の床に安全ピンで貼り付けて動けないようにして、ナイフを喉のところまで持っていったのだ。でもそれは一度だけのことだった。

「バターナイフだったと思うよ。そんなんじゃ紙だって切れないよ」

「違うね」と弟は言い張った。「刃が鋭かった。ナイフで僕のことを殺そうとしたんだよ」。それは本当だった。弟は正しかった。あの日私はかなり頭に来ていたのだ。弟のために電子レンジでピザを温めて、きれいに十二個の四角形ができるように切ってやった。弟はかなりの偏食で、一度に嚙めてすぐに飲み込める一口サイズの食べ物しか受け付けなかったからだ。弟のために手間をかけて完璧な食事を作ってやったにもかかわらず、彼はまったく感謝しなかった。嫌がって食べなかったのだ。もし食べないなら、手つかずの食べ物を冷蔵庫の中に戻さないといけないよと私は言った。でも弟はそうすることも拒んだので、私はピザを切ったナイフをつかんで弟の顔に近づけたのだ。

「死んだ方がいいよ。時々無性にあんたを殺したくなる。今回は本当に殺《や》るかもね」

　でもそれはどれだけ私がやけくそになっているのかを示すためだった。本来であれば弟に、あんたのことは絶対に傷つけないよと言うべきだった。あんたが一生怖がらなくて済むように、頭の上にいつか落っこちてくるかもしれない枝がある木には一本残らず火をつけて、顔にパンチを見舞おうとする子供の両腕は切り取って、いつも転んでしまう通りのでこぼこは舗装して、あんたが見る悪夢の中に入っていって、あんたのことを追いかける獣を退治するよ。でもそんなことできる？　私はいつになったら気づくんだろう？　弟から守らなければいけない相手は、まさにこの私だということを。

　弟とふたりで残された午後に両親のベッドで隣合わせになって昼寝をしていると、内戦で敵同士として弟と戦う夢を見た。戦いが終わると、私は傷ついた弟のそばにひざまずいて、その体を四つに叩き切った。ちゃんとした葬儀をするかどうかは私次第だったが、二本しか手がないので、弟の体のどの部分を持って帰って埋めたらいいのか、どの部分を残したらいいのか見当がつかなかった。

大学から帰省していたある冬、暗い中外に出て家の裏の遊び場を横切って、丘へと続く細い道を辿っていった。メガネを忘れてしまったので、少しの間芝生の上に座って、青春時代を過ごした町、弟が生まれて間もなく家族で引っ越してきた町を見下ろしていた。街灯はみかんくらいの大きさに見え、ぼやけたオレンジ色をしていた。誰かに私のことを探しに来て欲しかった。私のことを心配してくれて、私について口論してくれるふたりの大人に来て欲しかった。私が知っている人たち全員と、いつか知り合いになる人たち全員に私について悩んでもらいたかったし、地球に残った最後の一本のアイスキャンディーみたいに私について考えてもらいたかった。ああでも、誰かが私を食べてしまう前に私は既にもうその一歩先を行っていて、すっかり溶けてしまっているんだった！私は誰かが地面に膝をついて、半分アスファルトで舗装された通りを曲線を描きながら流れていく私の、そう、この私、私、私の赤くて甘い水を舐めてくれたらいいのにと思った。私の存在が世界で問題にすらされなくなるんじゃないかと不安になった。私がまったく存在しない世界。もしかすると私が向かっているのは、そんな世界なのかもしれない。もしかすると私にふさわしいのは、そんな世界なのかもしれない。

幼稚園に行きはじめて一ヶ月経っても、弟はまだ自分の名前を書くことができずにいた。担任のノーティス先生は心配して帰宅する時に弟に手紙を持たせせた。

「ノーティス先生からのお知らせ《ノーティス》だよ」と私はリビングルームをスキップしながら言った。その日一番幸せな気分だった。弟は私がその紙を四つに切り裂くと笑ったが、そのうちの一つを私が自分の口に入れると、袖を引っ張ってこう言った。「死んじゃうよ」

「死なないよ」。私たちはたっぷり一時間弟の名前を書く練習をした。弟は大文字のJをノートの下の方に書き、右の端っこに小文字のoを書き続けた。

「文字っていうのは続けて書くんだよ、バカ」と私は言った。

「おしり」

「今、何て言った？」。私はびっくりして弟を見た。「何て言ったの？」

「ちんちん」

私は疲れていた。深い所から押し寄せてくるような眠気に襲われそうだった。「外に行ってボールで遊ぼうよ」。私は弟からペンを奪うと、それを放り投げた。

それから私たちはいつまでも続くような九月の熱さの中へと出ていった。私はボールを高く放り投げたが、弟も私もキャッチしなかった。弟がボールを拾って背の高い木に向かって投げると、枝と枝の間に挟まって取れなくなった。「投げるのが本当にじょうずだね。あんなに高くまでボールが届くのなんて見たことないよ」

「そうでしょ」と弟は言った。

私は弟を抱きしめて、痛がるくらい頬にキスをしたかったが、弟は成長しているとわかっていた。いつの日か嫌がって、背が低いからといって私の脚のまわりに両腕を回して抱きついてきたり、私が学校に迎えに行くと私の小指をつかんだり、髪と顔を濡らしながら私のベッドに入ってきたりしなくなるだろう。それに友達の家に行く前に、お姉ちゃんと離れるなんて辛すぎると言ったり、戻ってきてからは、ずっと会いたかったよなんて言わなくなる。それは弟が成長していたからで、私がそれよりも更に大人になっていたからだ。もしかすると、ふたりの間には距離ができるかもしれない。弟は私には理解できないような性格になるかもしれないし、お互い家族を持って、子供を持って、いつの日か「家族」について考えると、育った家族ではなくて自分たちが築いた家族のことを思うようになるのかもしれない。その時点から、私は弟のことを「あなたたちのおじさん」と呼び、弟は私のことを「おまえたちのおばさん」と呼ぶようになるので、私たちがきょうだいであることを私たちの子供たちが知るまで結構な時間がかかるはずだ。それだけでなく、子供たちは私たちがそうだったみたいに、自分が生まれる前の時間、つまり彼が私の弟で、私が彼の姉であった時間のことや、私と弟が両親の子供だった時のことはあまり考えないのだろう。

二

大学進学のために私がカリフォルニアに引っ越した年、私たちは毎週電話で話していた。弟の声は涙で聞き取りづらかった。それから電話をかけるのが隔週になり、私が二年生になる頃には、一ヶ月に最低五分くらいは電話のところにいなさいと母が弟に命じるようになった。

「私に会いたい？」。その五分間に私は訊いた。

「そうだね、だと思うよ。でも時々お姉ちゃんのことを忘れちゃう」

「私は一度も忘れたことはないよ」

「ママと話す？」

今では弟のことを知りたければ母に聞かないといけなかった。先週母は電話越しに、弟がペニー硬貨を食べたことを教えてくれた。「もう驚いたのなんのって」と母は言った。

「あの子と話させてよ」と私は言った。

「ちょっと待って。財布にお金があるか見てみないと」

「なんで？」

「パパと一緒に、あの子があなたと話したら何ドルかあげることにしたのよ」

「なんなの、それ」

五歳の時、弟は喉の奥に指を入れたら少し吐いてしまったと教えてくれた。「でもほとんど飲み込んじゃったよ」とその時は言っていた。

「そんなことをしたのは、一回だけだよね？」

「何回かやったよ」

「何回って何回？　二回？　三回？」

「五十回から六十回くらい」

「信じられない。全然わからない。自分の見た目が好きじゃないとかそういうことなの？」

「ただ指を奥に入れたらどうなるのか知りたかったんだよ」

「吐いたら摂食障害になって、死ぬんだよ」

「そんなことで死ぬの？」

「そうだよ、毎日吐いてたらね」

「いや、そうじゃなくて、指を喉の奥に入れたらってこと。指を入れてすぐ死んだらどうなるの？」

「おかしいんじゃないの？　喉に指を突っ込むのはやめなって言ってるの」

「聞いてよ」。翌日学校で私は友達に言った。「五歳の弟が摂食障害なの。ありえないよね」

　弟が小学三年生になって私が高校二年生になった時、祖父母がやってきてニューヨークで一緒に半年間暮らすことになった。祖父母は、中国から電気で虫を殺す虫取りラケットを持ってきていた。「危険！　感電死複数、可能性あり」と大きな太文字で書かれた上に、スカルと大腿骨の絵が描かれていた。

「感電死複数ってなに？」と弟は聞いた。

「ああ、それは英語の間違い。ラケットのスイッチが入っている時に触ったら、感電するよっていうこと。だから、触っちゃだめなの、わかる？」

「絶対ダメだよ」と母は弟の部屋に顔を出して言った。「絶対絶対絶対絶対絶対絶対触らないこと」

「わかった、わかった」と弟と私は答えた。「わかったから、出てってくれない？」

でも弟はそのラケットに取り憑かれていて、紙を丸めてはその先端をラケットに押し付けていた。「火花が出たよ」とあとで教えてくれた。「マジで、もうやめなって。わかった？」

でも弟はやめられず、今度は指をラケットにつけたがった。友達のハリソンは唇をラケットにつけたせいで、口に絆創膏を一ヶ月間貼ることになったと弟は言った。私たちが知っている親は全員、中国にいる両親に電話をかけて、電気ラケットを持ってくるのをやめるように忠告した。「孫の唇がなくなっちゃってもいいの？」。ある晩、台所で母が祖母にそう尋ねるのを聞いた。

「触ったよ」と弟はハリソンが唇をやけどしたのと同じ週に私に言った。

「オーマイゴッド。どうして？」

「一瞬だけね。どうなるか見たかったんだ。なんでか知らないけど、脳がもう一回触れって言うんだ。もし口をつけてみたらどうなるんだろう？」

それを聞いた私はラケットから電池を抜いて、裏庭の丸太が積まれた山の中に投げ入れた。その一年後に私は大学に通うために家を出ることになり、私が長く不在にしていた間、弟は地下に置いていたスーツケースの裏に隠してあった電気ラケットを見つけた。永久にそのラケットをどこかへやって欲しいと弟が両親に言うと、ふたりは笑い、母は私に電話をかけてきてこう言った。「あの子はまだまだ可愛いベビーね。私たちにかまってもらいたいのよ」。それに対して私は「お願い、お願いだからかまってあげて」と言った。すると母が「もちろんそうするわよ。私が放ったらかしているとでも思ってるの？」と言い、それに対して私は「なんで私が勉強しようとしている時にいつもママは電話してくるの？　ママと一分話すたびに来週の中間テストの成績が一点下がるんだよ」と言った。

弟が自分の唇を電子虫取りラケットでやけどさせようとしてから数年後、そして私が誤って弟の髪の毛をキャンドルで焼いてしまってから何年もあとになって、弟が時々キャンドルに火をともして、炎の中で人差し指を行ったり来たりさせているのを知った。更には、自分の喉までナイフを持っていって、ジリジリとそのナイフを首の後ろの髪の毛に近づけて、血が出るぎりぎりのところまで追い込んだりすることもあった。他にも、口の近くでキーチェーンを振り回して、鍵で唇をすりむいたりもしていた。「どうなるのか見てみたいだけだよ」と電話越しに弟は、何度も何度も何度も繰り返した。「ずっと考えてるんだ。鍵を飲み込んじゃったらどうなるだろうって。ナイフが肌を貫通したらどうなるんだろうって」

「橋から飛び降りたらどうなるんだろうって、あんたが悩みはじめたらどうなるんだろうね。もし弾の入った銃を頭に持っていったらどうなるんだろうって、悩みはじめたらどうなるんだろう？ どうなるんだろうって考え続けたことで、あんたが死んじゃったらどうなるんだろう？ そうしたらどうなると思う？ あんたは死ぬんだよ」と私は言った。

弟はペニー硬貨を食べてしまったあと母の職場に電話をかけて、食べてはいけないものを食べてしまっておなかの調子が変なので病院に行きたいと言った。混み合うロングアイランド・エクスプレスウェイに乗って急いで帰宅した母は、車で緊急外来まで弟を連れて行った。病院では、部分的に閉められたカーテンの後ろで、片方の目がガラスの義眼の医者が弟のお尻に指を突き刺して、「ここに何か硬いものがあるけど、それ以外は問題ない。でもいいかい？ 君は十三歳だ。子供は大概こういうことをするものだよ。ペニー硬貨やクオーター硬貨を食べてしまったり、木の幹や画鋲やハッピーミールのおもちゃを食べたりする。挙げればきりがない。でもそういうことをする子の大半は、四、五歳だ。君は十三歳だよね。もっと分別があってもいいんじゃないかい？」

「申し訳ない気持ちになったの？」。母が私と話すために二十ドルの賄賂を弟に渡したあとで、私は電話越しに聞いた。

「ううん」と弟は言った。「お医者さんに指をお尻に突き刺されても別にどうってことなかった」

「そうじゃないよ。医者にペニー硬貨を食べるほど幼くないって言われたことについて」

「僕はペニー硬貨を食べてないから」

「飲み込んだんでしょ、そういうことじゃなくてさ。医者にそういうことをするほど幼くない年齢なんだからって言われた時、変な気持ちにならなかった?」

「多分……わかんない」

「そもそもなんでペニー硬貨を食べたのよ?」

「食べてないって、飲み込んだの」

「なんだっていいよ。そういう細かいところはどうでもいいから。人の言うことを正すのはやめなよ。どうしてそもそもペニー硬貨を飲み込もうとしたの?」

「しらね」としらないを短くして弟は答えた。「ただそんな考えが浮かんだんだよ。考え続けてたんだ。ペニーを飲み込んだらどうなるかって。喉に詰まったらどうなるんだろう? ペニーが喉に詰まって死ぬのかなって。考え過ぎて眠れなかったんだ。そこで思ったんだよ。どうなるのか考える代わりに、やってみればいいんだって。僕はバカじゃない。ただ知りたかっただけなんだ」

「でも知ることなんてできないよね。それこそそんな実験をやって死んだって、知ることはできないんだよ。死んじゃうんだから。死んだ人にはわからないでしょ、だって死んでるんだから。あんた、鬱かなんかなわけ? なんでも話してみなよ。鬱っぽくなったっていいんだよ。私が助けになるから」

「ちがうよ」と弟は言った。「そういうんじゃないんだ。ただどうなるのかなって考えるのをやめられないんだよ」

「あんたの年で鬱っぽくなることも、全然ある話だよ。っていうか、私を見てみなよ。完全に人間として終わってる。まるで悪夢だよ。私が部屋に閉じこもって何もないのに泣いてばかりいたのを覚えてるでしょ?」

「そうね。あなたはかなり難しい子だったわ」と電話口で母が言った。「いい? あの子はゲームをしに行っちゃった。約束の五分が過ぎたからって」

「もっとお金をあげたら？」

「今は無理。あの子にはやらなくちゃいけないことがたくさんあるの」

「今、ゲームをしに行ったって言ったじゃない」

「夕飯には何を食べるの？　何か美味しいもの？」

「知らない」と私は不機嫌に答えた。「ペニーのガーリック炒めかもね」


両親がグレン・コーブに家を買った時、弟は三歳で、私は十二歳だった。人が教科書で学ぶようなことを私たちはうまくやってのけ、社会的にも経済的にも格上げされた。住人の大半が労働者階級のプエルトリコ人と韓国人というクイーンズから、住人の大半が上流中産階級の白人というロングアイランドにある名の知れた地域（そこはJ・P・モルガンにちなんだ名前が付けられていた。J・P・モルガンは、父が一日に十二時間身を粉にして働いて尽くした大物で、この人のせいで私たちは父に会うことができなかった）へ引っ越した。どこに行っても使われていない空間があった。人間がふたりいても、やむをえずに触れてしまったり至近距離で息をしなくてもいいという余裕が感じられた。沈黙があり、踏みつけられることのない芝生があり、木にかかった蜘蛛の巣は取り払われることなく自然のまま残されていた。十二歳から十七歳の間、私は平日の午後に家に帰ってくるのが家族の中で一番早く、弟が帰宅するまでの四十五分間を、ひとりきりで過ごした。母が帰宅するまで――この家で起きたことを全部隠してしまわなければならなくなるまで――は五時間あったし、父が帰ってきて私たちの様子を見にくるまでは八時間か九時間、あるいは十時間あった。私と弟は父に会うこと以外のその日にやらないといけないことを全部済ませた状態で、パジャマ姿で父のことを待っていた。たまにわがままな気分の時はベッドの中で寝たふりをして、その日の最後に父と過ごす五分程度の時間をわざと避けることもあった。そんなふうにしたって、もっと父のことが理解できるようになるわけでもなかった。それでも、父がどんな人物なのかを知らずに過ごす日がこれまで蓄積された日々にもう一日分付け足されるのは測りしれないくらい大きなことで、おとぎ話に出てくる石臼のように重く私にのしかかった。ある意味で、私たちはおとぎ話の中にいたように思う。誰もいない家で弟と私はふたりきりだったし、私はいつも、パパとママがひどい自動車事故に遭って、榴散弾《りゅうさんだん》で吹き飛ばされたみたいに破片まみれで傷だらけになって死んでいるのを発見した警察官からたった今電話があったという話を弟に信じ込ませようとしていた。

「あんたと私だけになっちゃったね」。私はよく弟に言った。「誰が私たちの面倒をみるんだろう?」

「おばさんやおじさん」と弟はしゃくりあげながら言った。「中国に行って、おばあちゃんやおじいちゃんと一緒に暮らすんだ」

「それは無理だよ。ふたりは私たちのことは引き取れないって言ってたから。遺書に書いてあるんだよ、ママとパパが死んだら私たちだけになるって」

私たちはもう既にふたりきりだった。もう既に大抵の時間をふたりきりで過ごしていた。私たちの家は段差のある階層構造の家で、各階に窓があり、台所には小さなベランダに通じるスライド式のフレンチドアがあって、リビングには二つの天窓と壁一面に広がる窓があり、家族だんらんの部屋には窓が四つあって、それぞれの寝室には二つずつ窓があった。全てのブラインドをしっかりと下ろしてカーテンは全部閉めておくようにと言われていた。「そうすれば、誰も家にあなたたちしかいないってわからないでしょ」と母は説明した。でも時々、私はブラインドを上げてカーテンを開けて外からの光を取り込んだ。私たちが見られたらどうなるっていうの? 私たちの秘密がばれたらどうなるの? 私が家でケーキを食べたり、コーヒーを飲んだり、レンジで冷凍ピザを温めたり、弟のためにそれを一口サイズに切っているところを見られるかどうかなんて気にする必要があったの? 弟がむかつくからというだけで、防衛にはちっとも役に立たないプラスチックのバットしか持っていない弟の額に向けて、暖炉の火かき棒を私が振り上げているところを人に見られてはいけなかったのは、なぜ？　なんで誰も私たちがそんなことをしているのを偶然見てしまったり、仲裁しに来たりしなかったんだろう？

私は子供の時よりは、ひどい人間ではない。

「もし人に見られたら、連れて行かれちゃうの？」と弟は両親に尋ねた。

「そうだよ」と母は答えた。

「ジェニー、お願い」またしても両親が車の事故で死んだという話をしていたある午後、弟はブラインドを開けようとする私の腕を引っ張りながら、お願いだからやめてと懇願した。「誰にも見られちゃだめなんだよ」

「あんた、バカなんじゃないの」と私は言った。「みんなもう知ってるよ」

三

今週、私は家に帰ってきた。カリフォルニアに戻る前に家族を訪ねたのだ。玄関を入ったとたん、昔の自分を思い出す。いつも落ち着かず、不機嫌で、孤独で、怒りに満ちていた。自分の部屋のクローゼットを整理していると、時々弟にも使わせていた、高校時代の古いノートパソコンを見つけた。関わりたくないのに、私の周りにいたがった弟をあしらうために、ノートパソコンを渡すことがあった。ゲームは一つもインストールされていなかった。弟はたいてい、マイクロソフト・ペイントを使って絵を描いて私に見せようとしていたが、私はいつも「あとにして。時間がある時にね」とあしらっていた。大学進学のために私が家を出ると、弟はそのノートパソコンを何回か使って学校に提出するための詩を書いた。そのうちの一つは私についての詩で、電話の向こうで弟はその詩を大声で読み上げた。

僕にはお姉ちゃんがいる
重い鉄の何かを持って追いかけてきたことがある
僕は黄色のプラスチックのバットを見つけた
　そして勇気を出して戦った！

「それで、詩のコンテストでは優勝したの？」

「ううん、ホロコーストを生き延びたおばあちゃんについて書いた子が優勝した」

「嘘くさいね」と私は言った。

「そんなんじゃないよ」

　私はもう一度その詩を見て、それから他のファイルに目を通した。その中には「泥の戦い」という茶色の泥の上にマゼンタとライムグリーンと緑がかった青色で描かれた棒線画があった。もう一つの「パワーレイン」という名前の付いたファイルは随分前に見た記憶があったが、一度も開けたことはなかった。前に少しだけ「パワーレイン」とは一体何なのかと考えたことがあった。巨大な雨粒のことで、それぞれの粒の中には戦う準備が整った武装兵がいて、地球を震動させようとしたりして？

　ファイルを開くと、そのファイルの名前は実は「パワーレインジャー」だということがわかった。目に酸っぱい涙《サワー・ティアーズ》が溢れて口じゅうに流れていく。私は気まずくなって、自分のために泣くなんてバカみたいだと思う。恥ずかしさを感じたり、後悔したり、あまりにも早く幼少期が過ぎてしまったことを思って泣いたりするなんて。もっとうまく振る舞えればよかったのに。もっと辛抱強くて、「パワーレンジャー」の正しい綴りを教えてあげられるような親切な姉になれれば良かったのに。過去を引きずることが、私らしくないことであればいいのに。

　家に数日間いる時はいつも、こんなふうに絶望的な気持ちになる。この家から出ていくことを夢見ながら何日もの午後を過ごし、家族から離れることができて間違いを犯せるという自由を獲得できたら、自分は一体どんな人になりたいのだろうと空想しながら何回も夜更けを迎えた場所に戻ってきたことがそうさせるのだ。自由に対する自分の幼稚な考えが蔓延《はびこ》っている空間に戻ってくるのは不思議だ。日記にもいたずら書きにも怒りで頭から湯気を上げながら、ここから出ていって本当の人生を歩みはじめるまでの日々をカウントダウンして何時間も座っていた部屋の隅にまで、そうした考えが染み渡っている。でも今となっては、自分の力で今とは違う誰かになろうとすることはもはや夢に見るようなことではなく、絶えずつきまとう現実だ。それに、家族の面倒を見る責任を負わされていると信じ込んでいたものの、それは事実と反していて、最初からずっと私や弟のことを見守っていたのは両親で、私の責任感はずっと取るに足らなくてつかみどころのないものだった。今や私はひとりで、私のことを愛し過ぎているといって両親を恨み、私のことを必要とし過ぎているといって弟を恨んだ日々は、「娘」とか「姉」以外の何か別のアイデンティティーを見つけたいという展望にかき乱された気持ちに置き換えられている。結局はこれだって、恐ろしいことなのだ。こうしたこと全部は、恐ろしいことだ。他の誰かになるというのは恐ろしい。家に帰りたくて仕方がないけれど、今では家に帰るといつも客人として過ごすことになる。家に帰ることは心の重圧となり、ティーンだった自分に逆戻りさせる。でも今ではみんなに放っておいて欲しいと言う代わりに、「お願いだからもう少しいてよ」と言ってもらいたい。また、私だ。私、私、私、私、私、私。

ノックをせずにいきなり部屋に入ると、弟はパソコンでゲームをやっていた。すごく集中していて、彼が座っている回転する椅子をデスクから引き離しても私の方を向かせることはできなかった。

「やめてよ」と弟は言った。「なんなわけ？　動物かなんかなの？」

「私があんたの髪の毛を燃やして、ポップコーンみたいな匂いがしたことを覚えてる？」

「うん、それで？」と弟は言う。「なんでいつもその話をするの？」

「面白いから」

「小さい頃にはよくあることだろ」

「すごい大人になったよね」と私は言う。「パパよりも背が高くなるね」

「次はノックしてよ」と弟は言う。「いつもいきなり入ってくるんだから」

「でもあんただって小さい時、しょっちゅうそうしてたじゃない。何回もそうさせてあげたんだから、私に借りがあるはずでしょ？」

「その時はその時だろ」

「今だって、いつかは〝その時〟になるんだよ」

「意味がわからない」

「それは意味ってものが作るものではなくて、学んで習得するものだからだよ」

「ねえ、マジで出てってよ」


夜になってみんなが寝てしまうと、私は弟が小さかった時によく私の部屋にやって来たように、弟の部屋に忍び込む。弟のことを恋しく思った夜があった。弟に一緒のベッドでは寝たくないと言い続け、あんたは自分のベッドで連続して何日もひとりで寝ることを学ばないといけないと言いたてて、そのあとで自分の家の庭からどかしたくて仕方のない車輪がついた台の上の銅像みたいに弟を部屋から押し出して、ひとりで夜遅くまで起きていた夜があった。自分史上最高にロマンチックな気分になろうと夜ふかしをしていた夜。自分の部屋の鏡で自分の姿を見つめた夜。自分とたわむれた夜。自分を誘惑してみた夜。自分の言った冗談に笑った夜。この家を出ていったら築けると夢見ていた友人関係を演じてみた夜。そうした夜に突然弟が恋しくなる瞬間があって、あまりにも恋しくて肉体的に耐えられなくなると、弟の部屋に忍び込んで寝ている弟を見たものだった。彼の小さな胸や顔や膝は、ベッドから転がり落ちないように両親が取り付けたメッシュの囲いに押し付けられていた。弟はどんな場所でも真ん中で寝るのを嫌がって、いつも何かしらの仕切りや壁にくっついて寝ていた。

私は弟の隣にひざまずくと、やわらかい頬にキスをしたり、濡れると天使みたいに見えて濃くなる長いくるっとしたまつげに触れたりした。そしてまるですべてはそこからはじまったみたいな頭の真ん中の小さな渦巻から髪をすくって撫でた。弟の指を自分の小指に巻きつけたりもした。弟が起きないとわかっているのに、私は起きてと言い、一緒にいてと言った。そして弟のまぶたを裏返して白目にした。「私のことが見える？」。弟の耳もとで両手を大きく鳴らした。時々、弟がマリオネットで私が腹話術師になったみたいに弟の体を引きあげようとしたりもした。そんなことをされても、弟はただただ眠り続けていた。何度かベッドから完全に弟を引きずり出して、ふらふらする足のまままっすぐに立たせようとしたこともあったが、彼は寝たままだった。それでも起きないので、私は弟の肩をつかんで腕を頭の上の方へと引っ張り上げて、そのまま脚の横に落ちるように挙手跳躍運動みたいな動きをさせた。その間、弟は数回目を開けたが、その時ですら翌日には私を見たことを覚えていなかった。弟を起こすのは不可能だった。

私が進学のために家を出てから何年間も、弟はひとりで寝るのを怖がっていた。最初の数ヶ月は私のベッドで寝ていたけれど、母がシーツと枕を洗わせてくれと言い続けたので、弟は私のベッドで寝ても安心感を得られなくなった。その後は少しの間、両親のベッドで寝ていた。そして両親と一緒に寝るような歳でもないけれどまだひとりで寝るのは怖いという年齢になると、両親はツインサイズのマットレスを自分たちのベッドの横の床に隠すように置いた。その位置に置けば、誰かが両親の寝室を覗いてもそこにマットレスがあるのは見えないからだ。

「床の上に寝るわけだから、落ちることもないしね！　今の所いい感じだよ」と母は言った。

「ママはいつまでもあの子にベビーでいて欲しいんだから」。弟が中学生になると、私はそう母を責めた。「いつだってママは家にベビーを置いておきたいんだよ。ベビーがいなくなったら、自分が誰なのかわからなくなっちゃうんじゃないの？」

「あんたは」と母は言った。「何もわかってない」

　去年、私は父がそのマットレスをガレージに持っていって、プラスチック製のカバーをかけるのを手伝った。

「泣いてるの?」。そう言って私は母の方を見たけれど、すぐに目を反《そ》らした。

「そこに置きっぱなしにしておけばよかったのに」と母は父に言った。「そこで寝たいかどうかはあの子が決めることだよ。でも今は選ぶことすらできないじゃないの」

　距離を取ろうとしても、どうしても母の涙に巻きこまれてしまった。私も弟に大きくなって欲しくなかった。ちょうど九年前に母が私に成長して欲しくないと思ったのと同じように。私は母と同じだった。私の痛みを育めば、あらゆる変化を食い止められるのではないかと考えていた母と。私が家を出る前の夏、私の部屋のドアのところで母の潤んだ目を何回ともなく見たが、既に動き出してしまったこと——三十歳になるのを待たずに私が家を出ること——は止められなかった。

　弟は来年高校生になる。私が高校生の時はまだ子供だった弟がいて、寒いと言って私の脚に絡みついたまま家の中を歩き回っていた。暑いと天井のファンに近づこうとして私の肩で肩車をして、私のことが恋しくなると私のベッドで寝ていた。いつもそうだった。私は弟のベッドのそばでひざまずいて、頬にキスをする。もはや何年も前の記憶にあるような柔らかい頬ではない。今では骨ばっていて、あちらこちらにニキビがある。まるで弟が王様で私が召使いになったみたいに、弟の手を持ち上げてキスをしてから自分の胸のあたりまで持っていって、少しそのままにしてこう言う。

「心から思うよ」。私はすぐには弟の手を離さない。「私のことを忘れないで」と彼に言う。弟はわずかに動き、私は初めてこう思う。なんで弟が私のことやこうしたことを全部覚えているのがこれほど大切なのだろう? 「それか、忘れちゃっていいよ」と私は付け加えて、弟の手を毛布の下へと戻す。「それか少しだけ忘れて。そうじゃなかったら、私のことは覚えていて。もう何でもいいや、あんたの人生だもんね」

次に電話する時間のために、私は弟の机の上に二十ドルを置く。また家族で一緒に暮らせたらいいのにと思う。でも私は一週間後にはこの家からいなくなる。ひょっとすると弟は母に、自分が見た夢の話をするかもしれない。頬のあたりにまとわりつく巨大なハチを手で払っていると、ついにそのハチがまっすぐ向かってきて、どんなに頭をかわしたり振ったりしてみてもまとわりついて、とうとう刺されてしまう夢。でもそれは一瞬やさしい息がかかったような感じで、全然嫌ではなかった。それから、次の夢へと続いていったのだと。

私の恐怖の日々

本当にみんな、まあ少なくとも小学校の時に一度でも私になったことのある人は全員、引っ付き虫で厄介者でいつまでもいなくならないぶよで、もしできるなら、叶えてくれるなら、あなたの大動脈の中に入れてくださいと神様にお願いしてしまうほどやばいストーカーがどんなものかわかるだろう。あなたを感染させるためなら手段を選ばず、あなたが諦めてゆっくりと進行する耐え難い病に身を委ねるまで、ふたりの別々の人間が——ひとりは宿主（あなた）で、ひとりは寄生虫（彼女）——これ以上にないほど嫌な感じに複雑に絡み合うまで、あなたの体のありとあらゆる抵抗力を潰滅していく。そのために一日一日あなた（宿主）はどんどん死に向かって引きずられていき、彼女（寄生虫）はあなたの血と肉で体を膨らませてますます栄光に近づいていく！！！　私が一体何を話しているのかわからなければ、誰もあなたにそこまで寄生しようとしていないことをラッキーだと思った方がいい。それに引き換え私は……？　私は周りに溶け込んだり、気づかれないようにしたり、誰かの餌食にならないようにするにはあまりにも手の施しようがないし、あまりにも美味しくて生気があり余っている。私にとってその人物とは——私の健康を損ない、まさにその存在自体が私を貶める人……象牙を必死で追い求める密猟者や、かわいそうな小うさぎに今にも飛びかかろうとする飢えたオオカミみたいに私のあとを追いかける女の子……不治のがん……殺気立ったオオカミ……欲にまみれた無慈悲な密猟者——はファンピン・シェイだった。

朝に「忠誠の誓い」を唱える間、私は目の隅から彼女のことをよく盗み見ていた。私は言われた通りにみんなで「本当は違うのにアメリカの素晴らしさと寛大さを証明するための、あるいは別の言い方をすると本当は汚いアメリカの金玉を舐めるための宣誓」を朗唱する間、右手をぼんやりと胸に押し付けていた。でもファンピンは違った。彼女はいつも何かを受けるように胸の下に手を軽く添えていた。その左胸は、九歳になる頃には既に触るのに十分なほどしっかりとしたものに成長していた。

彼女はエイリアンみたいだった（でもよく考えてみると、私もエイリアンで、そのことはどんな書類にも記載されていて、必ずチェックを入れないといけない項目だった。外国人《エイリアン》には譲渡できない権利があるのだろうか？　私たちに自由と正義は与えられていたのだろうか？）。本物のエイリアンなのかそうでないのかはわからないけれど、ファンピンは私たちよりもずっと長く体の中にいたように体を動かした。あらゆる罵り言葉を知っているだけでなく、そうした言葉を正確に使う方法を知っていた。そして「ノー」という返事を受け入れることを知らないタイプの人間で、「ノー」にはまだ「イエス」という意味が含まれていると考えていた。公平のために言うと、私もそうだった。でも彼女に関してはそれだけにとどまらず、「無理」、「出てってよ」、「喋らないでくれる？」、「絶対無理」、「ごみ袋から漏れてきた液体みたいな匂いがする。あっち行けよ」、「だめだめ、絶対にだめ」、「いいから黙れ」、「あのね、あんたなんて大っきらい」という言葉にも「イエス」という意味が隠れていると思い込んでいた。彼女を止めるものは何もなかった。とりわけ私には止められなかった。彼女は私のことを親友だと思っていたけれど、私は彼女のことを人生における最低な悪夢だと思っていた。休み時間になると、彼女は私と一緒にやることを次々に思いついて、ネタ切れになんて決してならないようだった。

「マンディー、ズボンをぬいでお尻を出したまま滑り台で遊ぼうよ！」
「え……私はいいよ」
「ママが台湾から買ってきてくれたペンで、どっちが先に相手の目を突けるかやってみようよ」

「自分の目を突ついたらいいよ、私はいいから」

「じっとしててくれない？　あんたのおでこめがけて回し蹴りの練習をするから」

「ええと……そうしたらできるだけ離れとくね」


私は誰かが間に入ってきて、ファンピンの関心が私から離れていきますようにと祈っていた。四年生の初めに、より外向的な子供たちが彼女をからかおうとしたことがあって、祈りが叶ったと思ったけれど、彼女は人一倍侮辱をかわす才能に長《た》けていた。

私たちの学年の中で誰よりも美しい巻毛をしたナタリア・ディアスは、「ファンピンは扇子《ファン》と髪留《ピン》めが好き！」と言った（ファンピンを動揺させるにはあまりにも単純でバカ過ぎた）。クラスのお調子者ミンホ・ソは「ファンピン、『手で受けます』って書いてみろよ。きっと書けないと思うけど」と言った（ファンピンは彼の股を指さして「やめとく。でもあんたおしっこ漏らしてるよ」と言った）。ジェイソン・ラムはえびみたいに小柄だが、いつも最初に前に出ていくので、彼のことを小さいと非難する人はいなかった。彼は「見てよ、ファンピン！　ボーイズ・Ⅱ・メンがそこを通ったよ」と言った（ファンピンは彼の腕にパンチを食らわせ、「私がホモみたいに見えるってこと？」と言った）。

ヤスミン・ウィリアムズはたくさんの友達を引き連れて「ファンピンはお・と・こ。ファンピンはお・と・こ」と歌った（ファンピンは侮辱的な歌を歌う子たちのところへ行って、腕をさっと一振りするだけで全員をノックアウトした）。

別の時には、ベトナム系の子供たちがファンピンのところにやって来て「うえええええ。おまえ、女に触るのが好きなんだろ」と言った（ファンピンは両方の拳を振り上げて「違うね。でもあんたを触るのは好きだよ。触るって言ってもパンチでだけどね」と言った）。

こんなことがしばらく続いたが、そのうちみんなは諦めて、彼らの関心は彼女よりもいじめやすい標的へと移っていった。私に関して言えば、そんなことをやろうとすら思わなかった。一つには、クラスの他の子たちとは違って、私は学校の外でもファンピンと関わらないといけなかったからで、もう一つの理由としては、他の子たちの前で彼女と話すのは避けるようにしていたからだ。私は二年前に英語を学びはじめたばかりで、一年でかなり上達はしたものの、まだうまく発音できない言葉があった。時々、自分の正体を現すかのように言葉を変化させて、外国人《エイリアン》の魂や、新米の移民──どんな文章でも最後に「でっしょう?」という言葉を付けて言ってしまう肛門に糞をつけっぱなしの身分の卑しい移民──という素性を露呈していた。ミンヒってすごく可愛い、でっしょう? ケイズの韓国のり巻きはジュンのママが作るのよりもすっごく美味しい、でっしょう?

　私は自分がどんなふうに人に見られているのか、見られている時に誰と一緒にいるのか、他の人にどれくらい最低な生き物だと思われているのかを気にしていた。そうした恐怖に私は傷ついていたけれど、その傷は両親には見えなかった。私は両親と一度だって競い合うことはできなかった。ふたりはいつでも私の百倍心配していたし恐れていて忙しかったからだ。この地域で私を育てて、リスクが高いとみなされて教育委員会によって四年生に性教育前の性教育を施すことを強制された小学校に通わせることをふたりは心配していた。あらゆる噂を聞いては私に話して聞かせた。特に成績がオールAだったのにヤク中へと転落していくかわいそうな女の子にまつわる噂をよく聞きつけてきた。その子は両親からお金をくすね、その場しのぎのために体を売って刑務所を出たり入ったりして、どこかのヤク中の子供を妊娠して、そのヤク中はHIV陽性で、ついにはどこかの貧民街でドラッグのやり過ぎで泡だった血をごぼごぼと吹き出して糞だらけになって、まだ生まれてもいない何の罪もない彼女の赤ちゃんを不確かな運命に晒してしまうのだと。こうした話はいつも、思いがけない惨事が起きたり、排水溝へ流れていく大量の血や、一番澄んだ目をしている女の子をなぜか言いなりにできて弱みにつけこんで他人を利用するプレデターみたいな年上の男が登場したりして、かなり飛躍していたし、またそういう話をする時、両親は何度も「アメリカの問題」という言葉を使った。それは両親の話を聞く限り、自分の子供をちっとも愛さず、それを自覚しているのに子供を育てると言って子供を産み続け、何世代にもわたって一度も愛されたことがない子供や、今現在も愛されていない子供や、これからも愛されることがない子供を世の中に産み出しているという心がひどくかき乱されるようなアメリカ人の親たちの実態と関連していた。

「なんでこんなことをさせるんだろう?」。ある夜、私がクラスで行く遠足のために必要なプリントを署名してもらうために持っていくと(署名してもらえば、アメリカ自然史博物館で一日過ごすことができた)母はそう尋ねた。「なんで学校で学ぶっていう子供たちの権利を譲渡したいんだろうね?」。私たちは家では中国語で話していた。誰がどれだけ頻繁にひどい英語の間違いを犯しているか誰も知らなかったし、家族の恥とは何かをわかっている人もいなかった。

「担任の先生が言ってたよ……」。私はそう言いかけて一旦躊躇し、それからある英語の言い回しを使ってこう言った。「それは学びに必要な構成要素だって」

「こう? よう? 何だって?」と母が言った。

「学校で算数や理科を勉強するのと同じくらい重要だって言ってるんだ」と父が説明した。「とにかく、その一日は学校で過ごさなくてもいいっていうことに署名させようとしているみたいだね」

母はまだ満足していなかった。「なんであの人たちは、愛することもない子供を作るんだろうね?」

時折、私は両親の答えを必要としない問いかけを挑戦のように受けとめて、何とか答えようとした。「あまりにも多くの親がヤク中だからじゃない?」と言おうとして、中国語で「ヤク中」と言ったとたん、すぐにふたりはひどく興奮した様子で、どうしておまえは薬物濫用について知っているのか、極悪非道なドラッグの親玉の隠れ家に呼び込まれでもしたからではないか、バカな女の子にドラッグをやってみないかと誘われてついやってしまったからではないか、医者に追加の予防接種が必要だと言われてもたじろがなくなったのはそのせいなのかと訊いてきた。ヘロインが入った注射針を静脈に打ちまくってたからじゃないのか？　毎朝アニメの「ルーニー・テューンズ」を見ながら前のめりの姿勢になっていたのは、コカインが切れたせいで体が臓器不全になって身体機能が停止したからなの？　新しい洋服を欲しがったのは、どこかの不良に味見しがいのあるチビと呼ばれて、近いうちにその男の車まで来るようにって言われたから？　去年私たちが住む地区で三三四件の殺人事件があったのを知ってるの？　年が代わるまであと一ヶ月あるから、もしかすると三四五件になるかもしれないってわかってる？　クイーンズで殺される三四五人目になりたいの？　そうなの？　そうなの？

違う、と私は言って、違う、ともう一度言い、違う、ともう一回言い、その他のありとあらゆる質問に違うと答えた。違う、と私は言い、違う、そうじゃない、と繰り返した。両親の質問攻めが終わる頃には、クタクタで答えられなくなっていた。でもその姿を見たふたりは、私が何かを隠している証拠だと思った。そこまでひどいとは思わなかった。私が生き延びられるかどうかについて両親がやきもきすればするほど、自分がこうして生きているのは奇跡のように感じられた。ドラッグに溺れたり、妊娠したり、ポン引きやギャングに誘惑されるのを何とか避けられたとしても、両親とは折り合いをつけなければいけなかったし、ふたりが抱えている消えることのない不安や恐怖によって、私は恐ろしいと言われていることを実際に恐れることができなくなっていた。私の時間は、ふたりは決して恐れることをやめないのではないかという恐怖に占められていたからだ。

私は二年生の途中で、数年前にアメリカに移住した両親と一緒に暮らすために、中国の上海からクイーンズのフラッシングへと移り住んだ。飛行機の中で私の身柄は、それまで一度も会ったことがなかったのに、私が生まれた時にその場にいたと断言する〝家族ぐるみの友人〟の管理下に置かれていた。そんなことを言われても、自分が生まれた時のことなんて誰も覚えていないのだから言い返せなかった。誰にも反証されることのない完璧な嘘だ。私は動揺して恐怖に怯えていた。飛行機に乗っている間、何度か通路の床に横たわった状態で目を覚ますと、みんながこっちを見ていて、どうして自分がそこにいるのかわからなかった。みじめな気持ちになったが、そうかと思っていたらアメリカに到着した。

　たちまち父は、私をアメリカに呼び寄せるために必要な公的財政支援を受けるために、アメリカ領事館で待ち続けた日々のことを後悔しはじめた。そして注射痕がないか私の両腕を調べて、高血圧の兆候がないか自宅用の血圧測定器で測った。高血圧は薬物中毒の一番の兆候だと、最近読んだ文学作品に書かれていたからだ。

　母は私のヴァギナを数週間ごとにチェックして、騙されて年上の男に乱交パーティーに連れて行かれてはいないか、もしくはその兆候がないかを確認した。レイプ魔やドラッグ中毒がうじゃうじゃいて、無料のクリニックにいるイカれた看護師が、患者の目の形が気に食わないとか鼻にずり落ちてた眼鏡が気に入らないとか、顔はアイスホッケーのリンクみたいに平坦なのに頭が後ろに突き出しているのが好きじゃないからと言って、麻疹《はしか》ワクチンの代わりにＨＩＶの血液が入った薬を与えるのがアメリカだ。

「バカなことをするなよ」と父はよく中国語で私に言った。

「バカなことって？」と私は尋ねた。

「自殺するとか」

「ああ、うん」

「ああいう子たちには自殺願望があるんだ。いつだって死にたがるのは、生きる権利を持って生まれた者だよ。あいつらは余儀なく苦しんだことなんて一度もないから自ら苦しみを求めるんだ。間違った集団の中に混じってしまうのは本当に簡単だってわかってるか？　人生を棒に振るのがどれだけ簡単なことかわかるか？　最初は自殺だって面白そうに見えてしまうんだってことがわかるか？」

　私は激しく首をたてに振った。わかってる。全部わかってる。父からも母からも千回聞いた。

「セックスに飢えたヤク中になる方法を娘に教えようとしてるの？」と母は父に上海語で尋ねた。

「娘に手取り足取りやり方を教えてるわけ？」

「そんなわけないだろ」

私が知るべきではない事柄に関して私の前で議論する時、母と父はお互いに上海の方言で話した。かなり長い間、ふたりは私には理解できていないはずだと信じ込んでいた。みんなで上海に住んでいた頃は、誰も上海語を使って話さなかったからだ。父の家族は山東省出身で、母の家族は温州の出身だった。母方の祖母家を訪ねた時はいつも、温州の方言特有の風変わりなイントネーションが聞こえてきたのを覚えている。心から愛し合っている人たちが口論しているみたいな響きだった。父方の祖父母は上海語のアクセントが強い中国語を話し、ウォー・メンをザー・メンと言い、リュ一をルーと発音した。私も同じように話しはじめるとみんなが笑って、農家の小さな女の子みたいな話し方をするねと言うので、私は「それなら私たちはみんな農家だね！」と言った。家族三人で庭を見渡す小さな日の当たる部屋に住んでいた上海の祖母の家では、山東省の言葉が至る所で話されていた。私たちのベッドはあまりにも小さくて狭く、母や父は横向きで寝なければならなかった。朝になるとふたりはいつも、私がふたりの間で寝たふりをしている間、話をするために私の方を向いていた。でもたまに重ねられたタコスの皮みたいに三人全員が同じ方向を向いていたこともあった。両親はそうした日々のことを私が忘れてしまったか、そもそも知らないと思っていた。

それは私が私でいるための秘密だった。言葉を発しなければ何も知らないと思われ、何も知らないと思われると人は目の前で何でも話すようになるので、結局何でも聞くことになった。私はいろいろなことを知っていたけれど、バカだと思われていた。心の中で思っていることとはまったく違うことを口にした。両親は私のことを、お菓子をくれるからといっていやらしい目をした変な男が大勢乗った人目につかない所に停められた車に乗り込んでいくような人間のように話した。教師は私のことを塗り絵の線をはみ出して色を塗り、黄色と赤のおはじきを使わないと２＋２の計算ができない人間のように話した。

「妻よ」と父はよく上海語で言った。「もし自分の好きなようにしていいなら、あの子たちとその親を満州に送って十年間強制労働させてやりたいね。ズボンをずり下ろして、シャツを半分開けたままで走り回るのが好きなんだよ、あいつらは」

「本当よね」と母は言った。「そのとおりだわ」

　何があっても、両親は最終的にはいつもお互いの意見に同意していた。それを見ると私は、ふたりが愛し合っている小さなしるしだと思ったし、ずっとそうであって欲しいと願っていたけれど、いつも長くは続かなかった。ふたりは数週間に一回は同じようなことで癇癪を起こしていた。母は父をイライラさせ、父は母をがっかりさせ、数え切れないほど見込み違いがあった。そして当然の結果として未来が台無しになったと言ってお互いを責めた。どちらのせいだと言い合うことは何の解決にもならなかった。なんできちんとした教育を上海で受けなかったの？　なんで大学を卒業するのにあんなに時間がかかったの？　なんで強いアクセントのある英語を話すことが不利になるとわかっていたのに、いろいろある中から英文学で博士号を取ることにしたの？　なんであと数年やり続けなかったの？　そうすれば少なくともアメリカにやってきた目的でもある学位を手に入れて、上海の家族に途方も無い負け犬だと思われずに済んだのに。母は父が何かを叩きつけたりしてものが壊れるまで、こういう質問を何度も繰り返した。そしてそれに対して今度は父が、おまえはどういうつもりなんだ、自分たちはどこの出身だと思っているのかと母を問い詰めた。何年も学校が閉鎖しないようなどこか別の世界で育ったのか？　民衆煽動家による大量虐殺という腐りきった思いつきの被害を被らないようなどこか別の国に住んでいたのか？　選択の余地があった人が、ひとりでもいたか？　中国に残って学校を卒業したら誘われた政府の仕事に就こうと思っていると言った時に、癇癪を起こしたのはおまえじゃなかったか？　アメリカに行ってニューヨーク大学で博士号を目指す方がよっぽど良いと考えられないのは、手術をして脳みそを直腸と取り替えた人くらいだと言い張ったのは、おまえじゃなかったのか？　あんたの夢は小さすぎると際限なく文句を言っていたのは、おまえじゃなかったか？　みんなはアメリカに行って成功してるんだから私たちにもできるはずだって言ったのは、おまえじゃなかったか？　おまえが上海にいた時みたいに、みんながみんな保護という繭の中で暮らしているわけじゃないんだ、と父は母に暴言を吐いた。みんながみんなおまえみたいに夢が持てると思っていたわけじゃない。

日付が変わるまでふたりは口論を続けた。目を覚ますと私は、母が国連の通訳になれたはずだったのにと言って泣くのを聞いた父が笑いながら、「清掃員としてだって雇われないよ」とバカにしたのは全部夢だったのではないかと思った。最終的に父が母の顔を叩くか、腕を強くつかまれた母が頭がおかしくなったみたいに笑い出すかするまで、ふたりは交互に侮辱し合った。やりなさいよ、と母は言った。私の腕を折ればいい。何かを達成してみなさいよ。あんたが思ってる「男」とやらになってみなさいよ。

毎晩そんな感じで、とても見ていられなかった。ふたりは私に聞こえないようにしたり、私を守ろうともしなかった。だから毎晩、聞かないわけにはいかない叫びがまた一つ増え、最後にはものが打ち砕かれる音で聞こえなくなる狂ったような笑い声がまた一つ増え、知らないでいることができない口論がまた一つ増えた。私には私の問題があったし、恐怖があった。唯一の支えは、恐れているものの中のいくつかについて両親に話した時に、貧乏ゆすりをしている姿を私の心に焼き付けたりすることなく、ふたりが話を聞いて、抱きしめ、なでてくれたことだった。安心できるような言葉を言って欲しかったし、落ち着いた気持ちになりたかった。でもそんなふうになることはほとんどなかったので、私は両親の代わりに神様に頼むようになった。毎晩寝る前にベッドの中で天井を見ながら祈った。

親愛なる神様。ぶっさいくな頬骨があって、臭くて、言葉をちゃんと発音できないクラスの韓国人の女の子たちみたいに私が絶対に絶対にならないようにしてください。昨日ミンヒが『テラビシアにかける橋』を朗読する時、全部の言葉を正しく言おうとすごい頑張っていて、唇の端に泡が少し吹き出していたから、頑張ってるってことがすぐわかったんですが、気持ち悪かったし、あとになって代理の先生に「ひどい朗読ですね。一年生に逆戻りしたの？　誰か文章を読める人はいないんですか？　明らかに歯がたたないのにこの本を課題図書にするなんて、教育委員会は何を考えてるんだろう。オーマイゴッド。こんなことでどうやって三年生を終えたんですか？　こんなレベルで、州で行われる英語テストに本当に合格したの？　信じられない。最低記録ですよ、みなさん。下の下の話です」と言われても、泣きそうに見えないよう振る舞っていたけど、その先生は私たちのことをじっと見てからため息をつくと、本を閉じて、教室から出ていこうとするみたいに椅子から立ち上がったんです。多分そのせいでミンヒは休み時間に運動場に行って、みんなに「韓国語のメッセージ」が欲しい人はいないかって聞いたんだと思うんだけど、それでもし肩をすくめたり、「韓国語のメッセージって何？」なんて聞いたら、ミンヒはその子の背中をすごく強く叩いて、めちゃくちゃになったと思うし、実際それでエリック・チョウはむせてしまったので、みんなで笑って、「エリック・チョウが超むせた！　超むせた！」って叫んでたんです。

だからお願いです、神様。哀れみをお与えください。みんなが私のことをミンヒ・キムみたいだって思わないようにしてください。だってミンヒは堕落者で、中学生になったら絶対に韓国人の不良グループに入ると思う。そんなこと私は絶対にしないし、私は既に彼女よりもずっと良い人間なんです。あとはもし覚えてたら、六年生になる前におっぱいをください。それから中学一年生になる前に生理が来るようにしてください。大半の女の子は四年生ではちょっと胸が膨らむくらいで、五年生で大きくなって、六年生で生理が来るって聞いたけど、強調して言いますが、そういう女の子たちはたいていすごく太っていて、私のことを拒食症みたいって言うんだけど、私はそうじゃないんです。とにかく神様、あの子たちに拒食症みたいって言わせないようにしてくれませんか？

私がこうなのはどうしようもないし、見せびらかしたり、ルーシーって子みたいに風がすごく強い日にいつも「オーノー！　私って本当に細いから風に飛ばされちゃう！」って言ったりもしません。私はただうんちをたくさんするだけで、ママはおじいちゃんもそうだったって言ってました。トイレにずっといたって。私にそっくりだったみたいで、おじいちゃんは食べたらすぐにうんちをしたくなったようで、だからおばあちゃんは、おじいちゃんはすごい痩せてて、骨と皮なんだよって言ってました。だから、えーと、助けてくれたら嬉しいです。ありがとうございます、神様。おやすみなさい。

あ、ちょっと待った。それからママとパパと、中国のおじいちゃんとおばあちゃんと、いとこと、おばさんとおじさんと、いとこと、おじさんとおばさんの家族と、ママの友達とパパの友達と、それから私の友達の家族と、それにその人たちの友達と、私が忘れてる人全員を守ってください……でも……あなたは神様ですよね？

神様なんだから（なんで私が神様じゃない人に向かって祈るの？　自分がただ神様のふりをしている人に向かって祈ってるのかどうかなんて、どうしたらわかるんだろう？　意味がわからない）、今私が考えている人のことは全員わかってるかもしれませんが、誰にも悲しくなって欲しくないから、私が神様に守ってもらいたいと思っている人全員の名前を言うことはできないし、他の人ほど私のことを守ってくれなかったとしても、時々悲しくなることなんて大したことじゃないから、別にそれでいいです。現実の世界や、映画や、本や、夢や、空想の中で人が死ななければいいのにと思います。時々自分が死ぬところを想像して眠れなくなるけれど、私のことは心配しないでください。大丈夫ですから。おやすみなさい。

＊＊＊

私がニューヨークに移住した年、母はクイーンズのジャマイカ地区にある輸送会社で簿記係の仕事をしていた。台湾の新聞社でパートとして働いていたファンピンの母親は、母の職場にやってきては新聞広告スペースを母の上司に売りつけようとしていたが、その上司は愛国心の強い台湾外省人（第二次大戦後に大陸中国から台湾に移り住んだ中国人とその子孫）で台湾を擁護していたので、「世界日報」と問題を起こしていた。すぐそれはエスカレートして、ファンピンの母は二度と来るなと言われて追い払われた。母は彼女のあとを追いかけて、そのクソ野郎×1・5の代わりに謝った。ふたりは自分たちの人生で出会ったクソ野郎×1・5の話をすることで団結した。少し話すと、お互いが数ブロック離れたところに住んでいて、クラスは違うけれど子供が同じ学校に通っていることがわかった。ということで、母の顔にほとんど傷ができていない週末は、時々私はファンピンと会うことがあった。彼女の家に呼ばれても私はほとんど座ったままでいて、恥ずかしがって母のそばを離れたがらなかった。私の代わりに話をしないといけなかった母は、私がまだ英語を学んでいる最中で、英語を使って他の子供と一緒に遊ぶことに慣れていないのだと説明した。

「ああ、でもファンピンは少し中国語を話すよ」とファンピンの母が私を勇気づけるように言うので、ファンピンと一緒に彼女の部屋に行っても大丈夫かもしれないと思った。でもファンピンはドアを閉めるやいなや、早口の英語で話しかけてきたので、なんて言い返したらいいのかわからなくなって、私はただ呆然と立ちすくんだまま、ドレッサーの上にきれいに並べられた小さなナイフやG・I・ジョーのフィギュアのコレクションを見ていた。

母と一緒に帰る準備をしていると、ファンピンが「この子はあまり頭が良くないね」と彼女の母親に言った。ファンピンの母は彼女を叱っていたが、既に私は傷ついていた。でも私は母を喜ばせるために、ファンピンの家に遊びに行かなければならなかった。四年生になると、ファンピンと同じクラスになるという不幸に見舞われた。それは、もっとファンピンと一緒にいることになるだけでなくて、二年生と三年生の時に入っていた補習クラスから移るということでもあった。補習クラスではとりわけ頭が良いわけではない、まずまずの成績の子供たちと一緒だった。そのことを話したら喜ぶだろうと思ったが、父はがっかりしていた。

「優秀なクラスに入るべきだ」と父は言った。「学年で一番優秀な子供たちと一緒のクラスにならなければいけないよ。落第しなかったというのは、何かを達成したことにはならないからね」

「ごめんなさい」

「謝らなくていいから、もっと頑張りなさい」

「はい」

ファンピンは私と同じクラスになると、学校が終わったら毎日私を家まで送ると言い張った。そして「私はぴかぴかの甲冑を着てあんたのために戦う騎士だよ」と言ってニヤッと笑った。

「あんたはぴかぴかの甲冑を着た害虫だよ」と私は新しい言葉を使って彼女を試すように言った。

「あんたって、本当にちゃんとした話し方を知らないよね」と言う彼女の声がいつもよりも優しかったので、うまく感心させられたみたいだった。私はアッシュ《Ash》・アベニューに住んでいて、彼女はデラウェア《Delaware》・アベニューに住んでいた。通りはアルファベット順になっていたので、ファンピンが私を送っていくのは理にかなっていた。でも私は付き添いなどいらなかったし、少し不平等なんじゃないかと思った。

でもファンピンはどうしても送っていくと言い張り、私に付き添うことは単に彼女の権利というだけではなくて義務でもあるという理由をたくさん並べた。「私たちがひどい地域に住んでいるのはわかってるよね？」

「うん」と私は言った。このあたりがいかにひどいかということについてはあまりにも多くを知り過ぎていて、言い出したらきりがなかった。「でもあんたには家があるし、自分の部屋もあるよね」

「だから？　ひどい地域の家は、ひどい地域の家でしかないよ」

アッシュ・アベニューに到着しても、私たちは歩き続けた。ファンピンが私に見せたい何か特別なものがあると言い張ったからだ。それはファンピンの母親が買ってくれたという『チャタレイ夫人の恋人』のビデオテープで、その中のある場面を私がすごく気に入るはずだと言うのだ。

「わかった」と私は言った。「でも宿題がたくさんあるんだよ」

「バカだね、私たちの宿題の量は同じだよ。同じクラスなんだよ、忘れちゃった？」

「私はアルファベットを書くのにすごく時間がかかるの。単に通りの名前をアルファベットで書くだけならいいんだけどね。アッシュ《Ash》、ビーチ《Beech》、チェリー《Cherry》。それだったら超簡単なのにな」

「私はそうは思わないけどね」とファンピンは言った。

「いつも反対するんだから」

「そんなことないよ。もし簡単なことばかりだったら、何も学べないでしょ。難しいものなんだよ。そうすれば自分たちが学習してるってわかるし」

　彼女の言うことは正しくて、私は同じクラスの韓国系の子たちが礼拝の時にするみたいに頷いた。彼女たちがかなり力強く頷くのを知っていたのは、ある午後にファンピンと一緒に学校から帰る途中で、フラッシング・メモリアル長老教会の後ろの方の座席にふたりで隠れるように座って、ミンヒとその仲間を偵察しようとしたことがあったからだ。その時に偶然見たことは私にとってかなり斬新で、まったく知らなかったことだった。あまりにも新しかったので、私は彼女たちをどうやってからかってやろうかと考えるのを忘れてしまい、その代わりにただじっと眺めながら私もいつか同じようにやるようになるのだろうかと考えていた。

「あの人たち、何をやってるの？」と私はファンピンに囁いた。

「お祈りしてるんだよ」と彼女は言った。

「あれで祈ってるの？」

「そうだよ。親に教会に連れて行ってもらったりしないの？　神様に話しかけたりしないわけ？」

「しない」と私は嘘をついた。本当は毎晩神様に話しかけていたけれど、両親は神の存在を信じていなかったので、ちゃんとした祈り方は知らなかったのだ。

「神様はお金だよ」。ある晩、父は、ドアを思い切り閉めてエホバの証人の信者を玄関先から追い出してから言った。「神様はおまえみたいに親よりも長く生きる可能性のある子供や赤ん坊が病気の時、薬を飲んでいるんだ」。父は母と話す時のように、口から唾を飛ばしながら話した。「ママのおじいちゃんは拷問を受けたんだよ。その時に神様はどこにいた？　かわいそうな老人が拷問されていた時、神様はどこにいたっていうんだ？」。中国語の「拷問」という言葉は「豆」に発音が似ていた。小さくて丸っこくてやわらかい豆。その言葉はかなり拡大解釈されて使われていた――ただ嫌がらせをするために、他の子供に向かって意地悪な顔をして見せる子供のことを指す時や、ブルジョワの地主だと言って自分たちの歴史の教師を責め、教室から彼女を引きずり出して四つん這いのまま血が出るまで石炭殻が敷き詰められた道の上を歩かせ、街灯に縛り付けて、「階級闘争よりも知性を重視したブルジョワの豚」と呼んで額に画鋲を押し付け、彼女が脳に一生治ることのない傷を負っても棒やベルトやくぎが刺さったこん棒で叩きのめされても、太陽の下に立たされて意識を失うまで頭から熱湯をかけられた挙げ句ゴミ捨て場に捨てられて死んだとしても、当然の報いだと言う紅衛兵の一団を指す時に使うのが適切とされていた。母の祖父について話すために、再び拷問についての話題を父が持ち出すと、私は自分の唇を血が出るほど強く噛み、その後三日間は頭痛が続くくらい歯ぎしりして、みんなにはわからないように手のひらにかかるくらい袖をたぐり寄せて、皮膚が切れてしまうまで手のひらを指でグリグリと押し続けた。

「ひいおじいちゃんは拷問されたの？」。私は大きな文字で「この世は生き延びられるのか？」と書かれたパンフレットを父の方に掲げながら聞いた。父がうんざりした様子で床に投げ捨てたのを拾ったのだ。

「死ぬまで拷問されたよ。死ぬまでね。ひいおじいちゃんの描いた絵は全部取り上げられて川に捨てられた。本は焼かれて、掛け軸は破かれて、お酒は全部トイレに流された。綿密に記録された、何世代にもわたって引き継がれてきた家系図にも火をつけられた。一瞬で消えたよ、永久にね。靴の工場にすると言って、あいつらはひいおじいちゃんに家を明け渡すように要請した。そのせいでひいおじいちゃんは血を吐くようになった。ものすごく怒っていたよ。そうしてひいおじいちゃんは神様に頼るのを諦めた。書くための紙すらなかった。詩人なのに紙がなかったんだよ！　家には美しいものが一切なくなった。まるで愛する人がいない恋人みたいにね。ひいおじいちゃんは温州に実に美しい家を持っていてね。自分で築いた夢の家だったんだよ。ひいおじいちゃんは誰のことも傷つけたことなんてなかった。村で一番優しい人だと知られていたんだから。でも党ができた初めの頃に、自ら志願したんだ。共産主義のユートピアを信じて入隊したんだよ。村で誰も他にやろうとする人がいなかった時、みんなを説得して集産化させたんだ。それなのに、あいつらはひいおじいちゃんを引きずり出して、子供たちの前でひざまずかせた。マンディー、わかるか？　どんな神様がこんなことを見て見ぬふりをするんだい？　そんな神様に祈り続けられるか？　ひいおじいちゃんは立ったままで死んだ。指で最後の詩を綴りながらね。幽霊と関わっていたんだよ。少しの間、現実世界で幽霊という題材を扱っていたのさ。子供たちはひいおじいちゃんの頭がおかしくなったんじゃないかって思ったよ。彼はまるで自分が率いる部隊の兵士を負け戦に連れ出す前の将軍みたいに、次から次へと白酒《バイチュウ》を飲んで、十杯目を飲み干すと死んだんだ」

「どこでお酒を手に入れたの？　全部捨てられてしまったんじゃなかったの」

「お酒なんてないよ。コップさえなかった。ひいおじいちゃんは空気を飲んでたんだ。彼はもう幽霊になっていて、肉体がそれに追いついたのが数日後だったってこと。空《から》のコップを飲み干してぽっくり逝ったんだよ」

「ぽっくり？」

「亡くなったってこと。死んだ。死んだんだよ。すごく健康だったのに、死んだんだ。当時は怒りが原因で死ぬことがあったのさ。屈辱や悲しみを感じて死んだり、何かを切望して死ぬ人もいた。

恥で死ぬ人もね。家族はバラバラになった。夫婦は何千マイルも離れた地方にそれぞれ配属されてさ。私の母と父は十年間で五回しか顔を合わせなかった。九歳の誕生日以降、私が父に会ったのは全部で三回だけだよ。私くらいの年齢の人が杖をついているのは、田舎に送られて疲労困憊するまで働かせられたからだよ。そんな人たちにどんな祈りが効くって言うんだ。言ってみなさい」

「中国では宗教は禁じられていたんだよ」と母は、自分の祖父については何も触れずにそう付け加えた。「祈るのは違法だった。告げ口されたら刑務所に入れられたり、殴られたりしたの」

「だから……」と私は言い、少し躊躇してから「神様はお金なの？」と訊いた。

「パパの言うことをよく聞きなさい。パパは正しいことを言ってるよ。お金を持つことは違法だったの。持とうと思っても持てなかったんだけどね。今とは全然違う世界だから、説明するのが難しいのよ」

私は混乱していた。神様は存在するということを示してくれるはずの神様に向かって祈っていた。過去に向かって祈っていた。もう既に起きたことで、変えるには遅すぎる過去に向かって。それでも思った。神様には変えられるとしたら？　もし過去を癒すことができるとしたら？　もし両親がこれまで経験してきたことを経験しないで、それでも私の両親でいられるとしたらどうなるんだろう？　ミンヒがひざまずいたので、私もひざまずいた。韓国系の子たちが指を組んだので、私も指を組んだ。世界のヨーロッパ以外の場所では、人々は祈り方を知らないので神様は連れてこられないといけないと学校では習った。それにそんなふうに神様が連れてこられないといけない場所では、人々が失踪したり死んだり尊厳を失ったり一生強制労働をさせられたりしているみたいだった。誰にも私の所に神様を連れてきて欲しくなかった。立ったまま死にたくなかった。自分たちが最初に神様を見つけたと主張する人たちのために強制労働をするなんて嫌だった。私が隠れて学んで、神様とよどみなく話せるようになったのは、そうせざるをえなかったのだ。

ファンピンは既に流暢に神様と話していた。「毎晩神様と話してるよ。ママと一緒にね。教会に行くとみんなでやってる」。彼女の母は台湾出身で、私の母は中国本土出身だった。母によるとその二つはまったく違うのだそうだ。

「つまり、彼女たちは国共内戦の後に逃げたってことよ。負けた側の人たちなの。あの人たちは学校に行ったってことだし、今中国で暮らしている人たちが六十年前にしていた暮らしをしている。女は働かないで、可能なら何人も子供を産む。時代遅れの国だよ、一九二〇年代みたいな暮らしをしてるんだから。普通じゃないね。男は残忍で思いのままに妻を殴るんだ。あそこでは別にそれが軽蔑されるようなことじゃないんだよ」。母は奇妙な目つきをしていた。もうこれ以上そうした偽善行為については詳しく話さないよ、とでも言うような目つきだった。つまり、それ以上のことは私が大人になってから自分で調べなければいけないということだった。

「やって見せてよ」。ミンヒとその友達のことを偵察したあと、私はファンピンに頼んだ。

「いいよ、簡単だよ」と彼女は言った。

ファンピンはちっとも悪い子ではなかった。ただ他の子の前では違った。学校で私は、ファンピンのことはほとんど知らないふりをした。実際はしょっちゅう彼女の家に遊びに行っていたのに。ファンピンの部屋がどんなかなんて知らないし、「タイニー・トゥーンズ」で、バブスがバスターに仕返しをするために街中を水浸しにした場面で一緒に笑ったことなんて一度もないし、三年生の時に死んでしまったペットのルシファーを埋める手伝いをしてあげたことなんてないふりをした。その猫が死んだ時はあまりにもひどい臭いがして、お別れをする時に彼女の家族の誰かがおもらしをしたに違いないと思ったほどだった。私はそんなことなどしたことがないふりをしながらファンピンと一緒にひざまずいて、彼女に続いてこう言った。「親愛なる父なる神よ、今日も私たちを祝福してくださり感謝します。頭を垂れてお願いします。あなたの栄光と恩恵にはとうてい足りえませんが、私たちの無限の感謝の意を伝えます。神よ、私たちに恩恵をお与えください。暗闇の時も私たちをお守りください。私たちが眠る時も私たちの魂と身体をお守りください。揺らぐことのない信仰を持ち、恐怖を持つことのないように、私たちを明日へとお導きください。私たちは永遠にあなたのものです。心からあなたを信頼します。あなたに心を開き、完全にあなたのものになるため、あなただけに貢献するために、私たちの心を導き、想像力を膨らませ、私たちの意思を抑制してくださいますようお願い致します。神聖なる名のもとに、私たちをあなたの御心へとお導きいただいたことに感謝します。あなたのご意思に役立つ存在となれますように。あなたの栄光と、誉と、天国の輝きのために。永遠にあなたの僕《しもべ》であり続けられますように。神、救世主イエス・キリストよ。アーメン」

その祈りの言葉は私にはまったく違う言語みたいに聞こえた。英語でも中国語でもない新しい文法とスタイルで書かれた、聞いたことのない響きを持つ言葉だった。英語が流暢に喋れるようになるまでにかかった時間よりも、短い時間で流暢に祈れるようになりたいと思ったけれど、めちゃくちゃ難しかった。以前、『テラビシアの橋』の中に出てくるわからない言葉を、ひとつひとつ辞書で調べようとしたけれど、それは「著作権」「転載」「登録」「商標」「献辞」という言葉を、物語がはじまる最初のページを開く前に調べるということで、それと同じくらい難しかった。一時間が経過しても、読まないといけない課題の三十ページのうち二ページしか読めていなかった時は、やるせないとしか言いようがなかった。辞書と本を交互にめくり続けると目が霞んできて、更に追い打ちをかけるかのように、調べた言葉の定義の中にまた調べないといけない言葉があった。「悪意」という言葉の定義を理解するのに、「軽蔑」「侮辱」「嫌悪」「反感」「蔑視」「敬意」という、基本的には「～する」とか「～を持つ」という言葉を除く全ての単語を調べなければならなかった。そして「悪意」という言葉を定義するのに使用された言葉の定義を調べ出すと、更に調べないといけない言葉が出てきて、そんなことがいつまでも続くと、結局は他の言葉の定義の中に入れ子みたいに入っているわからない言葉を全部調べることになった。そしてそこから、また前に調べようと思った言葉の定義へと戻っていく羽目になり、やっと最初に調べようとしていた「悪意」という言葉まで戻ってくると、その頃には頭がかなり混乱していて、「全部忘れた」とか「無理」というのがどんな意味か考えもしないまま次の言葉に移っていかなければならなかった。私はどうせ読み書きで何度も何度も落第するんだったら、読み書きができないことに長けている人になろうと決めた。

それはファンピンと一緒に祈るのと何ら変わらなかった。あとで調べるためにわからない言葉を全部頭の中で記憶しようとしたけれど、同時にその瞬間にとどまろうともした。是が非でも神様と話がしたかったし、神様に話しかけてもらいたかったからだ。「祝福」って何だろう？「不十分」でもあり「無限」でもある「感謝」ってどんな「感謝」？　クレヨンを使わないで何かを「draw」することなんてできるの？　人の名前でもなくて、将来のことを意味するのでもない「will」って何？「栄光」って何？　なんで「サンキュー」とか「グッバイ」じゃなくて「アーメン」なんだろう？　聖なる父、神、私たちの父、私たちの救世主、イエス・キリストはお互いに競い合ってたの？　結局一番崇高な神様は誰なの？　今度ひとりで神様を呼ぶ時には、どの順番で呼べばいいのかわからなくない？

私はこれまでにないほど確信が持てなくなった。

そんなふうにして私が渦巻く質問から抜け出せずにいる間、ファンピンはおやつを食べはじめていた。彼女の母親は「世界日報」に広告を売る仕事を半日で終えると毎日午後二時には帰宅していた。私たちの通っていた学校はその一時間後には終わったので、ファンピンと私が彼女の家に帰ってくる頃には、サンドイッチができていて、並べられたジュースのパックから好きな味を選ぶことができた。ファンピンは三年生の時に、フランジーという一言も口をきかなくてアライグマみたいな目をした変わった女の子と友達だったと話した。

「どんな声をしている子だったの？」と私は尋ねた。

「それがね、すっごくすっごくきれいなの」とファンピンは言った。「ピンク・パワーレンジャーみたいな感じ。それに彼女のママは死んだんだよ」

「そんなに仲がいいんだったら、どうしてその子はここにいないの?」

「それは、私に新しい親友ができたからでしょ。なんなの。ブーブー文句を言うのはやめなよ」

まるで私が好んで彼女と一緒にいるような言い方をファンピンがすると、私は気まずさを感じた。私はただ、平日はサンドイッチがあるからファンピンの家に行き、週末は母と一緒にいたいがためにファンピンと一緒にいただけだからだ。母はファンピンの家に行って、彼女の母親と一緒に他の母親たちの噂話をするのが好きだった。でもいつも他愛もないお喋りは、母が小さい時に思い描いていた夢には見合わない人生を送ることになったという失敗談へと移っていった。私はそれを聞きながら、父は正しいと思った。母が満足することなどないのだ。

母たちはお互いに話すことがたくさんあった。それはふたりとも料理の仕方を知らず、誕生日に花を買ったことがなく、クリント・イーストウッドの映画を三本立てでケーブルテレビで放映していると良い週末だと思うような想像力や財源がひどく欠如している男、そして自分たちよりも更に水準が低い家の出身なのに、それでも「家長」であることを主張し続け、自分のレガシーを残すことに固執するような男、でもそれについて母たちに呆れ顔で、「あたかも人生で一つでも意味のあることをしたみたいに言うね」と言われてしまうような男と結婚したからだった。

私が聞き耳を立てている間、ファンピンはきまって自分の部屋で空手の練習をしていたので、私がトイレに隠れて母たちのあらゆる自虐話を聞いていると彼女に気づかれるまでは、私に対する責任を感じていない母との貴重な数分間をじっくりと味わうことができた。私は母が幸せになったり夢を実現させたりすることや、母がなりたいと思っていたような充実していて実に開放的でどこまでもどこまでも掘り下げていけるような人物になることから母を遠ざけているものの一つが私であり、母が監禁されているような生活を送っているのは、主に私のせいだと正直に打ち明けるのを待っていた。でもふたりは夫の欠点や、中国で経験したどんなことよりも今いるこの場所のほうがひどいという話をするばかりだった。

母は一度こう言っていた。「だってさ、私は国連で働けたはずだし、死海でプカプカ浮いてたかもしれないんだよね。遊牧民と一緒にアラビアの砂漠を歩き回っていたはずだった。でもその代わりに、彼と結婚した。そしたら、アメリカに移住しなくちゃいけなくなったでしょ。それでこのありさまよ。ジャージーショアですら見たことないし、オーロラが頭上に現れることなんてこの先もずっとないよ」

ふたりの会話を聞いていると、カーッと頭に血が上ってくることもあった。あまりにもふたりが恩知らずなことをぶちまけていたからだ。父は別に極悪非道な人間ではないはずだ。もしそんなにアメリカのことをひどいと思っているのなら、なんで両親は私を連れてきたんだろう？　大人の女性である母が、希望や夢は全部裏切られ、蹴りちらかされ、火をつけられたみたいに話しているその一方で、まだ幼い少女の私に対してもっと良い子になるように、もっと達成するように、あらゆる不均等に立ち向かっていくレジェンドになるようにと強要したのはなぜなんだろう？　私はどこでふたりみたいに不満を言えばいい？　ふたりがお互いを認め合っているように、私はどこに行けば認めてもらえるんだろう？

「うちの旦那はコーヒーテーブルの上に足をこうやって置くんだから」とファンピンの母は言った。

「お客さんがそのテーブルでお茶を飲んだり、ひまわりの種を食べたりするんだっていうのにねえ」

「ジャンジュンは本物の間抜けかもね。ほとんどシャワーを浴びないんだから。シャワーのノズルを持ってお尻に少しお湯をかけて、娘のフェイスタオルと同じ色のタオルでこするんだよ。どこのバカ男が子供のフェイスタオルと同じ色のタオルをお尻を洗う用に選ぶんだっての」

「おたくの旦那はお尻用のタオルを使ってるの？」

「そうそう。毎週洗うのは誰って話よ」

「うちらだよ。あんたや私」

「まあ、正確には私だけどね」

「わかってるよ。あんたと私って言ったのは、比喩として言ったの。別に本当にあんたの旦那のケツ拭きタオルを私が洗ってるだなんて言ってないよ」

「どっちの旦那も甘やかされてるよ」

「甘やかされるべきは私たちのはずなのにね」

ふたりは本当の意味での友達ではなかった。孤独だった彼女たちは、友達になるしかなかったのだ。夜になると、母はコットンを私の耳に詰めてくれた。当時はプエルトリコ系のギャングが黒人のギャングを撃ち、その黒人のギャングはプエルトリコ系のギャングを撃ち返し、プエルトリコ系のギャングはいつも韓国系のギャングと縄張りをめぐって争っていて、韓国系のギャングはベトナム系のギャングと休戦中で、ベトナム系のギャングは一時的に黒人のギャングとタッグを組んだプエルトリコ系のギャングを攻撃し、黒人のギャングは同じ縄張りを巡って韓国系のギャングと撃ち合いになって負け、結局問題が一周して元に戻るという始末で、でも今度の相手は新しく徒党を組んだばかりの広東人のギャングで、その広東人のギャングは道をゆっくりと歩いて渡っていた老女をうっかり撃ってしまうような人たちだった。私たちはいろいろなことをうまくやり抜けて長生きできたならいつか引っ越したいと思っていた、ロングアイランドの家の写真を何枚も切り抜いていて、今の生活は一時的なものだという、秘密のようなそこまで秘密ではないような約束を自分にしていた。こんな生き方はずっと続かない。いつかある日、この生活から逃げられる日がやってくると自分たちに言い聞かせていたのだ。でも、死ぬことが逃げることになるのかどうかはわからなかった。

少なくとも、ファンピンの家は安全だった。少なくとも、彼女には家があった。植民地時代に建てられた軒続きの二階建ての家で、他の二家族と一緒に暮らしてはいたけれど、彼女には自分の部屋があったし、私の大好きなハムとチーズのサンドイッチを作って、好きなだけ食べさせてくれて、決して「あらまあ、本当にこの子はおなかが空《す》いているんだね。きちんと食べさせてもらってないの？　おかわりをさせてもらえないの？」なんて聞かない母親がいた。ファンピンが同居していた意地悪で噂好きの大人たちには、いつもそう聞かれた。私が棒きれみたいに細くて、いつもあくびばかりしていたからだ。土曜日になると、メイン・ストリート沿いにある香港の食料品を扱うスーパーで、ファンピンが同居している他の家族の母親たちが自分のカートを私たちのカートに押し付けながら、子供に肉を食べさせているのかとか、ただの米や少しの野菜しか食べさせていないんじゃないかと母に聞いてきた。ファンピンの母親は、家で何を食べているのか聞いたりして私を苛立たせることは一度もなかった。彼女は野菜や肉を切っている間、台所にある小さなポータブル・テレビで台湾のメロドラマを見ていた。そしてファンピンが汚したら掃除をし、彼女を空手《からて》のレッスンへ連れて行き、そのあとでサーティーワンアイスクリームに私も一緒に連れて行ってくれた。彼女は決して叫んだりせず、ファンピンが欲しいというものや、ついでに言えば私が欲しいというものに対して、いつも「いいよ」と言ってくれた。私は彼女にジューシー・ジューシーのジュースをもう一つもらってもいい？　と聞くのが好きだった。それはたいてい、「ジューシー・ジューシーのジュースをおかわりしてもいい？」とつかえずに言えるかどうか試してみたかったからだ。私が英語を学びはじめたのはほんの二年前だというのに、クラスのふたりの白人は私が言い間違えるたびに冷やかし続けた。ひとりはアイルランド系で肌がとても白くて、天気の良い日にはまぶしくて目が眩むくらいだった（そう思っていたのは私だけでなかった。ミンヒ・キムや彼女の仲間は彼のことを「アルビノ・ポテト」と呼んでいた）。もう一人は、クレヨンの入った箱を道具入れに戻そうとした私の前に脚を出して転ばせて、私の方に視線を戻しながら悪人のような顔で笑って「そんなの持ってたら、前が見えるわけないよね！」となじるような子だった。そのふたりに黒人とスパニッシュの子供が加わると事態は二倍ひどくなって、更にその子たちが韓国系の女の子たちに加わるように声をかけると、もっとひどくなった。それは彼女たちの多くもまた、アクセントの強い英語を話したからだ。それに、一年か二年前であれば自分たちがいじめられる原因になっていたかもしれないことについて、誰かのことを他の誰かにいじめさせるというのは、どこか情けないと思えることでもあった。そういうのを見ると、世界というのは本当に残酷だと私は思った。誰も他の人のことを考える心を持っていないし、自分たちのことを考える心すらない。少なくとも自分たちがかつて経験したことを、今も経験しないといけない状況にいる人について考える心を持っているような人はいないのだ。

　私とそう変わらない時期に移民としてやってきた韓国系の子供たち（ミンヒだけは違った。亡命した北朝鮮の兵士に抱えられながら地雷原を通り抜け、「地下鉄道」を通じて密かにタイまで連れてこられたのだ。そこで難民キャンプに入れられ、その後彼女は家族と一緒に飛行機でJFK空港まで送られた。ミンヒが学校の発表会でその話をした時、それを聞いた誰もが信じられなかったのは、どこに住んでもおかしくなかったのに、彼女の家族がフラッシングを選んだということだった）が一番私をバカにした。あと一年ESLを受けたほうがいいんじゃない？　と言ったり、私の堪忍袋の緒が切れるということを十分よくわかっているのに、Penelope《ペネロピー》という名前を発音してみてよ、と言って「やーれ、やーれ」と囃し立てた。「発音してみてよ」。そこで私がしぶしぶ、「そんなの簡単だよ、ペナロープでしょ」と言うと、嬉しそうにみんなして頭をのけぞらせて笑い、それを見た私もきまり悪そうに笑った。でも本当はこう言いたかった。

「むかつくんだよ、ケツの穴から漏れてきた糞でぐっしょぐしょのまんこ野郎のマザーファッカー！　この言葉は二年前に覚えたものだけど、あんたたちには何かを意味する言葉なの？　私は家に帰ると『ママ、ただいま！』とは言わずに『媽媽、我回来了』って言うんだよ、このまんこ野郎！　それでもって、你是一個臭王八蛋[*1]って言ってやるよ。そうだよ、先週は〝ステレオ〟ってうまく発音できなかった。でもそれはうちにステレオがないからで、もしあったとしても、『ママ、ステレオの音量を上げてくれる？』なんて言うことなんてないからだよ。そうじゃなくて私は『可不可以把音響関軽一点[*2]』って言うんだから」

私がアメリカに来て一年目は、どの言語を使ってもいつも間違っていた。英語だとライトを消す（turn off）、ドアを閉める（close）というけれど、ライトを閉める（close）、ドアを消す（turn off）とは言わない。中国語ではライトを閉じる（close down）と言うことができるけど、単にメガネやシャツや帽子を着る（wear）とは言うことができない。それは、それぞれ「着る」という言葉を使う時の数え方が違うからで、この世にあるものは全部数え方が異なるからだ。英語ではeをあまり強く発音しないこともあるし、逆にgは強く発音したり、子音の中には他の子音と同じ発音になるものもある。どんな規則にも例外があって、どんな例外にも規則があった。私は何も言わなければよかったと後悔した。言葉は可能性という名の輝かしい成層圏の方へと引き上げてくれるものだと思い込んでしまうなんて、どれだけ自分が妄想的だったのかわかりはじめていた。実際の言葉は、不明瞭という名の溺れてしまいそうな水の中に私を引きずり込むものだったのに。言うことを聞かない私の舌は、例えば「あなたのおかげでこの世界はよくなった」と言う方法が百通りもあるなんて、すごい！　というように、言語は奇跡のようなものだと思ってしまうたびに私をからかった。

ファンピンは私が気にするようなことには、何一つ興味を示さなかった。彼女には、六年生にくらくらと空手チョップを見舞って、忘却の淵に追いやってしまえるようなオーラがあったし、他の女の子たちとは違って、長い黒髪のせいでタフに見えた。ボロボロのジャンパー姿でタバコを吹かしながら罵り言葉を吐き、バイクを走らせながら銀行までの道のりの間に、きちんと整えられた髪をして、まともな車に乗り、その窓をきっちりと閉めている人たちのことを見て、ずっと笑っている男みたいだった。私たちはファンピンの姿に恐れを抱いたし戸惑いもした。成長して大人の女や

＊1　〝直訳〟：この大バカ者のクソ野郎、生きてるのは人生の無駄遣いだ。
＊2　ごめんなさい、今は適切な翻訳がありません。

男になる女の子や男の子とはこうあるべきという単に聞かされてきただけの話を、私たちみたいなバカは、未だに素直に聞き入れていたからだ。

たとえ私がファンピンに対して尊敬する気持ちをほんの少しでも持ち合わせていたとしても、私たちの間に築かれたいわゆる〝友情〟は消えゆく運命にあった。神様のことを知らなくても、私にはそうなることがわかっていた。もちろん私は誰かに好かれたかったし、受け入れてもらいたかった。でもなんでそれが彼女じゃないといけないの？

廊下を歩いている時に私と手をつなぎたがったり、周りに男の子がいるとわざと乱暴に振る舞う彼女のことが恥ずかしかった。ジェイソン・ラムが私の背後にやって来て、シャツの後ろをつまんでブラをしているかどうかを確かめようとした時、ファンピンは「私の友達に触れるんじゃないよ、シュリンプソン」と言って彼の顔を平手打ちした。

「なんだよ」とジェイソンは尻込みしながら言った。「人を叩いちゃいけないんだよ」

「セクシストになっちゃいけないんだよ」

「セクシ……何？」と私は言った。

「セクシストだよ、バカだな」とファンピンは繰り返した。「この社会はセクシストだらけだってことを知らないわけ？」

「説明しなくていいからね」と私は言った。でも彼女は説明した。私にいろいろなことについて説明して回ってつきまとった。彼女にはそうする必要があったのだ。

バレンタインデーの前日、ファンピンは女子トイレに私を引き入れると、ドアに一番近い個室の中で胸を触って欲しいと言って、私の手を胸に押し当てた。それはまるで私がこう宣誓しているみたいだった。

心から誓います、私はレズビアンじゃありません。でも全然大切じゃない友達のあんた、ファンピンはそうなんです。あんたは怖いし、空手をやってるし（あんただけで私はやってない）、既に紫帯だし（それってかなりゲイっぽいよね。偶然？　ふん、かなり怪しいよ）、私はあんたが、まだ存在すらしていない私のおっぱいのことを脅して追い払ってくれればいいのにってすごい思ってるから、あんたの望み通りにするよ。それに、なんであんたの胸は硬い岩みたいなの？　それって絶対普通じゃないよね。アーメン。

そのあとで、私が水道の蛇口に手を伸ばそうとするとファンピンは言った。「自分が可愛いんだったら、手を洗うんじゃないよ」。それから私のことを叩こうとするみたいに宙に手を上げた。それは全部嫌になるくらい馴染みのある仕草だったけれど、私はビクッとした。当時の私は『トランスフォーマー』のサイバトロン戦士で、人々がある表情をしたり、あるやり方で腕を持ち上げたりすると尻込みして、氷が触れたみたいな刺すような痛みを肌に感じた。

「洗わないよ」と私は言った。彼女の手はまだ上げられたままだった。「でも、ただ水を出すだけならどう？　石鹸は使わないから。石鹸を使わなかったら、洗ったことにはならないよね。ママが言ってたもん」

「オーマイゴッド。あんたは本当に赤ちゃんだね。まだマミーって呼んでるの？　本物の負け犬だよ、あんたは。真面目人間。生きる価値なし」

「マミーなんて言ってないよ」。「言ったね」

「言ってない」

「言ってたよ、この嘘つき」。「嘘つきじゃないもん」

「でもあんたはプッシーが何なのかも知らないでしょ」

「だから知ってるって」

そんな言葉は聞いたことがなかったし、どんな意味であってもおかしくなかった。そしてその言葉に初めて出会うことはもう二度とないと思うと、ぎょっとした。でも同時に気分が高まった。当時の私はいつも何かを学ぼうとしていたのだ。あらゆる言葉の使い方を学んでは、誰にも何も言われなくなるまで学習した言葉を声に出して、何度も何度も何度も繰り返し言った。「プッシー」でも同じだった。歩いて家に帰ると、そのことしか考えられなくなるまで、あるいはこれまでこの世に存在した人間なら誰でもできたくらい完璧に毎回美しく「プッシー」と言えるようになるまで言い続けた。そうすれば、その時だけ自由になることができた。でもそこまで到達するにはほど遠かったし、それまでの間はみんなにあれやこれやと言われ続けた。

この世界で自由になるなんて無理だった。

この世界で自由になるなんて無理だった。

この世界で自由になるなんて、本当に無理だった。

無理だった。

本当に無理だった。

それなら、心配しないでいられるようにはなるのだろうか？　まさか、冗談でしょ。この地球上に心配ごとのない人なんて存在しない。

「わかった、いいよ。そうしたら、あんたはプッシーね。あんたは……」。そう言うと彼女は指で宙に記号のイコールを書いて「プッシー。プッシーって呼ばれて嬉しい？　それとも悪く言われてるって思う？」

「悪口だって思うでしょ、そりゃ」

「なんで？」

「だって……」

「だって、何？」

「なんであんたに説明しなくちゃいけないのよ」。私は両手を腰に置いて、頭をファンピンの方に突き出していた。

「そんなこと言ってると、こうなるよ」。そう言うと彼女はまた拳を私の方に振りかざした。

「だから何？」

「私のことが怖いんでしょう」

「怖くない」

「いや、怖いんだよ」と彼女は言った。「あんたはいつも私がやれって言ったことをやるんだから」

「違うね！」と私は叫んだ。「嘘つき。なんで私があんたのことを怖がるんだよ。まだ黒帯でもないくせに」

「今年取るよ。センセイがそう言ってた」

「あんたの五感《センシズ》は適当なことを言ってんだよ」

「何それ」とファンピンは笑った。「そうやって頑張って話そうとするとバカみたいに聞こえるよ」

「あんたほどじゃないけどね」

「プッシーが何なんのかを言わなかったら殴るよ」

「どうやって殴るつもり？」

「何だと思う？　拳ふたつだよ。ケツを見せなよ、ちゃんと拭いたよね？」

「拭いたに決まってるでしょ。拭かない人なんている？」

「それを決めるのは私だよ」

「今回は違うよ」と私は言った。そして腕を組んで腰まで下ろして、スウェットパンツのウエストのゴムを指でつかんだ。

「何やってるの？」

「何でもいいでしょ」と私は言った。「何だってやっていいんだよ。ここは自由の国だから。忘れたわけ？」

「何言ってるの？　意味がわかんない」。ファンピンは手を伸ばして私の指をどかそうとした。そして流し台に私を押し付けると、膝までズボンを下ろした。「あんたのためにやってあげてるのがわかんないわけ？　あんたのケツは汚いんだよ。ちゃんとした拭き方すらわかってないんだから」「離してよ」と私は言って、ズボンを引き上げた。「見ていいなんて誰が言った？」

「私に指図していいって誰が言った？」

私はなんでいつも自分がこんなに弱いのかわからなかった。なぜ私には恩恵や力を呼び起こすことができないのか。なぜこんなにも無防備なのか？　この世界で他の人たちに降りかかる危険から私を遠ざけるための壁はないのだろうか？　上海からニューヨークにやって来る前、母方の祖父は私のひいひいおじいちゃんは清王朝の時代に外交団だったと話していた。「イギリス、ベルギー、ドイツ、イタリアの公式の大使だったんだ。八ヶ国語を話したよ。会話の途中で言語を切り替えたりしてね。特にイタリア語を話すと、女の人たちはみんな夢中になったものさ。温州の小さな公園には銅像が立てられたくらいだよ。もちろんそんな像はみんな壊されてしまったけれど、私たちの誇りは壊せない。像になった人たちは私たちの祖先なんだ。地球を横断したのは、私たちの民族なんだよ。冒険に命をかけたんだ。自分の家を離れていても自分の家にいるような気持ちになれたし、どこにいたって自分たちの居場所を作れた。私たちの血にはそうした精神が入ってるんだよ、わかるだろう？」。今まで人から聞いた中で、本当に勇気をもらった激励の言葉はこれだけだった。自分が空っぽだと感じたり自分を再び取り戻したいと思った時はいつでもこの話を思い出す。どれだけ深いところに埋もれていたとしてもこの話は今でも素晴らしいと思うし、きっといつか卓越したことができるに違いないという気持ちになった。でもこの話は日ごとに記憶から薄れていった。そう、言いたいことはたくさんあったけれど、心の中で思っていたことは何一つ口から出てこなかった。私はいつも誰かのあとをついていくだけで、臆病になって物を言わなかったが、それはそれだった。どこにでも居場所をみつけることができた人たちの子孫だとしても、そうした傾向は私には皆無だったし、自分たちの人生を生きて捕らわれることに抵抗し続けた冒険家や詩人の末裔だとしても、そうした素質は私の体を通り抜けていったようだった。この家系にとって私は恥だった。私はファンピンが考えついたゲームに無理やり参加させられるのを止めることすらできない。親になるのはどんなことかを知るために、夫婦のふりをさせられるゲームをするのは恥ずかしかったし、横向きに寝た私の横にファンピンが寝て、彼女が包み紙で私がクッキーとか、彼女がアルミホイルで私がチーズバーガーといった具合に体を絡ませてくるのは嫌だったのに、結局やってしまった。私はもう寝る時には、そんなふうに母に抱きつかせたりしていなかった。私に脚を巻き付かせないと眠れないと言う母に、やめてと言うと、最初母は泣いた。父とひどい喧嘩をしたあとなど、母は私に巻き付きたがった。はっきりとはその原因を言わなかったけれど、私には父との喧嘩が原因であることがわかっていた。真夜中に目が覚めて、母の腫れた目や殴られた唇に月明かりが映っているを見るのが嫌だった。うんざりだった。でもそれよりも最悪なのは、体の向きを変えて母に背を向ける時だった。自分で自分のことをうんざりさせるのは、避けられないことの一つだった。ただ祈るしかなかった。眠るために、意識を失うために、休むために、そして数日間の平和のために。

「離してよ、この変態」と私はファンピンに言った。「あんたは最低だし、もう一度トイレに連れてこようとしたら、今度は私があんたを殴るからね」。そして私は彼女から離れるために、洗面台の横の方に少し移動した。「あとであんたの家でご機嫌を取ろうとしたりしないでよね。この間の日曜日はあんたの部屋の壁に貼ってあるポスターを見てうんざりしたんだから。あんたがあの中の一枚に何をしたか、私がまだミンヒとユンヒに言ってないなんて思わないでね。そうだよ、どのポスターのことかわかるでしょ。自分が何をしたかもね。吐きそうになったし、あんたはそれをわかってた。その話を聞いたら誰でも吐きそうになるってことも、あんたはわかってるんでしょ。賭けてもいいけど、あんたの家にはもう二度と行かないよ」。そう言うと私は拳をまっすぐに突き出して、ファンピンの胸を殴った。特段良いパンチではなかったけれど、私のごつごつした指関節に彼女の肉付きのよいおっぱいが押しつぶされるのを感じた。

神様に誓って言うけれど、ファンピンは尊敬するとでも言うみたいな顔で私の目を見つめてから床に崩れ落ちたのだ。ドアから走って出ていく時に、何かが聞こえた。私の心を凍らせるような低いうめき声で、父が泣くのを聞いた時のこと――父が泣くのを聞いたのはその時一回だけだった――を思い出させた。それは母と喧嘩をしたあとのことだった。私は父の部屋のドアの割れ目から父を見ていた。両手を髪の毛の中に入れたまま、父は床の上にドスンと座ると髪を房ごと引き抜いて床に投げ捨てた。その後数時間が経過してすべてが終わると、誰も私がいたことを覚えていなかったし、何があったのかを私に説明するのを覚えている人もいなくて、ただ静かになった。その夜遅く、私はクローゼットから掃除機を出してきて、カーペットの上に落ちている父の髪の毛の房を片付けた。私たちの家にそうした何かを思い出させるようなものがあるのが嫌だったのだ。

ファンピンの胸を拳で殴ったあとは振り返らなかった。でも彼女の泣き声を忘れるのには数日、いや、多分それよりも長くかかった。だから今でも、トラウマになるような経験をしたのはまさに私の方で、獲物を狙うオオカミから自分を守らなければならなかった無垢なうさぎだったのは私で、彼女を殴ったあとに私の目が赤く潤んでいたのは、悪いことをしたと思ったからとか自分のしたことを後悔していたからではなくて、単にアレルギーが再発したからで……そうしたことは全部防ぎようがなかったと言うようにしている。

それ以来ファンピンと私は一度も話さなかった。シルバー先生が古代エジプトについての発表のために、私とファンピンをペアにした時ですら話さなかった。それぞれ部屋の角でバラバラで作業して、彼女はパソコンを使って私は頭を使った。私がトイレットペーパーでツタンカーメン王の等身大のマネキンを作るのをファンピンはあざ笑いながら見ていた。ファンピンが担当部分の発表をしている間、私はひっきりなしにあくびをしたり、彼女の方向に向かって死ぬほど臭いすかしっ屁を放ったりして、休憩時間にあれはファンピンのおならだったんだとみんなに話した。「ファンピンはおならばっかりしてるの。本当だって。よく前は家に行ったりしてたんだけど、クローゼットの中にうんこマシーンがあるみたいな臭いがしたよ」。クラスで私の誕生日会をするためにチートスの袋を持って行くと、ファンピンはその日学校を欠席し、彼女の誕生日会の最中に私は吐いて早退したりした。

　勉強の妨げになるので、もうファンピンの家には連れて行かないで欲しいと私は母に頼んだ。

「それに、もうひとりで留守番できるよ」

「できないでしょ、何を言ってるの。でもファンピンのママにあんたを無料で子守してもらうわけにもいかないよね。あんたのパパは……」。そして母は父を見て、声を大きくして「自分だけの力で家族を支えられないんだから」と言った。

　家族を養えていないと母に侮辱されるたびに、父はこの世が明日終わるとわかっているような顔で微笑んだ。それは私がそれまで見た中で一番醜い笑顔で、父はずっとその顔をしていられた。この時は父があまりにもずっとその醜い笑顔のままでいたので、母が父にどう反応するのかを待っている間、私たちは思わず目を反《そ》らしてしまうほどだった。ようやく口を開いて父は言った。「おまえは李薇と一緒に一日じゅう家にいたら幸せなはずだよ」。李薇というのは両親が私のことを呼ぶ時の中国名だ。ふたりはその名前をマンディーに変えた。アメリカにやってきた時にまず最初に父が母を買い物に連れて行ったのが、〈クイーンズ・センター・ショッピングモール〉で、母が〈マンディー〉という店の看板に魅せられて中に入ると、そこはティーン向けの洋服店だった。母は「李薇が大きくなったら、あの子のためにいつかここで買い物しましょう。大学に入る前にここに来るの」と言った。

　すると父は、「マンディーのために〈マンディー〉で買い物するってことだね。李薇はここではマンディーって呼ばれるんだから」と言った。そんな調子で私の二つ目の名前は決まった。アメリカに住んでいる他の中国人と同じように、私には二つの名前があって、父はジェリーと呼ばれ、母はスーザンと呼ばれていた。誰もふたりのことを張建軍や陸詩雨とは呼ばなかったし、呼んだとしても必ずザン・ジーアン・ジャン、ルー・シーユーと発音した。仕事に応募する時に履歴書に書くための「アメリカ人の名前」が必要だったと父は言った。英語を話す白人のアメリカ人が発音しやすい名前にしないといけなかったのだ。私たちは既に目にするには下品過ぎる顔つきをしていると思われていたし、そんな顔で本当の名前を使っている人を、誰が雇いたいと思うだろう？

私は母と父は美しい顔をしていると思っていたが、父はその考えを訂正した。「アメリカではそうじゃないんだ。私たちは醜いんだよ。単純なことさ。彼らは私たちのことを見て、何一つできないバカだと思うんだ。それなのに私たちが自分たちと同じ学校に通うのを喜ぶと思うか？　私たちがやっている店に、洗濯物を取りに来たり、食べ物をテイクアウトしに来たいと思うか？　店にやってきて、カウンター越しに私たちの目や歯や肌が自分たちを見返しているのを見たいと思うか？　ありえないよ！　私たちにはここにいて欲しくないんだから。私たちのことなんて見たくもないし、中国名を発音しなくちゃいけないなんて状況を好むわけがない。スーとかチウとかさ。そんなの見たくもないんだよ！」。彼らがどれだけ私たちを嫌っているのかについて父が話せば話すほど、私たちのことを嫌っているのは実は父なのではないかとさえ思えた。アメリカでの最初の登校日、私はあまりにも疲れ切っていて、あらゆることを恐ろしく感じていたので、はからずも二つ目の「e」を書くのを忘れてしまい、私の名前は「e」が一つだけのMandeになった。つまり私のアメリカでの学校生活は失敗からはじまったということだ。私は初めから失敗者だった。

母はこの名前の問題に関しては父に同意していたけれど、私がファンピンの家ではなくて自分の家に帰ってきたいと思っているということに関しては（そうするためには、片方の親が家にいて私の面倒を見ることができる単一収入の家庭という贅沢が必須だったが、うちがそんな状態であるはずもなかった）憤慨した。「一日じゅう娘と一緒に家にいて何にもしないなんて、絶対に嫌。私を誰だと思ってるの？　また詩を書きはじめるんだから。それに絵も描こうと思ってる」

「すみませんね」と父は言った。「私は勘違いしてるのかな？　おまえは大人の女で母親だろ？

それとも思春期の子供なのか?」

　こういう場合、たいてい私は静かに立ち去って自分のベッドの中に隠れたが、まれに「やめてよ」と言ったりすることもあった。「ただ学校のあとはまっすぐ家に帰ってきて、宿題に集中したいだけだよ。ファンピンの家ではできないから。あそこはすごくうるさいし、彼女のママはいつもテレビを見てるし、他の家族もたまにいるし、集中するのがすごい難しいんだよ。お願いだから、家に帰ってきて宿題をやらせてよ。学校で誰にも言わないから。鍵を首からひもでぶら下げて、シャツの下に隠すようにする。誰とも目を合わせたりしない。誰かに話しかけられそうになったら、避けるし、黙るよ。誰かが近寄ってきたら、拷問を受けた人みたいに叫ぶから。ファンピンと一緒にいるよりも安全だよ。ファンピンはいつも知らない人に話しかけるって、知ってた? 変な男の人たちにだよ。そんなのファンピンは気にもしてないけど、私は違う。軽いジョギングとスタスタ歩くののちょうど中間の速度で歩いて帰ってくるから、走らないといけなくなったらすごく速く走れるっていうしるしになるし、歩いて帰っていたら全然怖がっていないっていうしるしにもなるでしょ。うちの近くのブロックまで来たら、秘密の道を通って、誰にも私がひとりで家に入るのを見られないようにするし、家に誰も大人がいないって思われないようにする。できるよ。できるはず」

「わかった」と母は言った。「学校が終わったらまっすぐ家に帰ってきていいよ。いい考えだと思う。そうよね、ジャンジュン?」

　父は折れた。「わかったよ。でも十分に用心するんだよ。暗記するまでもう一度言ってみなさい。家に帰ってきたら……」

「ブラインドを閉めたままにして、窓を閉めて、ドアにはかんぬきをかけること。電話は絶対に出ない。郵便物も受け取らない。一旦家に入ったら完全に人から見られないようにすること。家の中に誘拐したり、乱暴したり、殴ったり、もっとひどいことをしてもいい人がいるなんてギャングに思わせないこと。うん、〝もっとひどいこと〟がどんなことなのか、わかってるよ。この家に子供がひとりでいるなんてことを誰にも知られないようにする」。一気に話したので、私は興奮していた。

父はこのあとに続いて「次の成績表はきっとオールAだろうね」と言った。

四年生の残りの日々はずっと、学校が終わるとまっすぐ家に帰った。五年生になるとファンピンとは違うクラスになったので、私の人生の一章がついに終わるように思えた。父はこれ以上ないほど私の将来を計画することに忙しくなった。上海時代に仲良くしていて、今はリトル・ネックに住んでいる家族としょっちゅう連絡を取り合って、彼らの住所を私の学校の書類や願書に使わせてもらうように取り決めていた。そうすれば、彼らが住んでいる地域の公立校に私を通わせることができるからだ。住んでいる証拠として、クレジットカードや電話料金の請求書は自分たちが住んでいるフラッシングではなく、彼らの住所に送られるようにした。「こういうのを長期詐欺って言うんだ」と父は誇らしげに言った。「どれくらい長く続くと思う?」

「みんなが死ぬまで?」と私はあてずっぽうで言った。

「いや、全世界の人々だよ」と父は私を正した。「人類が絶滅するまでだ」

私たちはリトル・ネックにあるその友人宅をかなり頻繁に訪れた。娘のペギーは私よりも二歳年下で、私よりも更に輪をかけた恥ずかしがり屋だった。リトル・ネックはクイーンズとロングアイランドの境界線近くにあって、彼らはそこで連棟のアパートに住んでいた。「連棟」というのはつまり、隣に住んでいる人と壁を共有しているということだ。私とペギーは、まるで神様の手によって磁石のようにくっつけられてひもで引っ張られているみたいに、壁に耳をくっつけたまま移動した(ふたりともゆるい意味で神様という言葉を使っていた。「神様って絶対すごい人だと思う」。「そうだよね。私もそう思う」というように)。

私はペギーの家が大好きだったので、リトル・ネックも好きだった。近所にはグレート・ネックという場所もあったが、そこはロングアイランド側で、リトル・ネックはぎりぎりクイーンズに入っていた。自分が今どちら側にいるのかを当てるのは簡単だった。ノーザン・ブールバードまで運転していけばいいだけで、クイーンズ側には、韓国料理店やSATのための塾、ホンダのディーラーがあったが、グレート・ネック（両親やその友人たちはみんな、まるで毒を盛られて首まで壊疽《えそ》になった人のことを話すみたいに「グリーン・ネック」と呼んでいた）に入るとすぐに、韓国料理店は見あたらなくなり、カポビアンコのディーラーとか、〈パスケルズ・ピッツァリア〉といったイタリア系の店や、リトル・ネック側みたいにぎゅうぎゅう詰めではなく一台一台の車が余裕を持って展示されているBMWのディーラーが見えるようになる。交差点で待っている時、たまに日焼けした足に白い太いバンドが交差するように付いている上げ底の黒いサンダルを履いた白人の女の子の集団がだらだらと道をわたっていくのを見かけた。私はまた彼女たちを彼女たちならしめ、私を私にならしめた神様のことを呪った。

両親は絶対に娘が向かっているに違いないと思いこんだ運命――妊娠、薬物中毒、アルコール中毒、ギャングの仲間入り、何にも役に立たない人になることなど――を諦めて受け入れようとはしなかった。ふたりはキムチ壺だらけの土地に私を投げ込みたいと思っていた。リトル・ネックにある中学校に行かせるということは――新しい家の頭金には八万ドル足りず、私立の学校の学費に充《あ》てるには数十万ドル足りなかったが――惨めで、貧乏で、苦労の多い人生から娘を救い出せるかもしれない唯一の希望だったからだ。

六年生の日々はぼんやりと過ぎていき、小学校生活が終わった。学んだことの中で一番面白かったのは、社会の授業の課題で第二次世界大戦について調べる時に、温州の方言が戦争中に暗号として使われていたことを図書館で借りた本で知ったことだった。家に帰って両親にそのことを話すと、母は「そりゃそうよ」と言った。「おじいちゃんは暗号を使って話せたんだよ。暗号化されたメッセージを送ったり受け取ったりするために連れてこられて、私たち民族に火をつけようとした軍艦を沈める任務を担っていたの」。なるほどね、と私は思った。おじいちゃんの近くに行くと、神様の前でひざまずくのとおなじくらい神聖な気持ちになったのはそのせいだったんだ。

　時折、ファンピンとは出くわすこともあったし、放課後に前を歩いているのを見かけることもあった。彼女の長い黒髪はゆさゆさと揺れていた。ふくらはぎの真ん中あたりまでくるレースアップのコンバットブーツを履き、黒いズボンの裾をブーツにかぶるように折って、長い黒のトレンチコートを着ていた。彼女と喧嘩して勝ったなんて信じられなかった。私のイヤーブックに友達はみんなこぞってこう書いた。「なんで私たちと同じ中学校にしなかったの？　最高なのに！（もし刑務所が最高だって思うならね！）ミス・ユー・4《フォー》・エバー　みんなより」。お返しに私は彼女たちのイヤーブックにこう書いてやった。「みんな地獄に落ちろ。スパニッシュの女の子たちに私がボコられたがってるとでも思ってるわけ？　せいぜいヴァギナを蹴られて、何でもやるようなアバズレ教師から数学でも学ぶんだね！」

　その夏は、誰からも電話がかかってこなかった。私はブリンピーのサンドイッチを毎日食べて、テレビで「レッツ・メイク・ア・ディール」を見たり、ゲーム番組を見たりしながら、八時に母が仕事から帰ってくるのを待った。そうすれば、母が前日の夜に次の日の昼に食べるようにと買っておいてくれたブリンピーのサンドイッチを食べるのがどれだけ好きかということや、母がその夜もきっと買ってきてくれたに違いないブリンピーのサンドイッチがどれだけ好きかということ、ざっくり言えば母のことが大好きだということや（そして機嫌の良い時の父も）、何があったとしても母のことを絶対に信じているということを伝えられるからだ。いつかは母が週に六日も働かなくてもよくなって、私のそばにいて一緒に家にいてくれると信じていた。それは単に夕方の六時以降にひとりで家にいるのが怖かったからだけでなく、母の祖父のように母にも詩人でいて欲しかったし、母の祖父の祖父のように、美しいものを見て欲しいと思っていたからだった。なら、私はどうかって？　私も別の誰かになりたかった。若かった頃に上海で書いたという詩をいくつか母が見せてくれた夜、もう少しでそう口に出してしまいそうになった。

私の心は解放された
溶けた鉄を古い翼で引き上げる
太古の痛みは
流れる水のように自由にさまよう

断片的なんだけどね、と母はばつが悪そうに言った。私はこの詩は今まで読んだ中で一番素晴らしいと言って母に自信を持ってもらおうとしたが、その時ちょうど父が部屋に入ってきて、私がまだ寝ていないと怒り出したので、あとにしなければならなかった。あらゆることをあと回しにしないといけなかったが、それで良かった。私は時間をかけて自分の気持ちを話すことにした。以前に感じていたような、急ぐ気持ちや切羽詰まった気持ちは静まっていた。今私は十一歳でもうすぐ十二歳になるんだし、ゆっくり時間をかけていくことにしよう。

労働者の日（通常九月第一月曜日）が過ぎると中学二年生がはじまった。私はリトル・ネックにある中学校に行くことになっていた。その学校はフラッシングの自宅からリトル・ネックまでバスに乗り、ウェスタン・ユニオンで降りて、坂を十分歩いたところにあった。私たちの生活はようやく変わり始め、ついにこれで私は安全になったと両親は思っていた。ふたりが私を救い出したのだ。私はまだ生きていて、処女で、子供だった。でもこれまでみたいに、小さくて守られていることが良いことだとはもう思えなくなっていた。

あらゆることを説明しようとした両親。毎日私のコートのポケットの中身を探り、男の子の近くに行っていないか確認するために髪の毛の匂いをかぎ、一問一問に対して少なくとも二通りの回答を書いていることを確かめるために数学の宿題をチェックし、「ニューヨーク・タイムズ」の記事を切り抜いて、まずは私にその記事を全部写させて、それから三文以内で要約させ、その次は五文以内、更には二段落以内、そして最終的にまた三文になるように要約させた両親。新聞のどの欄を選ぶかによっては、私の要約がもとの記事よりも長くなってしまうこともあった（そのうち両親は、世界のニュース、アメリカのニュース、ビジネス欄からしか選ばせてくれなくなった）。私はハーバード大学に進学し、自分たちには手に入れられないけれど、私なら少し手を出してみることのできる良い人生を送れると本気で信じていた両親。私を傷つける可能性のあるあらゆることにどれだけ目を光らせて予測して防ごうとしても、私を本当に怖がらせているものは結局のところ何なのか見当もついていない、善意に満ちた優しい両親。

中学校ではみんな、ギャングに入っているか、もしくはギャングにぼこぼこにされるかのどちらかなので（私はどっちだったと思う？）、学校の廊下で人と目を合わせることすら恐れているというのに、ハーバード大学に入れなかったらどうしようなんてことをどうして恐れられる？　中学二年生はきつかったし孤独だった。ファンピンは他の中学校で元気にやっているのかな。空手で黒帯は取れたかな、服装をからかわれていないかな、苦しめてやる他の相手をみつけたかな、それとも中学校に入ったらそんな力はなくなってしまったかな。初めて私はファンピンが怖がっていないかどうかを考えた。

「新しい学校は楽しいんだよね？」と両親は私に聞いた。

「同じだよ」

「同じ？　落第者の比率二〇％と四〇％が同じだって言うのか？　中学二年生の半分以上の標準テストの点が八〇強パーセンタイルというのと、生徒の半分がヤク中でもう半分がドラッグの売人のクラスと同じだって言うのか？　それがおまえの言う同じなのか？」

「勘弁してよ、パパ。ただ私には同じように感じるって言っただけでしょ」

「それなら、もっと強く感じ取るようにしなさい」

「あなた」。母は父に言った。「この子だって、できるだけ強く感じようとしてますよ」「おまえ」と父は母に言った。「マンディーはできる限りのことをやっていると本当に思うのか？　私たちがこの子をこの学校に入れてやったくらいの努力をこの子はしてるのか？　四十枚の書類に記入して、何百回も電話やファックスやコピーをして残りの二年間を過ごすくらい頑張っているっていうのか？　そうした計画を五年以上も前に思いつくくらい頑張っているのか？」

私はそれくらい自分は頑張っていると思っていたけれど、そんなの誰にもわからなくない？　それに、両親はどうやって私が頑張っているかどうか判断するというのだろう？　夜、私が起きている間にふたりがそばにいる時間は大抵三時間で、時に二時間だったり、ゼロだったこともある。その三時間か二時間かゼロの間に、次の日に私に会えるのは一時間かゼロになるかもしれないからといって、夕食を作って冷蔵庫にしまっておく以外にふたりに何をする時間があったというんだろう？　ふたりで無駄遣いをなるべくしないように心がけて、今月は二百五十ドルの貯金を目指していたのに、結局六十ドルしかできなかったのはどっちのせいなんだと口論したり、スペリングのテストで九十九点ではなくて百点を取ることや、英語のエッセイで「非常に良い」ではなく「素晴らしい」というコメントをもらうことがどれだけ重要なのかを私にわからせるために、何度も私の宿題を見直したりする以外の時間がふたりにはあっただろうか？（「この課題にはいわゆる〝成績〟はつかないんだよ」と私は引用符を指で作る仕草をしながら言った。すると「完璧はいつだって存在する。ママを見てみなさい」と父が言ったので、私はおもわず「うぅ」と唸ってしまった。完璧というものは確かに存在したのかもしれないし、すぐそばにあったのかもしれない。でもそれはくしゃみと同じくらいしか持続しなかった。一週間、もしくは一日、あるいは数分後には父の顔から夢見心地な表情が消え、父から高評価をつけられた母はそこから転落し、再びふたりは仲違いをして敵対し合った。父は母が黙るまで、母の胸ぐらをつかんだり腕をねじったり顔を叩いたりした。母は台所から包丁を持ち出してきて、父を刺し殺して自分も刺すと言った。それがみんなにとっていいことでしょう？　私は父が母のことを嫌うのが嫌だったし、母が父のことを嫌うのも嫌だった。母を守れない自分のことも嫌いだったし、自分を守るために私を必要とする母のことも嫌いだったし、そんなふうに母が守られなくてはならない原因を作った父のことが嫌いだった。そして最終的には、本当に守らなくてはいけないのはこの子なんだと言い張るふたりが両方とも嫌いだった。もし私が生き続けられたとしても、完璧以上の存在でなければならなかった。両親がお互いに満足し合うことができないのなら、なんで私に完璧であることを求めるのか知りたかった。）

私は完璧になるためにご飯を食べさせてもらい、面倒をみてもらい、激励をうけ、何度も何度も人生はいつでも向上できる、若い時に努力して完璧になるのはみんなが目指す生き方なんだと言い聞かされてきた。そして父は、まだ今なら楽に完璧になれるんだと言った。ただもう少し大きくなるまで待てばいいだけなんだからと。でも私は待つ必要はなかった。もう既に、完璧を目指すのは辛かったからだ。毎晩両親に会う三時間か二時間か一時間かゼロ時間の間に、私はふたりが新しい質問をしてくるのをずっと待っていた。学校で何人友達ができたかとか、新しい学校は慣れるのが大変かとか、家に帰ってきて今日は両親に会えるのは三時間なのか二時間なのか一時間なのかゼロ時間なのかわかるまで両親の帰りを待つのは寂しくないかとか、バス停までひとりで歩くのは問題ないか、バスの中で変な男に声をかけられて一緒に子供を作らないかと言われたことはないかなどと。

私は学校では怯えたネズミみたいに足音をしのばせて歩き、ベルが鳴ると教室から教室まで素早く移動した。はからずも悪口を言われたりしないように、ロッカーを開けたらほやほやの犬の糞が落ちてきたりしないように、目を合わせてはいけない人を見てしまわないようにと願っていた。いつも誰かが誰かを標的にしようとしていた。その中でも一番悪名高かったのが、高校一年生のスジンだった。彼女は韓国系の不良グループのリーダーで、ものすごく美人だった。サディストであるという噂があって、それによって彼女の美しさはより極まり、近づきがたい存在として見られていた。彼女のことを眺めていたいと思ってもできなかった。そんなことをしたら、放課後に急に襲われたり、それ以上の仕打ちを受けることになるからだ。彼女は「フェミニン・ルック」という言葉を更に危険な言葉にした。スタッズが付いた太いベルベットのチョーカーをつけていて、歩くたびに小さな十字架が首元で優しく揺れた。どこに行くにも、親友のユンソンとユニスが両脇を固めていた。ふたりは何も付いていないベルベット以外の生地でできた太いチョーカーしか身につけるのを許されず、チャームを付けるなんてもってのほかだった。彼女たちはずんぐりとした首をしていて、もぎとった頭をねじ込んで元に戻したバービー人形を彷彿とさせたが、一方でスジンの首は長くて白くて美しかった。絵に描かれたり、アートギャラリーで展示されるような種類の生き物だった。シャープな頬骨、きれいに整えられた眉毛、それに唇をとがらせながらこれまでに見たどんな笑顔よりも魅力的なこしゃくなしかめ面。ただし誰もそれを記憶しておけるほど長く彼女を見つめることは許されなかった。彼女は罪作りな顔をした不良だった。

スジンがひとりでいることはなく、そのことからも彼女が力を持っていることが見て取れた。彼女は指示されなくても彼女のためなら何でもやるようなティーンの女の子たちのグループに属していた。彼女には味方をしてくれる信奉者がいたが、その他の子たちには当てにできない友達しかいなかった。ユンソンとユニス以外にもお抱えの女の子が十人くらいいて、その中に入ろうとしても入ることを許されなかった女の子がたくさんいた。微分積分の授業の間に、スジンが「まるで明日なんてないみたいにプッシーを貪っていた」という噂話を耳にしたこともある。

「ねえ、知ってた?」。放課後、ペギーの家で両親が迎えに来てくれるのを待っている間、ペギーに言った。「プッシーって食べられるんだよ」。ペギーにそんな言葉を教えてしまうかもしれないことに恥じらいを感じていたので、はっきりとは言えなかった。私が彼女くらいの年齢の時は全然知らなかった言葉だし、彼女が少しでも私に似ているのだったら、それはつまり、私は彼女にとってファンピンみたいな存在ということになる。そんなことは考えるだけで恐ろしかった。

「中国人の悪口を言うための人種差別的な言葉だってパパが言ってたよ」

「猫ちゃん《プッシー・キャット》の話をしてるんじゃないんだよ。おしっこをする穴の話をしてるの。男の人にあれを入れさせる穴で、ボーイフレンドができたらそういうことをするようになるんだよ」

「気持ち悪い」

「だよね」。私は同意した。

「神様はそのことを知ってるのかな？」

「神様は何でも知ってるよ」

「そうなんだ」と彼女は言った。それは両親が私に警告しておくべきとわかっていなかったことの一つで、そのことについて考えれば考えるほど興奮した。その夜、布団の中で祈ろうとしたけれど、自分のヴァギナがキャンディーみたいに甘くて、誰かにとって欲しくてたまらないものになるところを想像すると笑いが止まらなかった。そんなことがあるのなら、私が求められたいように求めてくれるのは誰なんだろう。これまではファンピンのことを受け流したくらいしかない。ファンピンが私に対して感じた欲望は、がんみたいな悪の根源で汚らわしいものだったけれど、私が本当に魅力的で、彼女が私を欲しいと思ったみたいにもっと多くの人が私のことを欲しいと思ったら、本物の筋肉や根性が鍛えられるはずだ。私が美人でなかったのも、良かったのかもしれない。なにしろ、ファンピンの先発攻撃に対して自己防衛で暴力を使った時の私は、まともな顔すらしてなかったんだから。もし私がスジンみたいな美人だったら、どんなふうに振る舞えたんだろう？

主よ、救世主イエス・キリストよ、我に力を。九歳のファンピンが顔を近づけながら、彼女の股を私のお尻に押し付けて、隣で寝るふりをしてくれないかと頼んでくる姿に抵抗するために祈った。気持ちよくない？　彼女はよくそう訊いてきた。暗闇の時も見守っていてください。寝ている時も身も心もお守りください。私が身を捩《ねじ》ってふたりの間の距離を取ろうとすると、彼女は「そんなに動かないでよ」と言った。私は永遠にあなたを敬います。どんな試練や苦難があっても、私は全部あなたのもので、あなたの従順な僕です。こんなのよくないよ、と私は言った。ママはこういうことをしていいのは、将来のだんなさんかママとだけだって言ってたよ。揺るがぬ信仰を持ち、恐れることなく明日に立ち向かう助けとなってください。それが大人になったら求婚してくるという設定の想像上の男の子の話をするたびにファンピンは私を叩いた。私が男の子の話をするたびにファンピンは私を叩いた。彼女は、誰がそんなママっ子になれって言った？　誰が男と結婚しなくちゃいけないって言った？と詰め寄った。ファンピンはワイルドで、私は意気地なしだった。ファンピンが完全に間違ったことを言っていても、その中の一つや二つは正しかった。例えば、もし私の両親が自分たちが得たものを私もいつか欲しがると思っているとしたら、ふたりは私よりもナイーブだということもそうだった。お願いします、と私は神様にお願いした。正しい生き方を教えてください。祈っている間もファンピンの存在がずっとちらついていたのに、私はあえてその名前は口にしなかった。何年も前に、自分のやり方があっているのかどうかわからなかった私に、神様に話しかける方法や言葉を教えてくれたのはファンピンだった。そして今、私は彼女と同じ方法で神様に話しかけている。神様との距離を感じるのと同時に、ファンピンにあまりにも近づき過ぎてしまったように思えた。彼女は徐々に私の祈りの中に侵入してきた。本来なら神様にしかわからないはずの私の一部に入り込んできた。親愛なる神様、ごめんなさい……自分が言いたいように言わなくちゃ。私にはしるしが必要なんです。こういうのは本当はよくないっていうのはわかっています。でも一時間目の授業に行く時に、私の肩を叩いて欲しいんです。バスを待っている時に、バッグの中に葉っぱを落としてください。あなたが本当にそこにいるってことを知りたいんです。ごめんなさい、間違ってますよね。信仰を持っていない人だけが、しるしやシンボルに頼るんですよね。自分勝手な人だけが、自分の祈りへの答えを欲しがるんですよね。神様にお願いするのは間違っているって、わかっています。わかってる、本当にわかってるんです。でも途方に暮れています。毎晩寝る前に怖くなるし、毎朝起きると怖いんです。朝起きて、また一日生き延びてしまったとがっかりするのは普通のことですか？　時々、そもそも目が覚めないほうがいいんじゃないか、生きるというのがどんなことか知らないほうが良かったんじゃないかって思うんです。もう手遅れですか？　私が送るのはいつもこんな人生ですか？　この世を超えた所にもう一つの世界があるなんて想像できません。神様の王国や恩寵を信じたいけれど、想像できないんです。前に進みたいけれど、何に向かえばいいですか？　どこに行けばいい？　大抵の場合は、昨日になってしまうまで明日のことは想像できないんです。ただ待っていればいいんですか？　その前の時代の母親や父親を神様が創らなければよかったと思うのは間違っていますか？　私や、母や、父や、たちについて私が知っているのは、彼らがどれほどの苦しみを経験してきたかということだけ……その人私もその苦しみを経験するんですか？　どうして生命をお創りになったんですか？　そんな気分じゃ全然なかったら、お許しください。私が死んだあとに、子供たちが自分の子供に文句をぶちまけるみたいにして話す物語になりたくないって言っても、お許しください。どうかどうかどうかお許しください。おやすみなさい。

黄色と黒を学校に着ていくのは、「マジで殴ってください」と書いてある看板を背負っているようなものだった。八時間目と最後の授業の間に、廊下にいた子が私のヴァギナめがけてパンチするぞという素振りをしたのに、結局は丸めた拳から人差し指を出して私のシャツ――ある日の午後にファンピンと一緒にガレージセールで見つけた宝物――を指さした。そのシャツは、ファンピンが「親友だから」と言って五十セントで買ってくれたものだった。その後ファンピンの家に戻ると、彼女がベタベタしてきても感謝のしるしと思ってあまり抵抗しなかったが、彼女の前でそのシャツを着ることは一度もなかった。私もベタベタしたいと思っていると勘違いされたくなかったからだ。今私は中学二年生で、体には二つの胸のような言われなくては気づかないくらいの曲線があるので臆病にはなりたくなかったし、ちゃんとした誰かに気づいてもらいたかった。もし私が本当に美味しくてみずみずしくなるのなら、おなかを少しだけ見せるとか話すために口を開けるとかして、自分を少しさらけ出さないといけなくなるだろう。小学校の時に着ていたTシャツをあるだけ引っ張り出してきて、丈の短いベビーTシャツみたいにして着ようとしたけれど、最初の一週間で怖気づいて、膝まである大きなセーターを着て隠してしまった。私は空気みたいに存在感がなくて、他の子が私に向かって突進してくることもあった。九月なのに異様な酷暑が何日も続くと、ついに私はどんな理由があってもセーターを着るのをやめて、ファンピンがプレゼントしてくれたTシャツを着るんだと自分に言い聞かせた。首や袖にパイピングが入った薄い黄色の布地に、黒い文字で「私の太陽はスターなの！」と書かれているTシャツだった（太陽sunと息子sonがかかっている）。

「何？」。私は、こちらを指さしている子に訊いた。

「それって、ボコボコにして欲しいってお願いしてるようなもんだよ。ジョークのつもり？」

　スジン以外の人が着ることを禁じられていた色の洋服を私は着ていたのだ。最終的に知ることになったが、私はそれについて聞かされた最後の数人のひとりだった。ほとんど何をしてもスジンの報復の標的にされる可能性があった。彼女の横に立ったり、彼女の横を通るのがあまりにも速過ぎたり遅過ぎたり、彼女の近くで手を振ったり、彼女の周りで大き過ぎる声や小さ過ぎる声で話したり、彼女のことを見たり、裸でいないためにただ着たい物を着ているだけなのに、実際は彼女をありえないくらい激怒させて、あとになってお仕置きをされる羽目になるTシャツを厚かましくも着ていたりすることがそうだった。

　今度中学生になる子たちが怖がるような噂があった（二年生の最初に転校した私は当然、その話を最後に知った）。一年生のひとりが相当のバカで、スジンのことをよろしくない方法で見てしまったがために彼女に首根っこをつかまれて、「あんた、私のことをそんなふうに見ていいとでも思ってるわけ？　ありえないから、このペチャパイ」と言われたという話だ。その女の子は謝って謝って謝り続けたがスジンの怒りは収まらず、放課後彼女と仲間の不良たちはその一年生のあとをつけ、彼女の手と足を太いロープで縛り付けた（この時点で、初めてこの話を聞く人は誰でも恐怖で怯えあがった。投げ縄ができるくらい太いロープを使って、高校一年生が何をしようというのだと）。彼女たちはその子に「ほどいて欲しい？　解放してもらえるほど反省してるとでも思ってるわけ？　このビッチ」と言うと、その子は「そうです。お願いします、お願いします。本当にごめんなさい。本当に本当にごめんなさい。どうかほどいてください」と懇願した。それに対してスジンは、「わかった。でもその前にいくつかやることがある」と言った。すると女の子は「なんですか？　なんですか？」と必死に何度も何度も言ったので、スジンは彼女の口めがけてパンチを食らわせて、前歯を折って黙らせた。スジンととりまきの女の子たちは、スジンのことが大好きで、彼女を口説けるならと、彼女の企みなど知りもしないで車の鍵を渡したどこかの高校生のホンダのアコードの中にその一年生を引きずり込んだ。彼女たちは車の中で待機し、暗くなるまでラジオを聞いていた。戻って危険がないことを確かめてくるように言われた取り巻きのひとりは、建物の灯りが全部消えるまで、言われた通りにゴミ置き場の後ろに隠れていた。

「管理人が正門に鍵をかけて帰っていくのを見ました」と彼女はスジンに報告した。スジンは例の一年生の方を向いて「暗くなってからあそこに行ったことある？」と訊き、アスファルトとコンクリートが敷き詰められて有刺鉄線が張られた誰もいない駐車場を指さした。そこは音楽室に近かったので、音楽の先生たちが車を停めていた。その子は首を振った。

スジンは彼女を車から外に蹴り出して、「すぐにわかるよ」と言った。この話をここまで聞いた時点で、人はきっとこう思うはずだ。高校一年生が中学一年生にできる最もひどいこととは一体なんだろう？　本当の恐怖を想像できる大人になるための指標？　でももし想像できる限りの最悪なことが、自分とそれほど変わらない人の身の上に既に起きているとしたら、安全な人なんて果たして本当にいると言えるのだろうか？　私たちが想像すらできない、更にひどいことがあるっていうのだろうか？

でも実際あったのだ。ありえないくらいもっともっとひどいことが。

スジンはフェンスのところまで歩いて行き、ガーデニング用の厚い手袋をはめてよじ登ると、フェンスから有刺鉄線を外して降りてきて地面に置いた。そして取り巻きの女の子たちにその一年生の洋服を剝ぎ取らせ、有刺鉄線でその子の顔を叩くところを横に立って見るように命じた。それから歯と歯の間で口笛を吹きながら、クリスマスツリーを飾り付けるみたいにその子の体に有刺鉄線を巻きつけた。それが終わると後ずさりしてこう聞いた。「まだ私のことを見たいって思う？」

その子が地面に倒れると、女の子たちはスジンと一緒になって笑った。複数の記録によると、その女子グループのひとりは「もういいよ。家に帰ろうよ。このビッチはもうおしまい」と言ったそうだが、スジンは「だめ、まだ終わってない。あともう一つやらなくちゃいけないことがある」と言った。それが何かって？　そう、あれ！　私たちはみんな、映画でいうところの、不可能だったことが突然可能になったり、かわいそうだと思っていた登場人物が最終的に恩寵を受けるような幸せな結末を心の中で密かに願っていた。

もう一つやらなくちゃいけないこと、というのはこうだった。一年生が痛みに身悶えしている間、スジンは四人の女の子にその子を支えさせて、その中のひとりに、少し前に剝ぎ取ったTシャツでその子に猿ぐつわをさせた。それから少しずつ、一年生の女の子の体から有刺鉄線を引き剝がしていった。それは風にはためく小さな旗みたいに鋭い刃となって彼女の肌を引き裂いた。終わるとその体には血が滲んでしましまのキャンディーみたいな跡がつき、その子はあまりの痛みに二度舌を嚙み切ろうとしていた。スジンの取り巻きの女の子たちの中には、不安気に震えている子もいたし、あざ笑ってはいるものの本能でそうしているというよりはそう演じているような子もいた。スジンはというと、すごく可愛らしい顔でクスクスと笑っていた。まるで歩いているアニメのキャラクターの前にバナナの皮を落としたみたいな、ちょっとした微笑ましいいたずらを終えたような、あるいは便座を拭かずにそのまま座っておしっこをしてしまったような、本当にどうでもいいようなことをしてしまったみたいな表情だった。彼女は真の人でなしだった。それからスジンは、誰の手も借りずに彼女のことを間違ったふうに見てしまった女の子をなんとか車に乗せると、バンドやコーラスが練習する音楽室の裏にあるゴミ捨て場に捨てた。

ジョージ・ワシントンの誕生日（二月二二日）が私の冬休みの初日にあたるので、先週の金曜日に両親は仕事から戻ると、どこかに旅行に行ってもいいねと話をしていた。いいね、いいね、いいね、いいね、いいね、いいねと私は言った。いいね、いいね、いいね、いいね、いいねと母は言った。するといいね、いいね、いいね、いいね、いいねと父が言った。私たちはとても仲が良くなってきていたし、父はその月の目標額を越えた金額を貯金できていると発表した。翌日、私が寝ている間に両親は車に荷物を積みこんでいて、目覚めた時には目玉焼きができていた。私たちのアパートのどの角からも太陽の光が差し込んでいた。

私は「夢の中で卵の焼ける匂いがしたんだよ」と母に言い、母の腕を下に引っ張って卵についている醤油を舐めたいとせがんだ。

「これを使いなさい」と母は言って、箸を渡してくれた。「でも急いでね、わかった？　八時前に出ないと渋滞がひどくなるし、ママはリンカーン記念館が見たいの。暗い時に見るのとは全然違うからね。ニュージャージーに着いたら上司に連絡して、熱があるって言わなくちゃ」

ごく稀にだが、両親はあらゆることを一旦中止して冒険に出ることがあった。一日だったり、週末だったり、週末に平日一日を足したりなどいろいろだったが、そうするとふたりは自分たちの体のあらゆる柔軟な部分にぴったりと巻き付いた恐怖をふりほどいて、やっと解放されるのだった。いつその時が来るのかは私にはまったく予測できなかったけれど、時折両親は自由になる方法を見せてくれた。頻繁にあることではなかったので、そうした自由がどれだけ貴重なのかわかったし、そのためにいつも蓄えておかなければならず、緊急事態が長く続くとその反応としてそうなるということもわかっていた。私が両親の子供であることを嫌がりはじめるのに、それほど時間はかからないだろう。そして私を守り、導き、指導するためにふたりがしてくれたあらゆることに対して、ちゃんと感謝の意を示さなくなり、たいていのことに関してふたりと言い争い、こんな自分になったのはふたりのせいだと責めるようになるだろう。でも今のこの時点では私はまだふたりの子供で、それだけは確実だった。ふたりが私を自由にさせてくれる時と、ふたりが自分たちを自由にする時にしか、私は自由にならなかった。だからそういう機会がくると、私はどっぷりと浸って満喫したのだ。

もともと両親は南に行こうと思っていた。太平洋の湾岸に沿ってキー・ウェストまで行こうと計画していたが、ペンシルベニア州に入ると、「いつカリフォルニアに行けるの?」と母が言い出し、それを聞いた父は「いつ私たちは、娘が叶えたいと思う夢を一つも犠牲にすることなく、おそらくは拒否されることになると思うけれど、銀行で大きなローンを組むこともなく、私たちが与えられる全てのものを彼女に与えられるようになるんだろうね?」と言った。私は、「マクドナルドに行かない? フィレオフィッシュがすごく食べたい」と言い、三人がより強い目的意識と団結力を持ってより遠くへと車を走らせなければ決して目撃することのない地震みたいに、時折車は高速道路の上で揺れた。渋滞の間、私は宙に両足を投げ出して後ろの車を楽しませた。メリーランド州に到着すると、「ここの州の名前はマンディーランドにしよう」と言う私に、両親はいいね、いいねと言い、ウェルカムセンターに着くとみんなで車を降りて、怠け者の大きなライオンみたいに体を伸ばした。

私はコインプレスマシーンの前で立ち止まると、トイレに向かう途中の母に向かって叫んだ。

「ママ! 二十五セントを入れたら、歴史あるお土産に替えられるんだって!」

「そんなの何にもならないでしょう。二十五セントは二十五セントとして使うの、無駄にしないことね」

「お願い」と私は言った。「お願い、お願い、お願い」。そして母の両ポケットに両手を突っ込んで、二十五セント硬貨を四枚つかむとこう言った。「おじいちゃん《イェイェ》やおばあちゃん《ナイナイ》やママの方のおばあちゃん《ハオポ》やおじいちゃん《ゴンゴン》にもお土産を買わなくちゃね」。それを聞いた母は、自分がこの世に生み出す運命にあった女の子はまさにこの子だとでも言いたげに私を見て微笑んだ。それはつまり、私はこれまで自分が足を踏み入れたあらゆる場所に属してはいるけれど、それ以前に母のものであり、母は私のものであるということを示していた。「すぐ戻るね、ママ」

母の二十五セントを使ってぺったんこになった楕円形のコインを四枚手に入れると、ポケットからまた二十五セントを取り出して、もう一度プレスした。車に戻ると、私は母にグローブボックスから封筒と切手を出して欲しいと頼んだ。母は何でもそこにしまっていた。私の写真、自分の写真、口紅、いつか行ってみたい都市の地図、いつか食べてみたい食べ物の写真が載った新聞の切り抜き、転んでちぎれてしまった時のための靴ひも、頭痛薬、下痢止め、ウェットタオル、ケチャップ、スパイシーソースの袋、誰が何のために誰に宛てて書いたのかすらわからない秘密の手紙。母だけがその不思議なボックスを使うことを許されていた。

ボルチモアまでは車で六十マイルで、オーランドまでは八百九十マイル、その先を少し行くとメキシコ湾に出る。私たちはそこを目指していた。南の目的地まで行こうと決めていて、長距離の旅になると準備していた。父が共産党員たちが詠唱する古いカセットをかけて音量を上げると、生涯をかけて自国の革命派の一員でありたいと懇願する青年や少女たちの声で車内は溢れかえった。一曲目は中国の国歌だった。両親は曲に合わせて車の中で歌った。ふたりの声はいつもの聞き慣れた声とは随分違って、ハキハキしていて力が入っていて深みがあった。ふたりはまるで直立不動の姿勢で立っているみたいに、車のシートに座っていた。私は集中して聞いた。

立ち上がれ！　立ち上がれ！　立ち上がれ！
数百万人の我々は一つの心を持っている

圧制者に攻撃されても進み続ける！

圧制者に攻撃されても進み続ける！

立ち上がれ！　立ち上がれ！　立ち上がれ！

立ち上がれ！　奴隷になりたくない者は全員だ！
我らの血肉で築く、新たな長城
中華民族は過去最大の危機に直面している
全員で、己《おのれ》のなかの獅子の雄叫びを轟かせろ
立ち上がれ！　立ち上がれ！　立ち上がれ！

私は叫ぶようにこう尋ねた。「パパ、この人たちが着ていた制服と同じものを着てこの歌を歌ってたの？」

「当たり前だろう。私たちは小さな軍人だったんだ」

次は、反帝国主義の曲だった。反帝国主義は私がやっと学校で習った言葉だったが、面白いことに、恥じる言葉としてではなく中立的な言葉として学んだ。

アメリカの帝国主義を恐れるのは我らではない
アメリカの帝国主義が我らを恐れるのだ！
大義名分は偉大な支援を受け、大義名分でないものはどんな支援も受けない！
歴史という法律は破られることはない、破られることはない！
アメリカの帝国主義は確実に滅びるだろう
そして世界の人々は間違いなく勝利を得る

世界の人々は間違いなく勝利を得るのだ！

「この歌って基本的にアメリカをバッシングしてるの？」と私は尋ねたが、母が更に音量を上げたので、その質問は答えられないままになった。テープが終わると、父は変な雰囲気になっていて、バックミラー越しに私を見ていたその目は確かに濡れていた。「昔のことだよ」。父はあっさりとそう言うと、それ以上何も語らず、しばらくするとまた明るくなった。「今日は何かを経験してみたいんだ。二月で一番暖かい月曜日に、広々とした幹線道路を走っている車の中に、世界一の家族が乗っているっていうのに、なんで友達なんて必要なんだ？　だろう？　そう思わないか、マンディー？　どうしてだと思う？」

「わからないよ、パパ。ママはわかる？」

「わかんない」と母は言い、一握りのひまわりの種を口に入れた。「あなたたちふたりが私の一番の友達だよ」。こんな優しい喜びが訪れることを私はずっと祈っていた。こんな満足感やこんな日が、明日もずっと続きますようにと。こうしてついにその願いが叶うと、まるでこの世に生みだされたような感じで（生み出されるのはどんな感じなのかは覚えていないけれど）、でも今回は自分自身が創造されるということを完全に認識できていたし、それに参加してもいるように思えた。そして突然、生まれるのがどんな感じなのかを覚えていない理由がはっきりわかった。もし覚えていたら、死ぬのはどんな感じなのかについてあまりにも多くのことが見えてしまうからだ。自分の生まれる時にその場にいるというのは自殺行為だ。突然存在するという真の謎を知ることは、存在するのを突然やめることに対する真の恐怖を知ることでもある。その二つは同時に生じなければいけなくて、頼りにならない私の心の中ではわかっていること――恐怖から逃れられるすべはないということ――に対する祈りは届かないのだ。恐怖は常にそこにあり、喜びを増幅して盗み取っていく。それでも恐怖の深いところまで入り込んだり、恐怖の外側の輪の中で転げ回ったりするのは魅力的だった。そうすると恐怖が幸せみたいなものに代わることもあった。いつまでも残ったりぼんやりと現れたり戻ってきたりするイメージに、とある午後をそのままそっくり変えてしまうような幸せに。

私たちは自分たちのためだけに作られた見えない進入車線を通って、のろのろ走る車を追い抜きながら南へと向かった。ついに到着したら、ソンブレロハットを一つ一ドルで買って、海に放つのだろう。そして私は満足げに両親がこう言うのを待つのだ。「そろそろ帰ろうか」

車の中で、母は靴と靴下を脱いでダッシュボードの上に足を乗せた。私は母の足の指の外側が小さく膨れているのに気づいた。母は自分の足がすごく硬いのは農家の娘に生まれたからだと冗談を言って、みんなで大笑いした。実際の母の両親と祖父母は、大学教授や詩人や政府の役人だったからだ。暴力的に血筋が汚されることは何度もあったが、それは再び修復され、更にそれ以上のことがあった。私たちは人生で必要なものは全て与えられていたので、そうでないように振る舞うのがおかしかったのだ。

母がまたカリフォルニアについて父に訊くと、父はやめなさいと言った。でも母はまた訊き、数分後にまた訊き、更にまた訊いて、それからまた訊いた。そうしてついに肺の裏側から長く大きなため息をついてからこう言った。「どの国でも西側はいつだって一番美しいの。自分たちが住んでいる国の最も美しいところを見るべきでしょ」

それを聞いた父は、二車線を越えて右側へと移って緊急停車する場所に車を停め、ハンドルから手を放して助手席側のドアを開けると母を車から押し出した。

「出てけ」と父は言った。「これはおまえの車じゃない。おまえは一銭も払ってないんだから」。

「建軍」と母は言った。

「出ていけ」

無言で父が幹線道路を飛ばしていくにつれ、車の中から見える母の姿がどんどん小さくなっていった。私はこれまでのことは全部害のないことだったと父が理解してくれますようにと祈った。母がぜいたくな願望を持つことや、父が瞬間的に怒りを爆発させることや、人生において私たちが既に犯した間違いというのは、全部致命的とか限界とか言うには程遠かったし、私たちにはまだ理解できない選択肢や、足を踏み入れていない未来があった。**この世は生き延びられるのか？** そう。もう既に生き延びてきたし、生き延びなければならないし、生き延びていくのだろう。

もう神様に話しかける必要はなかった。ただ声をあげればよかった。ドアのハンドルを握りしめて、衝動に身を任せてドアを開けて外に飛び出すのは幻想でしかない。また州境を越えたのかと思うほど、車は速度を上げていた。この人生で頼れるものはほとんどないんだ……でも私はまた自然に息ができるようになる姿を想像した。父は瀬戸際で次の出口で高速道路を降りて、今度は反対側を走ってもと来た道を戻っていく。どうにかして中央線を越えて、スピードをあげて走り去っていく車が通る六車線を越えると、まずはこちらに向かって、そしてまた違う方向へと母は歩いて行ったのではないか。私はそんなふうに、ずるずると引きずるように考えたりしない。その代わり、小さな点のように見えていた母の姿が徐々に大きくなっていつもの母の大きさになる瞬間を待ちわびている。そしてその姿がもう二度と変わらないことに安堵する自分の姿を想像するのだった。

なんであの子たちはレンガを投げていたんだっけ？

「こっちの耳が聞こえなくなったのは、フェンスを飛び越えてきた馬が横から顔めがけてぶつかってきたからだよ」と祖母はジョン・F・ケネディ空港に到着するとそう言った。私は九歳で、祖母に会うのは四年ぶりだった。「上海では毎晩一緒に寝ていたんだよ。毎週もうひとりのおばあちゃん《ワイポ》の家におまえを連れて行ったんだ。あの人はひっきりなしに電話してきて、『私は自分の孫娘に会えないの?』って訊くんだよ。だから私は『もちろん会えるよ』って答えた。でも気持ちを傷つけたくはないけど、おまえは彼女に会いたがらなくってね。ワイポの家にいる時はいつも泣いていたし、私の名前を叫んでは近所の人たちを起こしたものだよ。おまえは彼女の顔を嫌がってね。丸くてお月様みたいだからって。でも私の顔は卵みたいな完璧な楕円形だと思っていたんだ。それに、おまえは私の家が好きでね。おまえの本当の家だったんだよ、今もそうだけどね。おまえをワイポの家に送っていくとすぐに、戻ってきて欲しいって必死になってワイポは私に電話をかけてきたよ。だから急いで戻ったんだ。そうだよ、私の大切な孫。おまえの六十八歳のおばあちゃんは、おまえのために通りを走っていったんだよ。一秒だっておまえを苦しめたくないからね。私が到着するまでおまえは泣き止まなくて、私が引き寄せて抱きしめるとすぐ、本当の家族のもとに帰ってきた子供が見せる、心から幸せそうな顔をして眠ったんだよ」

「今はひとりで寝てるよ。自分のベッドがあるし、シールも貼ってあるんだ」。中国語でシールのことを何て言うのかわからなかったけれど、私は中国語でそう言った。私は母に体をくっつけていた。母は父に、祖母がなぜか飛行機会社に追加料金を支払わずに荷物を三つチェックインして、手荷物を二つ機内に持ち込んだので、二往復して荷物を運ばないといけないと話していた。

「あのかわいそうな男の人を見た？　おばあちゃんのためにスーツケースを何個も引きずって飛行機から下ろしてくれていたよね。何でいつもああなるのかな？」。母は私のことを適当にあしらって、声に出さずに口だけで「話しなさい。おばあちゃんと話して」と英語で言った。

　父は両手を上にあげて、「そんなの、わかりきったことじゃないか」と言って、最初の二つの荷物を持って行ってしまった。

「どれだけ異様だったか覚えてるだろう？」と祖母は、キーンという小さな音が出るまで補聴器をひねりながら続けた。その音は更に甲高くなり、また更に高くなった。「みんなは私のことを奇跡って呼んでいたんだよ。『私はただのおばあちゃん《ナイナイ》だよ』って答えても、みんなは私のことを奇跡だって言って、おまえが泣くのを止められるのは私しかいないって言うんだよ。謙虚になる必要はないって。『この子は自分の母親や父親よりもおばあちゃんが好きなんだよ！　どうして真実をオブラートに包もうとするんだい？』なんて言われたよ。だから他の人がそう言うのを止めようとするのは、諦めなくちゃならなかった。みんなをバカにし続けたほうが良かったのかね？　永遠に違う違うって言い続けたほうが良かったのかね？　おまえのナイナイはそういう人間じゃないんだ。実際、何もないところから話は生まれないものだよ。広く信じられていることには真実があるんだ。それが真実なんだから仕方ないだろう」

「何？」と私は言った。「そこまで中国語はよくわからない」

「本当の人生、本当の家で過ごした時間をおまえは忘れるわけがないってわかってたよ。自分の出身のことをね。もう英語は習ったのかい？」

「英語しか喋らないよ。ここはアメリカだから」

「ナイナイはおまえが自慢だよ。いつか英語も上達するさ。ここにこうしておまえと一緒にいられるほど幸せなことはない。おまえを思って幾晩私が涙を流して寂しい夜を過ごしたと思う？　おまえを手放したのは間違いだったんだ。おまえが私の手を放して、母親と一緒に飛行機に乗った時に、私のことを呼んだのを覚えてるかい？　私のことも一緒に連れて行ってって、泣きわめいたのを覚えてるかい？　おまえのお父さんは手紙をよこして、そこには『もうこれ以上妻と子供と離れ離れにさせないでください。今すぐに呼び戻します』って書いてあった。ひょっとするとおまえやおまえのママはアメリカに行きたくなかっただけなんじゃないかと考えたことがあるのかって、彼に思い知らせてやりたかったよ。当時おまえは、ナイナイと離れるくらいなら地下室にうじゃうじゃいるネズミを食べたほうがマシだって思っていたんだから。おまえのお父さんは頑固でね。でも私は栄養が摂れるひとさじの食べ物を侮辱するような人間じゃないよ。何が言いたいかわかるだろう？　もうこれ以上は言わないよ。今は彼の家に住んでいるし、彼が致命的に間違った選択をしただけだったとしても、私たちは彼の言うことを聞かないといけない。でも空港でおまえが泣きながら『ナイナイ、誰よりも大好きだよ。一緒にいたい。アメリカになんか行きたくない』って言ったのを覚えておきなさい」

「覚えてないんだよ」と私は祖母に言った。「ごめんね」

「全部覚えているんだろう？　でも嫌な思い出をほじくり返すのは辛いことだよね」。補聴器がまたキーンと音を立てると、祖母は親指と人さし指で隠れたところにある小さなつまみをひねった。

「少し調子が良いなって思ったら、数日間だめになったりするんだよ。おまえのお父さんが、ちゃんとした補聴器を買ってくれるって言ってたよ。おまえのきれいな声を聞くためにね。だから今はもう少し大きな声で話して、ナイナイに顔を見せておくれ。ナイナイは毎日おまえと一緒に寝ていた時からずっと、ナイナイが一緒にベッドに入らないとおまえが目を閉じようとしなかった時からずっと、毎秒毎分毎時間おまえのことが恋しかったんだよ。みんなが好きだった冗談を知ってるかい？『あなたがママなんじゃないの？』ってね。ああ、なんておかしいんだろう」

「それはジョークじゃないよね」

「そのとおり。真実さ」と祖母は続けた。「みんなして、『おたくの孫娘は両親と一緒に寝たがらないの？』って聞いてくるから、自慢するんじゃなくてただ報告するっていう感じで『寝たがらないね。この子の父親はアメリカにいて、コンピューターの組み立て方を勉強していて、母親は工場で遅くまで働いているんだよ。でも母親の帰宅がそこまで遅くなかったとしても、孫娘は私と一緒に寝るって断じて決めてるんだ。同じ屋根の下で母親が他の部屋でひとりで寝ているのに、私と一緒に寝るのは良くないのかもしれないけれど、子供がそうしたいって言っているんだから。その目を見ながら否定するなんてできないだろう？』って言わなくちゃならなかったんだ」

祖母は私たちと一緒に、アメリカで一年間暮らした。編み物を教えてくれたし、私は学校が終わると、祖母が夕食を作ったり洗い物をしたりカーテンを縫うのを見ていた。最初は私のベッドで祖母が一緒に寝るのが嫌だった。すると祖母は泣いて、毎晩私の部屋にやってきては何も言わずにベッドの端に座っていた。夜見ると、祖母は小さな赤い目をしていて歯がなかった。でも実際は下に四本、奥に数本の歯が残っていた。彼女は、百十七歳まで生きてあと四十五年は私の成長を見届けるんだと言って、毎日何個もにんにくを丸ごと食べていた。そのことを祖母が口にした最初の数回は、ひとりになるために数年間家から逃げ出す自分の姿を想像したけれど、数週間が経つと、その匂いを嗅ぐとどこか安心できるようになり、目を閉じる前にそばで嗅いでいたいと思うようになった。そして祖母が私を呼ぶよりも、私が祖母を呼ぶ回数が多くなるかと思った矢先に、今にも死にそうだという祖父に付き添うために祖母が中国に帰ることになったと両親から告げられた。「おまえのおじいちゃんはね」と祖母はにがにがしい顔で言った。「男がこの世を去る唯一の正しい方法は、自分の家でそばに妻がいることだって言うんだよ。そんなひ弱な話を聞いたことあるかい？」。祖父は半年間ずっと祖母に戻ってきて欲しいと頼み込んでいた。

喉に問題があると診断された祖父は、祖母がそばにいないままでは死にたくなかった。それまでの一年間、私は祖母のベッドで体を寝室の壁みたいに祖母に押し付けて寝ていた。祖母がいなくなると、その後二週間は祖母のベッドで過ごした。そして、自分で出てこないのなら押し出すからねと母に脅されても、自分のベッドに戻るのを嫌がった。

「この部屋はすごい臭いがするよ」と母は言った。「人が何人も死んだような臭いがする。それでもここで寝たいの？」

私は頷いた。

「何週間も取り替えていないシーツで？」

私は頷いた。「おじいちゃんが死んだら帰ってくるって、おばあちゃんは言ってた」

「でも、おばあちゃんはあんたが中学校で英語を勉強するようになるとも言ってたよね。それに夢の中で運転の仕方を習ったから運転免許も取れるだろうし、誕生日にあんたをラシュモア山に連れていってやるとも言ってたよ。おばあちゃんが言ったことを全部信じてるの？　昔に逆戻りして、これまでのあれこれを全部忘れちゃった？」

私は首を横に振った。ついに母と父は私を引きずり出し、父は安いラッカー塗装の白いベッドフレームにしがみつく私の脚をかかえ、母は私の指をこじ開けた。

「あんたはひとりで寝るの、おばあちゃんが来る前みたいにね」と母は言った。

「ママの話を聞いてる？」と父は言って私の顔から涙を拭い、私の赤く熱を持った頬にやさしく息を吹きかけた。「まずは一日だけやってみようよ」

「甘やかさないで」と母は言った。

「この子の悲しみを拭い去ってやりたいんだろう？」と父は言った。「それがおまえの母親が望むことだからな。彼女が戻ってきたら、私たちふたりは悪者で、彼女だけがヒーローになるんだ」

「呼び戻さないわよ」と母は言った。

＊＊＊

それから三年後、祖母は戻ってきた。私は中学生になっていて、ある日の真夜中に、哀れともいえる思春期が雷のように襲ってきた。すると突然、私を取り巻いているもののありのままの姿が見えるようになった。ものすごくおぞましくて脅威を感じるような姿だった。私には友達もおらず、人づきあいもなくて何にも関心がなく、才能も胸もまっすぐな歯並びも好感度も普通の洋服も魅力もなかった。毎日帰宅すると、恐怖が重くのしかかってきた。二歳の弟と一緒に家にいられるようにと仮病を使うようになり、弟のあとをどこへでも追いかけて回った。弟がハイハイをすると私もハイハイをして、弟が歩くようになると同じ背丈になるように膝をついて歩いた。

二度目に一緒に暮らしはじめると、祖母は今回はどこにも行かないからねと言った。グリーンカードを申請して、弟が十八歳か十九歳になって自立するまで育てるのだとも言っていた。「まあ、それに関しては様子をみてみよう」と父は中国語で言い、私と母には英語で「おばあちゃんには、信じたいと思うことを信じさせてあげよう。三月にはまた旅行会社に行くことになる気がするよ。私はパパって呼ばれるよりも、問題解決人って呼ばれたほうがいいのかもしれないね」と言った。

私は笑った。「それって名前じゃないよ」

私はあえてずっとひとりで寝ていたと祖母に伝えた。「足の爪の切り方も習ったし、髪も結えるし、おやつも自分で作れるよ」。母は特に喜びもせずに私のことを見ていた。「おばあちゃん、会いたかったよ」と私は付け加えた。

すると祖母はわけのわからないことを喚いて私を抱きかかえると、持ち上げたり下ろしたり、横に振り回したりした。「ナイナイ・ザン・ニー・レー」と祖母は言った。「会いたかったよ。ナイナイはおまえに会いたかったんだ。本当に会いたかったんだよお」

「もうわかったよ」と私は言った。

祖母は後ろに下がって、私の手を取った。「可愛子《バオベイ》ちゃん、おまえが望むなら、ナイナイと一緒に寝よう。でも弟も一緒にね。三人で寝られるかどうかわからないけど、やってみよう。ふたりの孫と一緒に寝ること以上に幸せなことはないよ。おまえの弟は自分のベッドで寝られるくらい大きくなるまで、私と一緒に寝るんだよ。たいていの人は、子供は十三歳になればひとりで寝られるようになるって言うけど、そんなの自分勝手で自分のことしか考えてないんだよ。私は違う。私だったら十六歳って言うね。十七歳、十八歳って。もしあの子が望むんだったら、二十一歳になるまで喜んで一緒に寝るよ！」

私は笑った。「アレンはそんなことしないよ。ここは中国とは違うんだから。手紙に書いたでしょ」

祖母が私を引き寄せて抱きしめたので、私はわざと息が詰まったみたいな声を出した。「ああ、バオベイ。会いたかったよ。補聴器の調子がもっとひどくなっちゃってね。中国の医者はみんな詐欺師で偽物なんだ。金だけ奪って、もっとひどいことにしちまうんだから。どんだけラッキーだとしても、同じことさ。レンガを投げていた男の子たちから逃げている時に、こっちの耳が聞こえなくなったんだ。なんでレンガを投げていたのかって？　誰にもわからないよ。今では誰にも理解できないくらい当時は暴力的だったんだ。どこからレンガを取ってきたんだろうって？　本当に聞きたいのはそこだよ。当時は誰もレンガの家になんて住んでなかった。みんな野生動物みたいに暮らしていたんだ。ナイナイの肌は陶器でできたお人形みたいに白いなんてこともわからなかったはずだよ。泥まみれだったんだから。性根が腐った子たちは、私がフェンスにひっかかって転んで、鋭く尖った木で鼓膜を破いてしまうまで追いかけ回したんだ。羊飼いの娘が見つけてくれるまで一晩倒れたままだったんだよ。子供みたいに丸くなってね」

「フェンスを飛び越えた馬に踏みつけられたせいで、耳が聞こえなくなったんじゃなかったの？」

「村医者に連れて行かれて、そこで膝の皮膚を耳に移植した。ひどく出血していたから、死んでしまうと思ったよ。今まで経験した中で一番最悪なことだった。これまでひどいことをさんざん経験してきたけどね。おまえのナイナイは二つの戦争を生き抜いて、日本人兵士が母親を撃ち殺すのを目撃したんだ。母親が死ぬところなんて子供は見るもんじゃないよ。でも、泥まみれで耳の中に血をしたたらせながら倒れているよりもひどいことなんてあるかい？ 戦争から帰ってきた弟には脚が半分なくて、腕も右腕しかなかったのを見るよりもひどいことなんてあるのかい？ それはね、中国でおまえのおじいちゃんと一緒に暮らすことだよ。おじいちゃんは自分で話していたように死ぬ礼儀すらわきまえていないし、おまえやおまえの弟から何千マイルも離れた所にいる人さ。私はおまえの弟を思ってあまりにも胸が痛くて、ならず者のおじいちゃんにこう言ってやったんだ。今この瞬間に死なないんだったら、生まれてきたのと同じようにこの世から去る方法を学んだらいいってね。それはつまり、私抜きで死んでくれっていうことだよ。あの人に何ができた？ 私がアメリカに行くのを止めることとかい？ 私はこう言ったんだ。『そんなに近くにいて欲しいんだったら、一緒に来たらいいじゃない』って。でも『嫌だ、ここがいい。ここは俺たちの家だ。おまえは俺と一緒にここに住みたいはずだ。あの頃は良かった』とかなんやかんやって言うんだよ。私の家はおまえとおまえの弟がいるところだよ。ああ、膝の皮膚が懐かしいように、おまえの弟に会いたいよ」

「今日会ったばかりじゃない」

「もっと大きな声で話してちょうだい。ナイナイが聞こえるように」

「パパ側のおばあちゃんのことしかナイナイって呼べないんだって、ママが言ってたよ。だからおばあちゃんは、本当はワイポなんだって」

「おまえのお父さんは、補聴器を取り替えてくれるって言っていたんだ。それに尖った木が耳の中に残ったままになってるかもしれないって。中国じゃ、テクノロジーなんて知ったこっちゃないんだよ。あそこは汚いしね。学のない医者が汚い手でナイナイの耳を触るところを想像できるかい？　だから中国にはいられなかったんだ。おまえのおじいちゃんが死にそうだって言ったせいで、おまえの弟が生まれる時に一緒にいられなかった。中国に戻ったら、死にそうになんてなってなかったんだよ。庭を歩き回ってタバコをふかしてたんだからさ。毎日ラオ・ギャンブ・フオドンシに行ってギャンブルをしたりして。それが今にも死にそうな人のやることかい？　私の可愛いバオベイよ。たったひとりの孫息子の誕生を見逃したことについて、おじいちゃんを許せると思う？　おじいちゃんのハッタリにまた引っかかって、おじいちゃんのことを好きになると思うかい？　ありえないね。他の世界に行くまでは私はここにいるよ、バオベイ」

「おばあちゃんのことはナイナイって呼ばないことにするよ」

「私の孫は全員私のことをナイナイって呼ぶんだよ。ナイナイは家族の中で一番大切で親しい人を呼ぶ時に使う名前だからね。おまえは小さい時、私のことをワイポって呼ぶのを嫌がったんだ。『おばあちゃんはワイポじゃないよ。ワイポは私が嫌いな食べ物を食べさせたり、冷たいベッドがある家に住んでいる、あそこにいる変なおばさんのことだよ』ってね。そう言ったのを覚えてないかい？　弟は今どこにいる？　あの子に会いたくてたまらないよ。またあんなに胸が痛い思いをしないとならないんだったら、ハチドリが目をつついて目ん玉が突かれたくぼみに糞をしますようにって祈るよ。でももう心は落ち着いている。おまえの弟の可愛い顔を見たら、悲しみなんて忘れちゃうよ。最後に息を引き取るまで、私の心は喜びで溢れているだろうね。ところでバオベイ、弟はどこだい？」

祖母が三度目に一緒に暮らしはじめた時、私は十五歳で弟は五歳だった。私は「お願いだから前みたいに影響されないでね」と弟に言った。「この前はおばあちゃんに取り憑かれたみたいになっちゃったでしょう」

「違うよ、ステイシー。そんなことないってば」

でもすぐ弟はまた祖母のベッドで寝るようになり、両親に口答えしたり、ライス・クリスピーの最後の一口をくれなかったと言って私に対して怒ったりするようになった。私のことで腹を立てるたびに弟が祖母のもとへ走っていくと、祖母は私の部屋にやってきて、弟の前で私におしおきをするふりをした。でも実際はお尻の近くでただ手を叩いていただけだった。

「おまえのお姉ちゃんはおしおきされて泣いてるよ」と祖母は弟に言った。「ほらね？　ナイナイはおまえのものを取っちゃったお姉ちゃんを懲らしめてるだろ。どれくらい強くお尻を叩いているか、聞こえるかい？　涙が飛び散ってるよ」

「泣いてないよ」と私は手を叩く祖母に向かって言った。「泣いてないから」。私はそう言い続けたけれど、あまりにも頭にきて本当に泣きだしてしまった。

週末に一つ五セントで餃子を包む仕事のために祖母が工場に出かけてしまうと、弟は泣いた。他の大半の従業員は一時間に五十個しかできなかったが、祖母は概して百個は作れた。十五分のランチ休憩の間に祖母が他の女性たちに包むコツを教えていると知ると、オーナーは〝品質管理〟のルールを制定し、一つの餃子に使う小麦粉の量を決め、ひだの長さが四センチから六センチになるように包むことを命じた。オーナーはきちんと調べもせずに、「欠陥餃子」を作ったら勝手にその分を給料から引こうとしていると祖母は指摘したが、彼女が包んだ餃子は全部、品質管理に通らなかった分も含めてフリーザー用の袋に入れられた。それは明らかに搾取だった。祖母は欠陥品とみなされた餃子の分の給料をみんなで請求しようと他の従業員たちを説得し、またある朝には、給料改善を求める職場ストまで決行した。「ひとつ六セントに！」と彼女たちは唱和した。オーナーが譲歩した日、祖母は激励会でやるように両拳を空中に突き上げながら帰宅した。その日の勝利について詳しく述べる祖母の話を聞くと、私ですら祖母がすごいことをやったと認めざるを得なかった。

「心配しなくていいよ」と祖母は言った。「おまえもいつかはナイナイみたいになるんだから」

「ほらね、おばあちゃんはヒーローなんだよ」とアレンはいった。「何だってできちゃうんだ」

「うええ」と私は言った。「ただ給料を上げて欲しいからやったんでしょ。何がそんなにすごいの？」

　私は弟を救おうとしたけれど、祖母は抜け目がなかった。夜に近所を散歩する時、弟は祖母の大きくて丈の長いナイトガウンの中に隠れた。私がふたりのことを見てみぬふりをしようとすると、祖母は振り向くまで私の肩を叩いて、「弟はどこに行った？」と聞くので、私は「オーマイゴッド！　お願いだからやめてよ」と言った。でももう遅かった。祖母がナイトガウンをまくりあげると、弟が祖母の股の間から芝生の上に転がり出てきた。

「僕は生きてる！」と弟は叫んだ。「生まれた、生まれた！　僕はゼロ歳。生まれたんだ。突然生まれたんだ」

「そうやっておまえは生まれたんだよ」と祖母は大声で言った。「それはそれは美しくて壮大だった。みんな泣いていたけど、中でも私が一番泣いたよ。私から生まれ落ちると、おまえは神々を目覚めさせ、この悪と堕落で満ちた世界を慈悲深い良い世界へと変えて、貧困や飢餓や暴力による死を撲滅させたんだ」

「一緒になってやらないの」と私は弟に言った。「そうやって生まれてきたんじゃないってことくらい、わかってるでしょ」

「だって、おばあちゃんがそう言うんだもん」

「おばあちゃんは間違えてるの」と私は言った。

「おまえの弟が小さかった時」と、祖母は何か約束されたものを受け取るのを待っているかのように、両手を空中に掲げながら叫んだ。「私の胸を吸ったんだ。母親の母乳が干からびていたからね。私の胸からは、孫が生まれる時はいつだって母乳が出た。おまえのいとこも私の乳首を吸っていたんだよ。でもおまえの弟ほどむさぼるように飲んだ子はいないね。あの子はからっからになるまで飲んだよ。母乳を出すのを痛がっていると、怒って泣き叫んだものさ。もっと母乳を出してくださいって神様たちに祈らなくちゃいけなかった。おまえの弟が飲み続けられるようにね」

「気持ち悪い。そんなこと絶対ありえないから」と私は言った。でもいつもどおり誰も聞いてはいなかった。私から背《そむ》くように生えている木も、Cカーブを描いて坂になっている道も、自分の聞きたいことしか聞かない祖母も、ゆっくりと祖母に毒されていっている弟も、私たちともっと時間を過ごすようにしないと弟を失うことになると言っても聞く耳を持たなかった両親も、誰も聞いていなかった。どこにそんな時間があるっていうんだ？　と父は詰問し、そうよ、どこにそんな時間があるのよ？　と母は言った。私たちに働くのをやめて、ローンを返済するのをやめて、あなたたちが大学に行くための貯金をするのをやめろってこと？　一つの部屋に十人が寝ていて、誰かの子供が夜じゅう脚を掻いてくれって叫んでいるような生活に戻れっていうの？　あんたたちがそこまで絶賛するその「時間」のために、食べるのをやめて、服も車も持たずにいろっていうの？

でも私にはわかっていた。弟は十六歳になっても、祖母のワンピースの下で小さくなり、起こされるまで祖母にしがみついて寝て、祖母がランチを作ってくれたり夕食を片付けたりするのを待ち、ねじれた蔓草《つるくさ》のようになってふたりで隣合わせで丸くなっているのだろう。本当にこれがあんたのやりたいことなの？　と私は彼に聞くだろう。友達を作ったり、自分とは血のつながっていない人とキスしたりしたいとは思わないの？　すると弟は、思わないね、僕はただナイナイがいればそれでいいと言って、その隣には祖母がいる。祖母の顔には、夜に見せる歯のない笑顔が浮かんでいて、その小さな目は満足げだ。そして祖母は家族で共有する奇妙なトリビアになるまで、とんでもない嘘を私たちの生活に挟み込み続けるのだ。それについては私たちの誰も、どうすることもできなかった。

ある日の午後、帰ってくると家には誰もいなかった。一時間後、弟と祖母が道を歩いているのを見かけた。手をつないでいて、まだ冬だというのに弟は汗をかいていた。

「なんでそんなに汗をかいてるの?」

「ジャンプしてたから」

「ジャンプ?」

「おばあちゃんもやったよ」

「一緒にジャンプしてたってこと?」

「そうだよ。あの飛び跳ねるやつに乗って」

「飛び跳ねるやつって?」

「紫の飛び跳ねるやつがあって、おばあちゃんがそれに乗って遊んでもいいって言ったんだよ」

「トランポリンのこと?」

「トランポリンって何?」

私は弟に、ナイトガウンを着た祖母がトランポリンの上で跳ねている絵を描いて見せた。少し離れたところには、銃を構えた警官を五人描いて、頭上の吹き出しには「あの女を殺せ! 法律で決まってる!!!」と書いた。

「そうそう、これが飛び跳ねるやつだよ」と弟は言うと、警官の部分を破って切り取った。「紫の家にあるんだ」

「ちょっと整理させて。通りを行ったところにある誰も住んでない紫の家の中に、紫のトランポリンがあるの?」

「家の中じゃないよ。庭にあるんだ。おばあちゃんが飛び跳ねて遊んでもいいって言ったんだよ。最初に飛んだのはおばあちゃんだし」

「おばあちゃんがトランポリンを跳んだの?」

「三十回くらいかな」

「やってってあんたが頼んだの？」

「違うよ、勝手にやったんだ。それから『アレンもナイナイと一緒に飛ぼう』って言われた」

「オーマイゴッド。ふたりとも犯罪者だよ。何回やったの？」

「あの上で何回ジャンプしたかってこと？」

「おばあちゃんは何回あんたをそこに連れて行ったの？　って聞いてるんだよ」

「わかんないよ。毎日かな」

「ジーザス！」と私は言った。「私が描いた絵を見たでしょ。それって法律違反だよ」

「違うね」

「いいえ、そうです。誰かに見つかったら刑務所に行くことになるよ。今すぐ警察に電話しようか」と私は言って、台所にある電話の方へ歩いていこうとした。

「ステイシー、やめてよ。おばあちゃんを刑務所に入れないで」

「刑務所に入ったっていいよ、べつに」

「刑務所に入って欲しくないんだよ。お願いだよ、ステイシー」

「じゃあ誰なら刑務所に行ってもいいと思ってるの？　誰かが行かないといけないんだとしたら、ママ？　それともおばあちゃん？」

「ママ」

「そんなこと言うなんて、信じられない」

「わかんないよ」

「バカみたい」と私は言った。

「警察に電話しないで、ステイシー。おばあちゃんは何もしてないよ」

「おばあちゃんは何もしてないよ」と私は弟を真似して言った。

その年、祖母は帰っていった。近所の犬にアスファルトの上に押し倒されたのだ。頭がぱっくりと割れて傷口を縫う羽目になり、CTスキャンを何枚も撮ったものの、結論が出なかったのでMRIを撮った。祖母のビザはとっくに切れていて保険もかけていなかったので、病院からの請求書が送られてくると、両親の数ヶ月分の貯金が消えた。結局、祖母の容態についての診断がくだされることはなく、祖母はしょっちゅう頭痛がすると不平を言って夢中遊行をするようになった。同じ通りに住むベトナム帰りで隠居暮らしをしている元裁判官が、杖をつきながら祖母を連れ戻してくれたこともあった。「私の家のドアをノックして来られたんです。だからこうしてあなた方の家のドアをノックしているわけです」

「中国の家に送り帰そう。そうじゃないとおばあちゃんを生かしておくだけで、この家を売る羽目になるぞ」と父は母に言った。

「わかってる」と母は言った。「母さんは帰らないだろうな。でもあなたの言いたいことはわかるよ」

ある夜、祖母が夢中遊行をしながら大通りに出て行き、やってくる車両に向かって歩き出したために四台の車が衝突事故を起こし、数人の警官がうちにやってくるという緊急事態となった。

「遺体袋に入れて返すわけにはいかないわよ」と母が父に話すのが聞こえた。

「自発的に帰ろうとしなければ、移民局が強制送還して戻ってこれなくなるって言ったらどうだろう」

「嘘はつけないいな」

「おばあちゃんが嘘をつくたびにおまえが苦しむみたいに、おばあちゃんも苦しむとでも思ってるのか？　公明正大でいたい気持ちはわかるけど、自己満足している場合じゃないだろう」

その夜、祖母は帰っていった。弟におばあちゃんは二度と戻ってこないと伝えると、彼は両方の拳で自分の顔を叩こうとした。

「慣れなくちゃだめだよ」と私は言って、その手を握りしめた。「気持ちはわかるよ。私も前にそうだったから。おばあちゃんがいなくなったら死んじゃうと思った。でもそんなに悪くないことだよ。今はそう思えないかもしれないけど、何でもないことなの。ただ慣れなくちゃだめっていうだけ。おばあちゃんのことは、毎日どんどん恋しくなくなっていくから。それでいつの日か、おばあちゃんのことなんて考えもしなくなる。約束するよ。悲しくなったらいつでも私に話してよ」

弟は聞いていなかった。顔は真っ赤で誰かに顔じゅうを叩かれたみたいだった。あれほど激しく泣いている人の声を聞いたのは、ベトナム戦争についてのドキュメンタリー映画を見た時だけだった。その村の女性は、死んだ夫のために掘ったばかりの墓穴に飛び込んだ。夫と一緒に埋葬されたいと言っていた。彼女が泣いている姿や声、墓穴の中から引きずり上げられても身動きしないその体は、何日間も私の脳裏に焼き付いて離れなかった。

「これはいいことなんだよ、アレン。あんたがこれから経験することの中で、最悪なことですらない。正直に言えば、私は嬉しいよ。おばあちゃんがいなくなって嬉しい。だから雰囲気を壊すようなことはしないでよ」。そう言った私の声は少しかすれていた。


最後となる四度目に祖母がうちにやってきた時、私は十七歳だった。弟はその二年間に、既に祖母のことを忘れてしまっていて、私とまた仲良くなっていた。私が宿題をやる間、ヘッドホンをして私の横でパソコンのゲームをしてもいいと言われた時はいつでも、私の部屋の床やベッドの上で弟は寝ていたし、バイオリンの練習をする間、一緒に座っていて欲しいと言ったりもした。弟の演奏は本当にひどかったけれど、傷つけてしまうので笑えなかった。彼は私の友達が遊びに来ると、部屋の隅に隠れながら虫がいないかドアを見ているふりをしていた。私は弟に、いつも誰かにくっついてばかりはいられないよと言った。でも私はそうされるのが好きだった。レストランで弟の小さい体が私の体に寄りかかってくるのが好きだったし、家で自分の椅子を私の方に引き寄せて、私の椅子に半分体を乗せて座ろうとしてくるのが好きだった。私に宿題がなかったり友達がいなければ、ずっと一緒にいられるのにとよく弟が言っているのを聞くのが好きだった。

夜になると、祖母はまた弟と一緒に寝ようとしたけれど、弟は私の部屋で寝たがるだけだった。弟は時々祖母をなじりもした。たとえば祖母が昔みたいにワンピースの下に隠れてもいいよと誘うと、弟はその通りにしたけれど、祖母の脚の間にパンチを食らわせると、小走りで出てきて私の部屋に向かった。それは祖母が私の部屋にやってきてベッドの端に座り、弟が謝ってどれだけ祖母のことが好きなのかを伝え、もう二度と祖母を傷つけたりしないと言うのを待ち受けていた日々の中の一日のできごとだった。でも弟は決してそうしなかった。

祖母の耳はこれまでにないほど遠くなっていたので、今回の滞在の間は、両方の耳に補聴器をつけていた。父がコストコで購入した新しいモデルだったのに、前のと同じくらいよく聞こえなかったのは、祖母が五年ものの電池を使っていたからだった。時々、祖母が寝室で古い電池を取り出して、違う古い電池と入れ替えているのを見かけた。祖母は新しい関心事をみつけて、書道やアメリカインディアンの歴史について独自に勉強をはじめた。「アメリカは中国人のものだったんだよ」と祖母は言った。

「私たちが最初に北アメリカに定住したんだ」

「ネイティブ・アメリカンが最初なんじゃなかったっけ?」

「インディアンは中国人なんだよ。クリストファー・コロンブスは中国人の顔を見て、インディアンって呼んだんだ。私たちは香辛料やゴムや紙、木版印刷、新聞のための組み換え可能な活字印刷、紙幣、火薬、花火、お茶、絹糸紡績、後に現代の化学となる錬金術、海の探検に使用する航行の道具、戦争で使う武器、平和のための機械を発明した。だから中国は地図の真ん中に位置しているんだよ」

「アメリカの学校では違うよ」

「中国人であることを誇りに思うべきだね」

「ナイナイ、中国人はインディアンじゃないよ」

「最初のアフリカ人は中国人だった。最初の南アメリカ人は中国人だった。長い間オーストラリアには誰も住んでなかった。あそこの文明は、今も昔も逆行してる。考えてもみなさいな。北アメリカと南アメリカの全部、アフリカ全部、それから大半の東欧、ロシア全部、シベリアっていうのは、全部最初は中国人が入植したんだってことを」

今では、祖母のすべてがあらわになり、祖母という人物が見えるようになった。彼女はただの小柄な老女で、彼女が私の母やそのきょうだいに与えた教育を始めとする基本的なものを何も与えてもらえない国で育ち、少女の時に女はこの世に子供を産んで育てるために生まれてきたのだからどんな迷惑もかけてはならず、奴隷のような暮らしを送り、疲れたり自分たちの要求を持ったりすることなく常に生産し続け、機転をきかせ、毛沢東が女は家から出て畑や工場で働くようにと考案したフェミニスト運動をやってのけられるくらいには利口で、自分の家系のどんな女性よりも力を持ち、みんなには文化大革命の間に人を「救った」ことはほのめかしても、自分が密告した人たちのことは決して話さないものだと言われて育った。そして耳が聞こえなくなったことで、自分は役たたずや他の人が気にもとめない人になってしまったのではないかという恐怖が祖母の中に生まれ、そうした恐怖に抵抗するために恥ずかしいくらい自信満々な態度をとり、幻想かと思うほど極端な独自の意見を持ち続けなければならなかったのだ。自分がいなければ死んでしまうと子供たちに信じ込ませることで自分が廃《すた》れかけているという事実を欺こうとし、子供たちの理解が進むと、同じことを孫たちにしようとした。でも私たちは成長していたし、何年かすれば私たちにも子供ができる。その頃にはもう祖母はいないだろう。食べ続けていたにんにくが本当に効果を発揮して百十七歳まで生きない限り、埋葬もしくは焼却される。私はトラウマが引き起こす影響の一つに、トラウマを抱えた人がその傷に耐えられなくなることがあるということや、被害者になりたくないという祖母の思いは痛ましくもあり、立派でもあり、少なくともある程度の同情を得るに値することだということは理解できる年齢だった。でもなんで祖母は、あそこまでがめつく同情されたいと思ったんだろう？　なんであんなに要求したんだろう？　なんで無私の愛を求めたんだろう？　祖母が私や弟に、両親よりもお互いよりも、更には自分自身よりも祖母のことを好きにならせようとすることに、私はうんざりしていた。

　だから祖母をなじったり無視したりしたのだ。おばあちゃんは農家の人みたいな中国語を話すねと言って、これでもかというほど深く傷つけた。祖母の泣き声や鼻をすする音を聞くたびに、私と弟は「〝涙の道〟（一八三〇年に制定されたアメリカインディアン移転法によって、アメリカ東部に居住したチェロキー族などがのちにオクラホマ州となる地域の特別居留地へ移動させられた時に通った道。何千人もが途上で亡くなった）がやって来た」と言ったものだった。時折、私のベッドの端に座った祖母が、私たちに無視され続けた挙げ句、諦めて下の階に行って書道の練習をはじめるまで、どれくらいの時間を耐えられるのか賭けたりもした。祖母は小学校三年生までの教育しか受けていなかったので、漢字の勉強もしていた。いつか孫たちについての本が書けるようになりたいと。

「世界はおまえたちについて知らないといけないよ」と祖母は言った。一瞬、それを聞いて感動した。でも万が一、世界の人々が知りたいと思うような人に、私か弟のどちらかが成長する可能性があったとしても、その時には祖母を置いていくことになるということは、ふたりともわかっていた。

「自分の人生について書くべきなんじゃない？　ナイナイ」と私は言った。「みんなナイナイのことも知るべきだよ」

「おまえとおまえの弟が私の人生なんだよ」と祖母は言い張った。そう言われるのは初めてではなかったが、私は祖母がほとんど私たちについて知らないということだけでなく、それ以上に自分たちが祖母について何も知らないということに、心底悲しい気持ちになった。

私が高校を卒業すると、両親は弟と私をクルーズ船に乗せて、他の中国人家族と一緒にカナダに連れて行った。出発する前日の夜、弟は泣きはじめ、なぜ泣いているのかを両親に言わなかった。

「おばあちゃんが家にひとりになって、〝涙の道〟みたいに泣くんじゃないかって心配してるの？」

ふたりきりになると、私は弟に尋ねた。

弟は頷いて「ひとりになるのをおばあちゃんが怖がったらどうするの？」と訊いてきた。

「たった数日のことだよ、アレン。おばあちゃんはそれよりももっとひどいことを経験してきたんだし」

「助けが必要になったらどうするの？」

「そうしたらパパの携帯電話に連絡してくるだろうし、私たちもすぐに戻ってくればいいんだよ」

「もしその時に海の上にいたらどうするの？」

「そうしたら私たちが陸に戻って飛行機で帰ってくるまで数時間待たないといけないだろうね」

「そんなに長く待てなかったらどうするの？」

「そうしたらお隣さんに電話して、おばあちゃんの様子を見てもらうよ」

「もしお隣さんが電話を取らなかったら？」

「そうしたら警察に電話するよ。ママとパパが教えてあげたとおりにね。もし警察がおばあちゃんの言ってることがわからなかったらどうするの？　って訊かないでよね。中国語が話せるオペレーターがいるはずだから」

「でもその日はその人がいなかったらどうするの？」

「アレン」

「何？」

「いいから聞いて」と私は言った。

「ステイシーはおばあちゃんに悪いなって思わないの？」

「うーん、そうだね。ひとりで家にいるのはつまらないよ。でもおばあちゃんなら大丈夫だよ。そうしなくちゃいけない時もあるんだよ。それが人生なの。みんながみんな、欲しい物を手に入れられるわけじゃないんだよ」

「でもおばあちゃんは欲しい物を何も持ってないよ」

「そんなことないでしょ。こうしてアメリカに何回も来ているし、そのたびに私たちと一緒に暮らしてる。おばあちゃんが望んでいることだよ。そんなに悪くないと思うよ。一度もアメリカに来ることすらできない人だっているんだから。それについて考えてみたことある?」。アレンの唇がまた震え出した。「いい? そうしたらクルーズで何かすごくいいお土産を見つけようよ。どう?」

「いいよ」

「飛行機でもらった歯ブラシをおばあちゃんにあげたのを覚えてる? 珍しいダイヤモンドを見るみたいに、今でも毎晩かかげて見てるんだよ」

「そうだよね」とアレンは笑った。「死んだ時は、その歯ブラシも一緒に埋めて欲しいって言ってたよ」

「そうでしょうね」

クルーズの旅はものすごく楽しくて、私たちはおばあちゃんにお土産を買うのをすっかり忘れてしまった。家に戻る車の中でリュックをあさると、飲み終わったあとでまだストローがささったままの少し潰れた小さなコーラの缶を見つけた。私たちはストローを捨てると、食べ物の染みが付いた船内の案内事項が書かれたパンフレットでぞんざいにその缶を包んだ。

「プレゼントがあるよ、ナイナイ」とアレンは言った。

「オンタリオからのお土産だよ」と私は付け足した。

「飲み終わっちゃったんだけど、ごめんね」

「ああ、私の大切なバオベイたち。王様にあげるようなプレゼントじゃないか」と祖母は言い、まずアレンを抱きしめてから私たちふたりをぎゅうっと強く抱きしめたので、三人ともそれぞれ違う理由で泣きはじめた。そこに父が割り込んできて、私たちが不在の間にドアベルを鳴らした人はいなかったかと尋ねると、一度午後に警官が突然現れたので、背中に包丁を隠し持ちながら話したことがあったけれど、それ以外は誰も来なかったと祖母は答えた。

「包丁?」父は恐怖におののいた声で繰り返した。「銃を持った警官と話す間、ナイフを隠していたの?」

「その警官の制服やバッジが本物かどうかなんてわからないだろう? 私には武器を持つ権利があるんだ」

「もしその警官が包丁を見たら、逮捕されていたかもしれないんだよ」と父は言った。「そうしたらビザが切れていることもバレてしまうし、みんなに迷惑がかかるだろ」

「その人はおばあちゃんを……殺せたかもしれないってこと?」アレンは父に英語で尋ねた。

父はぞんざいにうなずいて、祖母を厳しく責め続けた。「ああいう警官は、何をするかわかったもんじゃないんだから。まっとうでない警官を変なタイミングで怒らせたら、どんなことになるか。今頃おばあちゃんは強制送還センターに送られて、強制送還されるのを待っているところだよ。だからどんな理由があっても絶対にドアを開けるなって言ったんだ」

「そんなことないよ、そんなことあの警官にはできやしなかった。もしドアに一歩でも足を入れようとしたら、容赦なく殴りつけてやるつもりだったんだから」

父は首を振って下の階へと降りていき、何があったかを母に報告した。翌日になると、その警官はただ新しい地域の条例ができたので、火曜日と木曜日にはスプリンクラーをつけないでもらいたいと言うために祖母のところにやってきただけだったとわかった。それは芝生にもっと水をやらないといけないと思いこんだ祖母が毎日スプリンクラーをつけていたからで、恐らくおせっかいな近所の人が警察に苦情の電話をいれたのだろう。

「誰かがおばあちゃんのことについて文句を言ったんだよ」と私は祖母に言った。「許可されている以上の水を使っているのが気に入らなかったんだって」

「おまえのナイナイは武術を心得ているんだよ。もし悪い男が家に入ってきたら、ナイナイがそいつを見ただけで、いなくなっちまうよ。目だけを使って、家の至る所に投げ飛ばして、裏口のドアから追い出してやる。ナイナイが両手を使ったらどうなるか、想像してみてもごらん。五分以内に死んじまうよ。だから目を使って戦わないといけないんだ。そのほうが人道的だろ」

「いいね、ナイナイ」と私は言った。「すごい才能だよ」

「そうだろう。だからおまえたちとずっと一緒にいるし、ナイナイがこの家にいる間は怖い思いをしなくていいんだよ」

その夏、祖母は帰っていった。三年前に負った頭の怪我が完全に治っていなかったのだ。また頭痛がはじまって、夢中遊行をするようになった。そんな矢先に、祖父がまた祖母に手紙を送ってきて、そこにはリンパ腺がんと診断されたと書いてあった。今回は本当だと言うので、祖母は祖父のそばにいてやるために帰らなくてはならなくなった。

「あの人は嘘つきなんだよ、知ってるだろ」と祖母は私の母に言った。

「みんな知ってるよ、ナイナイ」

「私が四回もアメリカに来ているのが羨ましいんだよ。あの人は臆病のうえに無関心で一度も来たことがないからね。何でもすごく好きなものから私を引き離そうとするんだよ。なんで私が、孫や本当の家を置いて何の価値もないガイコツのところに行かないといけないんだい？　何があっても一番大切に思ってくれる人なしにふたりには成長して欲しくないのに」

祖母は私が大学に進学する少し前に、上海に帰っていった。母は何度かアレンに、空港に一緒に行かないで本当に私と一緒に家にいたいのかを尋ねた。父が祖母の最後のスーツケースを引きずって車へと運びはじめた最後の最後になって、私は一緒に空港まで行きたいと言った。

「ふたりとも は乗れないよ」と父が言った。

「僕は行きたいなんて言ってないよ」とアレンが言った。

「ひとりで留守番はできないでしょう」と母が言った。「パパがアレンと残ればいいわ」

「いいよ、そしたら」と私は言った。「話がややこしくなるし、おばあちゃんは……」。祖母はアレンの横にひざまずいていた。アレンはソファに座って大乱闘スマッシュブラザーズをやっていて、祖母は弟の体を自分の方へどうにかして向かせようとしていたが、弟はその手を払い続け、祖母のせいでゲームがうまくいかなくなるたびにイライラしていた。「一緒に行くのが私だと喜ばないよ。おばあちゃんにとって一番お気に入りで大切な孫が誰なのかは、みんなわかってるでしょ。アレンの代わりに私が行ったりしたら、おばあちゃんは自分の耳をもぎ取ると思うよ」

祖母はアレンのことを諦めなかった。時間も押してきたので、アレンも空港まで一緒に行くようにするからと祖母に伝えると、それを聞いたアレンは祖母の顔を見るのも嫌だと言ったようなものすごい剣幕で怒った。

「私ががっかりさせちゃったもんだから、この子は顔すら見てくれないよ」と祖母は言った。「恥ずかしいね。アレンがいないのに中国で長生きするくらいなら、アレンの隣で死にたいよ」

「そんなことアレンはどうでもいいと思ってるんだって」と私は英語でつぶやいた。

車の後部座席に乗ると、祖母は父がエンジンをかけている間ずっとアレンに膝の上に座るように身振りで言い続けた。

「行きたくないって言ったでしょ」とアレンは言って、開けっ放しの車のドアの横で泣き出した。

「おやおや」。祖母は嘆いた。「この子は私のために泣いてくれているんだね」

祖母は弟の肘が祖母の膝の上に乗るまでアレンの腕を引っ張り続けた。その部分以外の弟の体は、祖母からできるだけ離れるように傾いていた。父が私を見てうなずいたので、私はふたりの間に足を踏み入れて、全力で祖母の指を弟の腕から引き離そうとした。

「弟は悲しがるよ、ナイナイ」と私は早口に言った。「みんな、おばあちゃんが大好きだよ。気をつけて帰ってね。またね」。やっと解放されると、アレンは振り返ることも手を振ることもなく家の中へと走っていってしまった。私は車のドアを勢いよく閉めて、父はセーフティーロックをかけた。祖母はドアを開けようとして、これまでずっと自由だった野生動物みたいに両手の拳で窓を叩いていた。父が私道から後ろ向きのまま車を発進すると、車はCカーブの坂を登って行き、やがて視界から見えなくなった。聞き覚えのある小さな甲高い音が足元から聞こえたので見下ろすと、祖母の補聴器が片方だけ地面に転がっていた。

「帰らないよって言ってるみたい」と私は言って、それを蹴り飛ばした。でもすぐに走って拾いに行き、手のひらの上に置いて、三年前にアスファルトの上で転倒して頭から血を流している祖母を見つけた時みたいに、表面についた埃を優しく払った。

祖母が三度目に帰ることになったと言いに私のところへやって来た夜、妙な胸騒ぎがした。ベッドの中で横になったままでいて、みんなが寝静まると、音を立てずに下の階へと降りていって、当時よくやっていたように家を抜け出した。銀色の月明かりの下、近所をぐるぐると歩き回りながら、違う家族のもとに生まれたらどんなだっただろうと想像した。歩いて家に戻る途中、例の紫の家の前で立ち止まると、のびきった草に覆われた大きな敷石に沿って裏庭に入っていった。

祖母がそこにいるような気がしていたら、本当にいた。紫のトランポリンの方を向いたまま、チェーンで繋がれたフェンスのそばでしゃがみこんでいた。「ナイナイ」。祖母には聞こえるわけがないと知っていたけれど私は叫んだ。祖母と一緒にジャンプしたかった。数日たてば忘れてしまうかもしれなかったし、祖母が次に最後にやってくる時には祖母のことがまた嫌になるかもしれなかったけれど、その瞬間、私は祖母の悲しみを感じて怖くなった。

祖母は一歩前に踏み出すと、ものすごい速さで走り出した。その姿は少女のようで、体はたゆんでもいないし、丸々ともしていないように見えた。祖母はまっすぐな直線を描いていた。そこには何か私にも理解できたり共感できたりするものがあった。祖母が転んでしまうかもしれないと思って私は目を閉じた。再び目を開けると、祖母は宙高くに浮かんでいて、ワンピースの裾が膨らんでいた。いつかまた、祖母の隣で眠りたいと思う時がくるかもしれないとわかっていた。人生の不確かで形のない時期が過ぎてしまい、祖母以外の誰も私のことを子供だと思わなくなったら、祖母のもとに戻りたいと思うようになるかもしれないと。自分の子供やその子供は永遠に子供——そうやって祖母は神様になろうとしていて、彼女の無限の未来の中に私たちを引きずり込もうとしていたのだ。

私は思わず祖母の方に走っていきそうになったが、祖母が起きていないことに気がついた。

「母さん」と祖母はトランポリンの上でジャンプしながら言った。「母さん、置いて行きたくなかったけど、父さんと一緒に山に行かないといけなかったの。母さん、弟の面倒をみてねって言われたけど、私は弟を戦争に行かせて、その結果あの子は脚を失った。母さん、私はあなたをがっかりさせてしまった。母さんは私の腕の中で死にたいって言っていたのに、私はまだ母さんが中にいる家が焼けるのを、山に逃げていく合間に見ていたの。馬を降りて母さんと一緒に死にたいって父さんに言ったけど、父さんは私を胸に押し付けて、馬から降ろしてはくれなかった。母さん、もしかすると私も一緒に死んでいたかもしれないのに、母さんは逃げなさいって言ってくれた。でも私は逃げるべきじゃなかったんだ」

私は祖母の方に向かって一歩踏み出した。祖母の目は開いていたけれど、私を見てはいなかった。暗闇の中、私はこの夜のことはいつまでも覚えているだろう、そしてこんな祖母を見てしまったことは私に大きな影響を与えるだろうと思った。でもそれはまるで、夢を見ている間に、目が覚めてもこの夢のことは覚えておかなくてはいけないと思う夢のようだった。もしこの夢を覚えていたら、何かが変わる。何もなければずっとしまったままにしていたかもしれない自分の中の秘密が解き放たれるのだと。でも目が覚めたあとに思い出せるのは、その夢を覚えておこうと思ったことだけだった。細部やイメージを思い出そうとしても、何にも浮かばず、でもまあいい、多分くだらないことだったに違いないと思って自分の人生を進んでいく。そして特に何を学んだりもしないし、自分自身が変わることもない。

川に落ちたあんたを、私が助けたの！

再会その一

家族がポーカーチップの代わりにスイカのタネを使って遊ばないといけなくなったのは、私のせいだった。その日の早くに、リビングに差し込む光を遮っている樺《かば》の木に向かってポーカーチップを全部投げ飛ばした私は、あとになって鳥が何かを喉につまらせているのを見たというおばの話を聞いて後悔していた。

「詰まらせていたのは、ポーカーチップだったりして？」と私はおばに聞いた。

「そうかもね」と彼女は言った。

ショーンおじさんは、私が九歳の時に一度だけ訪れたことのあるノースカロライナ州の自宅から、豪華なポーカーセットを持ってきていた。私は家に帰る途中の車の中で、「私の大好きな場所、ちゃんとした人が住む場所、イエイ！」という作文を書いて、おじの家の各部屋の様子や、心を奪われたモネの水彩画や、額装された昔のアメリカ西部の写真について詳細に記した。そうしたものは何かをひいきにしている証であり、美しかったり興味深かったりする以外何の目的もないものに無駄遣いできるほどお金があり余っている証だった（洗練されていない趣味の証でもあったということは、あとになって気づいた。おじのアートコレクションを派手だと思う、違う部類の人々がいるということも）。おじの家は本物の家だった。長い廊下にはなんちゃってではない本物の〝オリエンタル〟な絨毯がいくつも敷かれていた。これもあとになってわかったことだが、その中にはイランから来たペルシャ絨毯もあって、その関係性を考えるとよくわからなくなったけれど、嬉しくもなった。たとえそのつながりがアジア大陸を地図の中心に移したり、北米という干からびてシワが寄って関節炎を患った手の人差し指から、やせ細った太鼓のばちみたいに南米がぶら下がっているように、実際のとおりに世界地図を書き直したりするなんてことを考えたことすらない白人たちによって作られたものだったとしてもだ。アメリカの〝発見〟を信じていた人たちは、ヨーロッパが世界の中心になっていたり、アメリカが意図的に膨れ上がっていたりするのを見るのが耐えられなかったのだ。

そんなアート作品や四つの寝室、二つの浴室と少し小さな浴室、ミニバーや娯楽施設が併設されている立派な地下室や、半年おきにスチーム洗浄されるオリエンタルな絨毯があることよりも更に驚きだったのは、おじがゲート付きの高級住宅地に住んでいたことだった。父がブスブスと音を立てながら、栗色のオールズモビルをゲート脇の小屋に寄せ、中にいる人に、ウィロー・クリーク・ドライブ十四番地に住んでいるインさんを訪ねてきたと告げると、ひどく貧乏で惨めったらしい農民が、這いつくばいながら宮殿のゲートまでたどり着き、耳で聞いたことしかない物事を実際に目で見たり、夢でしか見たことがなかったことが実際に存在するということを確かめるだけでなく、夢にすら出てこなかったようなことが実際に存在することを確かめたりするために、中に入れて欲しいと頼んでいるみたいに見えた。

フラ・ダ・リっていう金の紋章が付いた錬鉄があるんだよ、とおじはフェンスで囲まれた高級住宅地の周りを歩きながら教えてくれた。

フラフラの金？　と私が言うと、おじは笑ってもう一度ゆっくり言ってくれた。

ゲートが私たちに向かって開くたびに、ここに引っ越してこようよと私は両親に懇願した。すると父は「待つことなんてないよ。もうここにいるんだから！」と言った。でもその五日後には、数週間後には崩壊することになるブッシュウィックの狭いアパートに戻ってきた。書いた作文をコンテストに応募すると、先生からリボンをもらった。学校で褒められたのはそれが初めてだった。そのリボンを皺にならないようにきれいなまま取っておいて、特別な時に着るシワ加工されたビロードのワンピースに、取れないようにピンで留めた。母はリボンの付いたビロードのワンピースを着て作文を抱えている私の写真を何枚か撮ると、おじに送った。するとおじはそのお返しに、「おめでトウ！」と書かれた紙を顔の前で掲げている自撮りの写真を何枚か送ってきた。おじの口はすごく大きくて横幅もあったので、白い画用紙の後ろですら笑顔を作っているのがわかるくらいだった。

そうした日々は遠い過去の話だ。おじとおばはタイに移住する前に、十四時間かけて車で私たちに会いにやって来た。おじが男性用のフェイスクリームの開発をすることになり、タイに行くことになったのだ。

「理解できないわ」。ふたりが到着した日の夜、母はおじに言った。「男にどうしてフェイスクリームが必要なの？　がさがさで荒れてるのが男でしょ」

「フェイスクリームが開発される前の女もそうだったよね」と私は言った。

「まさにそのとおりだよ」とおじは言って、私の肩に腕を回した。私はその腕を振り払うと、自分の言いたいことが言えるけど、放っておいてもらえる場所に行きたいと強く思った。

いとこのマディーとトニーは七歳と六歳だった。翌年にはマサチューセッツ州にある全寮制の学校に行くことになっていて、私の両親は毎月ふたりのもとを訪れてちゃんとやっているか確認しに行くと約束していた。十四歳だった私は、そうしたことに何一つ関わりたくないと思っていたのに、いつものようにもう既に関わってしまっていたし、またいつものようにみんなに「どうしたの？大丈夫？　何か嫌なことでもあった？」と聞かれた。夜になるとマットレスに枕を放り投げて、偽物の翡翠でできた観音様に向かって、どうか私を違う顔にしてくださいと祈った。そうすればみんなは私の顔を見たり、何かあったのかと聞いてこなくなると思ったからだ。

二家族で集まるのが最後となる夜、私たちはポーカーをすることにした。始めてから一時間もすると、圧倒的に強いジャネットおばさんがみんなを打ち負かしていて、彼女だけしか強くなかったので、賭けをしても全然おもしろくならなかった。毎回仕切り直す間、おばは私の妹のエミリーの方を向いて、赤ちゃんハムスターに話しかけるみたいに優しくささやいた。

「もうこの子は三歳なんだよ」夜の間ずっと、父のグラスからレミーマルタンをちびちびと盗み飲みしていた私は、少しろれつがまわらない舌でおばにそう言った。

「三歳はまだベビーだよ」とおばは言って、また妹の方を向いた。「そうでしゅよね？　グーグーグーグー。おばちゃんは正しいよね？　大きなベビー。ガーガーグーグーグークー」。私がおばのことをうんざりした目で見ると、おばは飾り気のない優しさみたいなものを込めた目で見返してきた。まるで私にできるのはおばを嫌いになることだけで、彼女がやることを止めさせられはしないし、彼女の喜びの強度や押しの強さを粉々にしたりはできないとでも言うかのようだった。おばは私のことを辱めて一緒に何かを企もうとしたけれど、私にはできなかった。私は優しさを感じたかったし、もっと優しくなりたかった。でもできなかった。私はいつだってひねくれ者《サワー》だったのだ。みんなで一つのベッドで寝ていた頃、起きると両親はよく私のことを「私たちのひねくれた娘《サワー・ガール》」と呼んだものだ。

　中国から戻ってきた時、私はまだママが知ってる子の中で一番ひねくれてる子かな？　と母に尋ねた。母はその時妊娠八ヶ月で、おなかが邪魔して足先が見えなくなるほどだった。私が幾晩もさすったり、爪を切ったり、やすりでこすったり、お湯に浸したりしてあげた、たこができて変形した母の足。その横に寝っ転がって、足をマッサージして、温めたタオルをかけてあげた夜。その足は今は隠れていて、母は気に留めてすらいない。赤ちゃんが生まれるからだ。私は姉になって、もう母の唯一の子供ではいられなくなる。

　いつだってそうだよ、と母は答えた。

　この子もひねくれっ子になる？　私は母のおなかを指さしながら言った。この子もうちの家族の子になるの？

そうなるといいね、ひねくれっ子さん《サッー・ハート》。

翌朝、私は起きるとすぐに、自分は怒りながら生まれてきたのではないかと思った。

中絶するには遅すぎるの？　と私は母に尋ねた。でももうそうするには既に遅いことはわかっていた。両親が私を遠くへやることにした日、私はそうなるだろうとは思っていたけれど、受け入れることができなかった。

なんてことを言うの、ひねくれっ子さん《サワーズ》。

違うよ、と私は言った。もう酸っぱい《サワー》ものは食べないよ。おばあちゃんが甘い桃を食べたり、甘いスイカをスプーンですくって食べるのを教えてくれたから。私は優しい子《スウィート》だよ。おばあちゃんが言ってたもん。ママは……、と私はその先を言う前に少し躊躇してから、次から次へとでたらめを並べてるんだ、と言った。でも、そうした言葉を試しながら話しているみたいに聞こえていることはわかっていた。母は小さな涙の粒をポタポタと垂らしていたが、私は視線を落として母に背を向けた。

何かが変わるっていうのは難しいことだけど、約束するから……。

ママは私のことなんて何もわかってない。と私は母を遮るように言い、自分で自分のことを止められない人になっていった。

「もうやりたくない」と私はおばに言った。「もう飽きちゃったよ」

「いいじゃないか、クリッシー（クリスティーナのあだな）」とおじは言うと、腕を伸ばして私の肩をつかんだ。「今夜は、害にならないお楽しみに勤しむことにしようじゃないか」。私はフロップのカードを並べているおばを冷ややかな目で見つめた。彼女の矢のような目を見ると、心がうずいた。十年もののピクルスの最後の一つみたいに酸っぱい気持ちになった。それが矢のようであろうがなかろうが、おばの目は何も悪くないということはわかっていた。私が気難しい顔つきをしているのをどうしようともできないのと同じように、彼女の目がつり上がっているのはどうしようもないことだというのもわかっていた。私は、質問でもしてきたらその全員に唾を吐いてやるとでも言うような顔つきで高校一年生をはじめようとは思っていなかった。でもどうしようもできなかった。自分が理解できないことをある種の地獄というよりは冒険と解釈して、他人の善意によって心が動かされたり、誰よりも先に愛や思いやりを感じ取れる才能のある人になろうと、自分の中で誓いを立ててはいたけれど、難しすぎて無理だった。

「違うよ」と私は言って起き上がり、よろめきながら椅子に座り直した。「エミリーをかばおうとしたんだよ。なんでおばさんはエミリーにそんな話し方をするの？ ここにいるみんなは、私の言っていることに反対なの？」そしてテーブルの上によじ登って、スイカのタネを撒き散らした。

「ザン・シー・ディオ・レー」と母が言った。

「何を言っているのかわからないよ、クリスティーナ」と父が言った。その顔は老けてやつれているように見えた。

「降りてきて一緒にやろうよ」とジャネットおばさんが言った。私がよろめいているのが百階建ての建物のてっぺんから伸びた突起物の上であろうが、階段の二段目であろうが、パニックになるほどのことではないと言わぬばかりだった。「わかった。いったんやめて、スナックでも食べよう。それならいいでしょう？」

「この銃で撃ってやる」といとこのトニーがレゴの銃を私の顔に向けて言った。「バンバンバンバン……」

「トニー」ともう一人のいとこのマディーが途中でそれをやめさせた。「もう終わった？ クリスティーナは死んだよ。それでハッピー？ あんたは私たちの大好きないとこを殺したんだよ」

「ほらね？」と私は叫んだ。レミーマルタンが腸の中でごろごろと音を立てた。私は何か大切なものの上に立っていたんだっけ？ いや、父が三十七歳で私が九歳で母が三十六歳の時に父が作ったテーブルの上に立っていただけだ。当時は午後になるとずっと三人でフィフス・アベニューを歩き回って、公衆電話を見かけるたびに止まって、小銭が残っていないか確認していた。父は私を持ち上げて、公衆電話のお釣りが出てくる穴の中にキャンディーでベトベトになった指を入れさせた。「カチン」ワシントンの隆起したほりの深い顔や、アメリカワシの銅ニッケルを指先で感じると私はそう言った。「ほらね、まだ私のことが好きな人もいるじゃない」と私は言うと、吐き気を催すようなゲップを飲み込んだ。

「怪我する前にシア・ライ」と母は言った。

「何をしているんだよ、クリスティーナ」と父は言った。

「降りてきたらどうだい、クリッシー？　マディーとトニーは大好きないとこと一緒に遊びたがってるぞ」とおじが言った。

「みんなそう思ってるよ」とおばが言った。

「あの人たちの言ってることを聞いちゃダメだよ」とマディーが言った。「クリスティーナは自分がしたいことは何でもできるんだから」、「バンバンバンバンバンバン」とトニーが言った。

「クリッシーは吐いちゃうの？」と妹は母に聞いた。

「大丈夫だよ」と母は言って、私の方に手を伸ばした。私は触られたくなかったけれど、その手を取って母の腕の中に倒れ込んだ。「おばさんとおじさんがいなかったら、あんたのことを叩いてたよ」。母は私を押しのけるまえに、そう耳元で囁いた。

「叩いたらいいよ」と私はけしかけた。「私を叩いて終わりにすればいい。そうしたいんでしょ」。

「そういう言い方する子は嫌いだよ」と母が言ったので私は「そうだね、私も同じだよ」と言って二階へ走っていった。

自分の部屋に入ると、私は二リットル入りのソーダの瓶をつかんでカーペットの上にぶちまけて、ガソリンを撒いて家に火をつけるふりをした。後悔しています、私が全部悪かったし、生まれてきてごめんなさい。私の部屋の棚の高いところに置いてある五ドルで買ったプラスチックの観音様じゃなくて、今は神様を信じていますと言うために下の階に戻ろうかとも考えたが、ピータンと川エビとチキンとトマトと春玉ねぎと米とさやいんげんと豚の挽肉の酸《す》っぱい苦汁が胃の中をぐるぐるとまわり、喉まで上がってきて口から飛び出してきて空中で上に向かって弧を描いてからばちゃっと足元に落ちた瞬間、何も変わりはしないと悟った。それから一時間かけて壁に貼ってあるものをビリビリに破いた。画用紙になぐり書きしたサニー・デイ・リアル・エステイトの恥ずかしい歌詞（進もうよ、僕たちが漕いでいくところまで♪）や、リトル・イタリーの観光客向けの店で買った、都市の上空で宙ぶらりんになっているけたの腹板の上で、工事現場の作業員たちがハーネスもつけずに昼飯を食べている写真のポスター（あとになってそれが、大恐慌時代に建てられた摩天楼を宣伝するためのやらせ写真だということを知った）、一度も行ったことはないけれど、なぜか運命を感じてしまったアングラ演劇やアナキストの大決起集会のチラシ、セブンイレブンから盗んだ雑誌「タイガー・ビート」から切り抜いたジョナサン・テイラー・トーマスやデヴォン・サワ、ライダー・ストロングやレオナルド・ディカプリオの安っぽい写真（彼らの顔の上に、ペニスやおっぱいの絵を描くという想像力のないことをやってみたが、本当は自分の胸を押し付けたかった。誠実で悪気のない欲望だ）。壁から破り取るものが何もなくなると、私はみんながまだテーブルを囲んで、食べたり話をしたりしている一階に戻って、何も後悔なんてしていないふりをした。でもまだ怒りが収まらなかったので、テーブルから食べ物をつかみ取ると、自分の部屋に戻ってひとりで食べた。朝になってもまだ怒っていて、その翌日になっても怒っていて、それ以上の気力がなくなっても、もうこれ以上握りしめられてげんこつにされてしまうような気持ちにはなりたくないと思っても、その拳を緩めるのは不可能なほど私の怒りは増大していった。

再会その二

「最高に良かった時代には」と母は、私が二十二歳の時に母と我が家を置いて出ていこうとしていた時に言った。家を出るのは三度目だった。「私たちの家族は夕飯の席に集まって、あなたのおじいちゃんの話を聞いたものだった。あなたのお父さんのお父さんのことね」

「ママは、昔の話をしているんだよ」と父は、母が語る思い出話の英語の部分だけを説明してそう言った。私は母が被った言語にまつわる災難について、母を責めたりはしなかった。母は三十歳の時に初めて英語を習った。父はもし母が美しく生まれてこなければ、英語なんて習いもしなかったと言うのが好きで、母にはずっとそのままでいて欲しいという意味をこめて、よくそう口にしていた。ニューヨークに移住してまもなくのこと、公共図書館で中国語の本を借りようとしていた母に一人の男が近寄ってきて、無料で英語のレッスンをしてあげると言った。最初のレッスンで、母はその男のことが怖くなった。話すたびにどんどん近づいて来るので、その男は母を呼び戻そうと、椅子を引かなくてはならず、しまいには壁に椅子の背もたれがついてしまった。その男は母を呼び戻そうと、ジュースやデリのサンドイッチ（これは後に豪華なデリのサンドイッチとスープに格上げされた）などを次々に提供した。不安を覚えていたのに、母がその男のところへと戻っていったのは、無料のサービスを断るなんてことを教えられた者は私の家系には誰もいなかったからだ。

「輝いていた日々……」と母は英語で言ってから、中国語で続けた。「昔のことをよく考えるの。テーブルが壊れちゃうんじゃないかって心配するほどすごくたくさん食べ物が載っていてね。冬の氷が解けたあとのおなかを空かせた動物みたいに、みんなでがつがつ食べたものよ。あなたのパパはいつも、一通り食べ終わると一旦ベルトを緩めてた。今のパパはスイカを抱えているみたいでしょ？　昔に戻れたら、本当にスイカのベビーを見せてくれるはずだよ」

「当時は食料がなかったんじゃないの？」

「モー・ウォー・デ　腕を」

母の肌がどんな手触りなのかはわかっていたけれど、母の肩に触れてみた。なめらかで冷たくて、暑い夏の夜に触れると最高だった。

「毛がメイヨーなのは、なんでかわかる？」

「飢饉の時に生まれたから？」

母は頷いた。「十七歳までラオ・ペン・ヨーが来なかった」

「体がすごく小さかったからだと思ってたよ。だから私もこんなに小柄なんじゃないの？　パパ、覚えてるでしょ？　私がすごく小さいから、ダーリンが私のことを見えないふりをしたのを。それから床に落ちていたチートスを一本拾って、『クリスピー、ここにいたの？』って言ったよね」

「まるでピエロだな」と父は言った。

「ピエロの何がいけないの？」。私たちはそのことについて最近よく話していたけれど、母は関心がないようだった。

「小柄な女性の家系なのよ。でも体が十分に取れていない栄養を必要としていたのね。女の子の体にあまりにも多くのストレスがかかると、大人の女性になるのが遅くなることもあるんだよ」

「あの気持ち悪いくらい体が細い体操選手たちも同じ？　十歳くらいかと思ったら、実は二十二歳だったりするよね」

「そうだね、でも私たちは別にメダルをとるためにそうしていたわけじゃないからね。仕方がなかったんだよ」。母は席を立って、冷蔵庫からプラムを取ってきた。

「このプラムは酸っぱいよね？」と私は父に訊いた。今週買い物に行ったのは父だったが、父は私と母が満足するくらい酸っぱい果物を選ぶのがすごく下手だったからだ。

「喜ぶと思うよ」と父は言った。

母はプラムを一つかじると、私に向かって親指を立てた。「よく近所からぶどうを盗んだものだよ。あのひどい飢餓が終わったあと、すごく素敵なぶどうの木を植えた男がいてね」

「でも、せえので声を揃えて飢餓が終わったわけじゃないからね」と父が説明した。「だからずっとおなかが空いていた。それは飢餓とはちょっと違うね。言うならば、子供の頃におなかいっぱいのまま寝たことなんてなかったってことかな」

「そのとおり。でもその近所の男はぶどうの木を持ってたの。哀れな人でね、友達や私を近づかせないでおく方法を知らなかった。私たちは熟す前のぶどうを盗みに行ったよ。すごく美味しかった。もしかしたらそう思ったのは私だけかもしれないね。他の子たちはやけくそになって食べていたから。でも私にとっては、それまで食べた中で一番美味しいぶどうだった。今でもそう思うよ」

「ラッキーだね」と私は言った。

「食糧事情はあなたが生まれたあとに改善したの。パパの家族は大半の人よりも食糧を入手しやすかった。それはあなたのイエイエとナイナイが両方の戦争で戦ったからだよ」

「内戦と日本との戦争のことだよ」と父は説明した。「だからかなり高い地位に就けたんだ」

「普通の人よりも多く配給を受けていたし、そうしたちょっとした特権もないわけじゃなかった。でも今のほうがまだましだよ。老幹部だと見なされているからね。死んだら、犠牲者の遺灰だらけのロッカールームに埋葬されるんだ。風水《フン・シエイ》的には上海ではあそこが一番良い場所なんだからね」

「フン・シュウェイ？」私は大学一年生の時の白人のルームメイトが、これから彼女の仏教徒で白人のボーイフレンドが私たちの部屋にやって来て、チベットのお祓いをして悪い気を祓ってくれると言った時に発音したように言った。説明するまでもないことだよねと彼女は付け足すように言って、私に失礼のないようにしようとしていたけれど、それは逆に失礼だった。そうだね、もう十分知ってるよと私は答えた。

「そんなのいかさまだよ。セレブが自分たちの生活がいかに空っぽなのかを隠すためにやるようなことでしょ」

「そんなことない、本物だよ」と母は言った。「あのプール付きの家を買わなかったのはそのせいなんだから。坂の下にあったしね。みんなの不運が自分の家に転がり込んでくるのは、風水的に本当によくないんだよ」

「ママは、すごく真剣に考えているんだよ」

「風水はいいことなの！　いい？　冬になるとこの家は冷えますか？」

私は首を振った。

「夏になると暑くなりますか？」

私はまた首を振った。

「それはこの家が北向きだからだよ。些細なことなんかじゃない。いつかおまえのおじいちゃんとおばあちゃんの遺灰は、上海で一番おちつける場所に置かれることになる。三月にパパと一緒にいろいろ見てきたけど、外を走る車の音がまったくしなくて、本当に静かな場所だよ」

「変なの。それが風水の効果かどうかなんてわからないじゃない」

「常識だよ」と父は言った。「身の回りに注意をはらうってだけだ。アメリカ人に怠ける才覚があるのと似ているよ。仕事を怠ける方法なんて誰も教えてないだろう？　最低限の仕事しかしないなんてことは誰も教えていないのに、あの人たちはそうすることに世界一長《た》けてるよね。生まれつきそうなんだよ。私たちが風水に気を配るのも一緒のこと。生まれ持ったものなんだ」

「私はそうじゃないけどね」と私は言った。

母は手を伸ばして、私の髪の毛をなでた。「あなたはまれなのよ」。私は母に笑顔を見せたが、翌日家を出ていくことになっていたので胸が痛くなった。私たち三人はエミリーが寝たあとも起きたままで、荷物をまとめたり、大学を卒業したあとに家に送った段ボール箱の中身を確認したりしていた。何ヶ月か前のことだが、私はパリ郊外にある高校で英語を教える仕事を引き受けることにした。その計画を話すと母は、パパができなかったことをやりなさいと言った。

あっちのほうが更にひどいぞ、と父は言った。全部逆さまなんだ。向こうの郊外はこっちでいうブルックリンだ。ドウ・シ・ヘイ・レン・ヘ・ア・ラ・ボー・レン。おまえの受け持つクラスには、フランス人の子供は多くないはずだよ。

それを聞いて私はむっとした。フランスなんだから、いるのはフランス人ばかりに決まってる。それにパパは本当に時代遅れだ。今のブルックリンはアートギャラリーや、ごみあさりをライフスタイルや選択肢の一つとして行っている信託ファンドのアナキストたちの場所になっているんだから。五年もしたらエミリーも結局、ロングアイランドのショッピングモールをうろつくような若者になるか、そうでなければブッシュウィックの建物のロフト部分に住んでいる、ひどいパフォーマンスをするアーティストもどきとデートするようになるんだよ。

この時はフランスは果てしなく遠い所のように思えたし、引っ越し準備のためにやることがたくさんあったので、私の下した決断の大きさについてよく考えたりはできなかった。でも残すは飛行機に乗るだけとなった今、今回は自分の決断で他の大陸へ移住するということが、精神的に重くのしかかってきた。

「イエイエやナイナイは軍人だったの?」と私はまたひもを結びはじめながら聞いた。

「まあね」と父は言った。「戦いにはあまり加わらなかったけどね」

「ふたりとも、ものすごくラッキーだったのよ」と母は付け足した。「大勢の幹部たちは両方の戦争を生き延びて、結局追放されたの。おじいちゃんはそんなにラッキーではなかった。おじいちゃんのお父さんは地主で、お母さんは教師だった。だから中国共産党に早い時期から入っていたのに、幹部にはならなかった。おじいちゃんが志願したのは、共産党の心情を信じていたから。おじいちゃんは理想家だったのよ」

「そして私たちはみんな、それがどういう結果をもたらしたかよくわかっているよね」と父は言った。

「おじいちゃんの弟は、ひいおじいちゃんがおじいちゃんに土地を譲ると遺書に書いたことに嫉妬して、問題を起こそうとしたの。誰にもこの先どんなことになるかわからなかった時のことね」

「それでどうなったの？」

「反革命主義者だと告発された人は、誰でも公聴会にかけられたの」と母は答えた。

「そうだな、でもそれは優しい言い方だな」と父は言った。「要は、公開で辱めを受けたってことだよ」

「具体的にはどんなことをされたの？」

母は首を振った。「あの時代のことは、思い起こさなくたっていいよ。とにかく、ふたりはそんなことはされなかった。おじいちゃんは、私が通っていた小学校の一番上の階の窓から飛び降りたんだから」

「オーマイゴッド。自殺したってこと？」

「しようとしたんだけど生き延びたの。両足を骨折して、病院に搬送されたよ。共産党の指導者たちは、それはおじいちゃんが有罪である証だって言った。ありがたいことに、おばあちゃんはすごく才覚がある人でね。私のおばさんである妹がその病院で看護師をしていたから、彼女に致死量の塩化カリウムをおじいちゃんに注射をするように指示したんだ。あいつらに名誉を汚される前におじいちゃんは死んだの。そう望んでいたんだよ」

「なんてこと」と私は言った。「辛かっただろうね」

「しかもそれで終わりじゃなかった」と父は言った。「みんなが話をしているうちに、計画がバレてね。そのせいでおまえの大おばさんは、北の方にある政治犯収容所で二十年間強制労働の罰を課せられた。それにおばあちゃんも、以前とは同じようにはいられなかった。おまえのおじいちゃんの弟と土地を分割しなかったことで、自分を責め続けたんだよ」

「もともとおじいちゃんは、土地を弟と分けようと計画していたの」と母は詳しく述べた。「でもおばあちゃんが、そんなのバカげてるっておじいちゃんを説得したのよ」

「おばあちゃんのせいじゃないよ」と父は言った。「おばあちゃんはできる限りのことをやったんだ。当時はカオスだったからね。信じられないくらいみんな貧乏だった」

「でも何もいいことがなかったわけじゃない。当時でも自由みたいなものはあった。子供たちは何でもできた。本当に何でもね。例えば、『母さん、父さん、三ヶ月国内を旅してくるよ』なんてことが言えたんだ。それで本当に出かけていったりして。そんな感じさ」

「大人の監視もなく、子供たちはいつも通りにいた。学校をさぼって、一日じゅうセックスしていたって誰も何も言わなかった」

「そうしたら学校が数年間閉鎖になったのよ」と母が言った。「私たちは本当にラッキーだって思ったわ」

「本当に？」

「まあね」と母は言った。「あなたも学校を休めるってなった時は、嬉しかったでしょ？」

「めちゃくちゃ興奮したよね。学校は大嫌いだったし」

「想像してみてよ、それが何年も続くのを。永遠に休みが続くような感じだよ」

「でも、若者にそこまでの自由を与えてカオスにならないなんてことはないよね。子供たちは通りで暴行をはじめたんだ」と父が言った。

「クレイジーだね」

「そのとおりだよ」と父は言った。

「なんか懐かしいな。下の階に行けば、毎日友達が外で遊んでいるなんて、最高よね。九歳だった時のことを思い出すと『ずっとこのままでいさせてください』って思うよ」私は母が話を続けるのを待ったが、母は一瞬席を立って、そのあとすぐに戻ってきた。「パパが中国じゅうを列車と徒歩で旅して回ったって知ってる？」

「パパはジャック・ケルアックだったの?」

「若くてバカだったんだよ」。今度は父が席を離れて、少ししてから戻ってきた。「その間、少しだけどママも一緒だったんだ。あれはいくつの時だったっけ?」

「あなたはチュー・アーで私はチュー・イーだったはず」

「じゃあ中学生だったってことだね」と父は計算して答えた。

「そうね」と母は言った。

「手を出そうとしたんだけど、ママは無反応だった」

「じゃれ返したりなんて、当時は誰もしなかったのよ!」と母は言った。

「列車が〝革命児〟用に開放されていてね。当時はそう呼ばれていたんだ。そうやって正当化されていたんだよ。家を出て、国を見てまわることが奨励されていた。視野を広げて、人がどうやって生きているのかをしっかり見るようにってね。もらったフリーパスがあればどこにでも行けたし、どこにでも泊まれた。親に監視されないなんてそんな最高なことはない! って感じだったよ」

「列車は信じられないくらい混んでいたよ。車両によっては、人が文字通りお互いの上に重なり合っていた。そこから抜け出すには、何百もの体の上をよじ登っていかないといけなかった。一日目が終わる頃には、ギュウギュウ詰めになって窒息して死ぬんだろうなって確信したよ」

「そう、それである時、おまえのママを見つけたんだ。一緒の学校に通ってはいたけれど、学年が違ったからね。いつも可愛いなって思っていたんだけど、列車で会ったその日、ママは輝いていたよ」

「ひどい見た目だったじゃない」と母は言った。

「私は勇気を奮い起こしてアプローチしてみることにした」

「自分のクラスではない人とは付き合わなかったのよ。性別が違うと特にね」

「列車が憑祥《ピンシアン》郊外の村に入って行く時に、私はついにママに近づいて、ここで降りようって声をかけたんだ。その駅から三キロ先の所に住んでいるおじがいたんだよ。そこなら泊めてもらえるってね」

「ママはついて行ったの？」母は父のことを見て、父は母を見た。「もしエミリーが起きていたら、今頃うんざりしていたはずだね」

「もちろんパパと一緒に行ったよ」

「ママは断れなかったんだ」

「どんどんパパのことが好きになっていったってわけ。でもその村におじさんはいなかった。もしあれが完全なやらせじゃなかったら、ロマンチックだったんだろうなって思うよ」

「ちょっと待ってよ。おじさんは本当にそこに住んでいたんだって。でもまた四川に配属になったから、いなかったんだよ。そんなことわかるわけないよ！　当時はメールで聞くなんてこともできなかったんだから。まあ、そんなことで、私たちはその村にたどり着いた。知っている人は誰もいなかったけど、おじさんはそこでみんなに良くしてもらっていたようだった。村人たちはおじさんにすごくいい印象を持っていて、私が甥だってわかったら、まるで家族みたいに迎え入れてくれたんだ。これでもかってくらい宴会をしたよ。最初の夜にはママはもうぐったり疲れ果てていた。みんな、酒を隠し持っていてね。にせものの酒だったけど。一緒に飲もうってせがまれちゃってさ。証拠隠滅するのを助けてくれって言われたよ。だからみんなで飲んだ。ママにキスしようとしたけど、六杯飲んだあとでもママは拒否し続けたよ」

私は笑った。「ママ、やるね」

「わかるでしょ、パパはいつもこんな感じだから」

「すごくいい時間だったよな」と父は結論づけた。「私がおまえに約束したよりも良い時間になったと思う」

「さてと」と母は言うと、立ち上がって私たちが食べたプラムの種を捨てに行った。「そろそろ切り上げて、あなたがパリに行く準備をしなくちゃ」

「モントリオールね」と私は正した。

父は時計の方をちらっと見上げて「もう夜中の二時か。体重計を持ってきて、スーツケースの重さを計ろう」と言った。

「最初の子供が恐ろしい国に旅立つ前に、一緒に夜を明かしたくないの？」

「そしておまえを空港に送っていく途中で車を追突させろって？　いちかばちかでそんなことをやったりなんてしないよ」

「そんなことするにはもう遅いよ」と私は内心ビクビクしながら言った。

母は仰天したような顔で私を見つめた。「私たちのベビーがフランスに行っちゃう」

「私たちのベビーはもうベビーじゃないんだ」と父が言った。

「みんなで夜明けまで起きていよう！」と母は突然勢いよくそう言った。

「わかった！」。父も明るくなったし、みんな元気になった。「空港に行く途中で車が事故に遭うかもしれないしね！」

そうした全てはまさに家を出る前に私が望んでいたことだった。

再会その三

徐々に私は上海での日々のことを思い出さなくなっていった。上海に住んでいたのは、私が一歳から三歳半の時だった。祖父母と半年間暮らすために両親に送り出された時、私は十歳。それから、四週間上海を訪れた時は十一歳で、三週間訪れた時は十三歳、そして十日間訪れた時は十五歳で、四日間訪れた時は十九歳、十日間の時は二十一歳だった。

二十一歳で十日間上海を訪れた時は、ドイツの製薬会社で働いていて、ボスとやりとりをするために英語の手書きのメモを一日じゅうファックスで送り続け、週末はアメリカでは大失敗に終わったけれどアジアでは大ヒットしたアニメの声優として働いていたいとこのファンが、祖母についていろいろと話してくれた。「おじいちゃん側の家族は、ものすごい貧乏だったの。おじいちゃんよりも上の世代で四十歳まで生きた人はいないんだよ。おじいちゃんは十四歳の時に、簡単に言ってしまえば、フルタイムで働く労働者を買おうとしていた金持ちの一家に奉公させるために、家族によってこの村に送りこまれたの」

「年季奉公人みたいな感じ？」

「そう、そのとおり。おじいちゃんはそれが嫌で、家出して逃げて自分の家まで戻ってきたんだけど、家族は受け入れなかった。この負け犬、ろくでなし、やくたたずって言ってさ」

「なんで？」

「何も持たずに戻ってきてはいけなかったから。何かをやり遂げて戻ってくるはずだったの。それにおじいちゃんがその金持ちの家にいたのは、二週間とか一ヶ月くらいでしょ？　一家の恥だって思われたんだよ。だから家族はおじいちゃんを追い出して、その村に戻って役目を果たすようにって言ったんだって」

「ひどいね。私だったら一日も持たないだろうな」

「私もだよ。おじいちゃんの家は嶗山《ラオシャン》のふもとにあったんだけど、とても美しいところだよ。澄んだ泉や眼を見張るような滝があってね。絵画みたいなんだ」

「いいねえ」

「次に来た時に連れて行ってあげる」

「楽しみ」

「それで、どこにも行く場所がなくなったおじいちゃんは、山をかけ上がって、木にもたれかかるようにして眠ったんだって。眠るのが好きだったんだね」

「あはは」と私は言った。「私の素晴らしい遺伝子がどこから来たのかわかったわ」

「でしょ？」と彼女は言った。「ザン家の呪いだよ。ともかく、おじいちゃんはただ眠りたかったの。疲れ切っていたんだよね。その金持ち一家のために働いていた時は、一日四時間か五時間しか寝させてもらえなかったから。おじいちゃんは山で服を着たまま、一晩じゅう震えながら寝ていたの。朝起きると、このまま山の中で死んじゃうかもしれないって思ったらしいけど、ありがたいことに、上のほうに偵察中の軍の司令官がいて、見つけてくれたんだって」

「それからどうなったの？」

「徴兵されたんだよ」

「うわ、怠け者だったおかげで仕事にありつけたわけだ」

「そのとおり。面白いのは、おじいちゃんは働きたくないっていう気持ちに何度も救われたってこと。でもわかるでしょ。うちの家族はいつもラッキーだった。私たちはいつもツイてるんだよ」

「うちの家族ねえ」と私は繰り返した。「そんなふうに考えたことは一度もなかったけど、そうかもしれない」

再会その四

上海の祖父母は私たちの飛行機代を払い、搭乗前にターミナルでお菓子でも買うようにと、片足に二十ドルずつ詰めた手編みの靴下を送ってきた。その後、私が成長すると、母は当時上海に私を連れて行くのは父ではなく自分にして欲しいと父の母親に懇願したことを話してくれた。自分の両親に会いに行けるわけだから、父が行ったほうがより理にかなっていたのにと。十歳の時、母は私を上海に連れて行った。母は良かれと思ってそうしたのだが、私はそうは思っていなかった。戻ってきたらわかるよ、ありとあらゆることが変わっているはず。私たちはまるまると太った小さな王子様みたいに暮らすんだよと母は約束した。私は、ママの言うことは何も信じないよと答えた。母は当時妊娠六週目で、私は一番最後にそれを知らされた。母は父の母親から、生活を立て直す間、私を上海に連れてくるよう言われていたのだ。

「私と離れるのが辛かったってこと？」

母は私が成長してから――私の母親としてだけでなく、要求や恐怖や夢を持ったひとりの人間として母が取ったどんなふるまいにも私がそこまで傷つかなくなってから――初めて自分に笑うことを許したかのように笑った。

「だから一ヶ月間も一緒に上海にいたの？　その方が環境の変化に慣れやすいからって？」

母はまた笑った。

「ちょっと待って」と私は母を押した。「本当の理由は何なの？」

「それが理由の一つだよ」

「じゃあその他は？」

「何だと思う？」

「パパから離れたかったから？」

「パンパカパーン、御名答！」

母と上海に出発するまでの数週間、私はまたひどく皮膚を掻くようになり、痒みは中国に着くと更に深刻化した。ベッドのシーツやソファのクッションはみんなざらざらしていて触り心地が悪く、かすかにカビや糞尿の匂いがした。私はそれまで自分が生まれた場所について知らなかったことにショックを受けていて不機嫌だった。外に出ると、みんなが私のことを見た。質問されても長い間答えないままでいると、ウェイターや店員は母に、この子は耳が聞こえないの？　とか、口がきけないの？　とか、黙っているだけなの？　とか、単にバカなの？　と尋ねてきた。

夜になると、私は祖母の家で何もせずにオレンジやぶどうを食べて待っていた。大人たちは私が食べたくもない料理を作り、ハンバーガーやフライドチキンやホットドッグがなくてごめんねと謝った。でも私はハンバーガーもフライドチキンもホットドッグもそこまで好きではなかったし、本当に好きなのは中華料理で、でも中国の中華料理ではない中華料理が好きだと言いたかった。夕食が終わると、みんなはそれぞれ好きな話をしていた。まるで言いたいことを全部話すには一日あっても時間が足りないとでも言うかのように、みんな同時に話をしていた。しかも交互に聞いたり、話したり、笑ったりするのではなくて、それぞれの声が重なり合って巨大な騒音を生み出していた。沈黙している私は人目につきやすくて、黙っているのは何かを示唆しているのではないかと思われていた。みんなは私がどうして喋らないのかを分析して、緊急に解決しなければならない問題として話したがった。でも私は何も言いたいことがないから黙っていたのではなく、みんなの話し声に圧倒されていただけだった。誰にも同情されたり、笑われたり、中国語を喋れない中国人なんて不条理だと言って呆れられたりしたくなかった。完璧になるまで中国語を学ぶと約束したくはなかった。ただ静かにしているだけでアメリカの人たちに「この子は英語がわからない」と思われたりせず、その代わりに私のことを見てすぐに、「この子は完璧な英語を話す」とわかってもらうようになる必要がまだあったからだ。おまえが中国にいるのは一時的なことだよ、という両親の言葉を真に受けていた。もし一時的なのだとしたら、中国で中国人になるために全力を注がなくてもいいのだ。もう既にアメリカで中国人として暮らすことで、たくさんの問題を抱えているんだから。

上海の親戚は私が黙ったままでいることを、寂しさや悲しみの表れなのではないかとか、上海にいるのが嫌なんだろうとか、ここの食べ物が好きではないんだとか、テレビばかり見ているから退屈なんだとか、トイレに不満があるんだなどと解釈していたが、それは基本的に全部その通りで、特に祖母の家のトイレは便の臭いがしたので嫌だった。その臭いは本当にひどくて、便を体からひねり出すくらいの時間でさえトイレの中にいられないくらいだった。上海に到着してから最初の一週間が過ぎると、私は重症の便秘になって病院に運ばれた。恥ずかしい経験になってもおかしくなかったが、既にその前の晩に、ようやく出ると思ったのに結局は巨大なおならしか出なくて、便器に座ってしくしく泣くという辱めを受けていたので、そうはならなかった。それ以外のことは、なんとかやっていた。それどころか、ニューヨークを離れるまでの数週間よりもずっとうまくやっていたのだ。私は「すっごいチャンピオン」みたいにいろいろなことに対処していた。私が父の教える教室に現れるたびに、ダーリンはよくそうやって私のことを呼んでいた。「すっごい世界チャンピオンが来たよ」。そう言うと、彼女はトロフィーを磨くみたいに私の頭を撫でた。

溜め込んだ便を病院で全部出してもらってから帰宅すると、両親にずっと強く言い続けられてきたこと——両親にべったりしないようにする——をやってみることにした。両親は何年間も私に独り立ちするように言い続けてきたが、そのたびに私はこう思っていた。あなたたちもね。そんなにひたむきに私に愛情を注ぐのはやめてよ。私にはそれしかないんだって思いこんでしまうくらい、私のことを愛するのはやめて。

そんな無茶な挑戦をふたりが最後までやり遂げるかどうかなんて、知る由《よし》もない。ふたりは本当に私と距離を置くことができるのだろうか？　心を鬼にしないといけないよ、と母はよく言ったものだった。好きだろうが嫌いだろうが関係なく、そうしなくちゃいけない時が来るんだからと。私たちは、そうするための準備の方法があると信じ込もうとしていた。ぐらぐらした乳歯を毎日少しずつゆっくりとひねり続けて、ある日、羽毛が石に触れるくらいの力でその歯を触ると、痛みもなくきれいに抜けるという神話を信じるみたいに。

何ヶ月も泣いたり、懇願したり、議論したり、駆け引きしたり、計画したり、遅らせたりしたあとで、その日は突然やってきた。飛行機のチケット二枚と靴下を郵便で受け取った翌週には、私は母と空港にいて、母の手をつかんでは離して、またつかんでは離して、最終的にはバレーボールをレシーブする時みたいにして自分の両手をぎゅっとつかんだ。セキュリティーゲートの角を曲がる時、私はバイバイと父に向かって手を振ることすらしなかった。父がその夏の間ずっと家のペンキを塗る仕事に専念して、私と母が単に望むだけでなくて夢見るような人になれるのかどうかはわからなかった。私が知る人がみんな「生活を変えるのに遅過ぎることはない」と口を揃えて言っていたので、私たちはそうすることに決めたのだ。上海に到着すると、大切だと思えるほど良くは知らない家族が私の家族になった。そして離れたくないと思っていた家族、私のアイデンティティーの基盤になっていた家族、私が唯一確かだと思えた愛があった家族は、何か別のものになった。

両親と一緒にニューヨークに引っ越した時、私は三歳半だった。冬の間、一度に数時間しかヒーターをつけられないくらいお金がなかったのに、母はまず初めに電話線を引いた。最初は隔週で上海に電話をかけていた。よく、壁に取り付けられた電話に届くようにと私をスツールの上に乗せて、受話器に向かって中国語で「おじいちゃん、だいすき。おばあちゃん、だいすき。一番上のおばちゃん、だいすき。まんなかのおばちゃん、だいすき。一番下のおばちゃん、だいすき。おじちゃん、だいすき。いとこのお姉ちゃん、だいすき。だいすきなおじちゃん、だいすき。おじちゃんと結婚したばかりのおばちゃん、だいすき、一度も会ったことがないいとこのお兄ちゃん、だいすき、ママの方のおばあちゃん、だいすき、ひいおばあちゃん、あと、おばあちゃんの頭にある、写真で見ると緑に見えるシミ、だいすき、大おばちゃん、だいすき、大おじちゃん、だいすき、私よりも年上で一度も会ったことないけどもうすぐ会いに来るおいっ子、だいすき、みんな、だいすきだし、来年もみんなが健康でありますように」と言わせようとした。母は電話をかける前に、話すことを私と一緒に何度も何度もリハーサルした。受話器に向かって何を言えばいいのかはわかっていたけれど、私は一言も発しなかった。母は私から受話器を取り上げて、バツが悪そうに「この子の声、聞こえた？　すごく声が小さいのよ」と言った。なぜあんなに急いで電話で誰かにだいすきと伝えないといけなかったのか、当時の私は理解していなかった。どうやら私は母の思うようにうまくできなかったようだ。なんで内側からあたたかい気持ちになって、夜になると夢の中に入り込んでくるような安心できる愛を感じるよりも、電話でだいすきだと伝えることの方がもっと重要で深みがあるということになっていたんだろう？　親戚たちが、自分たちの恐怖を拭い去るために、私が何かを口にするのを待ったり、圧力をかけてきたりするたびにこのことを考えた。その恐怖とは、これからも私が彼らと距離をとり、自分を隠し続けるのではないかという恐怖だった。

私たちが上海に到着してから一週間後、母は高校時代の同級生に会いに出かけた。母が出かけてしまうとすぐに親戚たちは私のことを心配しはじめ、「おまえは色んな家を移り住んで来たけど、もううんざりだと思ったりはしなかった？」などと質問をしてきた。

「うん」と私は真面目に答えた。「大変だった」と中国語で言おうとしたけれど、「男だった」と言ってしまった。

「男？　女かと思っていたよ」と彼らは、当時の父の恋人のことをそう言った。「今、男って言ったよね？」

「そう、男」私は言った。

病院に運び込まれて大量の下剤を飲んだせいで、私のお尻は座るだけで穴が開いて便が出るモードに入ってしまった。それから数日後、夕食が終わると（私はおばやおじや祖父母たちを満足させるために、貪るようにして食べていた）、いとこのファンが隣に座ってどんな音楽が好きなのかと訊いてきた。彼女は私よりも四歳年上だった。ニューヨークに移住する前、祖父母の家で私たちは一緒に育ったが、彼女のことはあまり良く覚えていなかった。ファンは六人目のメンバーが本物の猿だという人気のボーイズバンドの話をした。彼女が話している間、私は彼女のことをつまらないと思ったし、それが彼女にも伝わっているのがわかった。彼女が私と手を組んでみたいと思っているのもわかったし、彼女と一緒に育ったことや赤ん坊の時はいつも彼女を必要としていたことを私が覚えていないことを彼女に見破られているのもわかっていた。どんな家族間の関係においても、必要とし合うことがその基盤にあると彼女が考えていることがわかったし、私が両親と一緒にアメリカに行ってしまったあとに、彼女が地面に私の顔を描いていたという話を祖母がするたびに、彼女が苦しい気持ちになっていたということも知っていた。祖母からその話を聞いても、私の心は一度も動かなかった。祖母はいつもその話をすると涙を流したが、それは祖母を残して先立った人たちのことを思い出していたからだった。でも一方で私と言えば、そこまで影響は受けなかったし、少なくとも他人から見ても感動しているとすぐにわかるほど感動もしていなかった。そうした私の無関心さに、いとこがかなり動揺していることも私はわかっていた。

「なんていうかさ」。ふたりで種つきのスイカを食べていると、長く沈黙したあとでファンは言った（私は種を全部飲みこんだが、彼女は全部つまんで取っていた。嚙んだら美味しい柔らかくて白い種も一緒に）。「三歳の時、あんたが親とアメリカに行くちょうど前、私たちは一緒に電車に乗って田舎に行ってピクニックをしたんだよ。あんたは洞窟に行きたがってたの。なぜかその日、あんたの親は、あんたを連れて行ってもいいって言ったんだよね。すごく小さい子が……想像できる？　私たちふたり、三歳と七歳の子供が洞窟の中にふたりっきりでいるところを。あんたは大喜びだったし、私もすごく嬉しかった。ちょっとの間私たちだけで探索して回ったんだけど、楽しかったな。途中で、小さな川が洞窟の中を流れているのを見つけた。あんたは孫悟空みたいに川の上を飛び越えたがっていたんだよ。すごい堅物な坊さんと一緒にいる魔法の力を持った猿の漫画を覚えてない？　あんたはその漫画が大好きだったんだよ。私は孫悟空の真似は絶対にしないでねって言った。『孫悟空は本当はいないんだよ？　本当の人間は空を飛べないし、指で木を切り裂いたりできないんだよ』ってね。でもあんたはなんで？　って言って、突然、ボチャンって音がして水しぶきが上がったと思ったら、あんたは水の中に入ってた。自分がどこにいるのかに気づくとパニックを起こしたから、私も水の中に飛び込んであんたを引きずり出してあげたんだよ」

「洞窟の中に川があるの？」「そうだよ。その洞窟の中にはあった」「私がその川に落ちたって？」

「そう」

「それで助けてくれたの？」

「そのとおり」

「そうなの？」

「そうだよ」

「本当に？」

「うん」

「今、思い出したの？」

「ちがうよ、ずっと覚えてたの」と彼女は言った。

「忘れなかったの？」

「うん、そんなこと忘れられるわけないでしょ」

「助けてもらったなんて信じられない」

「本当に助けたんだよ。川に落ちたあんたを、私が助けたの！」

私たちはなんでそんなことになったんだろうねと笑い合った。私はそれ以上彼女のことを見るのはやめて、彼女が私のいとこで、私が彼女のいとこだと知っているのは母親に言われたからではなく、それとは別の方法で彼女のことを知っていたらどんな感じだっただろうと考えていた。今では私たちは家族なのだ。

「私は川に飛び込むのが好きなのかもね」と私はいとこに言った。

「そう？」

「数週間前にニューヨークで川に飛び込んだんだよ。本当に最悪だった。そこら中に人間のうんちが固まって浮いてたよ。少し飲み込んじゃったかもしれない」

「そんな！」といとこは叫び、私がガブガブと人糞を飲み込みながら川を平泳ぎして渡ろうとしているところをふたりで想像して、叫び声みたいな声をあげて笑った。でも私は、家族で栗色のオールズモビルを川に沈めようとしていたことは言わなかった。以前には経験したことのない、ぼんやりとした恐怖のようなものを感じた。もう絶対に戻ることのできない恐怖。そしてそれが、陸地に戻れない恐怖なのか、両親のもとに戻れない恐怖なのか、家に戻れない恐怖なのか、それよりも更にひどい、例えば、もうこれまでの自分には（それが何であれ）二度と戻ることができないという恐怖なのかはわからなかった。迫ってきているその恐怖から逃げるためには、もっと遠くへ急いで泳いで行かないといけないように思えた。私はそんなことは一つもいとこに伝えず、その代わりに、川に浮いた腐ったスツールをかき分けながらニュージャージーまであと半分というところまで泳いで行ったことを自慢した。

「クレイジーだよ！　まだ自分のことを、空が飛べてありえないことができちゃう魔法使いの猿だって思ってるんじゃない？」といとこはうまく言葉にできないくらい大笑いしながら言った。

「まさにそれだね。クレイジーな猿の女の子、任務に戻ります！」。私は心の中で「三国志の漫画を読みかえす」とメモをした。いとこの話についていくためだ。

　その夜遅く、歯磨きをしながら私は母に言った。「やっぱり、ここにいてもいいよ」。すると母は「それを聞いて安心したわ、ひねくれっ子《サワーズ》さん。ああ、それを聞いてどれだけ嬉しいことか。きっと機嫌を直してくれるって思ってたよ」

　その瞬間から、いとこと私はその後の半年間を毎日一緒に過ごした。上機嫌な母が真夜中に電話してきてびっくりするまでずっと。「ああ、ひねくれっ子ちゃん、すごく良いニュースがあるの」。母は電話口でそういった。「パパがね、あなたの素晴らしい素晴らしいパパが、ついにやったのよ」「何を？」と私は興味がなさそうに言った。「今度は何をやったの？」。貯金をして、家族で住めるちゃんとしたアパートを見つけ、もっと貯金してもっとちゃんとしたアパートに住めるようになるまでそこに住めるようにするという立派なことを父はやり遂げていた。ついにヒーローになったのだ。私がハーレム川に飛び込んだ夜にはできなかったことを、父はとうとうやってのけた。ついに家族の面倒をみるとはどういうことかを理解したのだ。あとになって、実は祖父母がこつこつと貯めてきた貯金から五千ドルを父に渡していたと知った。父が何度かふたりに手紙を送って、私が地球の裏側に住まなくてもよくなるような解決策を考えて欲しい、特に今はもうひとりの子供が生まれるんだからと懇願したからだった。

次に私が両親と妹と一緒に上海に戻った時、いとこと私はまたよそよそしくなった。凍った池に向かう魚みたいに彼女に対して温かい気持ちを覚えたし、二年前の夏に、ふたりがお互いのことを再発見した時にどんな気持ちになったかを思い出そうとした。溺れそうになったのを彼女が助けてくれたこと、その思い出があったからこそ私たちはいつも一緒にいたということを思い出そうとしたけれど、だめだった。いとこと私は、なぜ祖母があんなにしょっちゅう泣いていたのか、私たちがお互いの人生に現れたり消えたりするのを繰り返すのは仕方がないことで、それをどうにかするための選択肢はほとんどないことを理解しはじめていた。

再会その五

「あんたはマジでラッキーだね、エミリー」。新しいブルックリンのアパートを私と両親に見せてくれた妹に、私はそう言った。

「そうだね」と妹は言って、スマートフォンの画面をスクロールした。「ウィリアムズバーグにある、立派なクローゼットみたいな部屋に千三百ドルの家賃で住めるなんて、本当に超ラッキー」

「ここは……」と母は一旦だまって言葉を選びながらこう言った。「私だったら選ばないわね。でも私はあんたじゃないから」

「ウィリアムズバーグで私たちが住んでいたアパートを覚えているでしょ、ママ」と私は尋ねた。

「あのアパートのことはずっと覚えてるよ」と母は言った。「バスタブがあったんだから！」

「それに私よりも背の高いテディベアもね。学校から帰ったら毎日抱きしめてたよ」。そう言うと私は泣き真似をしてこう続けた。「だって誰もハグしてくれる人が家にいなかったんだもん。えーん」

　両親は笑った。

「あそこって、ここくらい狭かったっけ？」とエミリーは尋ねた。

「あそこは王様の城だったよ」と父が言った。

　私はエミリーのスマートフォンを取り上げた。「あんたは本当にわがままなバカだよ。あそこはここよりも一万倍ひどかった。アパート全体があんたの部屋くらいの大きさだったじゃない」

　妹は私から電話を奪い返した。「写真を送ってる途中なんだけど」

「あなたの妹はずっと不機嫌なのよ」と母は言った。「いいアパートだったじゃない。今まで住んだ中でもすごく良い方だったよ」

「あててみようか」とエミリーは言ってスマートフォンで私たちのことを録画しようとしたけれど、母と私はすぐに顔を隠した。「家賃は五百ドルくらい払っていたんでしょ？」

「そこまでじゃないね」と父が言った。

「そこまでじゃない？」

「そこまでじゃない」

「もし四百ドルって言ったら、本気で泣いちゃう」

「大体ひと月百八十ドルくらいだったと思う」と母は言った。

「ありえないんだけど。安過ぎるよ」とエミリーは言った。どうしてそんなことがありえたのか私にもわからなかった。そういう状況を生き抜くことと、記憶することはまったく別のことだった。

「イースト・フラットブッシュにいた時は、もっと家賃が安かった」と父は言った。

「いろいろな場所で暮らしてきたのに、ふたりが一度も黒人と友達にならなかったのがすごいわ」とエミリーが言った。

「何でそう思うわけ？」と私は言った。

「ここに目がついてるからでしょ」

「近所を歩いてみようよ」と母が提案した。「ここらに来るのは約十年ぶりだもの」

私たちは外に出て、コールドプレスジュースの店や、オーストラリア人のサーファーが経営しているコーヒー店や、アブサンを専門に出すカクテルラウンジや、〈フュージョンタパス〉という点心のレストランを通り過ぎた。

「昔もこんな感じだった？」とエミリーは尋ねた。

「全然違う」と父は言った。「酔っ払って道で気を失っているポーランド人の男を踏んづけてしまったり、道のすみでドラッグを売っているプエルトリコ系の子たちがいたりしたよ」

「パパは、ラテン系は全員ドラッグの売人だと思ってるんでしょ」とエミリーは言った。

「本当にそう思ってるからね、パパは」と私は同調した。

母は私たちの前を歩いていて、ドリッグス・アベニューで角を曲がった。「ここだよ」と母は言った。「ここが私たちが住んでいたアパート。まだあるんだね」

私たちは母に追いつくと、みすぼらしい赤い三階建ての連棟住宅の前で立ち止まった。

「オーマイゴッド」とエミリーは言った。「これってアポッドメント（極小の共同住宅）？」

「私たちが住んでいた時は二家族が住めるアパートだったのよ」と母が言った。

「まあ、よく言えばそうだね」

「アパートメントじゃなくてアポッドメントだよ。寮生活が諦めきれないIT男たちのためにつくられた、めちゃくちゃ小さいけど贅沢なつくりのアパートのこと」

母には妹の話が聞こえていないようだった。そして「覚えてる？」と私に尋ねた。「ビニール製の壁板が張られた、ぼろぼろの小さな赤いアパートだったよね。私は可愛いと思っていたけど、パパは不気味だって言ってた」

「安宿だったらかなり良い場所だったとは思うけどね」と父は認めた。

私は頷いて、なんとかして思い出そうとしていた。「どうしてここに住むってことになったの?」と私は聞いた。

「大家さんが同情してくれたんだよ」

「それは私たちが……」私は適切な言葉を探した。

するとエミリーが「相当みすぼらしかったから?」と推測して言った。

「うん、かなりみすぼらしかったよね」と私は同意した。

「違うよ」と母は言った。「天安門事件のせいだよ」

「ここを見に来た時、大家さんが中国での生活についていろいろ突っ込んで聞いてきたんだ」と父が言った。「ママはほとんど話さなかった」

「当時は英語がうまくなかったからね」

「その人は、『話すのが怖いのかい? 中国政府に追跡されるんじゃないかって恐れてるんだろう? 会話を聞かれてるって思っているんだろ?』って感じで聞いてきてさ。私たちが中国出身だとわかるとすぐに、彼は声を潜めて話し出したんだよ」

母は笑った。「私たちのことを反体制派か何かだと思ったんだよね」

「そんなことあるわけない。もし私たちが学生運動の主導者だったら、どうしてアメリカに来れたんだ? 天安門事件が起きたのはその二日前だよ」

「彼はきっと、アメリカの民主主義を擁護しようとか思ってたんじゃない? ずっと『ここなら安全だ。俺が保証する』って言っていたものね」

「そんなのでたらめだよ」と父は言った。「あの男は悪徳家主だったんだから」

「ファック」とエミリーは言った。「パパはあからさまじゃないレイシストからも、得られるものは得るのがすごいよね」

その考えに父は気を悪くしたようだった。「彼はレイシストじゃなかったよ。単にものすごく無知だっただけだ」

「パパの才能は、他の人の無知から恩恵をこうむることよ」と母は付け加えた。

「すごい」と私は言った。「全然覚えてないや」

「反体制派だと思われたのには理由があったんだと思うよ。デモから直接アパートを見に行ったしね。おまえはママが作ったバナーを持ったままだった。取り上げようとしたけど、嫌がったんだよ。だから変な話だけど、タイミングがよかったんだね」

「私たちはデモに参加していたの？」私は大きなショックを受けていた。

「覚えてないの？」エミリーが聞いた。「ビデオが残ってるよ」

「本当に？　なんでそんなことあんたが知ってるのよ？」

「見たんだもん。ママとパパは当時の型破りな過激派みたいだったよ」

「エミリーはうちにある古いビデオや写真を全部持っていって、デジタル化してくれたの」と母が説明した。

「ママとパパに、旧石器時代みたいな生活をするのはやめたほうがいいって言ったんだよ」

「どうしてビデオカメラが買えたのよ？」

「ああ」と母はにやっと笑った。「パパが盗んだの」

「本当に私は全然覚えてないんだけど」

「そうだそうだ。ママはすごく怒っていたから、何かプレゼントでもしようと思って劇場街まで車を走らせたんだった」と父が言った。それを聞いて私は、つまりそれって、ママを騙そうとしていたってことよね？　と思ったけれど、あえて言わなかった。「車を停めて下を見ると、地面にレシートが落ちていたから拾ったんだ。上質なビデオカメラを買ったレシートだった。それからごく自然に店の中に入って、同じメーカーで同じモデルのものを見つけて返品しようとした。大金だったよ！　カスタマーサービスの女性にクレジットカードが盗まれたって言ったら、すごく良くしてくれてね。クレジットカードがないと返品ができないって言われたけど、他のものに交換はできるって言われた。だから、他に何をもらったらいいかわからないから、少しだけ質が落ちたモデルにするので、その差額を支払ってくれないかってその人を説得したんだ」

「そうだったね」と母が言った。

「オーケー、もうおなかいっぱい」とエミリーは言った。

「何かのミスでその店で支払った金額が足りなかったってわかったら、私なら店に戻るよ」

父はその考えに震え上がった。「なぜそんなことをする？」

「レジのお金が足りなくなったら、ああいう店は従業員の給与からその分を差し引くんだよ。パパ、私は法に従う市民なの」

「でも私たちがそのビデオカメラを持っていたのは、一年かそこらよね」と母は言った。

「おばあちゃんが亡くなった時、中国に戻る飛行機のチケットを買うために、質に入れないといけなかった」

「あの映像、結構良かったよね」とエミリーは言った。「あれを使って動画を作ろうかなって思って」

「動画から動画を作るのか？」と父は尋ねた。

「この子の……」。私はそう言うと、二本の指を丸めて引用符を作るジェスチャーをしながら「〝芸術〟のためよ」と続けた。

「ママとパパは白いヘッドバンドを着けているんだけど、偽物の血が付いてるんだよ」

「パパの古くなった白い下着を切って、おでこの周りに縛り付けたの。殺された学生の血を表すために赤いマーカーで描いたんだったと思う」

「おまえはママにそれを着けたいってお願いしていたよ。大人はみんな着けていたからね。でもママはだめだって言ったんだ。そんなの不健全だって」

「血がついたボロ布を子供の頭に着けさせたりなんてしないよ」

「あれはシンボルだったからね」と父は言った。

「そういう時代を私たちは生きていたんだよ」

「そうなんだ」とエミリーは言った。「マジだったんだね」

母はまた歩きはじめた。

「写真を撮らなくていいの？」とエミリーが聞いた。

「何の？」と父は言って、工事中の建物を指さした。「あれの？」

母は首を振った。「今日は写真写《うつ》りがあまり良くなさそうだから」

私たちは無言のまましばらく歩いて、また別のジュースの店とチーズの店の前を通り過ぎた。

「ずっと考えていたんだけど、私たちは一度だけラッキーだったことがあったよね」と私はついに口を開いた。

「私たちはラッキーだったんだよ」と父が言った。「騙されやすくて、何らかの罪悪感に苦しんでいて、そのせいで貯金も信用もない私たちの申込みを受け入れてくれるような人に運良く出くわしたんだから」

ノース・シックス・ストリートに差し掛かると、母は中古品店の前で立ち止まった。「ヘピン、この店まだあるわよ」

「ここでよく買い物してたの？」とエミリーは尋ねた。

母は頷いた。

「人生は本当に回りに回ってくるんだな」と父が言った。

「それが気が滅入るようなことなのか、励みになるようなことなのかはわからないね」とエミリーは言った。

「本当にわからない」と私は言って、その時両親が感じていたに違いない気持ちをほんの少しだけ感じ取った。それは以前私たちはそうだったという親しみやすさで膨らんだ古い感情だった。

再会その六

教育省によって勤めている学校が閉鎖となり、そこで働く教師は全員もっとひどい地区に配属されることがわかった日、父は仕事を辞めて、もう二度と教壇には立たないと誓った。その日、世界地図と銀の画鋲が入った缶を持って父は帰ってきた。

「持ってこられるものの中から、それを選んだの？」と台所で野菜を刻んでいた母は、顔を上げて父に尋ねた。

「第一に、物質的なものよりも自分の正気を取り戻したかった。第二に、ご機嫌斜めな娘に大切なものを見せたかったんだ」。そう言うと父は床に地図を広げて、私にこっちに来るように手招きした。「ママはここで生まれたんだよ」。父は地図上の東シナ海近くの名前のない所に画鋲を刺した。「それで三歳の時に上海に移住したんだ」

私はすぐに夢中になった。「私みたいだけど、逆だね」

「そのとおり。そしてここが、おじいちゃん、つまりママのパパが生まれた所で、この町でおじいちゃんは石油を発見して事業をはじめたんだ。一番上のおばさんは十四歳の時にこの村に働きに出されて、結局十年間暮らした。二番目のおばさんは、この島に数年間住んでいた。良い出稼ぎ先だったと思う。半日船に乗るだけで上海に着くんだから。だから私は一番上のおばさんよりも二番目のおばさんとより頻繁に会うことができたんだ。おばさんは風車を建てる仕事を手伝う予定だったけど、結局その村の村長と結婚した。その人の奥さんが亡くなったあとにね」

「だからあんなに太ってるんだよ」と母は付け加えた。「働かなくていいんだもん」

「一番下のおばさんはここに二年間住んでいたんだよ」

「ロシアに？」

「ううん、でもシベリアとの境界線の近くだね。おばさんはそこで代理出産をしていたんだ。本当に嫌な仕事だって話していたよ。妊娠前も妊娠中も出産後も吐き気がすごかったみたいだしね。食べるものがほとんどなかったから、おばさんは胃も喉もやられてた」

「かわいそうに」と母は言った。「戻って来ても、結婚するのを嫌がっていたよね。お見合いさせようとした男のことをことごとく拒否してさ。どの人も自分には見合わないって言ってたけど、本当は自分の子供を産みたいと思えないくらい大きなトラウマを抱えていたんだと思う」

「ありえるね」と父は言って、細いトカゲのような形をした島の上に画鋲を二つ刺した。「今はマレーシアに住んでいる家族もいるよ。ここ、とかここだね。かなり遠い親戚のおじさんはパキスタンにいる。内戦の間に逃げ出したんだ」

「どうやって逃げたの？」

「歩いて山をいくつも越えたんだって」

「山に登ったってこと？」

「かなり大変だったと思うよ。スタミナがなけりゃできないよね。ラッキーな人たちは船で香港まで行った。大勢の人は、命がけで泳ごうとしたんだ。香港って言えば、そこにはママのいとこがふたりいるな」

「一度も会ったことはないけどね」と母は言った。

「その人たちは泳いで行ったの？　それとも船で？」と私は尋ねた。

「多分船だと思うよ」と母は答えた。

「ちょうどここが、おじさんが最初に到着した場所だよ」と父が続けた。

「アトランタ？」

「ジョージア州アトランタ。おじさんは中国では神童と言われていたんだ。得意な分野では上海で一番だったし、中国全体でも三番目に優秀な子供だった」

母がやってきて、私たちの横に立った。「私たちは彼のことが本当に誇りでね。第一波の学生のひとりだったんだ。どんな大学でも合格したし、大学同士でおじさんのことを取り合ったんだよ」

「だからあんなに素敵な家に住んでるの？」

「そうかもね」と父は言った。「私たちにとっても良いことだったんだよ。当時おじさんは資金援助してくれていたからね」

「私たちは本当にラッキーだった」と母は言った。「親戚から資金援助を受けることができる人は本当にまれだったからね」

「なんで私たちもアトランタに住まなかったの？」

母は立ち上がった。「悲惨な話よ」と母は言うと、台所に戻って夕飯をまた作り始めた。

「おじさんは大学を卒業後、ニューヨークで一時期仕事をすることになったんだ」と父が説明した。「そこでもうまくやれていたと思うんだけど、最初の奥さんが仕事に行く途中、カナル・ストリートでトラックに跳ねられてすぐに亡くなったんだよ。そのあと、私たちのビザが承認された年に、おじさんはジャネットおばさんに出会った。彼女はノースカロライナ大学に通いはじめようとしているところだったから、おじさんも一緒に引っ越したんだ」

「誰もトラックに轢かれて死んで欲しくなんてない」と私は言った。

「誰も死なないよ、ひねくれっ子さん《サワー・ハート》」と言って父は私を安心させた。「パパが約束する」

「もしパパかママが車に轢かれたらどうなるの？」

「轢かれないよ。ふたりともいつも、右左を確認してから通りを渡ってるからね。そうだろう？」

「でもよく見ない時もあるよね」と私は言って、父の膝の上にもたれかかった。

「二度としないよ。いいかい。ここが最終地点だ。ここがおまえのおばあちゃんが生まれた町で、そのちょうど隣にあるのが、おまえのおじいちゃんが生まれた所だよ。つまり私のママとパパだね。ここから全てがはじまったんだ」

私は体を起こして座り直して、じっくりと地図を見た。「たくさんの場所だね」

「みんなでロードトリップをする良いタイミングなんじゃないかな。どう思う？」

「明日はどう？」

父は笑った。「どうかな……ママが良いって言うんだったらいいけど。聞いてみる？」

私に呼ばれた母は隣に座って、地図を見た。「こういうんじゃなくてさ……」と母は言って、家族が暮らしたことのある全ての場所に刺された画鋲の跡を追いながら、「世界にあわせるんじゃなくて、この全部が私たちだけの大陸だったらいいのにね」

父はそれについて少し考えてから、より良い解決策を思いついた。「そしたらこれは私たちの将来の家の設計図だって考えるようにしたらどうだろう？　大きな裏庭と……」

「プールも！」と私は提案した。

「そうだね、ひねくれっ子ちゃんのためにプールも。当然だよ」と父は賛同した。

母はため息をついた。「そうなったらずっと楽になるでしょうね」

私は母の頬から涙を拭った。「どうしたの、ママ？」

「大丈夫だよ」と母は言って、濡れた頬を私の頬にくっつけた。「ただ自分の家族が恋しいだけ」

母が私や父以外の人たちのことを家族と呼ぶのを聞くのは嫌だった。

父は母を慰めようとした。「金持ちになって、大きな家を借りて、みんなをうちに飛んでこさせればいいだけだよ」

「そうでしょうね」と母は言うと、突然怒りはじめた。「そうなるでしょうね。そうなったら、あんたの愛人にも大きな部屋を作ってあげられるしね」

「だめだめ」と私はすぐに言って、「ビッチはお断りだよ」と口にしてみたけれど、両親にはお互いの声しか聞こえていなかった。ふたりが台所へ行ってしまったので、私は地図の前でしばらくひとりきりになった。ふたりは口論をしていて、父は金持ちになると誓っていたが、母はそれに対してそれよりももっと金持ちになって父のどうしようもない約束――嘘になっていくだけの約束の数々――なんかに頼らなくてもいいくらいになってやると言い返していた。父は家族の面倒を見るし、なんで自分のことが信じられないのかと母に言い続け、母は信じられるなら信じたいけれど、きっとそれは自分が死んだあとのことだし、幽霊になって取り憑かない限り信じることはないと言い続けた。しばらくすると、ようやくふたりは台所から出てきて、夕飯はマクドナルドに行くことになったと言った。

みんなで靴を履いていると、父が言った。「いいかい、守れる約束があるよ。もしパパのパパが百歳まで生きたら、とびきりな再会の集いを計画しようと思ってる。私たちの親戚には全員に声をかけるんだよ。どれだけ時間がかかってもね。必ず実現させるよ。そうしたらみんな満足した気持ちで墓に入れるだろう。どうだい?」

「バカみたい、ヘピン。やめなさいって言ったでしょ」

「いいから、仲直りしてよ」と私は母のジャケットの袖を引っ張りながら言った。「お願い」

「わかった」と母は折れた。「わかったよ、仲直りしましょう」

翌朝、私が誰よりも先に起きると、あるだけの画鋲が刺さった地図が壁に貼られていた。ニューヨーク・シティの周りには大きな円が描かれていて、その横には二〇二四という数字が黒のマーカーで書かれていた。

私はベッドに戻って、両親を起こした。「二〇二四って何?」。父の目はまだ閉じられたままで、母は父の肩のくぼみに頭を載せていた。ふたりはふたりの間に私を引き入れようとしたが、私は嫌がった。「なんで二〇二四って地図に書いたの?」と私はもう一度訊いた。

「ああ」まだ眠たげな父は、私をゆっくりとベッドの中へ引き入れながら言った。「それは再会の年だよ」

「バカみたい」。母の態度は昨日から変わってはいなかったが、その声は弱まっていて何かを期待しているみたいに聞こえた。

「楽しみにすることがないとね」と父は言った。みんなと再会するのは確かに楽しみだったし、私は心待ちにしていた。私たちが住んでいたアパートが崩壊して、次の日も、その次の日も、そのまた次の日も、これから何が起きるのかを心配しなくてはならなくなり、一時間刻みや分刻みで生きるようになっても、楽しみにするものは必ずあるし、何でも楽しみになると主張していた父のことを信じていた。

再会その七

明日は祖父の百歳の誕生日なので、私は人によっては翼だと思うかもしれないものを生やすことにする。でもそれは私にとっては、家族を集めたいという自然の欲求で、一度も訪れたことのない街や町や村に降りていって、家族をひとりずつ少しの間だけ自分に引き寄せては、袋の中へ投げいれていく。

ハロー。家族ひとりひとりを、家や、職場や、ランチを食べているレストランや、昔のことについてくだらないことを言い合っている娯楽施設から連れ出す時、私は声をかける。ハロー、ハロー！　ハロー、ハロー、覚えていますか。私はいとこですよ。覚えていますか？　私は姪っ子です。私のことを知っていますか？　あなたのふたり目のいとこです。覚えていますか？　私はいとこの孫です。私のことを聞いたことはありますか？　私はあなたの一番下のおばさんで、あなたが生まれた時には抱っこしたことがあるんだよ。私は甥っ子の孫娘です。本当に私です。あなたの娘です。あなたの姉です。

そうして返ってきた答えは……ええ？　ああ、はいはい、ダン・ラン・ジー・デ、ひねくれっ子のエンジェル、会いたかった、小さなニンニン、本当にあなたなの？　ピオ・リアン・グ・ニアン、あなたは飛べるの？　また湿疹が出てきたみたいだね、まだ中国語は話せる？　年取ったね、だった。

私が三歳の時、人間はどこからやってきたのかとおばたちに尋ねると、女性は花が咲くみたいに愛する男のために自分を開くんだという話をはじめたので、私は「ちがう、ちがう！　そうじゃなくて、一番最初の人間のことだよ。どこからやってきたのかを聞いてるの」と言った。すると一番上のおばが、「そんなこと誰も知らないよ。でも……」と言い、そこに二番目のおばが途中で割り込んで「神様が私たちを作ったんだ」と言うと、三番目のおばが入ってきて「最初の人間は猿からできたんだよ」と言った。そして彼女は肩をすぼめて、腕を下ろして猿のような鳴き声を出しはじめた。それを見た私は、母にするようにおばの腕の中に飛び込んだ。いつも夜寝る前にそうして遊んでいるみたいに。勤務先の天津にある病院に三番目のおばを迎えに行くと、彼女は「でもあんたは、私と一緒にいた時のことを覚えてるの？　あんたが子供の時、お尻をふいてあげたし、神様についての教えたり、人間がどこから来たのかを教えてあげたんだよ」と言う。

猿だよね、と私は言う。私たちは猿からできたんだよね。

そうよ、そして神様からもね、とおばは念を押す。

一番最後に祖父を迎えに行く。祖父はシャツの襟の部分だけを身に着けている。おじいちゃん、元気そうだねと私は言う。祖父は可愛いニンニンと私の下の名前で呼ぶ。それは私たちがアメリカにやって来た時に両親が呼ぶのをやめた名前で、中国に戻って自分にとって家とは何なのかということを私が再び疑問に思うまで、考えもしなかった名前だ。母と私がタクシーで祖父の家に到着すると、祖父は他の家族のメンバーに向かって、「ニンニンの家だよ」と屈託のない歓喜の声を上げて叫んだ。祖父は朝からずっと外で私たちが来るのを待っていたのだ。「忘れるんじゃないよ」、と最初の日に言われた。私はずっと全身が震えていて、自分が生まれた国が変わらずにあったことを受け入れられないでいた。「おまえは生まれてから三年間ここにいたんだ」。「忘れちゃった」と私は答えたが、心の中では動揺していたのと、下手な中国語で話したせいで、本当は「忘れるわけないよ」と言いたかったのに、逆の意味になってしまった。

私に話しかけてくる声の中で、一番鮮明に聞こえるのは祖父の声だ。世界を旅する私の小さな孫娘はどこだい？　と彼は尋ねる。去年はサンクトペテルブルクにいたんじゃなかったっけ？　ベルリン？　ブダペスト？　ブエノスアイレス？　メキシコ？　マニラ？　バンコック？　ソウル？

「全部だよ、おじいちゃん」と私は袋をきつく締めながら言う。

どこかに私たちの家はあるのかな？　と家族が入っている袋に尋ねると、すぐに、ニューヨーク！　上海！　北京！　山東！　温州！　天津！　サンフランシスコ！　ウィリアムズバーグ！　ロサンゼルス！　ロンドン！　ブッシュウィック！　パリ！　四川！　湖南！　香港！　ワシントンハイツ！　Eフラット！　と、もごもごと言い合う声が聞こえる。

私は全部の意見を受け入れようとするけれど、その声はあまりにも多いし、まだまだ増えていく。自分がどこにいるのかわからないまま、私は降下していく。私たちはみんな生きてこの瞬間を見ることになるんだよ、と家族が入っている袋に向かって私は話しかける。そして地面が硬いところに着地するからね！　と約束する。みんなは歓声をあげ、私が連れて行ってくれる所ならどこにでも行くと言う。一度にあまりにもたくさんの話し声がして、お互いに話していたり、私に話しかけていたり、私の声に重なっていたり、お互いの声に重なっていたりするので、急に、昔感じていた、今でも馴染み深い不安に襲われた。それは若かった頃、少しの間家族だと思っていたら次の瞬間には他人になるような人たちで人生が溢れかえっていた頃、私たち家族の秘密が聞こえてしまうほど近くにいるのに、理解し合えるほど親しいとは思えない他の家族と部屋を共有して住んでいた頃、自分の両親をも含む全員がいなくなってしまえばいいと強く思うくらい周りの人たちに圧倒されて途方に暮れていた頃に感じていた不安だった。実際に両親がいなくなって、夜に数時間ひとりきりにされると、両親なしで生きていくなんていう考えを頭によぎらせた自分を責めた。それは私が望んでいたたくさんのことの中でも必ず現実になることで、それについて考えれば考えるほど、ただ呆然と立ちすくむしかないくらい大きな孤独にとらわれた。私はその孤独に身を任せ、その前の数時間に起きた一瞬一瞬をもう一度頭の中で再生して、周りの大人たちが交わしていた会話や、私が交わるべきだった会話、私が加わるべきだった上海への電話での会話を全部再現した。そして期待されている通りの答えを、そういう言葉がこう言われるべきだと期待されているように、上品で優しい感じで口に出して言った。まずは頭の中で発音してから、それぞれの文章の最初の部分だけを実際に口に出して囁いた。すごく感謝しています……精一杯やったんです……お願いします……気持ちとしては……特にそれは必要……大人になったら……いつかきっと……私も会いたい……イエイエとナイナイ……悪いと思ってるよ……そうね、私が一番好きだったのは……とても好きな……思い出すよ……そうできてすごく嬉しかった……面白かったよね、だって……今度訪ねて行こうと思ってる……ははは……そんなふうにはなりたくないけど……懐かしく思うのは……勉強が最優先じゃないといけなくて……そのとおり……やってみたい……あんなふうにするんじゃなかった……きっとみんなは……誰よりもきれい……嫌だったらすぐにやめるから……そう、私が会いに行くよ……。　こんな感じで両親が私を探しにやって来るまでずっと続けた。そして私がお願いしなくても、ふたりは私が乗り越えようとしていた、うんざりする気持ちのようなものを感じ取って、私のそばで横になり、私のことを撫でて、答えを必要としない質問をする。一体どうして、こんなひねくれ《サワー・》た女の子《ガール》になったんだろう？　どうして私たちはこんなにもラッキーになれたんだろう？　とふたりが言うと、自分のあるべき姿だと思っていた人々の狂気じみた声はかき消された。そんなことはずっとは続かないとはわかっていたけれど、私は自分が誰なのかを再び思い出し、寂しくなくなるまでふたりの間でじっとしていた。

謝辞

この七編の短編を大人になるまで導いてくれて、それぞれの物語に人間の真の姿を見出してくれたカエラ・マイヤース、ありがとう。この本を信じてくれたサマンサ・シーア（そのおかげで最終的に私も信じることができました）と、この物語を読み終わったあと、すぐに優しく寛大に受け入れてくれたアンディ・ワードもありがとう。この本に居場所《ホーム》を与えてくれたレナ・ダナム、私がもう少しで諦めるところだったものを生き返らせてくれてありがとう。

そして、この本に携わってくれたランダム・ハウス&レニーのチームにも感謝を。私が知らないところでもたくさん働いてくれました。こんなチームと一緒に仕事ができたことは、本当に稀有で分不相応なことで、またとない名誉あることでした。ありがとう。

私の短編を真っ先に受け入れ、書き続けるようにと応援してくれたリンダ・スワンソン・デイヴィスに感謝します。その一年後に、持ち込み原稿の山から私の作品を抜擢し、私に自由にできる場所を与えてくれたタヴィ・ゲヴィンソンもありがとう。

私の作品を読んで手紙をくれ、私のために戦ってくれた、スタンフォード大学とアイオワ・ライターズ・ワークショップの先生や学生たちに心から感謝します。その中でも特に、リック・バロット、エドワード・ケアリー、マリリン・ロビンソン、ありがとう。また、どんな時もサポートしてくれたサマンサ・チャンとコニー・ブラザーズに、心から感謝の気持ちを送ります。

私の夢を更に大きなものにしてくれたエイドリアン、ありがとう。

友人たち……ダーガ・チュー・ボーズ、ハリー・チュウ、レオポルディン・コア、アンソニー・ハ、ベンジャミン・ヘール、サラ・ヘイワード、レスリー・ジャミソン、アリス・ソラ・キム、トム・マッカー、カラン・マハジャン、モニカ・マックルーア、アンナ・ノース、ヴァウヒニ・ヴァラ、泣き言を言ったり、ネガティブになって鬱々としたりしている時に、私の気持ちに寄り添い、思いやってくれてありがとう。

きょうだいのように慕っている、トニー・トゥラシムッテに感謝します。まだ私の物語が軟弱だった頃から読んでくれて、より強くなるまで育ててくれました。今の私の物語と私があるのはそのおかげです。

最後に、上海とニューヨークにいる家族に永遠に変わらない愛を送ります。ナイナイ、イエイエ、ハオポ、ゴンゴンにも。あなたたちのことを想う時はいつも、子供の時の言葉が浮かびます。そしてこの本を私と一緒に作り、私たちにしかわからない最高に美しい言葉で私に語りかけ、私を無条件に愛し、私が求めるものから私のことを守ってくれた、母と父と弟に感謝します。あなたたちは、変わることのない私のたった一つのホームです。

訳者あとがき

本書はアメリカの詩人・作家・エッセイストのジェニー・ザンによる初の短編集『Sour Heart: Stories』の全訳である。

ザンの詩のファンだったという、俳優・作家・監督のレナ・ダナムに声をかけられたことがきっかけで、二〇一七年（ザンは当時三四歳）に、ダナムの出版社レニー・ブックス（ペンギン・ランダム・ハウス傘下）が刊行する第一作目の作品として本書は刊行された。これまでの「移民文学」を良い意味で覆す、新しい時代の中国系アメリカ人の作家の誕生として、すぐに主要紙で称賛を集め、ロサンゼルス・タイムズ紙文学賞、ＰＥＮ／ロバート・Ｗ・ビンガム賞を受賞した。『ニューヨーカー』は「卑猥で、美しくて、感動的」と評した。また、イギリス版の表紙には「勇敢で、驚くべき才能を爆発させる筆致」という作家ミランダ・ジュライの言葉が引用されている。

この短編集に収められた七編は、新たな人生を求めて中国からアメリカに移住した家族の物語だ。それぞれの話は、大半、当時は子供だった娘たちの視点から語られる。大人になった彼女たちが少女時代を振り返るという視点も組み込まれてはいるが、まとめきれない思考やむきだしの感情が、全般的に子供らしいざっくばらんな言葉で語られる。一九九〇年代と、現在、そして文化大革命時代を生きた母や祖母の時代とを行ったり来たりする中で、彼女たちの語りはアメリカで生きる移民たち――語り手の母親、存在感の薄い父親、おじ、弟、妹、祖母、親友、求めていない友達など――の幾重にも重なった声を拾い上げている。

「ウィ・ラブ・ユー・クリスピーナ」は最も自伝的と言える作品で、先にアメリカに移住していた両親のもとに上海からやってきた主人公のクリスティーナが、自らを犠牲にして娘のために必死で働く両親と過ごした超極貧生活を回顧する。一九九〇年代のニューヨークで、ボロボロのアパートの一室に五家族で一緒に暮らしているクリスティーナは、床に敷き詰められたマットレスの上で強烈な痒みと戦っている。このエピソードに登場する他の家族は、後の六編の物語にも登場する。中国にいた頃は、芸術家や知的エリートと言われていた彼らは、文化大革命の後により良い教育や自由な環境を夢見てアメリカに移住した。しかし言語の壁や、文化の違いによってうまくいかない。自分の人生を奪われた両親の怒りや憤りは、ねじれた愛情となって娘に一心に注がれる。

「空っぽ、空っぽ、空っぽ」には移民の子供同士の間での階級意識から生まれる暴力・性暴力が描かれている。困窮している人を見ると誰でも構わず家に連れてきて面倒をみてしまうという母親が、なぜ自分を邪険に扱ってまで他人を救おうとするのか、主人公のルーシーは理解できない。そして両親と暮らせない事情から一緒に生活しているフランジーにひどい意地悪をする。

「母以前の母たち」には、文化大革命が始まった一九六六年を生きる主人公アニーの祖母と母とおじの世界と、アメリカの大学に留学するために中国からおじがやってきて一緒に暮らすようになった一九九六年の世界が交互に描かれる。本書の中で最も文化大革命の詳細が綴られている物語だ。子供たちと教師の権力関係が逆転し、「ブルジョワのくず」である教師は凄まじい暴力を受ける。渦中にいた世代にとってそうした悲惨な体験はトラウマとなり（ザンはグロテスクにもコミカルにも描いている）、集団的な性格特性を形成する。

「弟の進化」は最も古い作品で、ザンが一九歳の時に執筆したものだ。時間の経過と共に変化していく姉と弟の力関係と独特の親密性がコミカルに詳細に綴られている。だんだんと姉離れしていく弟とは反対に、主人公のジェニーが母親と同じように彼女もまた彼にとって重たい存在になっていく様はエンパシーを呼ぶ。

「私の恐怖の日々」には、主人公マンディーの通う学校で行われる、韓国系アメリカ人の女の子による非人道的で非条理な暴力が描かれている。マンディーを新しい中学校に転校させていずれはハーバード大学へ行かせるために、両親は住んでいる地域をごまかしたり、多額の借金を背負ったりという自己犠牲を払う。目を覆いたくなるような卑劣な暴力は、「母以前の母たち」で描かれる文化大革命時代に子供たちが行っていた暴力行為を彷彿とさせる。

「なんであの子たちはレンガを投げていたんだっけ？」は上海からやってきた祖母と暮らした日々について、主人公のステイシーが回顧する物語で、祖母の過剰な孫への愛情と、自分を誇張するような作り話が延々と語られる。夢中遊行するようになった祖母がトランポリンを飛び跳ねながら自分の過去を吐露する姿は、あまりにもシュールで、祖母を形成した消したくても消せない過去の記憶の強さに胸がしめつけられる。

「川に落ちたあんたを、私が助けたの！」は、家族の再会の話で、一話目に登場したクリスティーナが、両親がアメリカでの生活を立て直す間、幼少の頃に何回も上海の親戚に預けられた経験を振り返る。アメリカでは中国人として見られ、上海に帰ってきたらアメリカの中国人として扱われることは、中国人でもアメリカ人でもあるという移民としての自分のルーツを問い直させられる。そして中国の要素もアメリカの要素も薄まっているものの、「家族」という単位は、西洋文化の根底にある個人主義のようなものに耐えるだけの強さを持つ絶対的なものであり、それこそが彼女のルーツとなっていることが色濃く表れている。

いずれにも描かれているのは、大半がプライバシーのない生活で聞いた会話や、大人同士や両親の会話から聞こえてきた話で、そこには移民ならではの複雑な体験や、貧困ゆえの選択肢のなさなどによる、怒りや後悔や絶望が表れている。特に夫を信じてついてアメリカにやってきた妻たちが、想像とはかけ離れた生活を送るはめになった恨みを夫にぶつけ、夫もまた自分のなかで解消できない不甲斐なさを妻にぶつけるという夫婦のあり様は、あまりにも切実で胸を打つ。しかしこうした母や父の世代が語る中国の話や移民としての苦悩は、現在のアメリカで生きる娘たちにとっては非現実的であり、理解することはできない。また、地に足がついている彼女たちには、現実から目を背《そむ》けようとする両親のことも理解できない。しかし、現在の両親とその上の世代を彼らたらしめているのは、彼らの過去の苦しみなのだ。それゆえ彼らの過去を理解すれば、なぜ彼らがここまでして自分たちに過保護であり、期待という重圧をかけてくるのか、またなぜ家族という単位を必死で守ろうとするのかを理解できるかもしれない、と娘たちは思う。しかし、その理解には限界があるのだ。

ザンの文体の特徴は、一文がとにかく長く（原文は一頁以上ピリオドがないことも）、遠回しの皮肉や、一度読んだだけでは簡単にすっと意味が落ちてこないような、でも流れるようなリズムを持つ複雑な文体構造にある。それは、まとまりのない子供の頭の中をそのまま綴っているとも言えるし、英語を外国語として習得した中国系移民の話し方（文章を短く切らずに、接続詞でつなげていく）を模しているのかもしれない。翻訳するにあたり、日本語での読みやすさを考えて句読点を増やしたので、原文通りの文体は残せなかったが、彼女たちの時に無礼で、面白くて、不快にも聞こえる声——それはまさにアメリカで生きる新しい世代の中国系移民の女の子たちの生の声なのだが——はできる限りリズムやトーンが同じになるように心がけたつもりだ。

またザンは、移民の家族の間で共有されている特有の言語を示すのに、英語、中国語のローマ字表記、漢字、時に主人公には聞き取れなかった言葉として《　》という表記を使用している。中国語と英語が混じったり、音は聞き取れているけれど意味がわからない中国語があったりするのは、主人公たちの記憶の曖昧さを示すのと同時に、彼女たちが親の言葉をどのように理解しているのかということも表してもいる。これに関しても、極力原文に手は加えず（中国語の訳は入れなかった）に翻訳した。こうした言語が混じり合ったり、会話の中に理解できない部分があるものの、なんとなくわかってしまうという感覚を味わいながら読み進める読書体験というのも、ザンの物語を読む醍醐味の一つだろう。

ザンにとって、自分が中国系アメリカ人であるということの意味は、時間と共に変わってきたと言う。五歳で上海からアメリカにやってきた時は、ただ自分のことを中国人だと思っていたが、成長するにつれて、他の人たちから「他者」として見られていることに気づきはじめた。それは特に裕福な白人が住む地域に住んだ時により強く感じたという。オンラインメディア『ヴァルチャー』のインタビューでは、「彼らにとって〝他者ではない人〟がどんな人なのかはわかりませんでした。でも自分がいわゆる『普通ではない』ということには気づいていた。考えないようにしたり、自意識過剰になったり、怒りを感じたりもしたけれど、今は、共感や思いやりの心や好奇心という強みを与えてくれたこの大きな贈り物に感謝しています」と述べている。

また本書には、中国系移民の他に、韓国系、ヒスパニック、西インド諸島からの移民などさまざまな人々が描かれている。白人からの差別や新しい国に馴染む苦労という同様の体験をしているにもかかわらず、移民同士の間でも（特にアジア系アメリカ人が他の移民を）差別したり格付けしたりしているという現実があぶり出されている。

最後にタイトルについてだが、「sour heart」という言葉をどう訳すかはとても苦労した。主人公の一人であるクリスティーナは、酸っぱいものが好きであることと、ひねくれたところがあることから、両親からサワー・ハートと呼ばれている（ハートが食べ物の名前になることも）。ザンは「子供時代の非現実性、小さくて無力で大人に依存していることの甘酸っぱさを伝えたい」という思いからこのタイトルにしたそうだが、ここにも彼女の絶妙な言語感覚が表れていると言えるだろう。

ジェニー・ザンは一九八三年に中国上海で生まれ、五歳の時にニューヨークに移住した。両親は文化大革命後にアメリカに移住し、ザンが渡米した時、父親はニューヨーク大学で言語学を学んでいたという。その後父親は博士課程を中退して教師として働くようになるが、後にプログラミングを専攻するために大学に再び入学。その後は家族でロングアイランドへ引っ越し、父親はパソコン修理のビジネスをはじめた。

二〇〇五年にザンはスタンフォード大学を卒業すると、中国人在宅介護者のための労働組合職員や、青少年に文章の書き方を教える非営利団体で働き、〇九年にアイオワ・ライターズ・ワークショップで修士号を取得。ハンガリーで英語教師をしたり、大学や高校で教鞭を執った経験も持ち合わせる。一一〜一四年まで、タヴィ・ジェヴィンソンが編集長を務める十代の女の子向けオンラインマガジン『ルーキー』に定期的に寄稿し、一二年にオクトパス・ブックスより初の詩集『Dear Jenny, We Are All Find』を刊行すると、「女性で中国人で至極スカトロ的な、二一世紀のホイットマン」と評された。

ザンは数多くのエッセイを寄稿してもいて、一五年には、『ポエトリー・マガジン』に掲載された「How It Feels」という鬱、自殺、過食などについてのエッセイがナショナル・マガジン・アワードにノミネートされた。近著は、二〇年に刊行された詩集『My Baby First Birthday: Poems』(ティンハウス・ブックス)。

日本語で読めるザンの作品は、今のところアメリカ文芸界におけるマイノリティ差別を痛切に批判したエッセイ「存在は無視するくせに、私たちのふりをする彼ら」で、『中国・SF・革命』(河出書房新社)に拙訳で収録されている。

一九年には、本作がキャシー・ヤン監督によって映画化されることが発表された。それもとても楽しみだが、何よりも素晴らしいボイスを持つザンに、またこうした読後もずっと心に残る強度を持つ(でも愛おしい)話を書いてもらいたいと心から思う。

最後に、こんな素晴らしい作家がいることを教えてくれた旧友の由尾瞳さん、また出版にこぎつけてくださった河出書房新社の坂上陽子さん、丁寧に読み編集アドバイスをくださった町田真穂さん、細かく適切な校閲をしてくださった皆さんに感謝します。そして、素晴らしい装丁に仕上げてくださった森敬太さん、本作の独特な世界観を再現してくださったイラストレーターの Aki Ishibashi さん、ありがとうございました。

二〇二一年六月

小澤身和子

＊参考文献『毛沢東語録』毛沢東、竹内実訳（角川書店）

ジェニー・ザン Jenny Zhang

1983年、上海生まれ。詩人・作家。ニューヨークで育ち、ニューヨーク在住。スタンフォード大学卒業後、アイオワ・ライターズ・ワークショップを修了。若い世代を代表するアジア系アメリカ人作家として注目を集めている。中国系アメリカ人移民としてのアイデンティティーや経験を主なテーマに執筆活動を続け、詩集『Dear Jenny, We Are All Find』『My Baby First Birthday』やノンフィクションの小冊子「Hags」を出版。2007年、初の作品集として本書がランダムハウスより刊行された。

小澤身和子（おざわ・みわこ）

翻訳家。東京大学大学院人文社会系研究科修士号取得、博士課程満期修了（英語英米文学）。ユニバーシティ・カレッジ・ロンドン修士号取得（英文学）。海外のニュース記事を集めた雑誌「クーリエ・ジャポン」（講談社）の編集者を務めた後、日英バイリンガル誌の編集や、取材コーディネーター及び通訳として海外メディアの日本取材に携わる。訳書に『アメリカ死にかけ物語』『これからのヴァギナの話をしよう』などがある。